Ténèbres, prenez-moi la main

Du même auteur
chez le même éditeur

Un dernier verre avant la guerre
Sacré
Mystic River
Gone, Baby, Gone
Prières pour la pluie
Shutter Island
Coronado
Un pays à l'aube

Dennis Lehane

Ténèbres, prenez-moi la main

Traduit de l'anglais (États-Unis)
par Isabelle Maillet

Collection dirigée par
François Guérif

Rivages/noir

Titre original : *Darkness, Take My Hand*

106, boulevard Saint-Germain – 75006 Paris

ISBN : 2-7436-0922-2
ISSN : 0764-7786

Ce roman est dédié à Mal Ellenburg et à Sterling Watson, pour leur millier d'excellents arguments sur la nature de la ruse et la nature de la bête.

REMERCIEMENTS

Pour avoir accepté de répondre à tout un tas de questions certainement stupides sur le corps médical et l'administration pénitentiaire, je remercie le Dr Jolie Yuknek, du service de pédiatrie au Boston City Hospital, et l'inspecteur Thomas Lehane, du Massachusetts Department of Corrections.

Pour avoir lu, critiqué et / ou publié ce manuscrit (et aussi pour avoir répondu à des questions plus stupides encore), merci à Ann Rittenberg, Claire Wachtel, Chris, Gerry, Susan et Sheila.

Nous devrions nous sentir soulagés de ne pas voir les horreurs et les dégradations qui traînent dans notre enfance, au fond des placards, sur les rayonnages de livres, partout.

Graham Greene,
La Puissance et la Gloire

Quand j'étais gosse, mon père m'a emmené un jour sur le toit d'un immeuble qui venait de brûler.

Il me faisait visiter la caserne lorsque l'alerte avait été donnée, et du coup, je m'étais retrouvé à côté de lui dans la cabine du camion, tout excité de sentir l'arrière du véhicule chasser dans les virages, tandis que les sirènes hurlaient et que la fumée jaillissait devant nous en gros nuages bleus, noirs, épais.

Une heure plus tard, l'incendie était maîtrisé, les collègues pompiers de mon père m'avaient tous ébouriffé les cheveux une bonne dizaine de fois et gavé de hot dogs achetés au vendeur du coin pendant qu'assis sur le trottoir, je les regardais s'activer. Alors, mon père m'a pris par la main pour me conduire vers l'escalier de secours.

À mesure que nous montions, des tentacules de fumée grasse s'accrochaient à nos cheveux et léchaient la façade de brique ; à travers les fenêtres brisées, j'ai aperçu des planchers calcinés, éventrés. De l'eau sale ruisselait par les trous des plafonds.

Ce bâtiment me flanquait une frousse de tous les diables, et mon père a dû me porter jusque sur la terrasse.

« Patrick, a-t-il murmuré en avançant avec moi sur le goudron, on ne craint plus rien, maintenant. Tu vois ? »

J'ai levé les yeux. La ville se dressait devant moi, toute d'acier bleu et jaune au-delà de cette partie du quartier. De sous mes pieds montaient une sensation de chaleur et l'odeur des décombres carbonisés.

« Alors, tu vois ? a-t-il répété. On ne risque rien du tout. On a arrêté le feu dans les étages inférieurs. Il ne peut plus nous atteindre. Pour l'empêcher de se propager, il faut l'étouffer à la base. »

Mon père m'a lissé les cheveux, m'a embrassé sur la joue.

Et moi, je tremblais de tous mes membres.

Prologue

Veille de Noël
18 h 15

Il y a trois jours, le soir même du début officiel de l'hiver, quatre personnes ont été abattues dans une supérette, dont Eddie Brewer, un de mes copains d'enfance. Rien à voir avec une histoire de braquage. Non, le tireur, James Fahey, venait de se faire plaquer par sa petite amie, Laura Stiles, employée comme caissière de quatre heures à minuit. À onze heures et quart, au moment où Eddie Brewer remplissait un gobelet en polystyrène de Sprite et de glaçons, James Fahey a franchi la porte et tué la jeune femme d'une balle en plein visage, et de deux dans le cœur.

Ensuite, il en a logé une dans le crâne d'Eddie Brewer, il a remonté l'allée des surgelés et découvert un couple de Vietnamiens âgés recroquevillés au rayon des produits laitiers. Encore deux balles chacun avant que James Fahey estime avoir terminé son travail.

Il est alors retourné à sa voiture et, assis au volant, il a scotché sur le rétroviseur intérieur l'ordonnance de placement sous contrôle judiciaire obtenue contre lui par Laura Stiles et sa famille. Enfin, après avoir noué un soutien-gorge de Laura autour de sa tête, il a avalé une grande lampée de Jack Daniel's et s'est fait sauter la cervelle.

On a déclaré James Fahey et Laura Stiles morts sur le coup. Le vieux Vietnamien est décédé pendant son transfert à l'hôpital de Carney, et sa femme quelques heures plus tard. Quant à Eddie Brewer, il se trouve dans le coma, et si les médecins jugent son état critique, ils sont les premiers à reconnaître que sa survie tient du miracle.

La presse a fait pas mal de battage autour de cette affaire, car Eddie Brewer, qui n'avait rien d'un saint dans sa jeunesse, est aujourd'hui prêtre. Il était sorti courir le soir de la fusillade, et comme il portait un jogging et un maillot de corps en Thermolactyl, Fahey n'a pas pu deviner sa fonction ; cela dit, ça n'aurait sans doute pas changé grand-chose. Mais les journalistes, pressentant à la fois un élan de nostalgie pour la religion à l'approche des fêtes de Noël et l'opportunité de donner une saveur nouvelle à du réchauffé, ont joué à fond la carte de la prêtrise.

Les présentateurs du journal télévisé et les éditorialistes de la presse écrite sont allés jusqu'à comparer l'agression aveugle d'Eddie Brewer à un signe de l'apocalypse, et des veillées permanentes sont organisées dans sa paroisse, à Lower Mills, ainsi que devant l'hôpital de Carney. Résultat, Eddie Brewer, petit ecclésiastique obscur et complètement dénué de prétention, est bien parti pour devenir un martyr, qu'il vive ou non.

Rien de tout cela n'a le moindre rapport avec le cauchemar qui a déferlé sur mon existence et celle de plusieurs habitants de cette ville il y a deux mois, me laissant des blessures dont les médecins affirment qu'elles sont en bonne voie de guérison, même si ma main gauche n'a pas encore recouvré toute sa sensibilité, même si les cicatrices de mon visage me brûlent encore sous la barbe que j'ai laissée pousser. Non, que ce soit l'attaque d'un prêtre, l'irruption d'un serial killer dans ma vie, la dernière opération de « purification ethnique » lancée dans une ancienne république soviétique, les exploits d'un tireur fou contre une clinique de la région où l'on pratique l'avortement, ou ceux de cet autre serial killer déjà responsable de la mort d'une dizaine de personnes dans l'Utah et toujours en cavale, ces drames ne sont pas liés.

Pourtant, on a parfois *l'impression* que c'est le cas, qu'il existe quelque part une sorte de fil rouge entre tous ces événements, tous ces actes de violence gratuits, aveugles ; il suffirait de le saisir, de tirer pour démêler l'écheveau, et l'ensemble prendrait enfin un sens.

Depuis Thanksgiving donc, je porte la barbe pour la première fois, et si je la taille avec soin, elle n'en continue pas moins de me surprendre chaque matin dans le miroir, comme si je passais mes nuits à rêver d'un visage lisse, sans la moindre marque, d'une peau aussi douce que celle d'un bébé, vierge de tout contact autre que la caresse de l'air et les baisers maternels.

Le bureau – Kenzie & Gennaro, Enquêtes et Filatures – est fermé, et sans doute transformé en nid à poussière ; il y a peut-être déjà une toile d'araignée dans un coin derrière ma table de travail, peut-être une aussi derrière celle d'Angie. Angie, partie depuis fin novembre, et à qui j'essaie de ne pas penser. Pas plus qu'à Grace Cole. Ou à Mae, la fille de Grace. À vrai dire, j'essaie de ne pas penser du tout.

De l'autre côté de la rue, c'est la sortie de la messe, et compte tenu de la douceur inhabituelle de la soirée – il fait toujours entre 5 et 6 degrés, bien que le soleil soit couché depuis une heure et demie – la plupart des paroissiens s'attardent pour bavarder, et leurs voix résonnent distinctement dans l'air nocturne quand ils se souhaitent de joyeuses fêtes et de bonnes vacances. Ils commentent les caprices de la météo, son caractère imprévisible pendant l'année, témoins cet été qui ressemblait à l'hiver et cet automne à l'été, juste avant la chute brutale des températures, au point que personne ne serait vraiment surpris si le matin de Noël s'accompagnait d'un petit vent doux et d'un mercure indiquant dans les 25 degrés.

Et puis, quelqu'un mentionne Eddie Brewer. Le sujet les occupe un moment, mais pas si longtemps que ça, et j'ai le sentiment qu'ils ne tiennent pas à gâcher leur humeur festive. Mais tout de même, disent-ils, quel monde tordu, dingue. Dingue, oui, c'est le mot, disent-ils. Un monde dingue, dingue, dingue.

Je passe la plus grande partie de mon temps assis dehors, désormais. Du perron, je vois les gens, et malgré la fraîcheur, leurs voix me maintiennent là, alors que ma main blessée s'engourdit peu à peu et que mes dents s'entrechoquent.

Le matin, je m'installe dans l'air vif avec une tasse de café et je contemple la cour de l'école, en face, où courent des petits garçons en pantalons bleus et cravates assorties, et des petites filles en jupes à carreaux avec des barrettes brillantes dans les cheveux. Leurs cris soudains, leurs folles poursuites, leurs ressources d'énergie frénétique apparemment inépuisables me fatiguent ou me revigorent, selon mon humeur. Les mauvais jours, ces cris me transpercent comme autant d'éclats de verre ; les bons, ils font resurgir en moi quelque chose qui pourrait s'apparenter au souvenir de ce que l'on ressent quand on est indemne, quand le simple fait de respirer ne nécessite pas un effort douloureux.

Ce qui compte, avait-*il* écrit, c'est la souffrance. Celle que j'éprouve, celle que j'inflige.

Il s'est manifesté au cours de l'automne le plus torride, le plus bizarre jamais enregistré dans les annales, quand le temps semblait s'être complètement déglingué, quand l'univers tout entier paraissait chamboulé, comme si le ciel et les étoiles se retrouvaient soudain sous nos pieds, et la terre et les arbres suspendus au-dessus de nos têtes. Comme s'*il* avait posé ses doigts sur le globe pour le faire virer telle une toupie, et que le monde – du moins, mon monde à moi – s'était désaxé.

Parfois, Bubba, Richie, Devin ou Oscar passent me voir, s'assoient un moment à côté de moi, et on parle des matches de la ligue de football, des championnats universitaires ou des derniers films sortis en ville. On ne parle pas de cet automne-là, ni de Grace ou de Mae. On ne parle pas non plus d'Angie. Surtout, on ne parle jamais de lui. *Il* a achevé son œuvre de destruction ; que dire de plus ?

Ce qui compte, avait-*il* écrit, c'est la souffrance.

Ces mots, inscrits sur une feuille de papier blanc format standard, me hantent toujours. Quelquefois, j'en arrive à croire que ces mots tout simples ont été gravés dans la pierre.

1

Avec Angie, on essayait de réparer le climatiseur du bureau, dans le clocher, quand Eric Gault nous téléphona.

En temps normal, une panne de climatiseur à la mi-octobre en Nouvelle-Angleterre passe inaperçue ; une panne de chauffage, beaucoup moins. Mais justement, l'automne ne s'annonçait pas normal. À deux heures de l'après-midi, la température avoisinait les 30 degrés, et les stores dégageaient toujours une odeur estivale, à la fois moite et chauffée par le soleil.

– On devrait peut-être faire venir quelqu'un, suggéra Angie.

De ma paume, je donnai un bon coup sur le côté de l'appareil installé à la fenêtre, avant de le remettre en marche. Rien.

– Je parie que c'est la courroie, déclarai-je.

– C'est marrant, tu dis ça aussi quand la voiture nous lâche.

– Mmm...

Pendant une bonne vingtaine de secondes, je fixai le climatiseur d'un œil torve ; l'engin ne broncha pas.

– T'as qu'à l'insulter, lança Angie. Des fois que ça le titillerait...

Je dardai sur elle le même regard torve, pour obtenir à peu près autant de réaction que de la part du climatiseur. Peut-être devrais-je revoir mes manœuvres d'intimidation.

À cet instant, le téléphone sonna, et je soulevai le combiné avec l'espoir que mon interlocuteur s'y connaîtrait en mécanique. Mais en entendant la voix d'Eric Gault, je perdis mes illusions.

Eric enseignait la criminologie à Bryce University. On s'était rencontrés du temps où il était prof à U / Mass, quand je suivais ses cours.

– Les pannes de climatiseur, ça t'inspire ? hasardai-je.

– T'as essayé de l'éteindre et de le rallumer ?

– Oui.

– Sans résultat ?

– Nan.

– Colle-lui quelques baffes.

– Déjà fait.

– Dans ce cas, appelle un réparateur.

– Merci du conseil, Eric. Tu ne peux pas savoir combien j'apprécie ton aide.

– T'es toujours installé dans ton clocher, Patrick ?

– Toujours. Pourquoi ?

– J'aurais une cliente éventuelle pour toi.

– Et ?

– J'aimerais qu'elle s'assure tes services.

– Pas de problème. Tu l'amènes quand tu veux.

– Dans le clocher ?

– Ben oui.

– J'ai dit, j'aimerais qu'elle s'assure tes services.

Des yeux, je balayai le réduit qui nous servait de bureau.

– T'es dur, Eric.

– Tu pourrais passer à Lewis Wharf, disons, vers 9 heures demain matin ?

– C'est faisable. Elle s'appelle comment, ta copine ?

– Diandra Warren.

– Qu'est-ce qui lui arrive ?

– Je préférerais qu'elle t'en parle de vive voix.

– Entendu.

– Je te retrouve là-bas demain matin.

– O.K., à demain.

Je m'apprêtais à raccrocher.

– Patrick ?

– Oui ?

– T'aurais pas une petite sœur, par hasard ? Une certaine Moira ?

– Non. Juste une grande sœur, Érin.

– Ah.

– Pourquoi tu me demandes ça ?

– Pour rien. On se voit demain, d'accord ?

– D'accord. Salut.

Je raccrochai, regardai le climatiseur, puis Angie, puis de nouveau le climatiseur, et composai le numéro du réparateur.

Diandra Warren vivait dans un loft au cinquième étage d'un immeuble de Lewis Wharf, avec vue panoramique sur le port. La douce clarté matinale pénétrant par les immenses baies vitrées baignait toute la partie est de l'appartement. Quant à Diandra, c'était tout à fait le genre de femme que la vie a comblée.

Ses cheveux blond vénitien, coupés au carré, encadraient ses joues et retombaient sur son front en une mèche souple et gracieuse. Elle portait une chemise de soie noire sur un jean bleu pâle tous deux impeccables, et l'ossature de son visage semblait ciselée sous une peau dorée d'une telle pureté qu'elle me rappelait l'eau d'un calice.

En ouvrant la porte, elle nous avait accueillis d'un « Monsieur Kenzie, mademoiselle Gennaro » murmuré d'une voix douce, confiante ; comme si elle savait qu'au besoin, son interlocuteur n'hésiterait pas à se pencher pour mieux l'entendre. « Entrez, je vous en prie. »

L'aménagement intérieur du loft témoignait d'une minutie extrême. La teinte crème du canapé et des fauteuils dans la partie salon était en parfaite harmonie avec la nuance blonde des meubles de cuisine en bois scandinave et les tons rouges ou bruns discrets des tapis persans et amérindiens disposés stratégiquement sur le plancher. Cet indéniable sens des couleurs conférait une certaine chaleur à l'atmosphère des lieux, mais en même temps, la fonctionnalité quasi spartiate de l'ensemble suggérait un tempérament peu enclin à la spontanéité ou au sentimentalisme associé au fouillis.

Près des baies vitrées, le mur de brique nue était occupé par un lit en cuivre, une commode en noyer, trois classeurs en bouleau et un bureau de style Gouverneur Winthrop. En revanche, pas la moindre trace d'une penderie, ou d'un endroit quelconque où ranger les vêtements. Si ça se trouve, Diandra Warren se contentait de souhaiter chaque matin une tenue nouvelle, qu'elle trouvait toute prête au sortir de la douche...

Elle nous conduisit dans la partie salon, et nous nous installâmes dans les fauteuils. De son côté, elle marqua un léger temps d'hésitation avant de prendre place sur le canapé. Entre nous se trouvait une table basse en verre fumé avec une enveloppe kraft au milieu, un cendrier massif et un briquet ancien à sa gauche.

Diandra Warren nous adressa un sourire.

Angie et moi, on le lui rendit. Dans ce métier, il faut savoir improviser très vite.

Elle écarquilla légèrement les yeux, sans se départir de son expression aimable. Peut-être pour nous inciter à énumérer nos qualifications, montrer nos armes et raconter combien d'affreux on avait vaincus depuis le lever du soleil ?

Le sourire d'Angie s'évanouit, mais je parvins à conserver le mien quelques secondes de plus. Histoire de peaufiner mon image de détective sympa mettant un éventuel futur client à l'aise. Patrick Kenzie dans toute sa splendeur. Pour vous servir.

– Je ne sais pas trop par où commencer, dit enfin Diandra Warren.

– D'après Eric, fit Angie, vous auriez besoin d'un coup de main pour résoudre certains problèmes.

Diandra hocha la tête, et ses iris noisette se troublèrent un instant, comme si une pensée dérangeante venait de lui traverser l'esprit. Elle pinça les lèvres, contempla ses mains fines, et au moment où elle levait de nouveau les yeux, la porte d'entrée s'ouvrit, livrant passage à Eric. Malgré ses cheveux poivre et sel rassemblés en queue-de-cheval et sa calvitie naissante, il faisait bien dix ans de moins que ses quarante-six ou quarante-sept ans. Il portait un treillis et une chemise en jean sous une veste sport gris foncé. Veste qui tombait d'ailleurs d'une drôle de façon ; de toute évidence, il n'était pas venu à l'esprit du couturier qu'on veuille l'accessoiriser avec un revolver.

– Salut, Eric.

Je lui tendis la main.

Il la serra.

– Ravi que t'aies pu te libérer, Patrick.

– Bonjour, Eric.

À son tour, Angie lui tendit la main.

Au moment où il se penchait pour la serrer, Eric se rendit compte qu'il avait révélé son arme. Fermant les yeux, il s'empourpra.

– Je me sentirais beaucoup mieux si ce revolver restait sur la table jusqu'à notre départ, Eric, dit Angie.

– Je me fais l'effet d'un parfait crétin, murmura-t-il en s'efforçant de sourire.

– S'il te plaît, Eric, pose-le sur la table, intervint Diandra.

Il ouvrit le holster avec précaution, comme si celui-ci risquait de le mordre, et plaça un Ruger.38 sur l'enveloppe kraft.

Je le dévisageai sans comprendre. Eric Gault avec un revolver ? Ils étaient aussi peu faits l'un pour l'autre que le caviar et les hamburgers.

Il s'installa à côté de Diandra.

– Désolé, fit-il, on est un peu à cran depuis quelque temps.

– Pourquoi ?

Diandra soupira.

– Je suis psychiatre, monsieur Kenzie, mademoiselle Gennaro. J'enseigne à Bryce deux fois par semaine, et je reçois le personnel et les étudiants en plus de mes consultations au cabinet, à l'extérieur du campus. Dans ce métier, c'est vrai, il faut être prêt à tout : des malades dangereux, des patients en plein délire psychotique dans un bureau minuscule où vous êtes seule, des schizophrènes souffrant de dissociation mentale et qui se débrouillent pour dénicher votre adresse... Bref, vous vivez en permanence avec ce genre de peurs. En vous disant qu'un jour, vos pires craintes vont finir par se réaliser, je suppose. Mais ceci...

Elle regarda l'enveloppe posée sur la table entre nous.

– Ceci est...

Se laissant aller contre le dossier du canapé, Diandra Warren ferma les yeux quelques instants. Quand Eric lui pressa légèrement l'épaule, elle secoua la tête, les yeux toujours fermés, et il ôta sa main pour la placer sur son propre genou avec l'air de se demander comment elle avait bien pu atterrir là.

– Une étudiante est venue me voir à Bryce, un matin, reprit Diandra. Du moins, elle s'est présentée comme telle.

– Vous aviez des doutes ? s'enquit Angie.
– Sur le moment, non. Elle m'a montré sa carte.
Diandra ouvrit les yeux.
– Mais quand j'ai voulu vérifier, je n'ai rien trouvé sur elle dans les dossiers.
– Et cette personne s'appelait... ? fis-je.
– Moira Kenzie.

Du regard, je consultai Angie ; elle se contenta de hausser un sourcil interrogateur.

– Vous comprenez, monsieur Kenzie, quand Eric a prononcé votre nom, j'ai tout de suite sauté sur l'occasion en espérant que vous étiez un parent de cette jeune fille.

Je m'accordai un moment de réflexion. Kenzie n'est pas un nom si courant que ça. Même là-bas, en Irlande, il y a seulement quelques représentants de la famille dans la région de Dublin et quelques autres éparpillés près de l'Ulster. Étant donné l'intensité de la cruauté et de la violence qui habitaient mon père et ses frères, la menace d'extinction pesant sur la lignée ne m'affligeait pas outre mesure.

– Vous dites que cette Moira Kenzie était jeune ? demandai-je.
– Oui.
– Quel âge, à peu près ?
– Dix-neuf ans, peut-être vingt.
Je fis non de la tête.
– Dans ce cas, je regrette, docteur Warren. Je ne la connais pas. La seule Moira Kenzie dont j'aie jamais entendu parler, c'est une cousine de mon défunt père. Elle a passé la soixantaine et n'a pas quitté Vancouver depuis au moins vingt ans.

Diandra opina d'un mouvement bref trahissant son amertume, et l'éclat de ses pupilles parut s'éteindre.

– Alors...
– Docteur Warren, repris-je, que s'est-il passé au juste avec cette Moira Kenzie ?

Les lèvres pincées, elle regarda Eric, puis leva les yeux vers un énorme ventilateur fixé au plafond. Quand un souffle lent s'échappa de ses lèvres, je compris qu'elle avait décidé de nous faire confiance.

– Elle m'a dit être la petite amie d'un certain Hurlihy.

– Kevin Hurlihy ? fit Angie.

En quelques secondes, le teint doré de Diandra Warren avait viré au coquille d'œuf. Elle hocha la tête.

Angie se tourna de nouveau vers moi, le sourcil de nouveau interrogateur.

– Vous le connaissez ? s'enquit Eric.

– Hélas, oui, répondis-je.

Kevin Hurlihy faisait partie de notre bande, dans le temps. Il avait une drôle de dégaine, avec son grand corps dégingandé, ses hanches pointues et sa tignasse broussailleuse, genre coiffée avec un pétard. À douze ans, on lui avait retiré une tumeur cancéreuse au niveau du larynx. Une opération couronnée de succès, mais qui l'avait laissé avec un filet de voix haut perchée, éraillée, évoquant les piaillements geignards d'une adolescente. Ses yeux paraissaient globuleux derrière ses lunettes en cul de bouteille, et sur le plan vestimentaire, il avait autant de classe que le dernier des ploucs. C'était le bras droit de Jack Rouse, et Jack Rouse tirait les ficelles de la mafia irlandaise de cette ville. Si Kevin semblait sorti tout droit d'un dessin animé, son patron n'avait en revanche rien d'un comique.

– Que s'est-il passé ? répéta Angie.

Diandra leva une nouvelle fois les yeux vers le plafond, et un frémissement parcourut la peau fine de sa gorge.

– Moira m'a raconté que Kevin la terrorisait. D'après elle, il la faisait suivre en permanence, il l'obligeait à le regarder coucher avec d'autres femmes, la forçait à coucher avec ses associés, il n'hésitait pas à tabasser les hommes qui posaient les yeux sur elle, même innocemment, et il...

Elle s'interrompit, et Eric plaça timidement la main sur la sienne.

– Moira a ensuite ajouté qu'elle avait eu une aventure avec un homme, que Kevin l'avait appris et qu'il... Enfin, il avait tué cet homme avant de l'enterrer à Somerville. Elle m'a suppliée de l'aider. Elle...

– Qui vous a contactée ? demandai-je.

Après s'être essuyé l'œil gauche, Diandra alluma une longue cigarette avec le briquet ancien. En dépit de sa frayeur, sa main ne tremblait presque pas.

– Kevin, cracha-t-elle comme s'il s'agissait d'un truc dégoûtant. Il m'a appelée à quatre heures du matin. Quand le téléphone sonne à quatre heures du matin, vous imaginez ce qu'on ressent ?

Un mélange d'incompréhension, de confusion, de solitude, de peur. Exactement le genre de réaction que cherchent à susciter les types comme Kevin Hurlihy.

– Si vous saviez toutes les horreurs qu'il m'a débitées... Il a dit entre autres, je cite : « ça fait quel effet de savoir que tu vis ta dernière semaine sur terre, espèce de salope ? »

Du Kevin tout craché. La classe incarnée.

Elle prit une profonde inspiration, faisant siffler l'air entre ses dents.

– Cet appel, vous l'avez reçu quand ? m'enquis-je.

– Il y a trois semaines.

– Trois semaines ? répéta Angie.

– C'est ça. Au début, j'ai essayé de l'ignorer. J'ai fini par avertir la police, mais ils ne pouvaient soi-disant rien faire puisque je n'avais aucune preuve que c'était bien Kevin l'auteur de ce coup de fil.

Elle se passa la main dans les cheveux, se recroquevilla un peu plus sur le canapé, nous regarda.

– Quand vous avez parlé aux flics, intervins-je, vous avez mentionné cette histoire de cadavre enterré à Somerville ?

– Non.

– Tant mieux, dit Angie.

– Pourquoi avoir attendu si longtemps avant de demander de l'aide ?

Diandra fit glisser l'arme d'Eric, dégageant l'enveloppe kraft qu'elle tendit à Angie. Celle-ci l'ouvrit, pour en sortir une photographie en noir et blanc. Après l'avoir examinée quelques instants, elle me la donna.

Le jeune homme sur le cliché devait avoir dans les vingt ans ; un beau gosse, avec de longs cheveux châtains et une barbe de deux jours. Il portait un jean déchiré aux genoux, un T-shirt sous une chemise en flanelle ouverte, et un blouson de cuir noir. L'uniforme grunge de tout étudiant qui se respecte. Il avait un cahier sous le bras et longeait un mur de brique. Sans se douter, apparemment, qu'on le prenait en photo.

– Mon fils, Jason, déclara Diandra. Il est en deuxième année à Bryce. Ce bâtiment, c'est la bibliothèque. Le cliché est arrivé hier, avec le reste du courrier.

– Pas de message ?

Diandra fit non de la tête.

– Le nom et l'adresse de Diandra sont tapés sur l'enveloppe, c'est tout, précisa Eric.

– Il y a deux jours, reprit-elle, Jason était à la maison pour le week-end, et je l'ai entendu dire à un copain au téléphone qu'il avait l'impression d'être constamment épié. Épié, oui. C'est bien le mot qu'il a utilisé.

De sa cigarette, elle désigna la photo ; cette fois,

impossible de ne pas remarquer le tremblement de sa main.

– C'est le lendemain que j'ai reçu ça.

J'examinai une nouvelle fois le cliché. L'avertissement classique de la mafia : « Vous croyez peut-être avoir appris quelque chose sur nous, mais nous, on sait tout sur votre compte. »

– Je n'ai pas revu Moira Kenzie après cette rencontre. Elle n'est pas inscrite à Bryce, le numéro de téléphone qu'elle m'a laissé est celui d'un restaurant chinois, et je n'ai pas trouvé son nom dans l'annuaire. Pourtant, elle est venue me trouver. Et maintenant, je dois vivre avec ça. Mais je ne sais même pas pourquoi, grands dieux !

Elle laissa tomber ses deux mains sur ses cuisses et ferma les yeux. Quand elle les rouvrit, toute trace de ce courage qu'elle avait puisé on ne sait où durant les trois dernières semaines avait disparu. Diandra Warren semblait terrifiée, et soudain consciente de la fragilité des remparts érigés autour de la vie de chacun.

Je regardai Eric, sa main sur celle de Diandra, tout en m'efforçant de déterminer la nature de leurs relations. Ne l'ayant jamais vu avec une femme, j'en avais déduit qu'il était gay. À tort ou à raison, mais quoi qu'il en soit, je le connaissais depuis dix ans, et il n'avait jamais fait allusion à un fils.

– Qui est le père de Jason ? demandai-je.

– Comment ? Pourquoi cette question ?

– Lorsqu'une menace pèse sur un enfant, intervint Angie, on doit envisager les problèmes de garde.

D'un même mouvement, Diandra et Eric réfutèrent l'argument.

– Ça fait presque vingt ans que Diandra est divorcée, expliqua Eric. Son ex-mari se montre amical avec Jason, mais sans plus. Il a toujours conservé ses distances.

– Vous pouvez me donner son nom ? dis-je.

– Stanley Timpson, répondit Diandra.

– Stan Timpson, le procureur du Suffolk ?

Elle opina.

– Docteur Warren, reprit Angie, dans la mesure où votre ex-mari est le représentant de la loi le plus puissant de tout le Commonwealth [1], on peut supposer que...

– Non.

Diandra secoua la tête avec vigueur.

– La plupart des gens ignorent même que nous avons été mariés. Il a une nouvelle épouse, trois autres enfants, et ses rapports avec Jason et moi sont réduits au strict minimum. Croyez-moi, ça n'a aucun rapport avec Stan.

Je jetai un coup d'œil à Eric.

– C'est aussi mon avis, confirma-t-il. Jason porte le nom de Diandra, pas celui de Stan, et il n'a pratiquement aucun contact avec son père, à part un coup de fil au moment de son anniversaire, ou une carte de vœux.

– Vous allez m'aider ? s'enquit soudain Diandra.

Angie et moi, on se consulta du regard. Traîner dans le même secteur que des types comme Kevin Hurlihy et son patron, Jack Rouse, comportait des risques sérieux pour la santé, on le savait tous les deux. Or, on nous demandait ni plus ni moins de débarquer dans leur cantine favorite pour leur ordonner de ne plus embêter notre cliente. Le pied. En acceptant l'affaire Diandra Warren, on risquait de prendre la décision la plus suicidaire de toute notre carrière.

Angie dut lire dans mon esprit, car elle lança :

– Alors, quoi ? T'as envie de faire des vieux os, toi ?

---

1. Depuis la dictature de Cromwell (1649-53), ce terme a pris le sens de « république », et dans cette acception, il désigne officiellement les États du Kentucky, du Massachusetts, de la Pennsylvanie, de la Virginie et de Puerto Rico.

2

Lorsque Angie et moi quittâmes Lewis Wharf pour remonter Commercial Street, l'automne si lunatique de la Nouvelle-Angleterre avait transformé une matinée pourrie en un après-midi magnifique. À mon réveil, une méchante brise glaciale pareille au souffle d'un dieu puritain s'insinuait en sifflant par les fissures sous mes fenêtres. Le ciel était pâle et dur comme le cuir d'un gant de base-ball, et les passants qui se dirigeaient vers leur voiture sur le boulevard se recroquevillaient dans des vestes épaisses ou de gros pulls, le visage auréolé par la vapeur de leur haleine.

Le temps que je sorte de mon appartement, la température avait déjà atteint les 10 degrés, et le soleil voilé s'efforçant de percer l'étendue figée des nuages ressemblait à une orange piégée sous la surface d'un étang gelé.

En longeant Lewis Wharf pour aller chez Diandra Warren, j'avais ôté ma veste avec l'apparition des premiers rayons, et maintenant qu'on rentrait chez nous, le mercure devait avoisiner les 20 degrés.

Quand on passa devant Copp's Hill, la brise tiède venue du port bruissait dans les arbres donnant sur la colline, et plusieurs poignées de feuilles rouges et lustrées voltigèrent, effleurèrent le sommet des pierres tombales puis se posèrent sur l'herbe. À droite, le réseau de quais et de docks scintillait ; à gauche, les bâtiments de brique brune, rouge et blanc cassé du North End évoquaient des images de sols dallés et de vieilles portes ouvertes d'où s'échappaient des effluves de sauces appétissantes, d'ail et de pain frais.

– Je me demande comment on pourrait détester la ville par une journée pareille, dit Angie.

– T'as raison, c'est impossible.

D'une main, Angie souleva sa chevelure épaisse qu'elle rassembla en queue-de-cheval avant d'incliner la tête vers la vitre ouverte pour offrir son visage et son cou à la caresse du soleil. À la voir ainsi, les yeux clos, un petit sourire aux lèvres, j'en venais presque à croire qu'elle était tout à fait remise.

Sauf qu'elle ne l'était pas. Après sa séparation d'avec Phil, son mari, préalablement réduit à l'état de masse sanguinolente secouée de haut-le-cœur pour avoir tenté de la cogner une fois de trop, Angie avait traversé un hiver marqué par une capacité d'attention de plus en plus limitée et une sorte de rituel sentimental compulsif qui avait laissé pas mal de types perplexes, plaqués sans un mot d'explication pour un de leurs semblables.

N'étant pas moi-même un parangon de vertu, je ne pouvais guère lui faire la leçon sans avoir l'air d'un hypocrite, mais au début du printemps, elle paraissait néanmoins prête à remonter la pente. Elle cessa de ramener chez elle des corps étrangers, s'intéressa de nouveau aux affaires en cours et alla même jusqu'à remettre un peu d'ordre dans son logement – ce qui se résumait pour elle à nettoyer le four et acheter un balai. Mais elle n'était plus comme avant.

Elle était plus calme, moins culottée. Elle venait chez moi ou me téléphonait aux heures les plus indues pour parler de la journée qu'on venait de passer ensemble. Elle prétendait ne pas avoir revu Phil depuis des mois, mais pour quelque obscure raison, je ne la croyais pas.

Une situation d'autant plus complexe que pour la seconde fois seulement au cours de toutes ces années d'amitié, je n'étais pas toujours là pour elle. J'avais rencontré Grace Cole en juillet, et je partageais avec elle des jours et des nuits, voire des week-ends entiers quand nos emplois du temps respectifs nous le permettaient. À l'occasion, j'étais aussi chargé d'endosser le costume de baby-sitter pour Mae, la fille de Grace. Résultat, je me retrouvais souvent indisponible pour mon associée, sauf en cas d'extrême urgence. Or, aucun de nous deux n'était réellement préparé à cette situation ; comme l'avait fait remarquer Angie un jour : « Il y a plus de chances de voir un Black jouer dans un film de Woody Allen que Patrick s'engager dans une relation sérieuse. »

À un feu de circulation, elle dut sentir mon regard, car elle ouvrit complètement les yeux et me contempla avec un petit sourire en coin.

– Encore à te faire du mouron pour moi, Kenzie ?

Mon associée télépathe.

– Je procédais juste à un petit check-up, Gennaro. Comportement sexiste de base, rien de plus.

– Je te connais, Patrick. (Elle se redressa sur son siège.) Tu te prends toujours pour mon grand frère.

– Et alors ?

– Alors, répondit-elle en me caressant la joue d'un revers de main, le moment est venu d'arrêter.

J'écartai de son œil une mèche égarée juste avant que le feu ne passe au vert.

– Pas question.

On ne resta chez Angie que le temps pour elle d'enfiler un short en jean et pour moi de sortir du frigo deux bouteilles de Rolling Rock. Puis on s'installa sur la véranda derrière la maison, écoutant les chemises trop amidonnées des voisins claquer et crisser sous la brise.

Angie se pencha en arrière, s'appuya sur ses coudes et s'étira.

– Bon, on a une affaire, maintenant.

– Ouais, on a une affaire, murmurai-je, les yeux rivés sur ses longues jambes mates, révélées par un jean délavé coupé à mi-cuisses.

Il n'y a peut-être pas grand-chose de valable en ce bas monde, mais montrez-moi quelqu'un qui trouve à redire aux jeans coupés, et je vous montrerai un crétin de première.

– Une petite idée sur la question, peut-être ? lança-t-elle.

Et d'ajouter dans la foulée :

– Arrête de lorgner mes jambes, espèce d'obsédé. Aujourd'hui, t'es presque un homme marié.

Je haussai les épaules, me penchai en arrière à mon tour, contemplai le ciel veiné comme du marbre poli.

– Ça reste à voir. Tu sais ce qui ne me plaît pas ?

– À part la musique d'ascenseur, la pub et l'accent du New Jersey ?

– Au sujet de cette affaire.

– Dis-moi.

– Pourquoi ce nom, Moira Kenzie ? C'est vrai, quoi, s'il s'agit d'une fausse identité, ce qui est probablement le cas, pourquoi choisir mon nom de famille ?

– Tu sais, il existe un truc qu'on appelle une coïncidence. T'en as peut-être déjà entendu parler. C'est quand...

– Laisse tomber. Il y a encore autre chose.

– Quoi ?

– Kevin Hurlihy te semble du genre à avoir une petite copine ?

– À priori, non. Mais bon, ça fait belle lurette qu'on ne le fréquente plus.

– N'empêche...

– Qui sait ? J'ai vu des tas de types bizarres et moches sortir avec des filles superbes, et vice versa.

– Kevin n'est pas seulement bizarre. C'est un sadique.

– Comme beaucoup de boxeurs professionnels, non ? Pourtant, ils ont toujours une nana pendue au bras.

– Peut-être. Admettons. Alors, comment on s'y prend, avec Kevin ?

– Et Jack Rouse.

– Ils sont dangereux, ces gars-là.

– Très.

– Et qui a l'habitude de traiter quotidiennement avec les individus dangereux ?

– Pas nous.

– Non, on est des poules mouillées.

– Et fiers de l'être. Ne reste donc plus... (Elle tourna la tête et, éblouie par le soleil, plissa les yeux pour me regarder.) Tu n'as quand même pas l'intention de...

– Si.

– Oh, Patrick.

– Il faut qu'on aille voir Bubba, déclarai-je.

– T'es sûr ?

Je soupirai, pas très chaud non plus.

– Certain.

– Fait chier, marmonna Angie.

3

– À gauche, dit Bubba. Maintenant, environ vingt centimètres à droite. Bien. Ça y est presque.

Séparé de nous par un bon mètre, les mains à la hauteur de la poitrine, il reculait en nous parlant, et agitait les doigts comme pour guider un camion en train de faire marche arrière.

– O.K., reprit-il. Déplace ton pied gauche de vingt-deux centimètres sur la gauche. Ouais, c'est ça.

Rendre visite à Bubba dans le vieil entrepôt où il habite, c'est un peu comme jouer à colin-maillard au bord d'un précipice. Les dix premiers mètres du rez-de-chaussée étant bourrés d'une quantité d'explosifs suffisante pour pulvériser la côte est, mieux vaut suivre ses instructions à la lettre pour ne pas passer le restant de ses jours sous respirateur artificiel. Avec Angie, on a vécu l'expérience un nombre incalculable de fois, mais on ne s'est jamais fiés à notre mémoire au point de tenter la traversée de ces dix mètres sans l'aide de Bubba. Mettez ça sur le compte d'une prudence excessive.

– Patrick, fit-il en me regardant d'un air grave alors que mon pied droit stagnait à quelques millimètres au-dessus du sol, j'ai dit quinze centimètres à droite. Pas treize.

Je pris une profonde inspiration avant d'écarter mon pied de deux centimètres supplémentaires.

Un sourire aux lèvres, il approuva d'un hochement de tête.

Je posai mon pied. Je ne partis pas en fumée. J'en fus heureux.

Derrière moi, Angie lança :

– Bubba ? Pourquoi t'investirais pas dans un système de sécurité ?

Il fronça les sourcils.

– Ben, j'en ai d'jà un.

– C'est un champ de mines, Bubba.

– C'est bien ce que j'disais, répliqua-t-il. Dix centimètres à gauche, Patrick.

J'entendis Angie relâcher son souffle.

– T'as tout bon, Patrick, me rassura-t-il au moment où j'atteignais une zone à une trentaine de centimètres de lui.

Plissant les yeux, il reporta son attention sur Angie.

– Allez, Ange, fais pas ta mijaurée.

Avec sa jambe en l'air, mon associée pétrifiée avait tout d'une cigogne. Une cigogne particulièrement en rogne.

– Je sors de là et je t'étrangle de mes propres mains, Bubba Rogowski.

– Ouuuh, ulula Bubba. Elle m'a appelé par mon nom entier. Comme ma maman, avant.

– T'as jamais connu ta mère, lui rappelai-je.

– On est en communication psychique, Patrick, dit-il en effleurant son lobe frontal protubérant.

Sa prédilection pour les objets piégés mise à part, il me donne parfois du souci.

Enfin, Angie s'avança dans le périmètre que je venais de délaisser.

– T'as tout bon, lui dit Bubba.

Elle lui balança un coup de poing dans l'épaule.

– On ne craint plus rien, t'es sûr ? demandai-je. Pas de lances tombant du plafond, de lames de rasoir dans les fauteuils ?

– Non, sauf si je les déclenche.

Il se dirigea vers un vieux frigo installé à côté de deux canapés bruns fatigués, une chaise de bureau orange et une antique chaîne stéréo avec un tourne-disques. Une caisse en bois se trouvait devant la chaise de bureau, et plusieurs autres s'empilaient de l'autre côté d'un matelas posé sur le sol, juste après les sofas. Certaines, ouvertes, laissaient voir la crosse d'armes à feu noires et lustrées émergeant de la paille. Le pain quotidien de Bubba.

Celui-ci ouvrit le réfrigérateur, sortit une bouteille de vodka du freezer, puis trois petits verres du trench dont je ne l'ai jamais vu se défaire. Été comme hiver, Bubba et son trench vont de pair. On dirait un peu une version pervertie de Harpo Marx, avec des manières épouvantables et des pulsions homicides. Il servit la vodka et nous tendit chacun un verre.

– Ça calme les nerfs, à ce qu'on raconte.

Sur ce, il éclusa sa vodka.

De fait, l'alcool calma mes nerfs. Ceux d'Angie aussi, je crois, étant donné la façon dont elle garda les yeux clos un long moment. Bubba ne manifesta aucune réaction particulière, mais Bubba est dépourvu de système nerveux et, pour autant que je le sache, de la plupart des attributs nécessaires à la survie des humains.

Il laissa tomber ses cent et quelques kilos dans l'un des canapés.

– Bon, expliquez-moi pourquoi vous voulez voir Jack Rouse.

On le lui expliqua.

– Mouais, ça lui ressemble pas. Ce truc merdique avec la photo, je veux dire, c'est peut-être efficace, mais c'est bien trop subtil pour Jack.

– Et Kevin Hurlihy ? fit Angie.

– Si c'est trop subtil pour Jack, répondit Bubba, ça dépasse complètement Kevin. (Il but à même la bouteille.) À la réflexion, y a beaucoup de choses qui dépassent ce vieux Kev. Les additions, les soustractions, l'alphabet, toutes ces conneries... Bon sang, vous vous en souvenez bien, non ?

– On se disait qu'il avait peut-être changé.

Bubba éclata de rire.

– Mon cul, oui. Il est devenu pire.

– Donc, il est dangereux, conclus-je.

– Ça, c'est sûr, approuva Bubba. Comme le clébard d'un ferrailleur. Il sait pas faire grand-chose à part violer, cogner et foutre la frousse aux gens, mais ce qu'il fait, il le fait bien.

Il me tendit la bouteille, et je me resservis.

– Bref, deux personnes qui accepteraient une affaire les opposant à Kevin et à son patron..., commençai-je.

– ... seraient des débiles profonds, aucun doute.

Sur ce, Bubba reprit la bouteille.

De mon côté, je jetai un regard noir à Angie, qui me tira la langue.

– Vous voulez que je le liquide ? demanda Bubba en prenant ses aises sur le canapé.

Je cillai.

– Euh...

Bubba bâilla.

– Aucun problème.

– Pas pour l'instant, fit Angie en lui tapotant le genou.

– Je vous assure, reprit-il en se redressant, ça m'embête pas. J'ai fabriqué un nouveau machin, suffit de le fixer sur le crâne du type, juste là, et...

– On te tiendra au courant, dis-je.

– Cool. (Il étala de nouveau sa masse sur le canapé, et nous observa un petit moment.) C'est marrant, je voyais pas un dégénéré comme Kevin avec une régulière. Il est plutôt du genre à payer pour ça, ou à utiliser la force.

– J'y ai pensé aussi, dis-je.

– En tout cas, reprit Bubba, vous avez pas intérêt à rencontrer Jack Rouse et Kevin sans escorte.

– Ah non ?

Il secoua la tête.

– Allez les trouver en disant « Laissez notre cliente tranquille », et ils vous descendront. Forcément. Ces deux-là, y sont pas vraiment équilibrés.

Un type qui piégeait la moitié de son domicile pour assurer sa sécurité nous affirmait que Jack et Kevin n'étaient pas équilibrés. Formidable. Comprenant maintenant combien ils étaient dangereux, j'en venais presque à envisager de retourner au milieu du champ de mines, d'entamer une petite gigue et d'en finir au plus vite.

– On va passer par le Gros Freddy, fit Bubba.

– Sérieux ? lança Angie.

Le Gros Freddy Constantine était le parrain de la mafia de Boston, l'homme qui avait pris le contrôle de la bande de Providence, autrefois toute-puissante, et consolidé ensuite son autorité. Aujourd'hui, Jack Rouse, Kevin Hurlihy, tous ceux qui revendaient ne serait-ce qu'un seul sachet de drogue dans cette ville rendaient des comptes au Gros Freddy.

– C'est le seul moyen, affirma Bubba. Vous passez par le Gros Freddy, vous lui montrez du respect, et si c'est moi qui ai arrangé la rencontre, ils vous flingueront pas ; ils sauront que vous êtes des copains.

– Tope-là.

– Vous voulez le voir quand ?

– Le plus tôt possible, répondit Angie.

Bubba haussa les épaules, puis ramassa le téléphone sans fil posé par terre. Il composa un numéro et but au goulot une gorgée de vodka en attendant que son interlocuteur décroche.

– Lou ? fit-il. Dis au boss que j'ai appelé.

Il raccrocha.

– Le boss ? répétai-je.

– Ben, expliqua Bubba en ouvrant les mains, comme ils sont tous dingues des films de Scorsese et des séries policières, ils se croient obligés de parler comme ça. Du coup, j'essaie de leur faire plaisir. (Il passa le bras par-dessus son torse gros comme une barrique pour verser une nouvelle rasade de vodka à Angie.) Ça y est, Gennaro, t'es officiellement divorcée ?

Elle sourit avant de vider son verre.

– Pas encore, non.

– C'est pour quand ? s'enquit-il en haussant les sourcils.

Angie posa les pieds sur une caisse de AK-47 avant de s'adosser à son siège.

– Les rouages de la justice tournent lentement, Bubba, et le divorce, c'est compliqué.

Bubba grimaça.

– Le trafic de missiles sol-air libyens, ça, c'est compliqué. Mais le divorce ?

Mon associée se passa les deux mains dans les cheveux, puis leva les yeux vers la tuyauterie écaillée agrémentant le plafond.

– Avec toi, Bubba, une liaison dure à peine plus longtemps qu'un pack de six. Alors, qu'est-ce que tu sais du divorce ? Franchement ?

Il soupira.

– Ce que j'en sais, c'est que les gens se compliquent foutrement l'existence pour des trucs qu'y en valent pas le coup. (Il balança les jambes hors du canapé et laissa tomber sur le sol ses pieds chaussés de rangers.) Et toi, vieux ?

– *Moi ?* [1]

---

1. En français dans le texte.

– *Si.* Ton expérience du divorce, c'était comment ?

– Un jeu d'enfant. Aussi simple que de se faire livrer par le traiteur chinois du coin : un coup de fil, et tout est réglé.

Bubba se tourna vers Angie.

– Ah, tu vois ?

Elle agita une main dédaigneuse dans ma direction.

– Parce que tu le crois, Bubba ? Lui, M. Introspection en personne ?

– Je proteste solennellement, fis-je.

– Tu déconnes solennellement, oui, répliqua Angie.

Bubba fit les gros yeux.

– Pourquoi vous baiseriez pas une bonne fois pour toutes, histoire de vous mettre enfin d'accord ?

Un silence gêné suivit cette remarque, comme chaque fois qu'on suggère la possibilité d'une relation beaucoup plus qu'amicale entre mon associée et moi. Bubba souriait, prenant manifestement son pied, quand son téléphone sonna. Une chance.

– Ouais, lui-même. (Il nous adressa un signe de tête.) Comment allez-vous, monsieur Constantine ? (Bubba grimaça pendant que M. Constantine lui donnait des détails sur son état de santé.) Heureux de l'apprendre. Écoutez, monsieur C., j'ai là deux amis qui aimeraient vous rencontrer. Ce sera l'affaire de quelques minutes.

Quand j'articulai en silence « monsieur C. », Bubba me fit un doigt.

– Oui, monsieur, ils sont réglos. Des civils, mais qui ont peut-être découvert un truc susceptible de vous intéresser. En rapport avec Jack et Kevin. (Le Gros Freddy y alla de nouveau de son petit discours, et Bubba, le poing fermé, mima une branlette.) Oui, monsieur, dit-il enfin. Patrick Kenzie et Angela Gennaro. (Il écouta, prit soudain l'air étonné et se tourna vers Angie, la main sur le combiné.) T'es de la famille Patriso ?

Elle alluma une cigarette.

– J'en ai bien peur.

– Tout juste, monsieur, poursuivit Bubba à l'adresse de son interlocuteur. Cette même Angela Gennaro. (Il arqua le sourcil gauche en direction d'Angie.) Ce soir, donc, à dix heures. Merci, monsieur Constantine. (Il s'interrompit, les yeux fixés sur la caisse qu'Angie utilisait comme repose-pieds.) Comment ? Oh oui, Lou connaît l'endroit. Six caisses. Demain soir. Pensez donc. C'est comme si c'était fait, monsieur Constantine. Oui, monsieur. Prenez bien soin de vous, surtout. (Il raccrocha, poussa un profond soupir, puis repoussa de la paume l'antenne du combiné.) Foutus macaronis. Avec eux, c'est toujours « Oui, monsieur. Non, monsieur. Et comment va votre femme ? » Tu penses, leur bonne femme, ils s'en balancent encore plus que les Irlandoches.

Venant de Bubba, je jugeai la remarque flatteuse pour mon appartenance ethnique.

– On doit le retrouver où ? demandai-je.

Notre ami contemplait désormais Angie avec une expression proche de l'admiration sur son visage empâté.

– Dans un café de Prince Street. À dix heures ce soir. Pourquoi tu m'as jamais parlé de tes liens avec les Patriso ?

D'une chiquenaude, Angie fit tomber par terre la cendre de sa cigarette. Un geste qui n'avait cependant rien d'irrespectueux : le sol tout entier n'était qu'un vaste cendrier.

– On n'a pas de liens, répondit-elle.

– Freddy prétend le contraire.

– Il se goure. Entre nous, y a rien de plus qu'un caprice génétique.

Bubba se tourna vers moi.

– Tu le savais, qu'elle était du clan Patriso ?

– Mouais.

– Et ?

– Et rien. Puisqu'elle s'en tamponne le coquillart, moi aussi.

– Écoute, Bubba, reprit Angie, c'est pas franchement un truc dont je suis fière.

Il émit un sifflement.

– Pendant toutes ces années, avec toutes les galères que vous avez connues, vous les avez jamais appelés en renfort ?

Angie le regarda à travers les longues mèches qui lui retombaient sur le visage.

– Ça ne m'a pas effleurée un seul instant.

– Pourquoi ? insista-t-il, l'air sincèrement dérouté.

– T'es ce qui se fait de mieux en matière de mafioso, mon p'tit cœur.

Bubba rougit, un tour de force que seule Angie est capable de réussir, avec des résultats toujours spectaculaires. Sa figure énorme prit la couleur d'un raisin trop mûr, et pendant quelques instants, il parut presque inoffensif. Presque.

– Arrête, dit-il, tu me gênes.

De retour au bureau, je nous préparai un bon café pour contrebalancer les effets de la vodka pendant qu'Angie faisait défiler les messages sur le répondeur.

Le premier était d'un de nos derniers clients en date, Bobo Gedmenson, propriétaire des Bobo's Yo-Yo, une chaîne de discothèques pour moins de vingt et un ans, et de quelques boîtes de strip-tease à Saugus et Peabody, aux noms aussi poétiques que

Vanille dégoulinante ou Biscuit sucré. Maintenant que nous avions retrouvé son ancien associé, et récupéré presque tout l'argent dont celui-ci l'avait délesté, Bobo trouvait soudain à redire à nos honoraires et criait à la misère.

– Y'en a qui manquent pas de culot, marmonnai-je en hochant la tête.

– Quel con, approuva Angie quand Bobo raccrocha.

Je pris mentalement note de confier à Bubba le soin de jouer les collecteurs de fonds, puis écoutai le deuxième message.

« Salut. Je voulais juste vous souhaiter bonne chance et tout pour votre nouvelle affaire. Si j'ai bien compris, vous avez décroché le gros lot, pas vrai ? Bon, je vous rappelle. À plus. »

Je regardai Angie.

– Qui c'est, celui-là ?

– Pas un copain à toi ? Avec un accent comme ça, il est anglais, et j'ai pas d'Anglais dans mes relations.

– Moi non plus. (Je haussai les épaules.) Une erreur, peut-être ?

– « Bonne chance pour votre nouvelle affaire » ? À mon avis, il savait de quoi il parlait.

– L'accent te paraît naturel ?

– Non, on dirait que ce type-là a trop regardé les Monty Python.

– Qui imite les accents, parmi les gens qu'on connaît ?

– Aucune idée.

Le message suivant avait été laissé par Grace Cole. En arrière-fond, on distinguait les bruits agressifs de la salle des urgences où elle travaillait.

« J'ai enfin réussi à m'accorder une pause-café de dix minutes, j'en profite pour te téléphoner. Je suis coincée ici au moins jusqu'à l'aube, mais rappelle-moi chez moi demain soir. Tu me manques. »

Elle raccrocha, et Angie lança :

– Alors, à quand le mariage ?

– Demain. T'as pas reçu l'invitation ?

– On avait raison, t'es cuit, répliqua-t-elle avec un sourire. Tu t'en rends compte, j'espère.

– Qui, « on » ?

– Moi, et aussi tous tes copains. (Son sourire vacilla.) Je ne t'avais jamais vu regarder une femme comme tu regardes Grace.

– Et si c'était le cas ?

Elle se tourna vers la fenêtre, contempla le boulevard en contrebas.

– Alors, tant mieux pour toi, dit-elle doucement. (Elle s'efforça de maintenir son sourire, mais il trembla avant de s'évanouir.) Je vous souhaite tout le bonheur du monde.

4

À dix heures ce soir-là, installés dans un petit café de Prince Street, Angie et moi, on en apprit plus sur les prostates qu'aucun de nous ne l'aurait souhaité, et ce, grâce au Gros Freddy Constantine.

Le café de Freddy Constantine à Prince Street, c'était un rade tout en longueur dans une rue tout en longueur. Prince Street traverse le North End de Commercial à Moon Street, et comme presque toutes les rues du quartier, elle est à peine assez large pour une bicyclette. La température avait chuté au moment de notre arrivée, il ne devait guère faire plus de 10 ou 12 degrés, et pourtant, Prince Street grouillait d'hommes assis devant des boutiques et des restaurants, vêtus seulement de T-shirts ou de marcels sous des chemisettes ouvertes, adossés à des chaises de jardin, fumant le cigare, jouant aux cartes, ou partant de brusques explosions de rire, à la manière de ceux qui se savent maîtres de leur territoire.

Le café de Freddy Constantine, ce n'était rien d'autre qu'une salle sombre avec deux petites tables sur le trottoir et quatre à l'intérieur, disposées sur un carrelage noir et blanc. Au plafond, un ventilateur brassait mollement l'air, agitant les pages d'un journal sur le comptoir pendant que Dean Martin roucoulait de l'autre côté d'un lourd rideau noir tendu devant la porte de service.

Le comité d'accueil nous attendait à l'entrée : deux jeunes types aux cheveux noirs et à la musculature entretenue dans les salles de sport, portant les mêmes pulls rose pâle avec col en V et les mêmes chaînes en or.

– Vous achetez vos fringues en gros, les gars ? lançai-je.

L'un d'eux jugea la remarque tellement spirituelle qu'il procéda à une palpation particulièrement virile de ma personne, enfonçant ses paumes dans ma cage thoracique comme si elles devaient se rejoindre au milieu. Nos armes étant restées dans la voiture, ils nous délestèrent de nos portefeuilles. Ça nous contraria, ils n'en avaient rien à cirer, et ils nous conduisirent jusqu'à la table de Don Frederico.

Le Gros Freddy avait tout du morse, sauf la moustache. Il était énorme, grisâtre, et engoncé dans plusieurs couches de vêtements foncés ; résultat, sa tête carrée genre billot de boucher, posée au sommet de cet amas de tissu sombre, ressemblait à un truc qui aurait jailli des plis du col avant de dégouliner vers les épaules. Ses yeux en amande étaient limpides, chaleureux et paternels, et il souriait beaucoup. Aux inconnus dans la rue, aux journalistes quand il sortait d'une salle d'audience, sans doute aussi à ses victimes avant que ses hommes ne leur bousillent les rotules.

– Je vous en prie, asseyez-vous, nous dit-il.

Outre Freddy et nous, le café comptait un autre occupant. Assis à environ six mètres de nous, à une table près d'un étai, une main sur le plateau, les jambes croisées au niveau des chevilles. Il portait un treillis, une chemise blanche et une écharpe grise sous une veste de toile ambre avec col en cuir. Il ne nous regardait pas directement ; pour autant, je n'aurais pu jurer qu'il ne nous regardait pas. Ce type-là s'appelait Pine – je ne lui connaissais pas de prénom –, et c'était une véritable légende dans certains milieux : l'homme qui avait survécu à quatre patrons différents, à trois guerres de clans, et dont les ennemis avaient la déconcertante habitude de disparaître corps et biens, au point que les gens finissaient par oublier jusqu'au souvenir de leur existence. Et cependant, ainsi attablé, il avait l'air d'un individu parfaitement normal, à la limite de l'insignifiant. Vraisemblablement séduisant, mais dépourvu de caractéristiques particulières susceptibles de frapper l'esprit : entre un mètre soixante-quinze et un mètre quatre-vingts, corpulence moyenne, cheveux blond cendré, yeux verts.

Le simple fait de me retrouver dans la même pièce que lui me donnait des sueurs froides.

Angie et moi étions à peine assis que le Gros Freddy lançait :

– Fichues prostates...

– Pardon ? fit Angie.

– Je disais, fichues prostates, répéta Freddy. (Il s'empara d'un pichet en étain, puis remplit de café une tasse qu'il tendit à Angie.) Une préoccupation bien moins importante pour votre sexe que pour le nôtre. (Il m'adressa un signe de tête en me donnant ma tasse, puis poussa vers nous le lait et le sucre.) Vous savez, j'ai atteint le sommet de ma carrière, ma fille vient d'être acceptée à Harvard, et sur le plan financier, je n'ai pas à me plaindre. (Il changea de position sur sa chaise, avant de grimacer de telle façon que ses énormes bajoues convergèrent vers le centre de son visage, dissimulant un instant ses lèvres.) Mais je vous jure que j'échangerais tout ça sans hésiter contre une prostate en bon état. (Il soupira.) Et vous ? me demanda-t-il.

– Euh... quoi ?

– Vous avez une prostate en bon état ?

– Aux dernières nouvelles, oui, monsieur Constantine.

Il se pencha en avant.

– Profitez de votre chance, mon jeune ami. Profitez-en bien. Un homme sans une prostate saine, c'est... (Il posa ses mains sur la table, paumes vers le ciel.) Eh bien, c'est un homme sans secrets, un homme sans dignité. Bonté divine, quand je pense à tous ces docteurs qui vous flanquent sur le ventre pour vous explorer avec leurs saloperies d'instruments, pour vous tripoter, vous palper, vous déchirer, vous...

– C'est terrible, l'interrompit Angie.

Cette remarque eut le don de le ralentir dans son élan, Dieu merci.

Freddy Constantine acquiesça d'un mouvement de tête.

– En effet, même si ce n'est pas le mot que j'emploierais. (Soudain, il la gratifia d'un regard appuyé, comme s'il venait de remarquer sa présence.) Mais vous êtes beaucoup trop jolie pour qu'on vous ennuie avec des considérations pareilles, ma chère. (Quand il lui baisa la main, je dus prendre sur moi pour ne pas faire les gros yeux à Angie.) Je connais bien votre grand-père, Angela. Très bien, même.

Angie sourit.

– Il est fier de votre association, monsieur Constantine.

– Je ne manquerai pas de lui dire que j'ai eu le plaisir de rencontrer sa ravissante petite-fille. (Quand il reporta son attention sur moi, j'eus l'impression que son regard pétillait moins.) Vous veillez sur cette femme avec toute l'attention requise, n'est-ce pas, monsieur Kenzie ? Vous faites en sorte qu'on ne puisse pas lui nuire ?

– Cette femme est parfaitement capable de s'en charger elle-même, rétorqua Angie.

Le Gros Freddy ne me quittait pas des yeux. Des yeux qui avaient tendance à s'assombrir, comme si je ne leur renvoyais pas une image trop plaisante.

– Nos amis ne devraient plus tarder, ajouta-t-il.

Au moment où Freddy s'appuyait contre le dossier de son siège pour se servir une nouvelle tasse de café, j'entendis l'un des gardes du corps à l'entrée dire, « Tout droit, monsieur Rouse », et Angie écarquilla légèrement les yeux en voyant Jack Rouse et Kevin Hurlihy franchir le seuil.

Jack Rouse régnait sur Southie, Charlestown et tout le territoire entre Savin Hill et la Neponset River, à Dorchester. Il était mince, musclé, avec des yeux assortis au gris acier de ses cheveux coupés en brosse. Il ne paraissait pas particulièrement intimidant, mais c'était inutile; pour ça, il avait Kevin.

Je connais Kevin depuis l'âge de six ans, et rien de ce qui circule dans son cerveau ou son sang n'a jamais été affecté par une parcelle d'humanité. Lorsqu'il passa la porte, il évita de regarder Pine, ne parut même pas prendre sa présence en compte; pourtant, il n'aspirait qu'à une chose, je le savais : devenir Pine. Mais celui-ci se distinguait par son calme et son sens de la mesure, alors que Kevin était une boule de nerfs aux yeux trop brillants, comme survoltés en permanence, un gars capable de descendre tout le monde sur une impulsion, simplement parce que l'idée venait de lui traverser l'esprit. Pine flanquait les jetons, car pour lui, tuer n'était qu'un boulot comme des milliers d'autres. Kevin flanquait les jetons, car pour lui, tuer était le seul boulot dont il rêvait, le seul qu'il était prêt à effectuer sans contrepartie.

La première chose qu'il fit, après avoir serré la main de Freddy, fut de s'asseoir près de moi et d'éteindre sa cigarette dans ma tasse de café. Puis, tout en me regardant, il passa les doigts dans son épaisse tignasse hirsute.

– Jack, Kevin, commença Freddy, inutile de vous présenter M. Kenzie et Mlle Gennaro, j'imagine ?

– Nan, c'est des vieux potes, répondit Jack en s'installant à côté d'Angie. Ils ont grandi dans le quartier, comme Kevin. (D'un coup d'épaules, Rouse se débarrassa de son blouson bleu, qu'il suspendit au dossier de sa chaise.) C'est pas la vérité vraie, Kev ?

Celui-ci ne répondit pas, trop occupé qu'il était à me lorgner.

– J'aime que les choses soient claires, reprit Freddy. D'après Rogowski, vous êtes O.K. tous les deux, et si je peux vous aider à régler un problème, tant mieux. Mais comme vous venez du territoire de Jack, j'ai demandé à Jack s'il avait envie de participer à la discussion. Vous comprenez ?

Angie et moi, on opina de concert.

Kevin alluma une autre cigarette, avant de me souffler la fumée dans les cheveux.

De nouveau, Freddy posa les mains sur la table, paumes vers le ciel.

– Nous sommes tous d'accord, donc. Alors, expliquez-moi ce qui vous amène, monsieur Kenzie.

– En fait, commençai-je, nous avons été engagés par une cliente...

– Comment est ton café, Jack ? s'enquit Freddy. Encore un peu de lait ?

– C'est parfait, monsieur Constantine. Excellent.

– ... qui, poursuivis-je, a l'impression d'avoir contrarié l'un des hommes de Jack.

– Les hommes de Jack, vous dites ? répéta Freddy.

Haussant les sourcils, il regarda Jack, puis reporta son attention sur moi.

– Nous ne sommes que de modestes chefs d'entreprise, monsieur Kenzie. Nous avons des employés, mais leur loyauté s'arrête avec leur paie. (De nouveau, il se tourna vers Jack.) Des hommes ? lança-t-il une troisième fois.

Il ricana, Jack aussi.

Angie soupira.

Kevin m'envoya encore un peu de fumée dans les cheveux.

J'étais fatigué, et les derniers vestiges de la vodka avalée chez Bubba me rongeaient le cerveau ; en d'autres termes, je ne me sentais pas spécialement d'humeur à entrer dans le jeu d'une bande de psychopathes au rabais qui avaient vu trop souvent *Le Parrain* et se croyaient respectables. Mais je me rappelai que Freddy était un psychopathe très puissant tout à fait capable de s'offrir ma rate au dîner demain soir si l'envie lui en prenait.

– Monsieur Constantine, l'un des... disons, associés de M. Rouse a manifesté une certaine irritation envers notre cliente, et même proféré des menaces à son encontre...

– Des menaces ? répéta Freddy. Des menaces ?

– Des menaces ? fit Jack en écho, avec un sourire à l'adresse de Freddy.

– Des menaces, affirma Angie. Apparemment, notre cliente a eu le malheur de parler avec la petite amie de votre associé, qui prétendait avoir découvert les activités malhonnêtes de son copain, y compris le... zut, comment je pourrais formuler ça ? (Elle croisa le regard de Freddy.) L'élimination de déchets organiques précédemment animés ?

Il fallut à Freddy une bonne minute pour comprendre, mais soudain ses petits yeux se rétrécirent, il renversa sa tête massive et partit d'un rire tonitruant qui se répercuta sur le plafond et dut emplir une bonne partie de Prince Street. Jack semblait déconcerté. Kevin avait l'air furibard, mais Kevin a toujours l'air furibard.

– Pine ? appela Freddy. Vous avez entendu ?

Rien, dans l'attitude de Pine, ne laissait supposer qu'il avait entendu quelque chose. Rien ne laissait supposer non plus qu'il respirait. Il se contentait de rester assis là, plus immobile qu'une statue, à nous regarder sans nous regarder.

– L'élimination de déchets organiques précédemment animés, répéta Freddy, toujours hoquetant. (Un regard lui suffit pour s'apercevoir que Jack n'avait toujours pas saisi.) Nom de Dieu, Jack, faudra penser à t'équiper d'une cervelle, un de ces jours !

Jack cilla, Kevin se pencha en avant, Pine tourna presque imperceptiblement la tête vers lui, et Freddy fit mine de n'avoir rien remarqué.

Il s'essuya les coins de la bouche avec une serviette en lin avant de remuer lentement la tête, les yeux fixés sur Angie.

– Quand je vais la sortir aux copains du club, celle-là... Mince, alors ! Vous portez peut-être le nom de votre père, Angela, mais vous êtes bien une Patriso. Sans l'ombre d'un doute.

– Vous avez dit Patriso ? lança Jack.

– Tout juste, répondit Freddy. C'est la petite-fille de M. Patriso. Tu l'ignorais ?

Jack l'ignorait. Et la nouvelle parut le contrarier.

– File-moi une cigarette, Kev, marmonna-t-il.

Kevin se pencha pour lui allumer une cigarette, le coude à moins d'un centimètre de mon œil.

– Monsieur Constantine, reprit Angie, notre cliente ne souhaite pas figurer sur la liste de ce que votre associé considère comme potentiellement jetable.

Freddy leva une paluche dodue.

– De quoi on parle, là, au juste ?

– Notre cliente craint d'avoir contrarié M. Hurlihy.

– Quoi ? fit Jack.

– Expliquez-vous, ordonna Freddy. Et vite.

Sans mentionner le nom de Diandra, nous nous exécutâmes.

– Bon, si j'ai bien compris, récapitula Freddy, Kevin s'envoie une gonzesse qui va raconter un tas de conneries à cette psychiatre au sujet de – arrêtez-moi si je me trompe – d'un cadavre, ou un truc comme ça ; du coup, Kevin s'échauffe un peu, il lui téléphone et pousse une gueulante. (Il soupira.) Kevin, tu as quelque chose à dire ?

Celui-ci jeta un coup d'œil à Jack.

– Kevin ? insista Freddy.

Cette fois, l'intéressé se tourna vers lui.

– Tu as une petite amie ?

Quand Kevin prit la parole, sa voix crissait comme du verre pilé passé dans un moteur de bagnole.

– Non, monsieur Constantine.

Freddy regarda Jack, et tous deux partirent d'un gros rire.

De son côté, Kevin avait l'air aussi penaud que si une bonne sœur l'avait surpris en train de faucher des revues pornos.

Enfin, Freddy s'adressa à nous.

– Vous me faites marcher, c'est ça ? (Il rigola de plus belle.) Avec tout le respect que je dois à ce bon vieux Kevin, c'est pas vraiment un séducteur, si vous voyez ce que je veux dire.

– Monsieur Constantine, intervint Angie, vous devez comprendre notre position. Cette histoire, on ne l'a pas inventée.

Se penchant vers elle, il lui tapota la main.

– Je n'ai jamais affirmé le contraire, Angela. Mais on vous a menés en bateau, apparemment. Une bonne femme se prétend menacée à cause de *la petite amie* de Kevin ? Allons, un peu de sérieux.

– Et c'est pour entendre ça que j'ai laissé tomber ma partie de cartes ? gronda Jack. Toutes ces conneries ?

Avec un reniflement de mépris, il fit mine de se lever.

– Assieds-toi, Jack, ordonna Freddy.

Jack se figea, les fesses au-dessus de sa chaise.

– J'ai dit, assieds-toi, Jack, répéta Freddy, les yeux fixés sur Kevin.

Cette fois, Jack obtempéra.

Freddy nous sourit.

– Alors, avons-nous réglé votre problème ?

Je fouillai la poche intérieure de ma veste à la recherche de la photo de Jason Warren. Aussitôt, Kevin plongea la main dans sa propre veste, Jack s'adossa à son siège et Pine changea légèrement de position. À aucun moment Freddy ne quitta mon bras du regard. Très lentement, je retirai le cliché pour le poser sur la table.

– Notre cliente a reçu ça par la poste, l'autre jour.

– Et alors ? demanda Freddy en arquant un sourcil plus fourni qu'une moustache.

– Alors, répondit Angie, on se disait que Kevin avait peut-être envoyé ce message pour faire comprendre à notre cliente qu'il connaissait ses points faibles. Bon, on veut bien croire qu'on s'est trompés, mais du coup, on ne sait plus trop quoi penser.

Jack adressa un signe de tête à Kevin, qui retira la main de sa veste.

Si Freddy remarqua la manœuvre, il n'en laissa rien paraître. Tout en étudiant la photo de Jason, il avala une gorgée de café.

– Ce gamin, c'est le fils de votre cliente ?

– C'est pas le mien, précisai-je.

Sans hâte, Freddy redressa sa grosse tête pour me regarder.

– On t'a sonné, connard ? (Les yeux de Freddy étaient maintenant aussi chaleureux que des pics à glace.) Ne t'avise plus jamais de me parler sur ce ton. Pigé ?

J'eus soudain l'impression d'avoir avalé une pelote de laine tant ma bouche me paraissait sèche.

Kevin étouffa un gloussement.

Freddy, qui me dévisageait toujours, farfouilla dans les plis de sa veste, dont il sortit un calepin relié de cuir. Il l'ouvrit, tourna quelques pages, s'arrêta enfin à celle qu'il cherchait.

– Patrick Kenzie, lut-il. Trente-trois ans. Père et mère décédés. Une sœur, Érin Margolis, trente-six ans, domiciliée à Seattle, Washington. A réalisé un chiffre d'affaires de quarante-huit mille dollars l'année dernière en partenariat avec Mlle Gennaro ici présente. Divorcé depuis sept ans. Adresse actuelle de l'ex inconnue jusque-là. (Il me gratifia d'un bref sourire.) Mais on y travaille, crois-moi. (Il passa à la page suivante, pinça ses grosses lèvres.) L'année dernière aussi, a abattu de sang-froid un maquereau sous le pont d'une voie express. (Il m'adressa un clin d'œil avant de me tapoter la main.) Hé oui, Kenzie, on est au courant. Un bon conseil : la prochaine fois que tu liquides quelqu'un, ne laisse pas de témoin. (De nouveau, il consulta ses notes.) Où en étions-nous, déjà ? Ah oui. Couleur préférée : bleu. Bière préférée : la St Pauli Girl. Nourriture préférée : les plats mexicains. (Il tourna encore une page, puis leva les yeux vers nous.) Je m'en sors plutôt bien, non ?

– Franchement, fit Angie, on en est babas.

Il se tourna vers elle.

– Angela Gennaro. Récemment séparée de son mari, Phillip Dimassi. Père décédé. Mère, Antonia, installée à Flagstaff, Arizona, avec son deuxième époux. A également participé au meurtre d'un maquereau l'année dernière. Vit actuellement à Howes Street, dans une maison avec un verrou déficient sur la porte de derrière. (Après avoir refermé son calepin, il nous considéra d'un air indulgent.) Mes amis et moi, on n'a aucun mal à se procurer ce genre d'informations. Pourquoi on s'emmerderait à envoyer des photos ?

La main droite pressée contre ma cuisse, les doigts incrustés dans la chair, je m'efforçais de conserver mon calme. Je m'éclaircis la gorge.

– Ça me paraît assez peu probable.

– T'as foutrement raison, vieux, approuva Jack Rouse.

– Nous ne confions pas de clichés à la poste, monsieur Kenzie, déclara Freddy d'un ton posé. Pour faire parvenir un message à quelqu'un, nous avons recours à des moyens un peu plus directs.

Jack et Freddy dardaient sur nous un regard féroce, et Kevin Hurlihy se fendait d'un sourire idiot, large comme un canyon.

– C'est vrai, cette histoire de verrou déficient sur ma porte de derrière ? interrogea soudain Angie.

Freddy haussa les épaules.

– C'est ce que j'ai entendu dire.

Jack Rouse porta les doigts à la casquette de tweed fin vissée sur son crâne pour l'incliner dans la direction de mon associée.

Elle sourit, me regarda, puis regarda Freddy. Il fallait la connaître depuis un sacré bout de temps pour se rendre compte qu'elle bouillait. Angie fait partie de ces personnes dont on peut mesurer le degré de fureur à l'économie des mouvements. À en juger par son immobilité de statue, elle devait avoir passé le point de non retour depuis au moins cinq bonnes minutes.

– Freddy ? reprit-elle, s'attirant un clin d'œil de l'intéressé. Vous rendez des comptes à la famille Imbruglia de New York, je crois ?

En guise de réponse, il se contenta de la dévisager.

Pine décroisa les jambes.

– Et la famille Imbruglia, poursuivit-elle en s'appuyant légèrement sur la table, rend des comptes à la famille Moliach qui, à ma connaissance, est toujours à la botte de la famille Patriso. Je me trompe ?

Freddy avait le regard fixe et vide, Jack gardait la main gauche à mi-chemin entre le coin de la table et sa tasse de café, et à côté de moi, j'entendais Kevin respirer bruyamment par le nez.

– Or, si je vous ai bien suivi, vous avez envoyé des hommes repérer les défaillances du système de sécurité au domicile de l'unique petite-fille de M. Patriso ? À votre avis, Freddy, ajouta-t-elle en lui effleurant les doigts, M. Patriso va-t-il vraiment interpréter cette initiative comme une marque de respect ?

– Angela..., commença Freddy.

Elle lui tapota la main, puis se leva.

– Merci de nous avoir consacré du temps.

Je me mis debout à mon tour.

– Ravi de vous avoir rencontrés, les gars.

Déjà, Kevin raclait sa chaise sur le carrelage pour se dresser devant moi, les yeux branchés sur cent mille volts.

– Rasseyez-vous, bordel, rugit Freddy.

– T'as entendu le monsieur, Kev, fis-je. Rassieds-toi, bordel.

Kevin esquissa un sourire avant de se passer la paume sur la bouche.

Du coin de l'œil, j'aperçus Pine qui croisait de nouveau les jambes.

– Kevin, intervint Jack Rouse.

Sur le visage de Kevin, je voyais l'empreinte laissée par des années de révolte déchaînée, la marque évidente de la folie pure. Je voyais le petit môme renfrogné dont le cerveau s'était enrayé puis déglingué entre le cours élémentaire et le cours moyen, pour ne plus jamais évoluer. Je voyais le meurtre.

– Angela, fit Freddy, monsieur Kenzie. Veuillez vous asseoir, s'il vous plaît.

– Kevin, répéta Jack Rouse.

Kevin plaça sur mon épaule la main dont il s'était servi pour effacer son sourire. Il l'y laissa quelques secondes, et ce qui circula entre nous durant ce court laps de temps n'eut rien d'agréable, de rassurant, ou d'innocent. Puis il hocha la tête comme pour répondre à une question que je lui aurais posée, et recula jusqu'à sa chaise.

– Angela, insista Freddy, pourrions-nous... ?

– Bonsoir, Freddy.

Elle me rejoignit, et on sortit dans Prince Street.

On approchait de la voiture, garée dans Commercial Street, à quelques centaines de mètres de chez Diandra Warren, quand Angie déclara :

– J'ai des trucs à régler, je vais rentrer en taxi.

– T'es sûre ?

Elle me regarda avec l'air d'une femme qui vient de quitter une pièce remplie de mafiosi et n'a pas envie qu'on l'emmerde.

– Et toi ? Qu'est-ce que tu vas faire ? me demanda-t-elle.

– Bavarder avec Diandra, j'imagine. Essayer d'en savoir un peu plus sur cette Moira Kenzie.

– T'as besoin de moi ?

– Non.

Angie jeta un coup d'œil derrière elle, en direction de Prince Street.

– Je le crois, murmura-t-elle.

– Qui, Kevin ?

Elle acquiesça.

– Moi aussi, avouai-je. Franchement, je vois pas pourquoi il mentirait.

Se tournant vers Lewis Wharf, Angie fixa du regard l'unique lumière jaune qui brillait dans l'appartement de Diandra Warren.

– Et elle, qu'est-ce qu'elle devient, dans tout ça ? Si ce n'est pas Kevin qui a envoyé cette fichue photo, c'est qui ?

– Aucune idée.

– Tu parles de détectives...

– On va trouver, Angie. Pour ça, on est plutôt bons.

Je jetai moi aussi un coup d'œil en direction de Prince Street. Deux hommes venaient à notre rencontre. Le premier, petit, mince et musclé, portait une casquette de tweed fin ; le second, grand et maigre, devait sûrement se marrer quand il tuait les gens. Parvenus au bout de la rue, ils s'arrêtèrent devant une Diamante dorée garée en face de nous. Tout en ouvrant la portière côté passager pour laisser monter Jack, Kevin nous observait.

– Ce gars-là ne vous aime pas beaucoup, tous les deux, dit soudain une voix.

Celle de Pine, assis sur le capot de ma voiture, constatai-je. Son poignet bougea à peine, et mon portefeuille m'atteignit en pleine poitrine.

– Non, c'est vrai, admis-je.

Sans nous quitter des yeux, Kevin contourna la Diamante, puis se glissa au volant. Quelques secondes plus tard, la voiture s'engageait dans Commercial Street, longeait Waterfront Park et disparaissait à l'angle d'Atlantic Avenue.

– Mademoiselle Gennaro, lança Pine en se penchant pour lui rendre son portefeuille.

Angie le récupéra.

– Remarquable prestation, mademoiselle. Toutes mes félicitations.

– Merci, dit Angie.

– Mais à votre place, je ne m'y risquerais pas deux fois.

– Ah non ?

– Ce serait stupide.

– Je pense aussi, approuva-t-elle.

– Ce type, poursuivit Pine, qui regarda la direction prise par la Diamante avant de reporter son attention sur moi, va vous chercher des crosses.

– Je ne vois pas ce que je pourrais y faire, répliquai-je.

Il se laissa glisser du capot d'un mouvement fluide, comme incapable du moindre geste maladroit, du moindre faux pas embarrassant.

– Si c'était moi qu'il avait lorgné comme ça, dit-il, il ne serait pas arrivé vivant à sa voiture. (Il haussa les épaules.) Mais bon, je ne suis pas à votre place.

– On a l'habitude, souligna Angie. On le connaît depuis la maternelle.

Pine hocha la tête.

– Z'auriez p'têt mieux fait de le trucider dans le bac à sable. (Quand il passa entre nous, j'eus l'impression que mon sang se glaçait.) Allez, bonne nuit.

Il traversa Commercial Street pour remonter Prince Street, et un brusque courant d'air balaya la rue.

Angie frissonna malgré son manteau.

– Tu veux que je te dise ? Je n'aime pas cette affaire, Patrick.

– Moi non plus. Pas du tout, même.

5

À l'exception de la cuisine où nous avions pris place, éclairée par une unique rampe au néon, le loft de Diandra était plongé dans une obscurité totale, ponctuée ici et là par les ombres massives des meubles. Si les lumières des bâtiments voisins se reflétaient sur les fenêtres, elles pénétraient difficilement à l'intérieur ; en face du port, celles de Charlestown projetaient sur le ciel d'encre des carrés jaunes et blancs aux contours nets.

La nuit était relativement douce, mais vue de l'appartement de Diandra, elle paraissait presque glaciale.

Diandra plaça une deuxième bouteille de Brooklyn Lager devant moi sur la table épaisse comme un billot de boucher, puis se rassit et tripota distraitement son verre de vin.

– Si je comprends bien, tu crois ces mafiosi ? lança Eric.

J'acquiesçai de la tête. Je venais de passer un quart d'heure à leur raconter notre entrevue avec le Gros Freddy, n'omettant que le lien de parenté d'Angie avec Vincent Patriso.

– Je ne vois pas ce qu'ils gagneraient à mentir, répliquai-je.

– Ce sont des criminels ! (Eric me regardait avec des yeux ronds.) Chez ces gens-là, mentir est une seconde nature.

Avant de répondre, j'avalai une gorgée de bière.

– C'est vrai. Sauf qu'en général, les criminels racontent des craques parce qu'ils ont la trouille, ou parce qu'ils veulent conserver l'avantage.

– D'accord, mais...

– Et ces gars-là n'ont aucune raison d'avoir peur de moi, je vous assure. Si c'étaient eux qui vous menaçaient, docteur Warren, et si j'étais allé les trouver en votre nom, ils m'auraient répondu : « Exact, on cherche à l'intimider. Maintenant, occupe-toi de tes oignons, ou on aura ta peau. Fin de la discussion. »

– Or, ils ne vous ont pas dit ça.

Diandra Warren hocha la tête comme pour elle-même.

– Non. Si on considère aussi que Kevin n'est pas du genre à avoir une petite amie, leur responsabilité paraît encore plus improbable.

– Pourtant..., commença Eric.

Je l'interrompis d'un geste, les yeux fixés sur Diandra.

– J'aurais dû vous le demander plus tôt, mais il ne m'était pas venu à l'esprit que toute cette histoire n'était peut-être qu'un canular. Ce type qui vous a appelée en se faisant passer pour Kevin, il avait une voix bizarre ?

– Comment ça, bizarre ?

– Réfléchissez.

– C'était une voix grave, un peu rauque, il me semble.

– C'est tout ?

Elle avala une gorgée de vin avant d'opiner.

– Oui.

– Alors, ce n'était pas Kevin.

– Comment pouvez-vous... ?

– Il a la voix bousillée, docteur Warren. Depuis tout gosse. Elle se brise sans arrêt, comme celle d'un adolescent au moment de la puberté.

– Ce n'est pas l'homme qui m'a téléphoné.

– Non, je ne pense pas.

Eric se passa la main sur le visage.

– Bon, si ce n'est pas Kevin qui a passé ce coup de fil, qui est-ce ?

– Et pourquoi ? ajouta Diandra.

Je les regardai tous les deux, haussant les épaules en signe d'impuissance.

– Très franchement, je n'en ai pas la moindre idée. Est-ce que l'un de vous a des ennemis ?

Diandra fit non de la tête.

– Qu'est-ce tu entends au juste par des ennemis ? demanda Eric.

– Oh, des gens qui t'appellent à quatre heures du matin pour te flanquer les jetons, t'envoient une photo de ton gosse sans un mot d'explication, et plus généralement, qui ne te souhaitent pas du bien. Des ennemis, quoi.

Il médita la question un moment, puis esquissa à son tour un mouvement de dénégation.

– T'es sûr ? insistai-je.

Eric grimaça.

– J'ai des rivaux sur le plan professionnel, je suppose, et aussi des détracteurs, des gens qui ne sont pas d'accord avec moi...

– Dans quel sens ?

Un sourire teinté de tristesse naquit sur ses lèvres.

– Tu as suivi mes cours, Patrick, tu sais que je suis assez critique envers les théories de bon nombre d'experts, et que pas mal de personnes critiquent mes critiques. Mais je ne les crois pas capables de vouloir me nuire. De toute façon, si j'avais effectivement des ennemis, ils s'en prendraient à moi plutôt qu'à Diandra ou à son fils, non ?

Diandra tressaillit, baissa les yeux et porta son verre à ses lèvres.

– Peut-être, répondis-je. Mais on ne sait jamais. (Je me tournai vers Diandra.) Vous avez parlé de certains patients qui vous effrayaient, autrefois. Aucun ne serait récemment sorti de prison ou d'un hôpital psychiatrique en ayant gardé une dent contre vous ?

– On m'aurait prévenue.

Nos regards se croisèrent ; le sien était chargé d'incertitude et de peur – une peur immense, toute-puissante.

– Et parmi vos patients actuels ? Personne n'aurait un motif ou la possibilité de faire une chose pareille ?

Elle réfléchit un moment à la question, puis secoua la tête.

– Non.

– Il faut que je parle à votre ex-mari.

– Stan ? Pourquoi ? Je n'en vois pas l'utilité.

– J'aimerais écarter toute piste éventuelle remontant jusqu'à lui. Même si c'est pénible pour vous, je commettrais une grosse erreur en m'abstenant.

– Je ne suis pas bornée, monsieur Kenzie, mais je vous assure que Stan n'intervient plus dans ma vie depuis près de vingt ans.

– Écoutez, docteur Warren, j'ai besoin de rassembler un maximum d'informations sur votre entourage, en particulier sur les gens avec qui vous n'entretenez pas les meilleures relations du monde.

– Voyons, Patrick, intervint Eric. Et la vie privée, alors ?

Je soupirai.

– Rien à foutre.

– Pardon ?

– Tu m'as parfaitement entendu, Eric. J'ai dit, rien à foutre. Ni de celle du Dr Warren, ni de la tienne, j'en ai peur. C'est toi qui m'as mêlé à cette histoire, Eric, tu connais mes méthodes de travail.

Il cilla.

– Il y a quelque chose qui ne me plaît pas du tout dans cette affaire. (Je tournai la tête vers le loft plongé dans l'obscurité, vers les vitres baignées par une lumière froide.) Ça ne me plaît pas, et si j'essaie d'éclaircir certains détails, c'est pour pouvoir faire mon boulot et protéger le Dr Warren et son fils. Par conséquent, je veux tout savoir sur vous deux. Si vous refusez de collaborer...

Je m'adressai à Diandra.

– ... je laisse tomber.

Diandra soutint calmement mon regard.

– Tu abandonnerais une femme en détresse ? lança Eric. Comme ça ?

Je ne quittai pas Diandra des yeux.

– Comme ça.

– Vous êtes toujours aussi direct ? demanda-t-elle.

Une fraction de seconde, une image me traversa l'esprit : celle d'une femme qui chutait sur le ciment brut, le corps criblé de balles, son sang maculant mon visage et mes vêtements. Jenna Angeline, morte avant même de toucher le sol, par une douce matinée d'été, à quelques centimètres seulement de moi [1].

– Une femme a été tuée sous mes yeux parce que je n'avais pas réagi assez vite. Je refuse de prendre à nouveau ce risque.

Un léger frisson parcourut la gorge de Diandra. Elle y porta la main.

– Donc, vous me croyez vraiment en danger.

– Je ne sais pas. Mais on vous a menacée. Et vous avez reçu cette photo. Quelqu'un se donne un mal

1. Voir *Un dernier verre avant la guerre*, du même auteur.

de chien pour vous gâcher la vie. Je voudrais découvrir qui, afin de mettre un terme à ses agissements. C'est bien pour cette raison que vous m'avez engagé, n'est-ce pas ? Alors, vous pouvez appeler Timpson et convenir d'un rendez-vous pour demain ?

Elle haussa les épaules.

– Entendu.

– Parfait. Il me faut aussi une description de Moira Kenzie, avec tous les détails dont vous vous souvenez, même s'ils vous paraissent insignifiants.

Comme Diandra fermait les yeux un moment, sans doute pour mieux évoquer l'image de Moira Kenzie, j'ouvris mon calepin, ôtai le capuchon de mon stylo, et attendis.

– Elle portait un jean, et un T-shirt noir sous une chemise de flanelle rouge. (Diandra ouvrit les yeux.) Elle était très jolie, avec de longs cheveux blond cendré plutôt fins, et elle fumait comme un pompier. Elle semblait morte de peur.

– Taille ?

– Environ un mètre soixante-cinq.

– Poids ?

– À peu près cinquante-cinq kilos.

– Elle fumait quoi, comme cigarettes ?

De nouveau, elle ferma les yeux.

– Des longues, avec un filtre blanc. Le paquet était doré. Des « Deluxe » quelque chose.

– Benson and Hedges Deluxe, ultra-légères ?

Ses paupières se soulevèrent d'un coup.

– C'est ça.

Je haussai les épaules.

– Mon associée se rabat sur cette marque-là chaque fois qu'elle essaie de réduire sa consommation. Yeux ?

– Verts.

– Une idée sur ses origines, peut-être ?

Diandra avala une gorgée de vin.

– Elle devait avoir des racines en Europe du Nord, je dirais, remontant à plusieurs générations, et probablement mélangées. Elle aurait pu être irlandaise, anglaise, voire slave. Elle avait un teint très pâle.

– Rien d'autre ? Elle vous a raconté d'où elle venait ?

– Belmont, répondit-elle d'un ton légèrement surpris.

– Ça vous paraît incongru ?

– Disons que les jeunes de Belmont fréquentent en général les meilleures écoles privées, etc.

– Exact.

– Et s'il y a bien une chose qu'ils perdent, s'ils l'ont jamais eue, c'est leur accent de Boston. À la rigueur, ils en conservent quelques traces...

– Mais pas le genre « viens ce soir, y ô une teuf, on vô s'éclater ».

– Exact.

– C'était le cas de Moira ?

Elle hocha la tête.

– Sur le moment, ça ne m'a pas frappée, mais maintenant que j'y repense, oui, j'ai trouvé ça un peu bizarre. Ce n'était pas l'accent de Belmont ; plutôt celui de Revere, ou de l'est de Boston, ou...

Elle me regarda.

– Ou de Dorchester, achevai-je.

– Tout juste.

– Un accent du coin, autrement dit.

Je refermai mon calepin.

– Oui. Qu'allez-vous faire, monsieur Kenzie ?

– Suivre Jason. C'est sur lui que pèsent les menaces. C'est lui qui se sent « épié », et c'est sa photo que vous avez reçue.

– Exact.

– J'aimerais que vous limitiez vos activités.

– Je ne peux pas...

– Maintenez vos horaires et vos rendez-vous, mais ne vous attardez pas à Bryce tant que je n'ai pas plus d'informations.

Elle hocha la tête.

– Eric ?

Il se tourna vers moi.

– Ce revolver que tu portes, tu sais t'en servir ?

– Je m'entraîne une fois par semaine. Je suis plutôt doué.

– Ça fait une petite différence de tirer sur une cible vivante, Eric.

– J'en suis conscient.

– J'aimerais que pendant quelques jours, tu ne perdes pas de vue le Dr Warren. C'est possible ?

– Pas de problème.

– En cas d'attaque, ne gaspille pas ton temps à viser la tête ou le cœur de l'assaillant.

– Qu'est-ce que je dois faire, alors ?

– Tu lui vides ton chargeur dans le corps. Avec six balles, tu devrais venir à bout de n'importe quelle créature plus petite qu'un rhinocéros.

Eric paraissait atterré, comme s'il mesurait soudain la futilité de ses heures passées au club de tir. Peut-être qu'il était doué, mais je n'imaginais pas quelqu'un en train d'agresser Diandra avec une cible dessinée sur le front.

– Eric ? Tu me raccompagnes ?

Une fois sortis du loft, nous longeâmes un petit couloir jusqu'à l'ascenseur.

– Notre amitié ne doit pas influencer ma façon de bosser, dis-je. Tu le comprends, j'espère ?

Les yeux rivés sur la pointe de ses chaussures, il acquiesça.

– Vous avez quel genre de relation, elle et toi ?

Eric leva vers moi un regard glacial.

– Pourquoi tu me demandes ça ?

– Il ne faut rien me cacher, Eric. N'oublie pas. J'ai besoin de savoir ce qui te pousse à intervenir.

Il haussa les épaules.

– On est amis.

– Des amis de cœur, ou des amis de cul ?

Un sourire amer naquit sur les lèvres d'Eric.

– Parfois, Patrick, je me dis que tu gagnerais à être un peu plus raffiné.

– On ne me paie pas pour mes bonnes manières, Eric.

– Diandra et moi, on s'est rencontrés à Brown. Je préparais mon doctorat, et elle commençait sa maîtrise.

Je m'éclaircis la voix.

– Je te repose la question : il n'y a vraiment rien de plus entre vous ?

– Non. Je te le répète, on s'entend très bien. Comme Angie et toi.

– D'où mes doutes, justement. Elle a une liaison ?

– Non, elle est...

Eric leva les yeux vers le plafond avant de contempler de nouveau ses pieds.

– Elle est quoi ? le pressai-je.

– Sexuellement inactive. Par choix philosophique. Ça fait au moins dix ans qu'elle est célibataire.

– Pourquoi ?

Son visage s'assombrit.

– Je te l'ai dit, c'est un choix. Tu auras peut-être du mal à le croire, mais certaines personnes ne sont pas gouvernées par leur libido.

– D'accord, Eric. Tu ne me caches rien, tu en es bien sûr ?

– Comme quoi ?

– Quelques squelettes dans ton placard. Une raison pour laquelle un inconnu menacerait Jason pour t'atteindre, par exemple.

– Qu'est-ce que tu insinues ?

– Je n'insinue rien, Eric. Je t'ai posé une question on ne peut plus simple. Tu n'as qu'à répondre par *oui* ou par *non*, c'est tout.

– Non, déclara-t-il d'une voix coupante.

– Désolé d'avoir à te demander ça.

– J'en doute.

Déjà, il se détournait pour rentrer chez Diandra.

6

Il était près de minuit quand je quittai l'appartement de Diandra, et le calme régnait dans les rues de la ville lorsque je pris la direction du sud le long du front de mer. Comme il faisait encore dans les 15 degrés, je baissai les vitres de mon dernier tas de boue en date pour permettre à la brise tiède de chasser les odeurs de renfermé.

Après que mon ancienne voiture de société eut rendu l'âme au bout d'une rue lugubre et oubliée de Roxbury, j'avais acquis cette Crown Victoria 86 couleur noisette dans une vente aux enchères de la police dont mon copain Devin, flic de son état, m'avait parlé. Le moteur était une véritable œuvre d'art ; à mon avis, on pourrait bazarder une Crown Vic du haut d'une tour de trente étages qu'il continuerait de tourner encore longtemps au milieu de l'épave réduite en miettes. J'avais fait changer à peu près tout ce qui se trouvait sous le capot, choisi le top du top en matière de pneus, mais laissé l'intérieur en l'état : toit et sièges jaunis par les cigares au rabais du précédent propriétaire, banquette arrière lacérée vomissant du caoutchouc Mousse, autoradio déglingué. Les deux portières arrière étaient sérieusement enfoncées, comme si on les avait serrées dans un étau, et la peinture du coffre se détachait en un cercle irrégulier, révélant l'apprêt en dessous.

C'était une abomination, j'en conviens, mais j'avais la quasi certitude qu'aucun voleur digne de ce nom ne voudrait pour un empire se faire pincer au volant d'un truc pareil.

Au feu près de Harbor Towers, le moteur vrombissait gaiement en sifflant ses quelques litres d'essence à la minute quand deux ravissantes créatures traversèrent devant la voiture. Des employées de bureau, selon toute vraisemblance : mêmes jupes moulantes et ternes, mêmes chemisiers sous des imperméables fripés. Leurs collants sombres disparaissaient au niveau des chevilles dans des tennis blanches identiques. Elles avançaient d'un pas légèrement incertain, comme si le bitume était spongieux, et le rire de la rousse me parut un tantinet trop exubérant.

Lorsque le regard de la brune croisa le mien, je la gratifiai du sourire innocent de l'humain heureux de rencontrer un de ses semblables par une douce nuit paisible dans une ville généralement survoltée.

Sourire qu'elle me rendit, avant que sa copine n'émette un hoquet sonore et qu'elles ne tombent dans les bras l'une de l'autre, mortes de rire, en atteignant le trottoir d'en face.

Je redémarrai, m'engageai sur l'artère centrale alors que se profilait au-dessus de moi le ruban vert foncé de la voie express, tout en me disant que je devais être un peu bizarre si le sourire d'une fille pompette suffisait à me remonter le moral.

Mais le monde lui-même était bizarre, trop souvent peuplé de gens comme Kevin Hurlihy et le Gros Freddy Constantine, ou encore comme cette femme dont parlait le journal du matin, qui avait abandonné ses trois gosses dans un appartement infesté de rats pour faire la tournée des bars pendant quatre jours avec son petit copain du moment.

Quand les représentants de l'association pour la protection de l'enfance étaient entrés chez elle, ils avaient dû arracher un môme hurlant au matelas où ses escarres le maintenaient. Un monde pareil, ça vous donnait quelquefois l'impression – en particulier le soir où j'éprouvais une peur grandissante au sujet d'une cliente menacée pour des raisons inconnues par des forces inconnues dont les intentions inconnues ne pouvaient être louables – que le sourire d'une femme resterait sans effet. Or, ce n'était pas le cas.

Et si ce sourire m'avait réchauffé le cœur, ce n'était rien en comparaison de ce que je ressentis lorsque, en m'arrêtant devant mon immeuble, je découvris Grace assise sur le perron. Elle portait une veste de toile vert sapin de quatre ou cinq tailles trop grande sur un T-shirt blanc et le pantalon bleu réservé au personnel hospitalier. D'habitude, ses courtes mèches auburn lui revenaient sur la figure, mais à force d'y avoir passé les mains au cours de ses trente dernières heures de garde, Grace avait dégagé un visage marqué par le manque de sommeil et l'abus de café sous la lumière crue de la salle des urgences.

Elle n'en restait pas moins l'une des plus belles femmes que j'aie jamais vues.

Au moment où je gravissais l'escalier, Grace se leva, un léger sourire aux lèvres et une étincelle malicieuse dans ses yeux clairs. Je n'étais plus qu'à trois marches d'elle lorsqu'elle ouvrit grand les bras pour se pencher en avant, tel un nageur sur un plongeoir.

– Rattrape-moi.

Les yeux clos, elle se laissa tomber.

La brusque pression de son corps contre le mien fut si agréable que j'en eus presque mal. Grace m'embrassa avec fougue, et j'assurai mon équilibre quand elle m'enserra les hanches de ses cuisses et croisa les chevilles derrière mes jambes. Je pouvais respirer l'odeur de sa peau, sentir la chaleur de sa chair et tous nos organes, nos muscles et nos artères vibrer de concert. Enfin, sa bouche se détacha de la mienne, et ses lèvres m'effleurèrent l'oreille.

– Tu m'as manqué, murmura Grace.

– Je m'en rends compte. (Je lui déposai un baiser dans le cou.) Comment tu t'es débrouillée pour te libérer ?

Elle poussa un gémissement sourd.

– La cadence a fini par ralentir.

– Ça fait longtemps que tu m'attends ?

De la tête, elle me signifia que non, puis mordilla ma clavicule avant de dénouer l'étreinte de ses jambes autour de ma taille, et de se mettre debout devant moi, le front appuyé contre le mien.

– Où est Mae ? demandai-je.

– À la maison avec Annabeth. Elle dort comme un bébé.

Annabeth était la sœur cadette de Grace et la nounou à demeure de Mae.

– Tu l'as vue ?

– Juste le temps de lui lire une histoire et de lui faire un gros bisou. Elle tombait de sommeil.

– Et toi ? dis-je en laissant courir ma main le long de son dos. Tu n'aurais pas besoin de te reposer aussi ?

En guise de réponse, Grace émit un autre gémissement, hocha la tête et me cogna le front.

– Aïe.

– Désolée, s'excusa-t-elle avec un petit rire.

– Tu es vidée.

Elle me regarda droit dans les yeux.

– Complètement. Mais j'ai encore plus besoin de toi que de sommeil. (Elle m'embrassa de nouveau.) J'ai besoin de te sentir en moi, tout au fond de moi. Vous pensez pouvoir me faire cette faveur, monsieur le détective ?

– Je suis toujours partant pour rendre service, madame la doctoresse.

– C'est ce que j'ai cru comprendre. Tu m'emmènes chez toi, ou on se donne en spectacle devant les voisins ?

– Eh bien...

Sa paume se posa sur mon estomac.

– Dis-moi où tu as mal, murmura-t-elle.

– Un peu plus bas, en fait.

*

J'avais à peine refermé la porte de l'appartement que Grace me clouait contre le mur et m'embrassait à pleine bouche. De sa main gauche, elle m'agrippa la nuque ; la droite explorait déjà mon corps comme un petit animal affamé. Je suis plutôt du genre porté sur la chose, mais si je n'avais pas arrêté de fumer depuis des années, Grace m'aurait envoyé directement en soins intensifs.

– Apparemment, la dame a décidé de diriger les opérations, ce soir.

– La dame, chuchota-t-elle en me mordillant l'épaule sans retenue excessive, a tellement le feu au cul qu'il va falloir sortir la lance d'incendie.

– Je le répète, le gentleman que je suis ne demande qu'à rendre service.

Grace recula, et sans me quitter des yeux, ôta sa veste qu'elle envoya balader dans le salon. Elle n'était pas trop maniaque de l'ordre. Puis, sur un baiser presque brutal, elle pivota et s'engagea dans le couloir.

– Où tu vas ?

Ma voix me parut un rien enrouée.

– Sous la douche.

Elle se débarrassa de son T-shirt à la porte de la salle de bains. Une petite flèche de lumière extérieure traversait la chambre et pénétrait dans le corridor, où elle joua sur les muscles de son dos. Après avoir suspendu le vêtement à la poignée, Grace se retourna pour me regarder, les bras croisés sur ses seins nus.

– Tu prends racine ? me lança-t-elle.

– Non, je profite de la vue.

Aussitôt, elle décroisa les bras, se passa les deux mains dans les cheveux, le dos cambré, la poitrine arrogante. Rencontrant de nouveau mon regard, elle se débarrassa de ses tennis, puis de ses chaussettes. Ses doigts s'attardèrent sur son ventre avant de dénouer le cordon de son pantalon. Celui-ci tomba sur ses chevilles, et Grace s'en dégagea.

– Tu commences à émerger de ton hébétude ? me demanda-t-elle.

– Que oui.

Appuyée contre le chambranle, elle coinça les pouces dans l'élastique de son slip noir, arqua un sourcil en me voyant approcher. Ses lèvres dessinaient un sourire diabolique.

– Dites, vous voulez bien m'aider à enlever ce truc, monsieur le détective ?

Je l'aidai. Sans ménager ma peine. Je trouve ça épatant d'aider les autres.

Pendant que Grace et moi faisions l'amour sous la douche, une pensée me traversa l'esprit : chaque fois que je songeais à Grace, je songeais aussi à l'eau. On s'était rencontrés durant la semaine la plus humide d'un été froid et bruineux ; ses yeux verts avaient la limpidité d'une pluie d'hiver, et la première fois où on avait fait l'amour, c'était dans la mer, sous la caresse d'une averse nocturne.

Après la douche, on s'allongea sur le lit, toujours mouillés, ses cheveux auburn paraissant plus foncés sur mon torse, l'écho de nos ébats résonnant toujours à mes oreilles.

Il y avait sur son épaule une cicatrice de la taille d'une punaise, le prix à payer pour avoir voulu jouer près de clous dénudés dans la grange de son oncle quand elle était gosse. Je me penchai pour l'embrasser.

– Mmm..., murmura-t-elle. Encore.

De ma langue, j'effleurai la marque.

Grace passa une jambe par-dessus la mienne, puis me caressa la cheville avec son pied.

– Tu crois que c'est érogène, une cicatrice ?

– À mon avis, tout peut devenir érogène.

Sa paume chaude se déplaça sur mon ventre, frôla les tissus cicatriciels durs comme du caoutchouc, et dont la forme rappelait un peu une méduse.

– Et celle-là ?

– Non, celle-là n'a rien d'érogène, Grace.

– Tu te débrouilles toujours pour éluder le sujet. C'est une brûlure, de toute évidence.

– Ah oui ? Tu es médecin, peut-être ?

Elle pouffa.

– Paraît-il. (Sa main se posa entre mes cuisses.) Allez, dis-moi où tu as mal.

Je souris, mais le résultat ne devait pas être très convaincant.

Prenant appui sur un coude, Grace me regarda un long moment.

– Tu n'es pas obligé d'en parler, fit-elle enfin d'une voix douce.

Je levai ma main gauche, écartai de mes doigts une mèche égarée sur son front, ces mêmes doigts que je laissai ensuite suivre les contours de son visage, la ligne délicate de sa gorge, le renflement menu et ferme de son sein droit. Je taquinai le mamelon de ma paume avant de retourner ma main, de la faire remonter vers sa figure et d'obliger Grace à venir sur moi. Je l'enlaçai si étroitement quelques instants que j'entendis nos cœurs cogner dans nos poitrines, un bruit qui me rappelait celui de la grêle tombant dans un seau d'eau.

– Mon père m'a brûlé avec un fer à repasser pour m'apprendre quelque chose.

– T'apprendre quoi ?

– À ne pas jouer avec le feu.

– Hein ?

Je haussai les épaules.

– Ou peut-être juste qu'il avait le pouvoir. Il était le père, j'étais le fils. S'il voulait me brûler, rien ne l'en empêchait.

Quand elle redressa la tête, Grace était au bord des larmes. Elle enfouit les doigts dans mes cheveux, et ses yeux humides s'écarquillèrent en cherchant les miens. Le baiser qu'elle me donna fut brutal, presque douloureux, comme si elle tentait d'étouffer ma souffrance.

– Il est mort, n'est-ce pas ? chuchota-t-elle en s'écartant, les joues mouillées.

– Mon père, tu veux dire ?

Elle hocha la tête.

– Oh oui. Il est mort, Grace.

– Tant mieux.

Quelques minutes plus tard, quand nous fîmes de nouveau l'amour, je connus l'une des expériences les plus exquises et les plus déconcertantes de ma vie. Nos paumes se joignaient, nos avant-bras aussi, et tout au long de mon corps, je sentais ma chair et mes os presser les siens. À un certain moment, ses cuisses s'élevèrent, et elle m'attira en elle avant de laisser ses jambes glisser à l'arrière des miennes ; quand ses talons s'arrêtèrent un peu en dessous de mes genoux, j'eus l'impression d'être totalement enveloppé, de me fondre dans sa chair, de mêler mon sang au sien.

Jusqu'à son cri, qui me parut émis par mes propres cordes vocales.

– Grace, chuchotai-je en m'engloutissant en elle. Oh, Grace...

Un peu avant de s'endormir, elle me frôla le cou de ses lèvres.

– 'Soir, dit-elle d'une voix ensommeillée.

– 'Soir.

Sa langue s'insinua dans mon oreille, chaude, électrisante.

– Je t'aime, Patrick, murmura-t-elle.

Lorsque je tournai la tête vers elle, Grace dormait déjà.

Il était six heures quand j'ouvris les yeux, réveillé par le bruit de la douche. Mes draps conservaient le souvenir de son parfum, de sa peau, d'un soupçon d'antiseptique hospitalier, de notre sueur et de nos ébats ; autant d'odeurs imprégnées dans le tissu, semblait-il, comme après des milliers de nuits semblables.

Je rejoignis Grace à la porte de la salle de bains et elle s'appuya contre moi en se brossant les cheveux.

Ma main s'insinua sous sa serviette, et je recueillis sur mes doigts les perles d'eau glissant le long de ses cuisses.

– N'y pense même pas, Patrick. (Elle m'embrassa.) Je dois passer voir ma fille, puis filer à l'hôpital, et après la nuit dernière, je peux m'estimer heureuse d'être encore en état de marcher. Allez, va faire ta toilette.

Je pris ma douche seul pendant qu'elle sortait des vêtements propres du tiroir réservé – d'un commun accord – à son usage, m'attendant à éprouver cet habituel sentiment de malaise qui s'empare de moi chaque fois qu'une femme reste plus de, disons, une heure dans mon lit. Mais rien de tel ne se produisit.

« Je t'aime », avait-elle murmuré avant de s'endormir.

Bizarre.

Lorsque je retournai dans la chambre, Grace enlevait les draps. Elle avait enfilé un jean noir et une chemise bleu foncé.

Je m'approchai d'elle par-derrière au moment où elle se penchait vers les oreillers.

– Touche-moi, Patrick, et t'es un homme mort.

Aussitôt, je laissai retomber mes bras.

Elle sourit en se retournant, les draps à la main.

– La lessive, ça te dit quelque chose ?

– Vaguement.

Grace laissa tomber la pile de linge dans un coin.

– Bon, je peux compter sur toi pour refaire le lit, ou on dort à même le matelas la prochaine fois que je viens ?

– Je ne reculerai devant rien pour vous être agréable, madame.

Elle noua ses bras autour de mon cou, m'embrassa puis m'étreignit de toutes ses forces, et je l'étreignis avec une fougue au moins égale.

– Au fait, quelqu'un a téléphoné pendant que tu prenais ta douche, m'annonça-t-elle en s'écartant légèrement.

– Ah bon ? Qui ça ? Il n'est même pas encore sept heures !

– C'est ce que je me suis dit. Il ne s'est pas présenté.

– Qu'est-ce qu'il voulait ?

– Il connaissait mon nom.

– Quoi ?

Je lui relâchai la taille.

– En tout cas, il était irlandais, poursuivit-elle. J'ai pensé à un de tes oncles, quelqu'un comme ça.

– Impossible. Mes oncles et moi, on ne se parle pas.

– Pourquoi ?

– Parce que ce sont les frères de mon père, et qu'ils ne sont pas différents de lui.

– Oh.

– Grace...

La prenant par la main, je l'obligeai à s'asseoir sur le lit à côté de moi.

– Cet Irlandais, il a dit quoi exactement ?

– Il a dit, je cite : « Vous devez être la ravissante Grace. Enchanté de faire votre connaissance. » (Elle contempla quelques instants la pile de draps.) Quand je lui ai expliqué que tu étais sous la douche, il a répondu : « Dites-lui juste que j'ai appelé, et que je passerai chez lui un de ces jours. » Il a raccroché avant que je puisse lui demander son nom.

– C'est tout ?

– Oui, pourquoi ?

– Je ne sais pas, marmonnai-je en haussant les épaules. Il n'y a pas beaucoup de gens qui me téléphonent à sept heures du matin, et les rares à s'y risquer me laissent en général leur nom.

– Combien de personnes sont au courant, pour toi et moi ?

– Angie, Devin, Richie et Sherilynn, Oscar, et aussi Bubba.

– Bubba ?

– Tu l'as vu, Grace. Rappelle-toi, un type balèze, avec un trench...

– Le fou furieux, c'est ça ? Celui qu'on imagine entrer dans une épicerie et liquider tout le monde parce que le distributeur de boissons fraîches est en panne ?

– Tout juste. Tu l'as rencontré...

– ... dans cette soirée, le mois dernier. Je m'en souviens très bien, ajouta-t-elle avec un frisson.

– Il n'est pas dangereux, Grace.

– Peut-être pas pour toi, mais... Seigneur.

Lui glissant un doigt sous le menton, je l'obligeai à me regarder.

– Ni pour moi, ni pour les gens auxquels je tiens, Grace. Sur ce point, Bubba fait preuve d'une loyauté démentielle.

Elle écarta de mes tempes quelques mèches humides.

– N'empêche, c'est un psychopathe. À cause de types comme lui, les urgences ne désemplissent pas.

– Admettons.

– Alors, qu'il ne s'avise surtout pas d'approcher ma fille. Compris ?

Quand il s'agit de protéger son enfant, une mère arbore une expression particulière, quasi animale, dégageant une impression de menace presque palpable. Ce sentiment-là ne se raisonne pas, et il a beau jaillir des tréfonds de l'amour, il ne connaît pas de pitié.

C'était l'expression de Grace en cet instant.

– Compris, répondis-je.

Elle me déposa un baiser sur le front.

– Ce qui ne nous éclaire pas sur l'identité de cet Irlandais, reprit-elle.

– Non. Il n'a rien ajouté, tu en es sûre ?

– « Bientôt », fit-elle en se redressant. Où est-ce que j'ai laissé ma veste ?

– Au salon. Comment ça, « bientôt » ?

Grace s'immobilisa avant d'atteindre le seuil, et tourna la tête vers moi.

– Quand il a dit qu'il passerait te voir. Quelques secondes plus tard, il a ajouté : « Bientôt. »

Sur ce, elle sortit de la chambre, et j'entendis une latte du plancher grincer dans le salon.

Bientôt.

7

Peu après le départ de Grace, je reçus un appel de Diandra. Stan Timpson m'accorderait cinq minutes d'entretien téléphonique à onze heures.

– Cinq minutes complètes ? ironisai-je.

– De la part de Stan, c'est beaucoup. Je lui ai donné votre numéro. Il vous joindra à onze heures précises. Il est ponctuel.

Elle m'indiqua l'emploi du temps de Jason pour la semaine, et le numéro de sa chambre d'étudiant. Je pris des notes en constatant que la peur rendait sa voix tremblante, à peine audible.

– Je me sens tellement nerveuse..., dit-elle avant de raccrocher. C'est insupportable.

– Ne vous inquiétez pas, docteur Warren. Tout va s'arranger.

– Vous croyez ?

Je composai le numéro d'Angie, et on décrocha à la deuxième sonnerie. Il y eut un chuintement, comme si le combiné changeait de main, puis j'entendis mon associée murmurer :

– C'est bon, je l'ai.

Sa voix me parut enrouée, hésitante, encore ensommeillée.

– Allô ?

– Salut.
– Oh, c'est toi.
Il y eut un nouveau chuintement, le bruissement de draps qu'on repousse, le grincement d'un ressort dans le sommier.
Je lui fis un compte rendu de ma conversation avec Diandra et Eric.
– Conclusion, ce n'est certainement pas Kevin qui l'a appelée, dit-elle d'une voix toujours traînante. Décidément, ça n'a aucun sens.
– Aucun, non. T'as un crayon ?
– Bouge pas, je cherche.
Un autre bruissement m'informa qu'elle avait laissé tomber le téléphone sur le lit pour mieux fourrager dans ses affaires. La cuisine d'Angie est immaculée parce qu'elle ne s'en sert jamais, la salle de bains étincelante parce qu'elle déteste la saleté, mais à voir sa chambre, on dirait toujours qu'elle vient de rentrer d'une expédition en pleine tempête. Chaussettes et sous-vêtements débordent des tiroirs ouverts, jeans, chemises et caleçons propres jonchent le sol, sont suspendus aux poignées de portes ou empilés sur les montants de la tête de lit. Depuis que je la connais, Angie n'a jamais porté la première tenue envisagée en début de matinée. Au milieu de tout ce capharnaüm, livres et magazines, le dos craquelé ou cassé, pointent le bout de leur nez.
Des VTT ont été égarés dans cette chambre, et à présent, Angie s'était mis en tête d'y retrouver un crayon.
Quand elle eut ouvert plusieurs tiroirs avec fracas, dispersé menue monnaie, briquets et boucles d'oreilles sur les tables de nuit, quelqu'un lança :
– Tu cherches quelque chose ?
– Un stylo.
– Tiens.

Elle reprit la communication.

– Patrick ? C'est bon.

– Du papier, peut-être ?

– Oh, merde.

Il lui fallut encore une bonne minute pour en dénicher.

– Vas-y, Patrick, je t'écoute.

Je lui donnai l'emploi du temps de Jason ainsi que son numéro de chambre. Elle se chargerait de la filature pendant que j'attendais l'appel de Stan Timpson.

– Compris, dit-elle. Mince, il faut que je me magne.

Étonné, je consultai ma montre.

– Son premier cours n'est qu'à dix heures et demie. T'as le temps.

– Non, j'ai un rendez-vous à neuf heures et demie.

– Avec qui ?

À sa respiration légèrement saccadée, je déduisis qu'elle enfilait un jean.

– Mon avocat. Bon, tu me retrouves tout à l'heure à Bryce.

Elle raccrocha, et je m'absorbai dans la contemplation de l'avenue en contrebas. Le temps était si clair que j'avais l'impression de dominer un canyon, le boulevard évoquant une rivière gelée entre deux rangées d'immeubles aux façades de brique. Les pare-brise, chauffés à blanc par le soleil, paraissaient opaques.

Un avocat ? Parfois, dans l'ivresse de ces trois derniers mois passés avec Grace, je me rappelais avec une certaine surprise que mon associée vivait aussi sa vie. Séparée de la mienne. Une vie pleine d'avocats, de complications, de mini-drames et d'hommes qui lui tendaient des stylos à huit heures et demie du matin.

D'abord, qui était cet avocat ? Et le type qui lui avait tendu le stylo ? Et qu'est-ce que ça pouvait bien me faire ?

Et que signifiait donc ce « bientôt », nom d'un chien ?

J'avais environ quatre-vingt-dix minutes à tuer avant mon rendez-vous téléphonique avec Timpson, et après ma séance d'exercice, il m'en restait encore plus de soixante. J'explorai le frigo avec l'espoir d'y dénicher autre chose que de la bière ou du soda, revins bredouille et décidai de pousser jusqu'à l'épicerie la plus proche pour acheter un café au distributeur.

J'emportai ledit café dans la rue, m'appuyai quelques minutes contre un lampadaire pour le déguster en profitant du soleil, alors que les voitures défilaient sur la chaussée et que les piétons se pressaient vers la station de métro au bout de Crescent Road.

Des relents de bière éventée et de whiskey vieilli en fût flottaient jusqu'à moi, venus du bar le Black Emerald Tavern. L'Emerald ouvrait dès huit heures du matin pour les travailleurs de l'équipe de nuit, et à presque dix heures, il y régnait une atmosphère semblable à celle d'un vendredi soir, mélange de voix traînantes, confuses, ponctué de temps à autre par un braillement ou par le claquement sec d'une queue de billard heurtant un triangle de boules.

– Salut, bel étranger.

Me retournant, je découvris une fille au sourire vague, incertain. Elle avait placé une main en visière au-dessus de ses yeux afin de les protéger du soleil, et il me fallut quelques secondes pour la remettre, car sa coiffure et sa tenue étaient différentes. Même sa voix me semblait plus grave, bien qu'elle soit toujours légère, aérienne, donnant l'impression qu'elle allait s'envoler avec la brise sans laisser le temps aux mots de se poser.

– Salut, Kara. T'es revenue depuis longtemps ?

Elle haussa les épaules.

– Un moment. Comment ça va, Patrick ?

– Bien.

Lorsque Kara pivota pour me regarder, son sourire éclairant la partie gauche de son visage, elle me fut instantanément familière.

Autrefois, elle faisait figure de gamine heureuse, mais solitaire. À la récré, elle passait son temps à griffonner ou à dessiner dans un cahier pendant que les autres gosses jouaient au ballon. Plus tard, à l'adolescence, alors qu'elle fréquentait le coin surplombant le Blake Yard, que sa bande prenait possession de l'espace délaissé par la mienne dix ans plus tôt, on la remarquait souvent assise toute seule contre une clôture ou la poutre d'une véranda, buvant un verre de vin en regardant les rues comme si elle les découvrait pour la première fois. Cependant, elle n'était ni mise à l'écart ni taxée de bizarrerie, car elle était jolie, deux fois plus jolie que n'importe quelle autre jolie fille ; or, dans ce quartier, on accorde une valeur beaucoup plus importante à la véritable beauté qu'à tout autre bien, parce qu'elle est considérée comme plus improbable qu'un soudain afflux de cash.

Tout le monde savait, depuis qu'elle avait appris à marcher, que Kara ne s'éterniserait pas dans notre territoire. Il n'a jamais été capable de retenir les canons, et le départ de Kara était inscrit dans ses yeux, tel un défaut de l'iris. Quand on lui parlait, il y avait toujours une partie de son corps – sa tête, ses bras, ou encore ses jambes – en mouvement, comme si elle se projetait déjà au-delà des frontières de la ville, vers cet endroit connu d'elle seule.

Mais si ses amis voyaient en elle une exception, une nouvelle version de Kara apparaissait néanmoins tous les cinq ans environ. De mon temps, c'était Angie. Pour autant que je le sache, c'est la seule à avoir contrarié l'étrange logique défaitiste du quartier en ne larguant pas les amarres.

Avant Angie, il y avait eu Eileen Mack, montée à bord d'un Amtrak encore vêtue de sa toge de diplômée pour reparaître quelques années plus tard dans *Starsky et Hutch.* En vingt-six minutes, elle rencontrait Starsky, couchait avec lui, obtenait l'approbation de Hutch (malgré quelques réticences initiales) et acceptait la proposition de mariage balbutiée par l'élu de son cœur. Après la coupure publicitaire, on la découvrait morte, Starsky se déchaînait, retrouvait l'assassin qu'il descendait d'un air farouche et vengeur avant d'aller se recueillir sur la tombe de sa bien-aimée, sous une pluie battante, et tout le monde comprenait qu'il ne se remettrait jamais de l'épreuve.

Dès l'épisode suivant, il rencontrait une nouvelle copine, et ni Starsky, ni Hutch, ni personne dans le quartier n'avait plus jamais revu ou mentionné Eileen.

Kara était partie à New York après une année à U / Mass, et je n'avais plus entendu parler d'elle. De fait, Angie et moi, on avait assisté à son départ un après-midi, en sortant de chez Tom English. Ça se passait en plein été, et Kara attendait à l'arrêt de bus de l'autre côté de l'avenue. Elle avait alors sa couleur de cheveux naturelle, un blond doré, et des mèches avaient voltigé dans ses yeux au moment où elle rajustait la bretelle de sa robe bain de soleil pimpante. Kara avait agité la main vers nous, nous avions agité la main en retour puis, saisissant sa valise, elle s'était embarquée à bord du car qui allait l'emmener vers d'autres horizons.

Aujourd'hui, elle avait les cheveux courts, hérissés, aussi noirs que sa peau était blanche. Elle portait un col roulé noir également, sans manches, glissé dans un jean anthracite couvert de motifs peints, et ponctuait chacune de ses phrases d'un petit bruit nerveux qui tenait à la fois du halètement et du hoquet.

– Belle journée, hein ?

– Sûr. L'année dernière à la même époque, on avait déjà de la neige.

– À New York aussi. (Elle pouffa, hocha la tête puis contempla ses bottes éraflées.) Hum. Ouais.

J'avalai une gorgée de café.

– Alors, qu'est-ce que tu deviens, Kara ?

Elle replaça sa main au-dessus de ses yeux, puis laissa son regard dériver vers la circulation matinale qui avançait au ralenti. Les pare-brise réfléchissaient la lumière crue du soleil, qui s'insinuait entre ses courtes mèches dressées.

– Ça va, Patrick. Ça va bien. Et toi ?

– J'ai pas à me plaindre.

À mon tour, je jetai un coup d'œil en direction du boulevard. Quand je me tournai de nouveau vers elle, Kara scrutait mon visage avec attention, comme pour déterminer si elle le trouvait attirant ou repoussant.

En même temps, elle oscillait légèrement, en un mouvement presque imperceptible, et par la porte ouverte du Emerald, j'entendis deux types crier quelque chose à propos de cinq dollars et d'un match de base-ball.

– Toujours détective, Patrick ?

– Mouais, toujours.

– Ça rapporte ?

– Des fois.

– Ma mère m'a parlé de toi dans une lettre, l'année dernière. T'étais dans tous les journaux, paraît-il. Une histoire pas possible.

Je fus surpris d'apprendre que la mère de Kara pouvait délaisser sa bouteille de scotch suffisamment longtemps pour lire un journal, et plus encore, pour coucher par écrit le récit de l'expérience...

– Bah, les journaleux n'avaient pas grand-chose à se mettre sous la dent cette semaine-là, répliquai-je.

Kara tourna la tête vers le bar, et passa machinalement un doigt au-dessus de son oreille, y glissant une mèche inexistante.

– Tu prends combien ? demanda-t-elle.

– Tout dépend de l'affaire. Pourquoi ? Tu veux engager un détective ?

Ses lèvres demeurèrent immobiles quelques instants. On les aurait crues abandonnées, comme si elle avait fermé les yeux le temps d'un baiser, pour découvrir en les rouvrant que son amoureux avait disparu.

– Non, répondit-elle. (Son brusque éclat de rire s'acheva sur un hoquet.) Je vais bientôt m'installer à L.A. J'ai décroché un rôle dans *Days of Our Lives*.

– Ah oui ? Félicita...

– Je fais juste de la figuration, précisa-t-elle en remuant la tête. C'est moi l'infirmière qui tripote tout le temps des papiers derrière l'infirmière à l'accueil.

– Et alors ? C'est un début, non ?

Un homme passa la tête par la porte du bar, regarda à droite, à gauche, puis posa sur nous un regard embrumé. C'était Micky Doog, ouvrier dans le bâtiment à temps partiel, dealer de coke à temps complet, ancienne idole locale de la même tranche d'âge que Kara, se voulant toujours jeune malgré la progression de sa calvitie et le ramollissement de ses muscles. Il cilla en me voyant, et rentra la tête.

Kara raidit les épaules, comme si elle avait deviné sa présence, et quand elle se pencha vers moi, je décelai l'odeur âcre du rhum imprégnant déjà son haleine à dix heures du matin.

– Quel monde de dingues...

Ses prunelles brillaient d'un éclat métallique.

– Euh... oui. T'as besoin d'aide, Kara ?

Nouvel éclat de rire, nouveau hoquet.

– Non, non. Non, je voulais seulement te dire bonjour, Patrick. T'étais un des grands frères de notre bande, tu te rappelles ? (Elle inclina la tête vers le bar, m'indiquant où certains membres de la bande en question avaient atterri ce matin-là.) Oui, c'est ça, un petit bonjour.

J'acquiesçai, conscient des minuscules frissons qui parcouraient la peau de ses bras. Elle ne cessait de regarder mon visage avec insistance, comme s'il devait lui révéler quelque chose ; ce n'était manifestement pas le cas, et elle détournait les yeux, pour les reporter presque aussitôt sur moi. En cet instant, elle me faisait penser à une môme sans le sou parmi une bande de gosses massés devant la camionnette du glacier, voyant cônes et autres friandises au chocolat lui passer sous le nez, partagée entre la certitude qu'elle n'en aurait pas et l'espoir que le marchand lui tendrait quelque chose par erreur ou par pitié. En proie à un désir torturant, embarrassant au possible.

Je finis par sortir mon portefeuille pour y prendre une carte professionnelle.

Kara fronça les sourcils, puis esquissa un léger sourire. Un sourire ironique, presque une grimace.

– Tout va bien, Patrick.

– T'es à moitié bourrée à dix heures du matin, je te signale.

Elle haussa les épaules.

– Quelque part dans le monde, il est midi.

– Quelque part peut-être, mais pas ici.

La tête de Micky Doog venait de reparaître à la porte du bar. Cette fois, il me dévisagea franchement, et son regard me parut moins trouble, sans doute sous l'effet de la coke ou de n'importe quelle autre merde dont il faisait désormais commerce.

– Hé, Kara ! Tu t'amènes, oui ?

Elle fit un petit mouvement de tête, ma carte s'imprégnant peu à peu de la sueur dans sa paume.

– J'arrive, Mick.

Celui-ci parut sur le point d'ajouter quelque chose, mais il se contenta de tambouriner contre le chambranle et d'opiner avant de disparaître à l'intérieur du Black Emerald.

Les yeux rivés sur l'avenue, Kara contempla les voitures un bon moment.

– Quand on quitte un endroit, murmura-t-elle, on a toujours l'impression qu'il va paraître plus petit le jour où on revient.

Laissant échapper un soupir, elle remua lentement la tête.

– Ce n'est pas le cas ? demandai-je.

– Non, c'est toujours le même bordel.

Elle recula de quelques pas en tapotant ma carte contre sa hanche, puis écarquilla légèrement les yeux avant de rouler des épaules avec une certaine affectation.

– Prends soin de toi, Patrick.

– Toi aussi, Kara.

– Pas de problème, puisque j'ai ce truc-là ! s'exclama-t-elle en agitant le bristol.

Elle le fourra dans la poche arrière de son jean, puis se tourna vers la porte du Black Emerald. Sur le seuil, elle pivota pour me sourire. C'était un grand sourire radieux, et pourtant, ses joues tremblaient, comme si l'exercice leur était peu familier.

– Fais attention, me recommanda-t-elle. D'accord ?

– Attention à quoi ?

– À tout, Patrick. Tout.

Je lui adressai un regard interrogateur, mais Kara se borna à hocher la tête d'un air entendu suggérant qu'on partageait désormais un secret, puis elle s'engouffra dans le bar, et je ne la vis plus.

8

Bien avant d'entrer lui-même en lice, mon père jouait déjà un rôle actif dans la politique locale. Il brandissait les pancartes, frappait aux portes, et les pare-chocs des différentes Chevy que j'ai connues au cours de mon enfance, puis de mon adolescence, se sont toujours ornés d'autocollants témoignant de sa loyauté partisane. La politique, dans son optique, n'avait rien à voir avec le changement social, et il se contrefichait royalement des promesses publiques faites par la plupart des leaders ; c'était surtout la perspective d'avoir des relations qui le motivait. La politique, pour lui, c'était un peu comme une chouette cabane dans les arbres : une fois à l'intérieur avec les petits caïds du voisinage, il suffisait de retirer l'échelle pour laisser en bas tous les crétins.

Il avait soutenu Stan Timpson quand celui-ci, fraîchement émoulu de la fac de droit et nouvellement recruté par le bureau du procureur, s'était présenté aux élections municipales. Après tout, Timpson était originaire du quartier, il avait un bel avenir devant lui, et si les choses prenaient la tournure escomptée, il deviendrait bientôt l'homme à appeler en cas de travaux à faire dans la rue, de voisins trop bruyants à sermonner ou de cousin à pistonner pour obtenir les indemnités chômage.

De mes jeunes années, il ne me restait que de vagues souvenirs de Timpson, mais j'avais du mal à dissocier l'homme que je me rappelais de celui aperçu à la télé. Aussi, lorsque sa voix s'éleva dans mon combiné, me parut-elle étrangement désincarnée, comme préenregistrée.

– Pat Kenzie ? lança-t-il avec chaleur.

– Patrick, monsieur Timpson.

– Comment allez-vous, Patrick ?

– Bien, monsieur. Et vous ?

– Oh, très bien. On ne peut mieux, même. (Il éclata de rire, comme s'il venait d'en raconter une bonne que je n'aurais pas saisie.) Diandra m'a laissé entendre que vous aviez quelques questions à me poser.

– C'est exact, monsieur.

– Allez-y, fiston, je vous écoute.

Timpson n'ayant que dix ou douze ans de plus que moi, le terme *fiston* ne me paraissait guère approprié.

– Diandra vous a parlé de cette photo de Jason qu'elle a reçue ?

– Elle m'en a parlé, Patrick. Et ça m'a paru un peu étrange, je l'avoue.

– En effet, et...

– À mon avis, quelqu'un lui a fait une farce.

– Plutôt tordue, dans le genre.

– D'après Diandra, vous avez écarté la piste de la mafia ?

– Pour l'instant, oui.

– Eh bien, je ne sais pas trop quoi vous dire, Pat.

– Votre bureau ne travaillerait pas sur une affaire qui aurait pu amener quelqu'un à menacer votre fils et votre ex-femme ?

– On n'est pas au cinéma, Pat.

– Patrick.

– C'est vrai, probablement qu'à Bogota ils organisent des vendettas contre leurs procureurs, mais pas ici, à Boston. Voyons, fiston, vous n'auriez pas une meilleure idée ?

Nouvel éclat de rire jovial.

– Écoutez, monsieur, votre fils est peut-être en danger, et...

– Protégez-le, Pat.

– J'en ai l'intention, monsieur. Mais je ne pourrai rien faire si...

– Vous voulez savoir ce que je pense de tout ça ? Pour moi, c'est un coup d'un de ces cinglés traités par Diandra. Il a dû oublier de prendre son Prozac quotidien, et il a envie de jouer un peu avec les nerfs de sa chère psy. Un bon conseil, fiston : jetez donc un coup d'œil à la liste de ses patients.

– Monsieur Timpson, si vous me laissiez...

– Écoutez-moi d'abord, Pat. Je suis séparé de Diandra depuis bientôt deux décennies. Quand elle m'a appelé hier soir, ça devait faire au moins six ans que je n'avais pas entendu le son de sa voix. Personne ne se doute que nous avons été mariés. Personne ne connaît l'existence de Jason. Au moment de la dernière campagne, croyez-moi, on s'attendait tous à ce que le scandale éclate – vous voyez le tableau ? Comment j'ai quitté ma première femme et mon petit garçon, décidé de réduire au strict minimum les relations entre nous... Mais je vous le donne en mille, Pat : il ne s'est rien passé. Vous imaginez ? Une course aux élections où tous les coups sont permis dans une ville où tous les coups sont permis, et il ne s'est rien passé. Tout le monde ignore le lien entre Jason ou Diandra et moi.

– Mais pour...

– J'ai été ravi de bavarder avec vous, Pat. N'oubliez pas de dire à votre père que Stan Timpson lui donne le bonjour. Il me manque, ce vieux gredin. Où se cache-t-il, ces temps-ci ?

– Au cimetière de Cedar Grove.

– Ah oui ? Comme ça, il s'est dégoté un petit boulot de gardien ? Bon, il faut que je vous laisse. Portez-vous bien, Pat.

– Ce gamin est encore plus dépravé que toi au même âge, marmonna Angie.

– Sympa.

Au bout de quatre jours à suivre Jason Warren, on éprouvait la nette impression d'avoir affaire à un jeune Don Juan. Diandra avait bien insisté sur la nécessité de ne pas mettre Jason au courant de cette surveillance, s'appuyant sur le principe de la réticence masculine à laisser quelqu'un contrôler ou modifier sa destinée, et sur le tempérament « extrêmement » secret de Jason, comme elle disait.

Je serais sans doute moi-même porté sur le secret si j'arrivais à une moyenne de trois conquêtes féminines en trois jours.

– Il a fait un *hat-trick*, dis-je.

– Un quoi ?

– Mercredi, il a remporté sa troisième victoire consécutive, ce qui le rend officiellement digne de figurer au panthéon des cavaleurs.

– Les hommes sont des porcs.

– Exact.

– Arrête de sourire comme un idiot.

Si quelqu'un rôdait autour de Jason, ce ne pouvait être qu'une ancienne petite amie, une fille qui n'appréciait pas d'être ravalée au rang de trophée sur un tableau de chasse, de simple numéro sur une liste. Mais avec Angie, on l'avait à l'œil presque en permanence depuis maintenant plus de quatre-vingts heures, et à part nous, personne ne semblait s'attacher à ses pas. Cette filature ne posait d'ailleurs aucun problème particulier. Jason passait ses journées en classe, s'accordait en général une pause pour tirer un coup en début d'après-midi dans sa chambre d'étudiant (un arrangement manifestement conclu avec son camarade de chambre, un fumeur de shit originaire de l'Oregon qui organisait des marijuana-parties tous les soirs à sept heures en l'absence de Jason), étudiait sur la pelouse jusqu'au coucher du soleil, prenait ses repas à la cafétéria en compagnie exclusivement féminine, puis entamait la tournée des bars proches de Bryce.

Ses maîtresses – du moins, les trois qu'on avait vues – se connaissaient toutes sans que, apparemment, la jalousie entre en ligne de compte dans leurs relations. Et toutes cultivaient à peu près le même style. Elles portaient des fringues mode, en général noires, agrémentées de quelques déchirures encore plus mode, et arboraient des bijoux de pacotille du plus mauvais goût – un mauvais goût dont, étant donné le genre de voitures qu'elles conduisaient, la finesse du cuir de leurs bottes, de leurs blousons et de leurs sacs à dos, elles avaient parfaitement conscience. Ou comment se donner une allure branchée en choisissant les trucs les plus ringards, j'imagine – une façon de faire un pied de nez postmoderne à un monde qui ne comprenait rien à rien. Quelque chose comme ça, quoi. Aucune n'avait de petit ami attitré.

Elles étaient toutes les trois inscrites à la faculté des lettres et des sciences humaines. Gabrielle étudiait la littérature, Lauren s'était spécialisée dans l'histoire de l'art, mais passait l'essentiel de son temps à jouer de la guitare au sein d'un groupe de copines tendance ska / punk / speed metal, comme si elles avaient pour seules références Courtney Love et Kim Deal. Quant à Jade, petite, mince et peu portée sur la grossièreté, elle était peintre.

Aucune n'aimait se laver, apparemment. Pour ma part, j'aurais trouvé ça problématique, mais Jason ne semblait pas s'en soucier. Cela dit, il ne se lavait pas beaucoup non plus. Je ne pense pas avoir des goûts particulièrement conventionnels en matière de femmes, mais j'ai néanmoins deux principes – un concernant la propreté, l'autre le piercing clitoridien –, et je ne me sens pas prêt à faire de concessions sur ces points. D'où une incompatibilité irrémédiable entre la gent grunge et moi, je suppose.

À la différence de Jason. D'après ce que nous avions pu observer, c'était l'obsédé du campus. Le mercredi, il sortit du lit de Jade, puis tous deux se rendirent dans un bar appelé le Harper's Ferry, où ils retrouvèrent Gabrielle. Jade resta attablée pendant que Jason et Gabrielle allaient faire un petit tour dans la BMW de Gabrielle pour une séance d'exercices bucco-génitaux à laquelle j'eus le triste privilège d'assister. À peine étaient-ils revenus que Gabrielle et Jade filaient aux toilettes pour, me raconta Angie, s'échanger quelques joyeuses comparaisons.

– Grosse comme un python, paraît-il, me confia Angie.

– C'est pas la taille qui impor...

– À force de te le répéter, Patrick, tu finiras peut-être par y croire un jour.

Les deux femmes et leur gigolo allèrent ensuite au bar TT the Bear, à Central Square, où Lauren et son groupe tentaient d'imiter Hole, le sens musical en moins. Après le concert, Jason partit avec Lauren. Elle l'emmena dans sa chambre, et ils firent brûler de l'encens et baisèrent comme des lapins jusqu'à l'aube en écoutant des vieux albums de Patti Smith.

Le deuxième soir, dans un bar de North Harvard, je lui étais rentré dedans en sortant des toilettes. Tout occupé que j'étais à essayer de repérer Angie dans la foule, je ne remarquai Jason qu'au moment où mon torse rencontra son épaule.

– Vous cherchez quelqu'un ? me demanda-t-il.

– Pardon ?

Une lueur espiègle, mais dénuée de malice, animait ses yeux verts, rendus plus limpides encore par l'éclairage provenant de la scène.

– Je disais, vous cherchez quelqu'un ?

Jason alluma une cigarette, puis l'ôta de sa bouche avec la même main qui tenait un verre de scotch.

– Ma copine, répondis-je. Désolé de vous avoir heurté.

– Y a pas de mal, dit-il en haussant la voix pour couvrir les riffs de guitare mollassons. Vous aviez l'air un peu perdu, c'est tout. Bonne chance.

– Comment ?

– Bonne chance ! me cria-t-il à l'oreille. Pour retrouver votre copine, ou ce que vous voulez.

– Merci.

Je me frayai un chemin à travers la cohue tandis que Jason se tournait vers Jade et lui glissait quelques mots qui la firent rire.

– Au début, c'était marrant, déclara Angie en ce quatrième jour.

– Quoi ?

– De jouer les voyeurs.

– Ne critique pas le voyeurisme. Sans lui, la culture américaine n'existerait pas.

– Peut-être, mais ça devient... enfin, ça craint de regarder ce gamin culbuter tout ce qui se renverse. Tu vois ce que je veux dire ?

J'acquiesçai de la tête.

– Ils crèvent de solitude, j'en suis sûre, poursuivit-elle.

– Qui ?

– Eux. Jason, Gabrielle, Jade, Lauren.

– Tu trouves ? Mmm. En tout cas, ils se débrouillent bien pour le cacher.

– Comme toi pendant longtemps, Patrick. Exactement comme toi.
– Aïe, ça fait mal.

À la fin du quatrième jour, on se partagea le travail. Pour un gars qui fréquentait autant de femmes et de bars dans la journée, Jason était très organisé. Résultat, on pouvait prédire presque à la minute ses moindres faits et gestes. Ce soir-là, je rentrai chez moi, et Angie surveilla la chambre de Jason.

Je préparais le dîner quand elle me téléphona pour m'annoncer que Jason était bien parti pour passer la nuit avec Gabrielle ; de son côté, elle ferait un petit somme, puis l'escorterait en cours dans la matinée.

Après le repas, je m'installai sur mon balcon pour regarder la rue alors que la nuit tombait et fraîchissait. De fait, la température ne se contentait pas de baisser, elle chutait de manière vertigineuse. La lune voilée ressemblait à ces blocs de glace d'où émanent des vapeurs blanchâtres, et l'air était imprégné d'odeurs semblables à celles qui flottent généralement après un match de football entre lycéens, le soir. Une brise mordante balayait le boulevard, cinglait les arbres et malmenait le bord desséché des feuilles.

Je quittai mon poste d'observation quand le téléphone sonna. C'était Devin.

– C'est quoi, le problème ? demandai-je.
– Comment ça ?
– Tu ne m'appellerais pas juste pour tailler le bout de gras, Dev. C'est pas ton style.
– Peut-être que j'ai changé ?
– Sûrement pas.
– O.K., grommela-t-il. Faut qu'on parle.
– *Porque ?*
– Une fille s'est fait liquider à Meeting House Hill, elle n'avait pas de papiers sur elle, et j'aimerais savoir qui c'est.

– Quel rapport avec moi ?

– Si ça se trouve, aucun. Mais elle est morte en serrant ta carte dans sa main.

– Ma carte ?

– Je confirme. Meeting House Hill, donc. Retrouve-moi là-bas dans dix minutes.

Il raccrocha, et je gardai le combiné collé à l'oreille jusqu'au retour de la tonalité. J'écoutai encore un moment le bip-bip lancinant dans l'espoir qu'on allait me dire que la morte sur la colline n'était pas Kara Rider. Qu'on allait finir par me dire quelque chose. N'importe quoi.

9

Quand j'arrivai à Meeting House Hill, la température ne devait guère dépasser le zéro. Il faisait un froid sec, sans un souffle de vent, du genre à vous pénétrer jusqu'à la moelle, à vous remplir les veines de cristaux de glace.

Meeting House Hill marque la frontière de mon quartier ; au-delà s'étend Field's Corner. La colline s'élève en pente raide, rendant les voies d'accès inabordables pour les voitures quand il y a du verglas. Au sommet, les rues convergent pour former un quadrillage de ciment et de goudron d'où émerge une sorte de terrain vague minable au milieu d'une zone dans un tel état de délabrement qu'on pourrait bien balancer un missile au centre sans que personne le remarque, à moins de toucher un bar ou un bureau distributeur de bons alimentaires.

L'horloge du clocher de St Peter sonna le quart lorsque Devin vint me chercher près de ma voiture pour m'accompagner dans la pénible ascension de la colline. La cloche rendait un son creux, à la gaieté déplacée par une nuit aussi glaciale en un lieu manifestement oublié des dieux. Le sol durcissait déjà, et des touffes d'herbe desséchée craquaient sous nos pieds.

En ne distinguant que quelques silhouettes à la lueur du lampadaire en haut de l'éminence, je lançai à Devin :

– T'as rameuté tous les flics de la ville sur ce coup-là, vieux ?

La tête enfoncée dans le col de sa veste, il me regarda.

– T'aurais préféré qu'on organise un grand cirque médiatique, peut-être ? Qu'un tas de journalistes, de charognards et de bleus nous bousillent nos indices ? (Il jeta un coup d'œil aux rangées de petits immeubles dominant le coteau.) Ce qu'il y a de bien avec les homicides dans les coins merdiques, c'est que personne n'en a rien à foutre. Résultat, personne ne vient nous emmerder.

– Si personne n'en a rien à foutre, Devin, personne n'aura rien à te dire.

– Ça, évidemment, c'est l'inconvénient.

L'équipier de Devin, Oscar Lee, fut le premier flic que je reconnus. Oscar est le type le plus colossal que j'aie jamais vu. À côté, William « Refrigerator » Perry[1] fait figure d'anorexique et Michael Jordan, de nain ; même Bubba a l'air chétif en comparaison. Une casquette en cuir coiffait sa tête de Black grosse comme un ballon de cirque, et il fumait un cigare dont l'odeur n'allait pas sans rappeler celle d'une plage après une marée noire.

Nous nous rapprochions quand il pivota vers nous.

– Qu'est-ce qu'il fout ici, Devin ?

Ce cher Oscar. Toujours un mot gentil pour les amis.

– La carte, répondit Devin. Tu te rappelles ?

– Ah ouais ? Comme ça, tu serais capable d'identifier la gamine, Kenzie ?

1. Joueur de football de Chicago. (*N.d.T.*)

– Peut-être, Oscar. Faudrait d'abord que je la voie.

Il haussa les épaules.

– Elle a sûrement eu meilleure mine.

Oscar se déplaça, me révélant la dépouille allongée sous le lampadaire.

La fille était nue, à l'exception d'un slip de satin bleu clair. Elle avait le corps boursouflé à cause du froid, de la rigidité cadavérique, ou de quelque chose d'autre. Ses cheveux rejetés en arrière lui dégageaient le front, sa bouche et ses yeux étaient grands ouverts. Elle avait les lèvres bleuies et semblait fixer un point juste derrière mon épaule. Ses bras et ses jambes graciles étaient largement écartés, et des flaques de sang sombre – solidifié par la fraîcheur ambiante – s'étaient formées à la naissance de sa gorge, au creux de ses paumes tournées vers le ciel, et sous la plante de ses pieds. De petits cercles de métal brillaient au milieu de chacune de ses mains et de ses chevilles.

C'était Kara Rider.

On l'avait crucifiée.

– De vulgaires clous, me dit Devin un peu plus tard, alors qu'on était attablés au Black Emerald Tavern. Les plus banals. Seulement deux tiers des habitants de cette ville en ont chez eux. Privilégiés par les charpentiers du monde entier.

– Les charpentiers, répéta Oscar.

– C'est ça, reprit Devin. L'assassin est charpentier, et l'histoire du Christ, ça l'a foutu en rogne. Du coup, il s'est mis en tête de venger le héros de sa profession.

– Tu prends des notes ? me demanda Oscar.

Nous étions venus dans ce bar avec l'espoir d'y débusquer Micky Doog, la dernière personne que j'avais vue avec Kara, mais il s'était éclipsé en début d'après-midi. Devin obtint son adresse par Gerry Glynn, le propriétaire du Black Emerald, et envoya quelques agents sur les lieux. Sans résultat ; sa mère n'avait pas de nouvelles de lui depuis la veille.

– Ils étaient plusieurs, ce matin, nous raconta Gerry. Kara, Micky, John Buccierri, Michelle Rourke... Tous des membres de cette bande qui traînait dans le coin il y a quelques années de ça.

– Ils sont partis ensemble ?

Gerry hocha la tête.

– Je rentrais quand ils sont sortis. Ils en tenaient une bonne, et il n'était même pas encore une heure de l'après-midi. N'empêche, c'est une brave gosse, la petite Kara.

– C'était, rectifia Oscar. C'était une brave gosse.

Il était presque deux heures du matin, et nous aussi, on en tenait une bonne.

Le chien de Gerry, Patton, un énorme berger allemand au pelage noir et ambre, s'était couché sur le comptoir à environ trois mètres de nous, et nous observait comme pour déterminer s'il devait nous confisquer nos clés de voiture. Il finit par bâiller, laissant pendre une langue semblable à une grande tranche de lard, puis détourna les yeux avec ce qui pouvait passer pour de l'indifférence feinte.

Après l'arrivée du légiste, j'avais affronté le froid encore deux heures pendant qu'on chargeait le corps de Kara dans une ambulance à destination de la morgue, que l'équipe du labo ratissait le terrain à la recherche d'indices, et que Devin et Oscar allaient frapper à la porte de toutes les maisons bordant le parc, au cas où quelqu'un aurait vu ou entendu quelque chose. Le problème, ce n'était pas que les gens n'avaient rien remarqué, mais plutôt que des cris de femmes, il y en avait tous les soirs dans cette partie de la ville ; c'était un peu comme les alarmes de voiture : à force, on finissait par ne plus y faire attention.

Des fibres de tissu qu'Oscar avait remarquées entre les dents de Kara, et de l'absence de sang qu'avait constatée Devin au fond des trous laissés par les clous dans la terre gelée sous les pieds et les mains de la victime, les deux équipiers avaient tiré les conclusions suivantes : l'assassin l'avait tuée ailleurs, en commençant par lui fourrer un mouchoir ou un chiffon dans la bouche avant de pratiquer une incision à la base de la gorge avec un stylet, voire un pic à glace très aiguisé afin de lui paralyser le larynx. Il avait eu ensuite tout loisir de la regarder mourir des suites du choc, d'une crise cardiaque ou d'une lente suffocation alors qu'elle se noyait dans son propre sang. Pour une obscure raison, il avait ensuite transporté le corps jusqu'à Meeting House Hill pour le crucifier sur le sol durci.

– Un tendre, ce type-là, fit Devin.

– Mouais, il a p'têt juste besoin d'un gros câlin, renchérit Oscar. Ça le remettrait dans le droit chemin.

– Au fond, c'est pas un mauvais bougre.

– T'es rudement silencieux, toi, me lança Devin.

Je n'avais pas dit grand-chose depuis que j'avais découvert Kara. Contrairement à Devin et à Oscar, je n'étais pas un pro en matière de mort violente. D'accord, j'avais vu mon lot de cadavres, mais mon expérience ne soutenait pas la comparaison avec celle de ces deux lascars.

– C'est trop, murmurai-je, je peux pas faire face.

– Mais si, tu peux, m'assura Devin.

– Reprends un verre, me conseilla Oscar.

Il adressa un signe de tête à Gerry Glynn. Celui-ci possédait le Black Emerald depuis l'époque où il était flic, et s'il fermait en général à une heure du matin, il ne mettait cependant jamais à la porte les gars de la Maison. Il nous apporta nos boissons avant même qu'Oscar ait achevé son mouvement de tête, et on avait à peine eu le temps de le voir approcher qu'il était déjà retourné derrière le comptoir. La définition même du barman efficace.

– Crucifiée, répétai-je pour la vingtième fois au moins quand Devin plaça une bière fraîche dans ma main.

– Je crois qu'on est tous d'accord sur ce point, Patrick.

– Devin, fis-je en m'efforçant de me concentrer sur lui, furieux qu'il n'arrête pas de bouger, cette fille n'avait pas vingt-deux ans. Je la connaissais depuis qu'elle était bébé.

Comme il m'opposait un regard calme, inexpressif, je me tournai vers Oscar, occupé à mâchouiller une moitié de cigare éteinte ; il me considéra comme un meuble dont il n'aurait pas encore déterminé la place.

– Et merde, marmonnai-je.

– Patrick, Patrick, fit Devin. Tu m'écoutes ?

Je reportai mon attention sur lui. Un bref instant, sa tête cessa de bouger.

– Quoi ?

– Elle avait vingt-deux ans, d'accord. C'était encore qu'une gosse. Mais si elle en avait eu quinze ou quarante, ça ferait pas de différence. La mort, c'est la mort, et un meurtre, c'est un meurtre. Rends pas les choses plus difficiles en t'apitoyant sur son âge, Patrick. Elle a été assassinée. D'une façon atroce. Y a pas à revenir là-dessus. Mais... (Il s'appuya maladroitement contre le comptoir, puis ferma un œil.) Hé, partenaire, c'est quoi, le *mais* ?

– Mais, enchaîna Oscar, que ce soit un homme ou une femme, un riche ou un pauvre, un jeune ou un vieux...

– Un Noir ou un Blanc, ajouta Devin.

– ... un Noir ou un Blanc, répéta Oscar en fronçant les sourcils, ce qui compte, c'est que quelqu'un a été trucidé, Kenzie. Et salement trucidé, avec ça.

Je le regardai.

– T'as déjà vu un truc aussi dégueulasse ? demandai-je.

Il émit un petit rire.

– J'ai vu bien pire, Kenzie.

Je me tournai vers Devin.

– Et toi ?

– Pareil, putain. (Il avala sa bière.) On vit dans un monde de brutes, Patrick. Les gens prennent plaisir à tuer. Ça leur...

– ... donne un sentiment de puissance, acheva Oscar.

– Exactement, approuva son équipier. Y a quelque chose là-dedans qui te fait sacrément planer. Cette impression de pouvoir, t'imagines ? (Il haussa les épaules.) Remarque, je me demande pourquoi je te dis ça. T'es bien placé pour le savoir, non ?

– Pardon ?

Oscar abattit sur mon épaule une main de la taille d'un gant de catcheur.

– Allons, Kenzie, c'est un secret pour personne que t'as descendu Marion Socia l'année dernière. Et que t'as réglé tes comptes avec quelques voyous dans les HLM près de Melnea Cass.

– Oh. Alors, pourquoi vous m'avez pas arrêté ?

– Ah, Patrick, Patrick, Patrick..., fit Devin d'une voix à peine pâteuse, si ça ne tenait qu'à nous, on t'aurait refilé une médaille pour Socia. Qu'il aille se faire foutre, ce salopard. Doublement, même. Mais, ajouta-t-il en fermant de nouveau un œil, viens pas me raconter que t'as ressenti aucun plaisir à voir son regard s'éteindre quand tu lui as collé un pruneau dans le crâne.

– Sans commentaire, répliquai-je.

– Il a raison, Kenzie, et je t'apprends rien, renchérit Oscar. Il est bourré, mais n'empêche qu'il a raison. Tu t'es approché de ce tas de merde, tu l'as fixé bien en face, et tu l'as buté. (De l'index et du majeur, Oscar forma une arme qu'il pressa contre ma tempe.) Bang. Bang. Bang. (Il ôta ses doigts.) Et hop, plus de Marion Socia. Après un truc pareil, on se prendrait presque pour le Bon Dieu d'un jour, pas vrai ?

Ce que j'avais éprouvé alors que je flinguais Marion Socia sous la voie express dont les armatures métalliques vibraient au passage des poids lourds représentait pour moi le mélange d'émotions le plus conflictuel de toute mon existence, et je n'avais pas la moindre envie d'évoquer la scène devant deux sergents de la criminelle alors que j'étais à moitié soûl. Peut-être que je suis parano.

J'eus droit à un sourire de Devin.

– Ça fait un bien fou de liquider quelqu'un, Patrick. Inutile de te raconter des histoires.

– Encore une tournée, les gars ? lança Gerry en longeant le comptoir.

Devin acquiesça.

– Hé, Ger...

Celui-ci s'immobilisa derrière le bar.

– Ça t'est déjà arrivé de tuer un type quand tu faisais partie de la Maison ?

La question parut l'agacer un peu, comme s'il l'avait entendue trop souvent.

– J'ai jamais dégainé mon flingue, répondit-il.

– J'y crois pas, répliqua Oscar.

Remarque que Gerry accueillit d'un haussement d'épaules, la douceur de ses yeux formant un contraste saisissant avec la violence du métier qu'il avait exercé pendant vingt ans. Machinalement, il gratta le ventre de Patton.

– C'était une époque différente, ajouta-t-il. Tu te rappelles, Dev ?

Devin hocha la tête.

– Différente, c'est sûr.

Gerry abaissa la chantepleure afin de remplir de bière ma chope.

– À vrai dire, le monde était différent.

– Différent, c'est sûr, répéta Devin.

– J'aimerais vous aider, les gars, déclara Gerry en nous apportant nos consommations.

Je regardai Devin.

– Quelqu'un a prévenu la mère de Kara ?

Il hocha la tête.

– Elle cuvait dans sa cuisine, mais les collègues l'ont réveillée pour lui annoncer la nouvelle. Y en a un qu'est resté avec elle.

– Ce Micky Doog, on va le coincer, Kenzie, affirma Oscar. Si c'est un autre siphonné qui a fait le coup, une bande ou un machin comme ça, on les épinglera tous. D'ici quelques heures, quand les gens seront réveillés, on retournera frapper aux portes ; quelqu'un aura forcément remarqué quelque chose. Et une fois qu'on l'aura chopé, ce fils de pute, on lui mettra la pression, on le cuisinera jusqu'à ce qu'il craque. D'accord, c'est pas ça qui va la ressusciter, mais nous, on aura un peu l'impression d'agir en son nom.

– Oui, mais...

Devin se pencha vers moi.

– Ce salopard va payer, Patrick. Tu peux me croire.

Je ne demandais que ça. Sincèrement.

Un peu avant notre départ, pendant que Devin et Oscar passaient aux toilettes, je détournai mon attention du comptoir flou pour découvrir deux paires d'yeux – ceux de Gerry et ceux de Patton – fixés sur moi. Depuis quatre ans que ce chien était attaché à Gerry, je ne l'avais jamais entendu seulement aboyer, mais en voyant ses prunelles calmes, imperturbables, personne n'avait envie de le provoquer. Des prunelles qui reflétaient sans doute une bonne quarantaine d'expressions à l'intention de Gerry, allant de l'amour à la compassion, mais une seule à l'intention de tous les autres : la menace.

Gerry le gratta derrière les oreilles.

– Une crucifixion, murmura-t-il.

Je hochai la tête.

– À ton avis, Patrick, c'est arrivé combien de fois dans cette ville ?

En guise de réponse, j'esquissai un mouvement d'épaules impuissant, persuadé que mes lèvres ne seraient plus capables d'articuler correctement.

– Sûrement pas beaucoup, ajouta-t-il.

Puis il contempla Patton qui lui léchait la main, et Devin revint dans la salle.

Cette nuit-là, je rêvai de Kara Rider.

Je traversais un champ de choux rempli de vaches Black Angus et de têtes humaines dont je ne reconnaissais pas le visage. Au loin, la ville brûlait, et je voyais la silhouette de mon père au sommet d'une échelle de pompier, d'où il arrosait d'essence les flammes.

L'incendie se propageait régulièrement depuis la ville, léchant déjà la lisière du champ. Autour de moi, les têtes humaines se mettaient à parler ; au début, je ne décelais qu'un brouhaha incohérent, mais bientôt, je distinguais plus clairement une ou deux voix.

– Ça sent la fumée, disait quelqu'un.

– Tu répètes ça tout le temps, répondait une vache avant de cracher le contenu de sa panse sur une feuille de chou alors qu'un veau mort-né tombait entre ses pattes, puis restait étalé près de ses sabots.

J'entendais Kara crier quelque part dans ce champ tandis que le ciel se faisait de plus en plus noir, de plus en plus visqueux, et que la fumée me piquait les yeux ; je ne parvenais plus à discerner les têtes humaines des têtes de choux, les vaches gémissaient et se penchaient sous les assauts du vent, la fumée m'enveloppait peu à peu, et bientôt, les hurlements de Kara cessaient, et j'éprouvais un immense soulagement quand les flammes commençaient à me lécher les jambes. Alors, je m'asseyais au milieu du champ pour reprendre mon souffle et regarder le monde se consumer pendant que les vaches broutaient l'herbe, se balançant d'avant en arrière, refusant de fuir.

Je me réveillai en suffoquant, l'odeur de la chair brûlée encore dans mes narines. Voyant le drap frissonner au-dessus de mon cœur affolé, je jurai de ne plus jamais me soûler avec Oscar et Devin.

10

Je m'étais écroulé sur mon lit à quatre heures du matin, réveillé aux alentours de sept après mon rêve à la Salvador Délire, et rendormi seulement vers huit heures.

Ce dont Lyle Dimmick et son copain Waylon Jennings [1] se fichaient éperdument. À neuf heures tapantes, Waylon se mit à beugler au sujet de la femme qui lui avait causé du tort, et le grincement strident d'un violon country monta jusqu'à mes fenêtres pour me faire vibrer le cerveau.

Lyle Dimmick était un peintre en bâtiment au visage brûlé par le soleil, qui avait lui-même quitté sa ville natale d'Odessa, Texas, à cause d'une femme. Il l'avait trouvée, perdue, retrouvée, puis reperdue quand elle était retournée à Odessa avec un type rencontré dans un pub du coin, un tuyauteur irlandais convaincu d'être cow-boy dans l'âme.

Ed Donnegan possédait la plupart des petits immeubles de la rue, à l'exception du mien, et tous les dix ans, il faisait refaire les peintures ; chaque fois, qu'il pleuve, qu'il neige ou qu'il vente, il n'embauchait qu'un seul artisan pour la durée nécessaire à la réfection de l'ensemble des façades.

---

1. Chanteur de country. (*N.d.T.*)

Lyle portait un chapeau de cow-boy, un foulard rouge autour du cou et des lunettes de soleil panoramiques qui mangeaient la moitié de sa figure étroite, sillonnée de rides. Des lunettes dignes d'un type de la ville, affirmait-il, et qui représentaient sa seule concession à un affreux monde de Yankees incapables d'apprécier à leur juste valeur les trois dons les plus précieux de Dieu à l'humanité : le Jack Daniel's, les chevaux, et bien entendu, Waylon.

J'avançai la tête entre le store et la moustiquaire, pour découvrir Lyle de dos, occupé à peindre l'édifice voisin. Il ne m'entendrait sans doute pas, étant donné le volume de la musique, aussi refermai-je la fenêtre, me redressai-je à grand-peine et allai-je fermer toutes les autres fenêtres de la chambre, réduisant ainsi les braillements de Waylon à des piaillements qui résonnaient dans ma tête. Puis je me traînai jusqu'à mon lit et fermai les yeux en aspirant au calme.

Une prière à laquelle Angie resta sourde.

Elle me réveilla un peu après dix heures en s'agitant dans l'appartement, préparant le café, ouvrant les fenêtres pour laisser entrer la fraîcheur d'une nouvelle journée d'automne et furetant dans mon réfrigérateur pendant que Waylon, Merle ou Hank Jr. s'engouffrait à travers les stores.

Comme tout cela ne suffisait cependant pas à me tirer du lit, Angie poussa la porte de la chambre pour lancer :

– Debout là-dedans !

– Du balai, répliquai-je en remontant les couvertures sur ma tête.

– Lève-toi, paresseux. Je m'ennuie. Allez, plus vite que ça.

Je lui envoyai un oreiller, qu'elle esquiva ; après lui être passé par-dessus la tête, il termina sa course dans la cuisine, où il alla fracasser quelque chose.

– Tu ne tenais pas spécialement à ton service de table, j'espère.

Cette fois, je me levai, enroulai le drap autour de ma taille pour dissimuler mon caleçon fluorescent de Marvin le Martien, puis titubai jusqu'à la cuisine.

Angie se tenait au milieu de la pièce, serrant à deux mains sa tasse de café, entourée des débris épars de quelques assiettes et verres sur le sol et dans l'évier.

– Café ? me proposa-t-elle.

J'allai chercher un balai et entrepris de nettoyer le carnage. Angie posa sa tasse sur la table avant d'attraper pelle et balayette pour m'aider.

– Ce concept du sommeil, ça reste encore un peu flou pour toi, hein ? fis-je.

– Très surestimé.

Elle ramassa des éclats de verre, les balança dans la poubelle.

– Qu'est-ce t'en sais ? répliquai-je. T'as jamais essayé.

– Écoute, Patrick, ce n'est tout de même pas ma faute si t'es resté à boire jusqu'à point d'heure avec tes petits copains.

Mes petits copains, c'est ça.

– Comment t'as deviné ?

Angie jeta les derniers débris de vaisselle avant de se redresser.

– Primo, t'as le teint d'une nuance verdâtre inédite, et secundo, j'ai trouvé le message d'un type incroyablement bourré sur mon répondeur, ce matin.

– Ah. (Maintenant qu'elle le disait, je me souvenais vaguement d'un téléphone à pièces et d'une tonalité à un certain moment de la nuit.) Et ce message, il racontait quoi ?

Sa tasse à la main, elle s'adossa à la machine à laver.

– Un truc du genre « Où t'es ? Il est trois heures du matin, y a eu un truc vraiment dégueulasse, faut que j'te parle. » J'ai pas compris le reste, vu qu'après, t'as opté pour le swahili.

J'allai ranger pelle, balayette, balai et poubelle dans le cellier, puis me servis une tasse de café.

– T'étais où, à trois heures du matin ? demandai-je.

– Tu te prends pour mon père ? (Fronçant les sourcils, elle me pinça la taille juste au-dessus du drap.) Méfie-toi, tu commences à attraper des poignées d'amour.

– N'importe quoi, marmonnai-je en attrapant le pichet de lait.

– Tu sais pourquoi ? continua-t-elle, ignorant mon intervention. Parce que tu bois de la bière comme si t'étais encore avec tes potes du lycée.

Sans la quitter des yeux, je versai une nouvelle dose de lait dans mon café.

– Tu veux bien répondre à ma question, Ange ?

– Au sujet de mes activités nocturnes ?

– C'est ça.

Elle avala une gorgée de café en me regardant par-dessus le bord de sa tasse.

– Nan. Je peux juste te dire que je me suis réveillée toute chose, avec une agréable sensation de chaleur et un grand sourire aux lèvres. Un très grand sourire.

– Comme celui que t'as sur la figure en ce moment ?

– Plus grand.

– Mmm...

Angie se jucha sur la machine à laver.

– Bon, dugland, j'imagine que tu ne m'as pas appelée à trois heures du matin uniquement pour prendre des nouvelles de ma vie sexuelle. Quoi de neuf ? demanda-t-elle en allumant une cigarette.

– Tu te souviens de Kara Rider ?

– Mouais.

– Elle a été assassinée la nuit dernière.

– *Quoi ?* s'écria-t-elle, les yeux écarquillés.

– C'est vrai, Ange. (Avec tout le lait que j'avais versé dans mon café, le breuvage avait le goût de la bouillie pour bébé.) On l'a crucifiée sur Meeting House Hill.

Elle ferma les yeux quelques instants, puis les rouvrit et les fixa sur sa cigarette comme pour tenter d'en percer le secret.

– On sait qui a fait le coup ?

– Personne se baladait dans le coin avec un marteau ensanglanté en chantant, « Dieu ce que c'est chouette de crucifier les p'tites nanas, tralala », si c'est ce que tu veux dire, ripostai-je avant de vider le reste de mon café dans l'évier.

– Ça y est, t'as déchargé ta bile pour la journée ? demanda-t-elle tranquillement.

Je me remplis une nouvelle tasse.

– Peut-être, ou peut-être pas. Il est encore tôt.

Je me détournai, et Angie descendit de son perchoir pour aller se camper devant moi.

En une fraction de seconde, je revis le regard vide de Kara, son corps mince gisant dans la nuit glaciale, boursouflé et vulnérable.

– Je l'ai croisée l'autre jour devant le Black Emerald, Ange, et j'ai eu une drôle d'impression, un peu comme si, je ne sais pas, elle avait des ennuis ou quelque chose comme ça, mais j'ai laissé tomber. Et j'ai salement foiré, tu comprends ?

– Hé, qu'est-ce que tu me fais, là ? Tu te crois responsable, c'est ça ?

Je haussai les épaules.

– Non, Patrick. (Elle m'effleura le cou de sa

paume tiède et m'obligea à tourner la tête vers elle.) T'y es pour rien, d'accord ?

Personne ne méritait de mourir comme Kara.

– D'accord ? répéta Angie.

– Oui. Enfin, je suppose.

– Il n'y a pas de « je suppose » qui tienne. (Elle ôta sa main, retira de son sac une enveloppe blanche qu'elle me tendit.) Au fait, j'ai trouvé ça scotché à la porte d'entrée, en bas. (Elle fit un geste vers un petit carton sur la table de la cuisine.) Et ce truc, c'était posé par terre.

J'habite au troisième, dans un appartement où les portes sont munies de verrous, où je garde en permanence deux flingues cachés quelque part, mais rien de tout cela ne décourage autant les éventuels cambrioleurs que les deux portes d'entrée de l'immeuble. Celle de l'extérieur comme celle de l'intérieur, faite de chêne allemand massif, est renforcée par des armatures métalliques. La partie vitrée de la première est reliée à une alarme, et mon propriétaire a installé au total six serrures sur les deux, nécessitant trois clés différentes. J'en ai un trousseau. Angie en a un. La femme du propriétaire, qui vit au premier parce qu'elle ne peut pas supporter la présence de son cher et tendre, en a un aussi. Et Stanis, mon dingue de proprio – terrifié à l'idée qu'un commando de Bolcheviques puisse débarquer un jour – en a deux.

En somme, le bâtiment est tellement bien protégé que j'avais du mal à imaginer quelqu'un scotchant une enveloppe sur la porte d'entrée, ou déposant une boîte sur le perron sans déclencher aussitôt neuf ou dix alarmes, et réveiller la moitié du quartier.

L'enveloppe était simple, blanche, format courrier standard, avec les mots « patrick kenzie » tapés au milieu. Pas d'adresse, pas de timbre, pas d'expéditeur. Je l'ouvris, en sortis une feuille de papier que je dépliai. Aucune en-tête en haut à gauche, aucune date, aucune formule de politesse, aucune signature. Au milieu de la page, on avait imprimé un seul mot :

SALUT !

Rien d'autre.

Je tendis le message à Angie. Elle le regarda, le retourna une première fois, puis une seconde.

– « Salut », lut-elle à haute voix.

– « Salut », répétai-je.

– Non, essaie plutôt « Salut ! » Tu vois le genre ? Comme une gamine prête à glousser.

Je tentai l'expérience.

– Pas mal, commenta-t-elle.

SALUT !

– C'est Grace, tu crois ? demanda Angie en se resservant du café.

– Sûrement pas. Elle ne dit pas salut comme ça, je t'assure.

– Alors, qui ?

Je n'en avais pas la moindre idée. C'était un message tellement anodin, tellement étrange aussi...

– Celui ou celle qui a écrit ça maîtrise à la perfection l'art de la concision, déclarai-je.

– Ou possède un vocabulaire extrêmement limité.

Je jetai le message sur la table, retirai le scotch autour de la boîte et l'ouvris pendant qu'Angie regardait par-dessus mon épaule.

– C'est quoi, ce bordel ?

La boîte était remplie d'autocollants de parechocs. J'en retirai une poignée, Angie aussi, et il en restait encore dans le carton.

– C'est vraiment... bizarre, murmurai-je.

Un pli barrait le front d'Angie, et un étrange petit sourire flottait sur ses lèvres.

– Tu l'as dit, bouffi.

On les emporta dans le salon pour les étaler par terre, créant un assemblage curieux de noirs, de jaunes, de rouges, de bleus et de tons irisés brillants. À contempler ces quatre-vingt-seize autocollants, on avait l'impression de se retrouver dans un univers d'agressivité, de sentiments plus creux les uns que les autres, motivés seulement par la quête absurde de la formule qui frappe :

ROULEZ-VOUS DES PATINS, PAS DES JOINTS ; AVORTER EST UN CHOIX, JE VOTE POUR ; IL FAUT AIMER SA MAMAN ; UN BÉBÉ NE SE REFUSE PAS ; LES BOUCHONS, ÇA M'ÉCLATE ; SI T'APPRÉCIES PAS MA FAÇON DE CONDUIRE, RENDEZ-VOUS SUR LE 3615 CODE VA-TE-FAIRE-FOUTRE ; LES BRAS SERVENT À EM-BRAS-SER ; SI JE SUIS UN ESCARGOT, TA FEMME EST UNE GROSSE LIMACE ; VOTER TED KENNEDY, C'EST COMME NOYER UNE BLONDE [1] ; SI TU VEUX MON FLINGUE, FAUDRA L'ARRACHER À MON CADAVRE ; JE PARDONNERAI À JANE FONDA LE JOUR OÙ LES JUIFS PARDONNERONT À HITLER ; SI VOUS ÊTES CONTRE L'AVORTEMENT, REFUSEZ D'Y AVOIR RECOURS ; LA PAIX – UNE IDÉE QU'IL SERAIT TEMPS DE METTRE EN PRATIQUE ; A BAS LES BCBG ; MA SPIRITUALITÉ EST PLUS FORTE QUE TA MATÉRIALITÉ ; MON PATRON EST UN CHARPENTIER JUIF ; LES HOMMES POLITIQUES PRÉFÈRENT LEURS SERFS DÉSARMÉS ; OUBLIER LE VIÊT-NAM ? JAMAIS ; PENSEZ MONDIALEMENT, AGISSEZ LOCALEMENT ; KLAXONNEZ SI VOUS ÊTES JEUNE ET BEAU ; LA HAINE N'EST PAS UNE VALEUR FAMILIALE ; JE SUIS EN TRAIN DE DÉPENSER L'HÉRITAGE DE MES GOSSES ; HOMOS, ET FIERS DE

---

1. Allusion à l'accident qu'a eu Ted Kennedy avec sa secrétaire, dans lequel elle a trouvé la mort. Comme il était ivre, il a attendu plusieurs heures pour alerter la police. (*N.d.T.*)

L'ÊTRE ; ÇA N'ARRIVE PAS QU'AUX AUTRES ; DITES NON À LA DROGUE ; MA FEMME EST PARTIE AVEC MON MEILLEUR COPAIN, ET IL VA RUDEMENT ME MANQUER ; LES PLONGEURS FONT ÇA PROFOND ; JE PRÉFÉRERAIS ÊTRE À LA PÊCHE ; VOUS N'AIMEZ PAS LA POLICE ? LA PROCHAINE FOIS QUE VOUS AUREZ DES PROBLÈMES, APPELEZ DONC UN LIBÉRAL ; JE T'EMMERDE ; TU M'EMMERDES ; MON FILS EST PREMIER DE LA CLASSE À L'ÉCOLE PRIMAIRE STE CATHERINE ; MON FILS DÉROUILLE TON PREMIER DE LA CLASSE ; BONNE JOURNÉE, ENFOIRÉ ; LIBÉREZ LE TIBET ; LIBÉREZ MANDELA ; LIBÉREZ HAÏTI ; AIDEZ LA SOMALIE ; LES CHRÉTIENS NE SONT PAS PARFAITS, JUSTE ABSOUS...

... et cinquante-sept autres du même acabit.

À force de les regarder, d'essayer de donner un sens à cette myriade de messages on ne peut plus différents, je sentis peu à peu une douleur pulser dans mon crâne. J'avais l'impression d'examiner le scanner d'un pauvre crétin schizo dont toutes les personnalités tentaient de gueuler plus fort les unes que les autres.

– Une vraie dinguerie, fit Angie.

– Tu peux le dire.

– Tu vois un lien entre tous ces trucs, toi ?

– À part que ce sont des autocollants de pare-chocs ?

– Ça me paraît évident, Patrick.

– Non, franchement, je suis dépassé.

– Moi aussi.

– Je vais y réfléchir sous la douche.

– Bonne idée, approuva Angie. Tu pues la serpillière de bar.

Dans la salle de bains, les yeux clos, je me remémorai Kara Rider sur le trottoir, environnée des relents de bière éventée en provenance du Black Emerald, le regard rivé sur la circulation de Dorchester Avenue, m'affirmant que c'était toujours le même bordel.

« Fais attention », avait-elle ajouté.

Je sortis de la cabine de douche et me séchai en revoyant son corps pâle crucifié, cloué à la terre gelée d'une colline.

Angie avait raison. Ce n'était pas ma faute. On ne peut pas sauver les gens, en particulier ceux qui ne demandent pas à être sauvés. Chacun va sa vie en multipliant les embardées, les accrochages, les accidents, et la plupart du temps, les affronte seul. Je ne devais rien à Kara.

Mais personne ne méritait de mourir comme ça, répétait une petite voix en moi.

Dans la cuisine, j'appelai Richie Colgan, un vieux copain chroniqueur pour *The Trib*. Comme d'habitude, il était charrette, et comme d'habitude, il s'exprimait d'une voix pressée, distante, les mots se bousculant dans sa bouche :

– Contentd'avoirdetesnouvellesPat.Quoideneuf ?

– T'as beaucoup de boulot ?

– Ohoui.

– T'aurais quand même le temps de vérifier deux ou trois petites choses pour moi ?

– Vas-yannoncelacouleur.

– Le meurtre par crucifixion. Combien de précédents dans cette ville ?

– Sur ?

– Comment ça, « sur » ?

– Sur combien d'années ?

– Vingt-cinq ans, disons.

– Bibliothèque.

– Hein ?

– Bibliothèque. T'asentenduparler ?

– Mouais.

– Tumeprendspourunebibliothèque ?

– Oh non. Quand je vais là-bas chercher des infos, je ne suis pas obligé de payer une Michelob au bibliothécaire, après.

– Heineken, plutôt.
– Pas de problème.
– Çamarche. Aplus.
Sur ce, il raccrocha.
Quand j'entrai dans le salon, le « SALUT ! » de mon mystérieux correspondant était posé sur la table basse, les autocollants rangés en deux piles bien nettes dessous, et Angie regardait la télé. J'avais passé un jean, une chemise de coton, et j'entrai dans la pièce en me séchant les cheveux avec une serviette.
– Qu'est-ce tu regardes ?
– CNN, répondit Angie en baissant les yeux vers le journal sur ses genoux.
– Ah oui ? Alors, quelles nouvelles du monde ?
Elle haussa les épaules.
– Un tremblement de terre en Inde a fait plus de neuf mille victimes, et un type en Californie a attaqué ses collègues à la mitraillette. Bilan, sept morts.
– Il travaillait dans un bureau de poste ?
– Un cabinet de comptables.
– Je le dis toujours, on ne devrait jamais laisser un expert-comptable faire joujou avec une arme automatique.
– Exact.
– D'autres joyeusetés du même style ?
– À un certain moment, ils ont interrompu le programme pour annoncer que Liz Taylor allait encore divorcer.
– Super, je me sens déjà mieux.
– Bon, c'est quoi, le plan ?
– Continuer à filer Jason, peut-être passer voir Eric Gault à son bureau, des fois qu'il aurait des trucs à nous apprendre.
– On part toujours du principe que ni Jack Rouse ni Kevin n'ont envoyé cette photo ?
– Oui.

– Ce qui nous laisse combien de suspects ? demanda Angie en se levant.

– Combien d'habitants compte cette ville ?

– Aucune idée. La ville proprement dite, six cent mille, à vue de nez ; avec la banlieue, à peu près quatre millions.

– Ce qui nous fait donc entre six cent mille et quatre millions de suspects, moins nous deux, à vue de nez.

– Merci d'avoir réduit notre champ d'investigation, Skid. Je le répéterai jamais assez, t'es génial.

11

Le premier et le deuxième étage de McIrwin Hall abritaient les bureaux de la faculté de sociologie, de psychologie et de criminologie, dont celui d'Eric Gault. Les salles de cours occupaient le rez-de-chaussée, et pour l'heure, Jason occupait l'une d'entre elles. D'après le programme de Bryce, l'enseignement qu'il y suivait, « L'Enfer comme Construction sociologique », explorait les « motivations sociales et politiques à l'œuvre dans la création masculine d'une Terre de Châtiment, depuis l'époque des Sumériens et des Akkadiens jusqu'au Droit Chrétien en Amérique inclus ». Nous avions enquêté sur tous les professeurs de Jason, et découvert qu'Ingrid Uver-Kett avait été renvoyée récemment d'une section locale de NOW [1] en raison d'opinions qui faisaient paraître modérées celles d'Andrea Dworkin [2]. Son cours durait trois heures et demie sans interruption, et avait lieu deux fois par semaine, le lundi et le jeudi. Ces jours-là, Mlle Uver-Kett effectuait en voiture le trajet depuis Portland, dans le Maine, pour dispenser son savoir ;

1. National Organization for Women, organisation féministe américaine.

2. Championne de la cause féministe, connue pour ses opinions radicales.

d'après nos observations, elle consacrait le reste de son temps à la rédaction de lettres d'injures à Rush Limbaugh [1].

Angie et moi en avions conclu que Mlle Uver-Kett, déterminée comme elle l'était à constituer une menace pour sa propre personne, n'en constituait pas une pour Jason ; on l'avait donc écartée des suspects potentiels.

Une allée pavée permettait d'accéder à McIrwin Hall, un bâtiment blanc de style georgien se détachant sur fond de bouleaux et d'érables d'un rouge agressif. On avait vu Jason se fondre dans la foule des étudiants qui franchissait les portes d'entrée, entendu des bruits de pas, des sifflets, puis un silence soudain, presque total, s'était abattu sur l'établissement.

On alla prendre notre petit déjeuner avant de revenir parler à Eric. Seul un stylo oublié, abandonné au pied des marches, témoignait d'une présence humaine devant la faculté ce matin-là.

Le hall sentait l'ammoniaque, le solvant au pin et la sueur intellectuelle accumulée depuis deux siècles – un parfum de connaissances cherchées et de connaissances acquises, de grandes idées conçues sous la lumière poudreuse d'un soleil fragmenté se déversant par un vitrail.

Il y avait un bureau d'accueil sur notre droite, mais personne pour nous accueillir. À Bryce, supposai-je, tout le monde était censé connaître sa destination.

Angie ôta sa chemise en jean, puis secoua le bas de son T-shirt pour en éliminer l'électricité statique.

---

1. Écrivain, animateur d'une émission de radio en direct très populaire, c'est un conservateur pur et dur qui tourne volontiers en dérision certains courants d'opinion. Les féministes en particulier sont souvent la cible de ses blagues parfois douteuses. (*N.d.T.*)

– Rien que l'atmosphère, ça me donne envie de passer un diplôme ici, dis-je.

– Y aurait p'têt pas fallu te planter en géométrie au lycée.

Pour toute réponse, je me contentai d'un « Et vlan ».

On gravit un escalier incurvé en acajou, sous le regard des anciens présidents de Bryce dont les portraits ornaient les murs. C'étaient tous des hommes à l'air austère, au visage marqué, accablé par le pesant fardeau de leur génie. Le bureau d'Eric se situait au bout du couloir. Au premier coup frappé à la porte, une voix assourdie répondit « Entrez » à travers la paroi de verre épais.

La longue queue-de-cheval poivre et sel d'Eric reposait sur l'épaule droite de son cardigan marron et bleu. Dessous, il portait une chemise en denim assortie d'une cravate bleu marine avec un motif peint à la main : un bébé phoque aux yeux implorants.

Au moment de m'asseoir, j'arquai un sourcil interrogateur en direction de la cravate.

– On est une fashion victim ou on ne l'est pas, fit Eric. (Il s'adossa à sa chaise et, de la main, indiqua la fenêtre ouverte.) Drôle de temps, je trouve.

– Mouais, drôle de temps, répondis-je.

Il soupira, puis se frotta les yeux.

– Alors, que devient Jason ?

– Il a une existence mouvementée, souligna Angie.

– Croyez-le ou non, c'était un enfant très sauvage, dit Eric. Gentil comme tout, ne donnant jamais de souci à Diandra, mais introverti à l'extrême depuis le premier jour.

– Rassure-toi, ce n'est plus le cas, déclarai-je.

Eric hocha la tête.

– Depuis son arrivée à Bryce, il s'est ouvert aux autres. C'est souvent ce qui se passe chez les jeunes qui, au lycée, ne faisaient pas partie des mordus de sport ou des cliques d'apprentis top models; une fois en fac, ils se décoincent un peu.

– Pour ça, Jason s'est beaucoup décoincé, observai-je.

– Il a quand même l'air solitaire, intervint Angie.

De nouveau, Eric hocha la tête.

– Je m'en suis rendu compte. Le départ de son père quand il n'était encore qu'un bébé explique bien des choses, mais il y a toujours eu en lui une sorte de... distance par rapport à son entourage. J'aimerais comprendre. Quand on le voit avec son...

Eric sourit.

– ... son harem, je dirais, lorsqu'il ne se sait pas observé, il se comporte comme une personne entièrement différente du môme timide que j'ai toujours connu.

– Et Diandra, qu'est-ce qu'elle en pense?

– Elle n'a rien remarqué. Jason est très proche de sa mère, et s'il y a bien une personne avec qui il aborde des sujets sérieux, c'est Diandra. Pourtant, il n'amène jamais de fille chez elle, ne fait jamais aucune allusion à sa vie sur le campus. Diandra sait qu'il lui cache des choses, mais, pour elle, il préfère ne compter que sur son propre jugement, ce qu'elle respecte.

– Mais tu n'es pas de cet avis, affirma Angie.

Il haussa les épaules avant de se tourner vers la fenêtre.

– À son âge, je logeais aussi sur ce campus. Comme Jason, j'avais été un gosse assez introverti, et comme Jason, je suis sorti de ma coquille à Bryce. Après tout, c'est ça, la fac. On étudie, on boit, on fume de l'herbe, on couche avec n'importe qui, on roupille l'après-midi. C'est ce que font tous les gamins de dix-huit ans qui arrivent ici.

– Toi, t'as couché avec n'importe qui? lançai-je. Je suis choqué, Eric.

– Avec le recul, j'ai honte. Sérieux. Bon, c'est vrai, je n'étais pas un saint, mais chez Jason, ce brusque changement d'attitude, cette tendance aux débordements sadiens me paraissent quelque peu excessifs.

– Des débordements sadiens ? répétai-je. Bon sang, ce que vous causez bien, vous autres intellos.

– Pourquoi ce changement, alors ? interrogea Angie. Qu'est-ce qu'il essaie de prouver ?

– Je l'ignore. (Eric redressa la tête d'une manière telle qu'il me fit penser à un cobra – et ce n'était pas la première fois.) Jason est quelqu'un de bien. Personnellement, je ne l'imagine pas mêlé à une histoire qui risquerait de lui nuire, ou de nuire à sa mère. Cela dit, je le côtoie depuis sa naissance, et je n'aurais jamais cru qu'il succomberait un jour au donjuanisme. Vous avez définitivement éliminé la piste de la mafia ?

– C'est tout comme, répondis-je.

Il pinça les lèvres avant de relâcher lentement son souffle.

– Pour ma part, je sèche. Je vous ai raconté tout ce que je savais sur Jason, et je ne vois rien à ajouter. J'aimerais pouvoir vous dire qui il est avec une certitude absolue, mais je fais ce métier depuis assez longtemps pour avoir compris qu'on ne connaissait jamais vraiment son prochain. (De la main, il indiqua les rayonnages chargés d'ouvrages sur la criminologie et la psychologie.) Si mes années d'études m'ont bien appris quelque chose, c'est ça.

– Impressionnant.

Eric desserra sa cravate.

– Vous m'avez demandé mon opinion sur Jason, et je vous l'ai donnée, préfacée par ma certitude que tous les êtres humains ont des personnalités secrètes et des vies secrètes.

– C'est quoi, les tiennes ? m'enquis-je.

Il m'adressa un clin d'œil.
– Devine.

En débouchant dans la lumière du soleil, Angie glissa son bras sous le mien, et on s'installa sur la pelouse, à l'ombre d'un arbre, en face de la porte d'où sortirait Jason quelques minutes plus tard. C'est un vieux truc à nous, ça, de jouer les amoureux quand on fait une filature; les gens qui risqueraient de trouver incongrue la présence de l'un de nous deux en un lieu donné nous remarquent rarement quand on est en couple. Pour quelque obscure raison, les amoureux franchissent aisément certaines portes barrées aux célibataires.

Angie leva les yeux vers les frondaisons au-dessus de nous. Par terre, une brise humide agitait les feuilles jaunes sur les brins d'herbe fragiles, et mon associée posa la tête sur mon épaule, où elle la laissa un long moment.

– Ça va? demandai-je.

Je sentis sa main se crisper sur mon biceps.

– Ange?

– J'ai signé les papiers hier.

– Quels papiers?

– Ceux du divorce, murmura-t-elle. Ils traînaient chez moi depuis plus de deux mois. Je les ai signés, et portés au bureau de mon avocat. Ça m'a pris tout d'un coup. (Elle écarta légèrement la tête, pour la caler de nouveau entre mon épaule et mon cou.) En écrivant mon nom, j'ai eu la nette impression que d'une façon ou d'une autre, ça assainirait la situation. (Sa voix se voilait peu à peu.) C'est ce que t'as ressenti, toi aussi?

Je réfléchis à ce que j'avais éprouvé assis dans ce bureau à l'ambiance feutrée, au moment d'emballer et de ficeler un mariage bref, stérile et bancal en inscrivant mon nom sur une ligne en pointillés avant de plier soigneusement les feuilles en trois pour les glisser dans une enveloppe. Même s'il faut en passer par là pour guérir, ranger le passé dans une belle boîte entourée d'un ruban a quelque chose de très cruel.

Mon mariage avec Renée avait duré moins de deux ans, mais à bien des égards, il s'était achevé au bout de deux mois. Angie était restée mariée douze ans à Phil. Je ne parvenais pas à imaginer comment on pouvait tirer un trait sur douze années, même si la plupart n'avaient pas été roses.

– Tout est devenu plus propre, après ? insista Angie. Plus clair ?

– Oh non, répondis-je en la serrant contre moi. Absolument pas.

12

Une semaine encore, on suivit Jason dans ses pérégrinations sur le campus et en ville, jusqu'aux portes des salles de cours et des chambres d'étudiants, on le mit au lit et on se leva en même temps que lui le matin. Rien de palpitant, entre nous. D'accord, Jason avait une vie bien remplie, mais une fois le rythme attrapé – réveil, repas, cours, baise, boulot, repas, bar, baise, dodo –, on se lassait vite. À vrai dire, je suis presque sûr que si on m'avait engagé pour filer le marquis de Sade en personne dans sa période la plus active, j'en aurais eu assez à la troisième ou quatrième fois qu'il buvait à même le crâne d'un bébé ou organisait toute la nuit une partie de jambes en l'air à cinq.

Angie ne s'était pas trompée : il y avait quelque chose de triste au sujet de Jason et de ses partenaires. Ils voguaient au gré de l'existence tels des canards en plastique dans une baignoire, se retrouvaient de temps à autre le bec dans l'eau, attendaient qu'on les redresse, puis reprenaient leur dérive. Un cheminement sans conflits, mais sans passion non plus. Il émanait d'eux – de leur petit groupe – une impression de désinvolture affectée, empreinte d'un léger cynisme, comme s'ils portaient sur leur existence un regard totalement détaché.

En tout cas, personne ne surveillait Jason. Sur ce point, on était formels. En dix jours, on n'avait repéré aucun individu suspect. Dieu sait pourtant qu'on ouvrait l'œil.

Et le onzième jour, Jason fit une entorse à ses habitudes.

*

Devin et Oscar ne se donnant pas la peine de me rappeler, je n'avais aucune information sur le meurtre de Kara Rider, mais d'après les comptes rendus parus dans les journaux, l'enquête semblait au point mort.

Au début, absorbé comme je l'étais par la filature de Jason, je n'y avais pas trop pensé, mais maintenant que l'ennui me gagnait, je commençais à broyer du noir, ce qui bien entendu ne me menait nulle part. Kara était morte. Je n'aurais pas pu empêcher ça. Son assassin restait anonyme, et libre. Richie Colgan ne m'avait pas encore fait son rapport, bien qu'il m'ait laissé un message me disant qu'il s'était attelé à la tâche. Si j'en avais eu le temps, j'aurais effectué quelques recherches de mon côté, au lieu de quoi je devais regarder Jason et sa bande de groupies délibérément irresponsables snober l'éclat d'un magnifique été indien en passant l'essentiel de leurs journées dans des chambres aussi exiguës qu'enfumées, habillés de noir ou pas habillés du tout.

– Il s'en va, annonça Angie.

Nous quittâmes la ruelle où nous avions pris position pour suivre Jason dans Brookline Village. Il s'arrêta un moment devant une librairie, acheta une boîte de disquettes 3.5" chez Egghead Software, puis se dirigea vers le Coolidge Corner Theatre.

– C'est nouveau, ça, commenta Angie.

Durant ces dix derniers jours, Jason avait plus ou moins respecté la même routine. À présent, il allait au cinéma. Seul.

Je levai les yeux vers la marquise, sachant qu'il me faudrait y aller aussi, et priant pour que ce ne soit pas un film de Bergman. Ou pis, de Fassbinder.

Le Coolidge Corner est plutôt tourné vers les films d'art et d'essai abscons, les reprises aussi, ce qui me paraît plutôt une bonne chose en cette période de guimauve hollywoodienne. En contrepartie, il y a des semaines où le Coolidge ne présente que des films hyper-réalistes en provenance de Finlande, de Croatie ou d'un pays du même genre, glacial et sinistre, où les habitants, tous plus pâles et émaciés les uns que les autres, passent apparemment leur temps à parler de Kierkegaard, de Nietzche et des malheurs de leur existence au lieu d'envisager d'aller s'installer dans un coin plus ensoleillé, avec des gens plus optimistes.

Ce jour-là, pourtant, il y avait au programme une version restaurée du *Apocalypse Now* de Coppola. Autant j'aime ce film, autant Angie le déteste. À l'en croire, elle a l'impression de le regarder du fond d'un marécage après avoir avalé trop de Quaalude [1].

Elle resta dehors, et j'entrai. C'est vraiment dans des moments tels que celui-là qu'on apprécie de travailler en duo, car suivre quelqu'un dans une salle de cinéma, surtout quand elle est à moitié vide, comporte des risques. Si l'objet de la filature se lève en plein milieu de la séance, difficile de lui emboîter le pas sans se faire remarquer. Dans ce cas, ma partenaire peut prendre le relais à la sortie.

---

1. Sédatif commercialisé dans les années 60-70, et retiré aujourd'hui de la circulation en raison d'effets secondaires dangereux. (*N.d.T.*)

En l'occurrence, la salle était pratiquement vide. Jason choisit un fauteuil au milieu d'une rangée proche de l'écran, et je m'installai dix rangs en retrait, sur sa gauche. Il y avait un couple quelques places plus loin, sur ma droite, et une femme seule – jeune, avec un léger strabisme et un bandana rouge autour de la tête – qui prenait des notes. Étudiante en cinéma, sans doute.

Au moment où Robert Duvall organisait un barbecue sur la plage, un homme vint s'asseoir derrière Jason, à environ cinq sièges sur sa gauche. Alors que Wagner se déchaînait dans les haut-parleurs et que les hélicoptères déchiquetaient le village encore endormi par rafales de mitraillettes et explosifs interposés, la lumière de l'écran se refléta sur le visage de l'homme, dont je pus distinguer le profil : joues lisses ponctuées par un petit bouc soigneusement taillé, cheveux sombres coupés en brosse, clou scintillant dans le lobe de l'oreille.

Pendant la séquence du pont Do-Long, tandis que Martin Sheen et Sam Bottoms rampaient à travers une tranchée assiégée à la recherche du chef de bataillon, l'inconnu se déplaça de quatre fauteuils sur sa droite.

– Hé, soldat ! hurla Martin Sheen à un jeune Noir affolé au milieu des tirs de mortier et des fusées de détresse qui montaient vers le ciel. Qui commande, ici ?

– C'est pas vous ? cria le gamin.

Au même instant, l'homme au bouc se pencha en avant, et Jason inclina la tête vers l'arrière.

Ce qu'il avait à dire à Jason tenait en peu de mots ; à peine Martin Sheen avait-il quitté la tranchée pour retourner sur le bateau que le type s'engageait dans la travée et remontait vers moi. Il avait à peu près ma taille, la trentaine, et un physique indéniablement séduisant. Il portait un manteau sport de couleur sombre par-dessus un ample débardeur vert, un jean éliminé et des bottes de cow-boy. En croisant mon regard, il m'adressa un clin d'œil, puis parut s'absorber dans la contemplation de ses pieds qui l'emportaient hors de la salle.

Sur l'écran, Albert Hall demandait à Sheen :

– Vous avez trouvé le commandant ?

– Y'a pas de putain de commandant, répondit Sheen, qui embarqua au moment où Jason se levait, puis s'engageait à son tour dans la travée.

J'attendis trois bonnes minutes avant de sortir, pendant que le bateau se dirigeait inexorablement vers le camp de Kurtz et les impros déjantées de Brando. Après avoir inspecté les toilettes afin de m'assurer qu'elles étaient vides, je quittai le cinéma.

Une fois dans Harvard Street, je clignai des yeux, ébloui par l'éclat du soleil, puis regardai dans toutes les directions pour essayer de repérer Angie, Jason, ou le type au bouc. En vain. Je remontai jusqu'à Beacon Street, sans plus de succès. Angie et moi étions depuis longtemps tombés d'accord sur un principe : à celui des deux qui se faisait semer lors d'une filature de rentrer sans la voiture. Aussi, tout en fredonnant « O Sole Mio », arrêtai-je un taxi qui me ramena chez moi.

Jason et le type au bouc s'étaient retrouvés pour déjeuner au Sunset Grill, dans Brighton Avenue. Postée sur le trottoir d'en face, Angie les avait pris en photo ; sur un des clichés, on voyait les deux hommes glisser leurs mains sous la table. Au départ, j'optai pour une histoire de drogue.

Ils avaient partagé l'addition. Dans Brighton Avenue, leurs mains s'étaient de nouveau effleurées, et tous deux avaient esquissé un sourire timide. Un sourire différent de ceux dont Jason nous avait donné un aperçu au cours de ces dix derniers jours –

tour à tour suffisants, indolents, ou pleins d'assurance. Non, ce sourire-là n'avait rien d'affecté ; on y décelait même une pointe d'enthousiasme, comme si Jason n'avait pas pris le temps de réfléchir avant de le laisser s'épanouir sur son visage.

Angie avait capturé sur pellicule sourires et autres frôlements de mains. Du coup, je changeai d'avis.

Le type au bouc avait remonté Brighton Street en direction d'Union Square, alors que Jason retournait à Bryce.

Dans la soirée, avec Angie, on étala les photos sur la table de la cuisine en essayant de déterminer s'il fallait mettre Diandra Warren au courant.

C'était là un point sur lequel j'avais du mal à définir ma responsabilité envers ma cliente. Je n'avais aucune raison de penser que l'apparente bisexualité de Jason était liée aux menaces reçues par Diandra. Mais aucune raison non plus de ne pas lui parler de cette rencontre. Pourtant, je ne savais pas si Jason affichait ouvertement son attitude, et la perspective de le dénoncer me perturbait, d'autant que sur ce cliché, je voyais un gamin qui, pour la première fois depuis le début de notre surveillance, paraissait réellement heureux.

– O.K, lança soudain Angie. Je crois que j'ai la solution.

Elle me tendit une photo de Jason et de son compagnon en train de manger ; ils ne se regardaient pas, mais se concentraient sur le contenu de leur assiette.

– Ils avaient rendez-vous, ils ont déjeuné, point final, déclara Angie. On glisse ça avec les photos de Jason et de ses copines, on demande à Diandra si elle connaît le gars, mais si elle n'aborde pas elle-même le sujet, on n'évoque pas l'hypothèse d'une liaison.

– Ça tient la route.

*

– Non, déclara Diandra, je n'ai jamais vu cet homme. Qui est-ce ?

Je haussai les épaules en signe d'ignorance.

– Aucune idée, répondis-je. Et toi, Eric ?

Celui-ci examina la photo un long moment avant d'esquisser un mouvement de dénégation.

– Moi non plus.

Il me rendit le cliché.

– Docteur Warren, intervint Angie, c'est tout ce que nous avons réussi à découvrir sur Jason. Il évolue dans un cercle assez restreint, et à ce jour, essentiellement féminin.

Diandra acquiesça, puis tapota de son doigt la tête du compagnon de Jason.

– Ils sont amants ?

J'interrogeai Angie du regard. Elle m'interrogea du regard.

– Allons, monsieur Kenzie, vous croyez vraiment que je ne suis pas au courant de la sexualité de Jason ? C'est mon fils.

– Il ne s'en cache pas ?

– Oh si. Il ne m'en a jamais parlé, mais j'ai l'impression de l'avoir toujours su. Je lui ai d'ailleurs bien fait comprendre que je n'avais aucun problème avec l'homosexualité, la bisexualité ou n'importe quelle autre permutation dans ce domaine, sans jamais mentionner la possibilité de dispositions particulières chez lui. Néanmoins, il reste gêné ou dérouté par sa sexualité, j'en suis persuadée. (De nouveau, elle tapota la photo.) Cet homme constitue une menace pour lui ?

– Nous n'avons aucune raison de le penser.

Elle alluma une cigarette, s'enfonça dans le canapé et leva les yeux vers moi.

– Alors, où en sommes-nous ?

– Vous avez reçu d'autres menaces ? D'autres photos ?

– Non.

– Dans ce cas, je ne vois pas pourquoi nous continuerions de gaspiller votre argent, docteur Warren.

Diandra tourna la tête vers Eric, qui haussa les épaules.

– Jason et moi, reprit-elle à notre intention, nous devons passer le week-end dans notre maison du New Hampshire. Quand nous reviendrons, vous voulez bien le surveiller encore quelques jours, afin d'apaiser les craintes d'une mère ?

– Pas de problème.

Le vendredi matin, Angie me téléphona pour m'annoncer que Diandra était allée chercher Jason, et qu'ils étaient partis pour le New Hampshire. Je l'avais suivi toute la soirée du jeudi, et rien ne s'était produit. Pas de menaces, pas d'individus louches rôdant devant sa chambre d'étudiant, pas de nouvelles du type au bouc.

On avait fait des pieds et des mains pour tenter d'identifier ledit type au bouc, mais il semblait avoir surgi du néant pour y retourner aussitôt après. Ce n'était ni un étudiant de Bryce, ni un professeur. Il n'était employé par aucun établissement dans un rayon d'un kilomètre et demi autour du campus. On avait même demandé à un copain d'Angie, flic de son état, de procéder à une recherche informatique dans les archives criminelles, sans aucun résultat. Comme il avait rencontré Jason en public, et que leur rendez-vous témoignait d'une relation plus qu'amicale, on avait décidé de ne pas le considérer comme dangereux, et d'ouvrir l'œil au cas où il reparaîtrait. Peut-être venait-il d'un autre État. Ou peut-être n'était-il qu'un mirage...

– Du coup, on a tout le week-end de libre, observa Angie. T'as des projets ?

– Passer le plus de temps possible avec Grace.

– C'est bien ce que je disais, t'es cuit.

– Possible. Et toi ?

– Motus et bouche cousue, telle est ma devise.

– Ne fais pas de bêtises.

– Si.

– Ne prends pas de risques.

– Non.

Je nettoyai mon appartement, ce qui ne me prit pas longtemps, vu que je ne suis pas suffisamment souvent chez moi pour le salir. En retrouvant la feuille marquée « SALUT ! » et les autocollants, je sentis un frisson désagréable me parcourir la nuque, mais je décidai de l'ignorer et de ranger le tout dans un placard.

Ensuite, je passai un coup de fil à Richie Colgan, tombai une nouvelle fois sur son répondeur, et laissai un message. Il ne me restait plus qu'à prendre une douche, me raser et rejoindre ma bien-aimée chez elle. Ô radieuse journée.

En descendant l'escalier, j'entendis deux personnes respirer bruyamment dans le hall. Au détour de la dernière cloison, je découvris Stanis et Liva pour la millionième fois en position de combat.

En guise de chapeau, Stanis était coiffé d'au moins un demi-litre de bouillie d'avoine, et la blouse débraillée de sa femme s'ornait de ketchup et de morceaux d'œufs brouillés encore fumants. Les époux s'affrontaient du regard, les veines du cou saillantes ; la paupière droite de Liva était agitée d'un tressaillement convulsif tandis que sa main droite tripotait une orange.

Mieux valait ne pas poser de questions, je le savais.

Je les contournai donc sur la pointe des pieds, ouvris la première porte, la refermai, et, en m'engageant dans le petit couloir, je marchai sur une enveloppe blanche posée à même le sol. La bande de caoutchouc noir au bas de la porte d'entrée colle si étroitement au perron qu'il serait presque plus facile de faire entrer un hippopotame dans une clarinette que de glisser un morceau de papier sous le battant.

J'examinai l'enveloppe. Aucune éraflure, aucun trace de froissement.

Les mots « patrick kenzie » étaient tapés au milieu.

Je rouvris la porte donnant sur le hall. Stanis et Liva étaient toujours figés dans la même position, la nourriture fumant sur leurs vêtements, la main de Liva crispée sur l'orange.

– Stanis ? lançai-je. Vous avez laissé entrer quelqu'un, ce matin ? Dans la dernière demi-heure, disons.

Quand il secoua la tête, un peu de porridge tomba par terre, mais à aucun moment il ne quitta des yeux sa femme.

– Vous croyez p'têt que je vais laisser entrer des inconnus ? Vous m'prenez pour un cinglé ? (Il pointa le doigt vers Liva.) La cinglée, c'est elle.

– Ah ouais ? Tu sais ce qu'elle te dit, la cinglée ? riposta l'élue de son cœur avant de lui envoyer l'orange en plein front.

Il cria « Aaargh », ou quelque chose d'approchant, et je battis rapidement en retraite, prenant soin de tirer la porte derrière moi.

Immobile dans le couloir, l'enveloppe à la main, je sentis mon estomac se nouer sous l'effet d'une terreur grandissante dont je ne parvenais pas à m'expliquer là raison.

Pourquoi ? murmurait une voix en moi.

Cette enveloppe. Le mot « SALUT ! » sur le message. Les autocollants.

Pas de quoi s'affoler, poursuivit la voix. Du moins, à première vue. Ce ne sont que des mots et du papier.

J'ouvris la porte principale, et avançai sur le perron. Dans l'école d'en face, la récréation battait son plein, et les bonnes sœurs cavalaient après les gosses autour de la zone réservée à la marelle. Soudain, je vis un garçon tirer les cheveux d'une fillette qui me rappela Mae à sa façon d'incliner légèrement la tête sur le côté comme pour écouter le vent lui murmurer des secrets. Quand l'affreux eut commis son forfait, elle hurla et se frappa l'arrière du crâne, donnant l'impression d'être attaquée par des chauve-souris ; son assaillant courut rejoindre ses copains, et bientôt, la fillette cessa de piailler et regarda tout autour d'elle, l'air perdue et solitaire, et j'eus brusquement envie de traverser le boulevard pour attraper ce petit con, lui tirer les cheveux, le forcer à se sentir à son tour perdu et solitaire, même si j'avais vraisemblablement tiré les cheveux des filles une bonne centaine de fois quand j'avais son âge.

Sans doute cette impulsion était-elle liée au fait de vieillir, de se rendre compte avec le recul que rares sont les brutalités innocentes infligées aux plus jeunes, que toute souffrance, aussi modeste soit-elle, abîme et érode ce qu'un enfant a en lui de plus pur, de plus fragile.

Ou peut-être que j'étais de mauvais poil, tout simplement.

Je baissai les yeux vers l'enveloppe dans ma main. Quelque chose me disait que je n'allais pas en apprécier le contenu si je l'ouvrais. Pourtant, je ne pus m'en empêcher. Après avoir lu le message, je me tournai vers la porte d'entrée avec sa structure imposante en bois massif, sa vitre équipée d'un système d'alarme et ses trois verrous en cuivre miroitant dans la lumière de cette fin de matinée, et il me sembla qu'elle se moquait de moi.

On avait écrit :

Patrick,
N'oubliepasdeverrouillertaporte.

13

– Attention, Mae, dit Grace.

Nous traversions le pont de Mass. Avenue en venant de Cambridge. En contrebas, la Charles River avait la couleur du caramel dans la lumière déclinante, et les équipiers de Harvard propulsaient leur yole avec force halètements, leurs avirons fendant l'eau aussi proprement que des lames de couteau.

Mae avançait sur l'accotement surélevé large d'une quinzaine de centimètres qui séparait le trottoir de la chaussée, les doigts de sa main droite s'appuyant légèrement sur les miens afin de maintenir son équilibre.

– Smoots ? répéta-t-elle, se délectant du mot comme s'il s'agissait de chocolat. Pourquoi ça s'appelle des smoots, Patrick ?

– C'est une façon de mesurer la longueur du Harvard Bridge, expliquai-je. Les copains d'un certain Oliver Smoot l'ont traîné d'un bout à l'autre du pont.

– Pourquoi ? Ils l'aimaient pas ?

Elle contempla la marque jaune suivante d'un air soucieux.

– Si, la rassurai-je, ils l'aimaient bien. Tout le monde s'amusait.

– C'était un jeu, alors ?

Levant les yeux vers moi, elle sourit.

Je hochai la tête.

– Tout juste. C'est pour ça qu'on parle de smoots, aujourd'hui.

– Smoots, lança-t-elle, avant de pouffer. Smoots, smoots...

Un camion passa dans un grondement de tonnerre, faisant trembler le pont sous nos pieds.

– Il va falloir descendre, ma puce, dit Grace.

– Mais je...

– Tout de suite.

Mae sauta à côté de moi.

– Smoots, me confia-t-elle avec un sourire jusqu'aux oreilles, comme s'il s'agissait désormais d'une plaisanterie secrète entre nous.

En 1958, plusieurs étudiants du MIT avaient allongé leur frère d'armes Oliver Smoot sur le Mass. Ave. Bridge, opération qu'ils avaient renouvelée sur toute la longueur du pont, aboutissant à la conclusion que celui-ci mesurait 364 smoots plus une oreille. Pour quelque mystérieuse raison, cette mesure est devenue un trésor choyé par Boston et Cambridge, et à chaque rénovation de l'ouvrage, les marques sont repeintes.

Nous quittâmes le pont pour nous diriger vers l'est en suivant le chemin qui longeait la rive. En ce début de soirée, l'air avait la couleur ambrée du scotch et les arbres se paraient d'un éclat flamboyant, le gris-or sombre du ciel formant un contraste saisissant avec la profusion de rouge cerise, vert citron et jaune vif dans les voûtes de feuillage au-dessus de nous.

– Bon, explique-moi ça encore une fois, fit Grace en glissant son bras sous le mien. Si j'ai bien compris, ta cliente a rencontré une fille qui se prétendait la petite amie d'un type du milieu, c'est ça ?

– Oui, sauf qu'elle ne l'était pas. Pour l'instant, le type en question semble en dehors du coup, et la fille s'est évanouie dans la nature. D'ailleurs, on n'a pas le moindre élément prouvant qu'elle ait jamais existé. Quant à ce gamin, Jason, il ne cache aucun squelette dans ses placards, hormis peut-être sa bisexualité, ce qui ne paraît pas émouvoir sa mère outre mesure. On l'a suivi pendant plus d'une semaine, sans aboutir à aucun résultat, si ce n'est l'éventualité d'une liaison avec un gars qui porte le bouc. Mais lui aussi s'est littéralement volatilisé.

– Et pour cette pauvre gosse que tu connaissais ? Celle qui s'est fait tuer ? Vous avez du nouveau ?

– Rien. Tous ses copains ont été disculpés, même les minables avec qui elle traînait, et j'ai beau laisser des messages à Devin, il ne me rappelle pas. C'est un vrai bord...

– Patrick, me réprimanda Grace.

Je baissai les yeux vers Mae, à côté de moi.

– Oups... Un vrai casse-tête, disais-je donc.

– Bel effort, Patrick.

– Scottie ! s'écria soudain Mae. Scottie.

Devant nous, un couple d'une cinquantaine d'années était assis sur la pelouse, près de la piste de jogging. Un Scottish terrier noir était couché près des genoux de son maître, qui le caressait distraitement.

– Maman, ze peux le toucher ? interrogea Mae.

– Demande d'abord la permission au monsieur.

Mae s'engagea sur l'herbe d'un pas légèrement hésitant, comme si elle s'aventurait dans un territoire étrange, encore inexploré. L'homme et la femme lui sourirent, puis nous regardèrent, et nous les saluâmes.

– Votre chien est gentil ?

L'homme opina.

– Beaucoup trop, même.

Timidement, Mae approcha la main à vingt centimètres environ de la tête du terrier, qui ne l'avait pas encore remarquée.

– Il va pas me mordre ? murmura-t-elle.

– Il ne mord jamais, répondit la femme. Comment tu t'appelles ?

– Mae.

À cet instant, le chien leva les yeux, et Mae retira vivement son bras, mais l'animal se contenta de s'asseoir sur son arrière-train en reniflant autour de lui.

– Mae, reprit la femme, je te présente Indy.

Indy flaira la jambe de Mae, qui nous regarda par-dessus son épaule, l'air incertain.

– Il veut une caresse, dis-je.

Avec une lenteur infinie, Mae se baissa pour lui effleurer la tête. Quand il lui fourra sa truffe dans la paume, elle se pencha encore. Plus elle se rapprochait de lui, plus j'avais envie de demander au couple s'ils étaient bien certains que leur chien se tiendrait tranquille. C'était un sentiment curieux. Sur une échelle du danger, les Scottish terriers doivent se situer à peu près entre les poissons rouges et les tournesols, mais cette pensée ne suffisait pas à me rassurer alors que la distance s'amenuisait entre le corps minuscule de la fillette et ce machin armé de crocs.

Voyant Indy sauter sur Mae, je faillis plonger vers eux, mais Grace me posa une main sur le bras, sa fille poussa un petit cri de joie, et quelques secondes plus tard, l'animal et l'enfant se roulaient dans l'herbe comme deux vieux copains.

Grace soupira.

– Adieu, la belle robe toute propre...

On s'installa sur un banc pour regarder Mae et Indy se poursuivre, se faire tomber, se sauter dessus, se relever, et remettre ça.

– Vous avez une petite fille ravissante, commenta la femme.

– Merci, dit Grace.

Mae passa devant nous comme une flèche, les mains à hauteur du visage, piaillant joyeusement tandis que le terrier lui mordillait les talons. Ils coururent encore sur une vingtaine de mètres avant de s'effondrer dans un minuscule jaillissement d'herbe et de terre.

– Depuis combien de temps êtes-vous ensemble ? s'enquit la femme.

Grace enfonça ses doigts dans ma cuisse.

– Cinq ans, prétendit-elle.

– Vous avez l'air de jeunes mariés.

– Vous aussi.

L'homme éclata de rire quand sa femme le poussa du coude.

– On se sent toujours comme des jeunes mariés, ajouta Grace. N'est-ce pas, chéri ?

*

On coucha Mae vers huit heures, et elle s'endormit rapidement, notre longue promenade le long de la rivière et ses courses-poursuites avec Indy ayant épuisé ses réserves d'énergie. De retour au salon, Grace se mit aussitôt à ramasser tout ce qui traînait sur le sol – albums de coloriage, jouets, magazines à sensation et romans d'horreur. Les revues et les livres n'appartenaient pas à Grace, mais à sa sœur Annabeth. Leur père était mort quand Grace étudiait encore à la fac, et il leur avait laissé une fortune modeste. Grace avait d'abord utilisé sa part pour couvrir les frais non pris en charge par sa bourse pendant ses deux dernières années à Yale, puis pour subvenir à ses besoins, à ceux de son mari Bryan et de Mae avant que Bryan ne la quitte et qu'elle n'obtienne un poste d'interne à Tufts Medical. L'essentiel de ce qui restait était passé en dépenses quotidiennes.

Annabeth, de quatre ans sa cadette, avait fait une année de fac avant de claquer la plus grosse partie de son héritage au cours d'un séjour d'une année en Europe. Elle gardait les photos de son voyage scotchées à sa tête de lit et à sa coiffeuse ; toutes sans exception étaient prises dans un bar. Ou « comment engloutir quarante mille dollars à travers l'Europe. »

Elle était cependant formidable avec Mae, s'assurait qu'elle allait se coucher à l'heure dite, mangeait correctement, se brossait les dents et ne traversait pas la rue sans lui tenir la main. Elle l'emmenait aux spectacles donnés par l'école, au Musée des Enfants, au parc... bref, lui consacrait le temps que Grace, débordée par ses quatre-vingt-dix heures hebdomadaires de travail, ne pouvait partager avec elle.

Après avoir rangé le fouillis laissé par Mae et Annabeth, Grace et moi, blottis sur le canapé, on tenta de trouver quelque chose de regardable à la télé, mais sans succès. Springsteen avait raison : cinquante-sept chaînes, et rien d'intéressant.

Pour finir, Grace éteignit le poste, et assise en face de moi, ses jambes croisant les miennes au niveau des genoux, elle me parla de ses trois dernières journées aux urgences, du flot incessant de corps empilés sur des civières comme des rondins dans un chalet ; du niveau sonore comparable à celui d'un concert de heavy metal ; de cette vieille femme tombée à terre quand on lui avait arraché son sac, qui s'était cogné la tête contre le trottoir et avait agrippé les poignets de Grace, des larmes silencieuses roulant sur ses joues, jusqu'au moment où elle était morte ; de ces petits voyous de quatorze ans au visage poupin, à la poitrine libérant des geysers de sang pareils à de la peinture fraîche, alors que les médecins tentaient désespérément de colmater les brèches ; de ce bébé arrivé avec le bras gauche complètement déboîté et brisé en trois endroits près du coude, et dont les parents prétendaient qu'il était tombé ; de cette accro au crack qui hurlait et se débattait contre les infirmières parce qu'elle avait besoin de sa dose, se foutant pas mal de l'insistance des médecins à lui ôter d'abord le couteau planté dans son œil.

– Et tu trouves mon métier violent ? conclus-je.

Elle appuya son front contre le mien.

– Encore un an, et je passe en cardiologie. Un an. (Elle se redressa, prit mes mains, les posa sur ses genoux.) Cette fille tuée dans le parc, elle n'aurait pas un lien avec cette enquête sur laquelle tu travailles, par hasard ?

– Qu'est-ce qui te fait croire ça ?

– Rien. Je me demandais, c'est tout.

– Non. Il se trouve juste qu'on a pris l'affaire Warren à peu près au moment où Kara a été assassinée. Pourquoi cette idée ?

Grace laissa courir ses doigts sur mes bras.

– Parce que tu es tendu, Patrick. Beaucoup plus que d'habitude.

– Ah bon ?

– Oh, tu réussis à donner le change, mais je le sens dans ton corps, je le devine à ta façon de te tenir, comme si tu te préparais à une collision avec un poids lourd. (Elle m'embrassa.) Quelque chose t'a perturbé, on dirait.

Je me remémorai les onze derniers jours. J'avais partagé la table de trois psychopathes – quatre, en comptant Pine ; j'avais vu une fille crucifiée au sommet d'une colline ; quelqu'un m'avait envoyé un paquet d'autocollants accompagné d'un mystérieux « SALUT ! » ; j'avais trouvé le message « n'oubliepasdeverrouillertaporte » ; des gens tiraient sur des cliniques autorisant l'avortement, sur des rames de métro, et faisaient sauter des ambassades ; des maisons dégringolaient des pentes en Californie, d'autres s'effondraient en Inde. J'avais peut-être des raisons d'être perturbé.

Enlaçant Grace par la taille, je l'attirai à moi, m'allongeai sur le canapé et glissai mes mains sous son pull pour lui effleurer les seins. Elle se mordilla la lèvre inférieure, ses yeux s'écarquillèrent légèrement.

– Tu m'as dit quelque chose, l'autre jour, commençai-je.

– Je t'ai dit beaucoup de choses, l'autre jour. Entre autres, plusieurs « Oh, mon Dieu », si je me souviens bien.

– Je ne parlais pas de ça.

– Oh, fit-elle en pressant ses paumes sur mon torse. Tu faisais allusion à ce « Je t'aime », peut-être. Je me trompe, monsieur le détective ?

– Non, m'dame.

Elle déboutonna ma chemise jusqu'au nombril, puis me caressa la poitrine.

– Et alors ? Je. T'aime.

– Pourquoi ?

– Pourquoi ? répéta-t-elle.

J'opinai.

– C'est la question la plus idiote que j'aie jamais entendue. Tu ne te sens pas digne d'être aimé, Patrick ?

– Peut-être pas, répondis-je au moment où elle touchait la cicatrice sur mon abdomen.

Grace chercha mon regard. Le sien n'était que bienveillance et chaleur, telle une bénédiction. Elle se pencha en avant, et j'ôtai les mains de sous son pull tandis qu'elle baissait la tête vers mes cuisses. Ayant ouvert ma chemise d'un geste brusque, elle posa la figure sur ma cicatrice, dont elle suivit d'abord les contours de sa langue avant d'y déposer un baiser.

– J'aime ta cicatrice, dit-elle, le menton posé dessus, les yeux rivés aux miens. Je l'aime, parce que c'est la marque du mal. Et c'est exactement ce qu'était ton père, Patrick : le mal incarné. Il a essayé de te contaminer, mais il a échoué. Tu es si doux, si gentil, si bon avec Mae, et elle t'aime tant... (De ses ongles, elle tapota la cicatrice.) Alors, tu vois, ton père a perdu contre toi, parce que tu es généreux, et s'il ne t'aimait pas, c'était son foutu problème, pas le tien. C'était un connard. Toi, tu es digne d'être aimé. (Elle se mit à quatre pattes au-dessus de moi.) Digne de mon amour, et de celui de Mae.

J'en restai quelques instants sans voix. Scrutant le visage de Grace, j'y décelai de petits défauts, je vis à quoi elle ressemblerait une fois vieille, comment, dans quinze ou vingt ans, beaucoup d'hommes n'auraient plus la possibilité d'apprécier la merveilleuse beauté de ses traits et de son corps, et c'était aussi bien. Car à long terme, tout ça n'avait aucune importance. Autrefois, j'avais dit « Je t'aime » à mon ex-femme, Renée, et elle aussi me l'avait dit, mais on savait tous les deux que c'était un mensonge, une tentative désespérée pour combler un manque, peut-être, mais sans rapport avec la réalité. J'aimais mon associée, j'aimais ma sœur et j'avais aimé ma mère, bien que je ne l'aie pas vraiment connue.

Mais je ne pensais pas avoir jamais rien ressenti de comparable.

Lorsque je voulus prendre la parole, ma voix me parut étrangement tremblante et rauque, et les mots s'étranglèrent dans ma gorge. J'avais l'impression d'avoir les yeux mouillés, le cœur déchiré.

Quand j'étais petit, j'aimais mon père, mais il me faisait toujours du mal. Sans arrêt. J'avais beau pleurer, le supplier, essayer de toutes mes forces de comprendre ce qu'il attendait de moi, ce qui me rendrait digne de son amour au lieu de n'être que son souffre-douleur, ça ne servait à rien.

« Je t'aime », lui avais-je dit un jour, et il avait ri. Et ri encore. Avant de me flanquer une nouvelle raclée.

« Je t'aime », lui avais-je dit alors même qu'il me cognait la tête contre une porte, et il m'avait fait pivoter pour me cracher au visage.

« Je te hais », lui avais-je dit posément un peu avant sa mort. Ça aussi, ça l'avait fait rire. « Encore un point pour le vieux. »

– Je t'aime, dis-je à Grace.

Elle éclata de rire, elle aussi. Mais d'un rire magnifique. Mêlant la surprise, le soulagement et la délivrance, un rire suivi par deux larmes qui roulèrent sur ses joues pour atterrir dans mes yeux, où elles se mêlèrent aux miennes.

– Oh, Seigneur, dit-elle dans un souffle avant de se pencher vers moi et de frôler mes lèvres des siennes. Je t'aime aussi, Patrick.

14

Grace et moi n'en étions pas encore au point de passer la nuit chez elle, de crainte que Mae ne nous surprenne au lit tous les deux. Le moment approchait, mais aucun de nous n'aborderait le sujet à la légère. Mae me savait « l'ami très cher » de sa mère ; pour autant, elle n'avait pas besoin de savoir ce que font ensemble les amis très chers tant que nous n'étions pas certains que celui-là resterait un bon moment dans les parages. J'avais trop de copains qui avaient grandi sans leur père, mais avec une impressionnante tripotée d'oncles défilant dans le lit de leur mère – et j'avais pu constater combien cette situation les démolissait.

Aussi quittai-je l'appartement peu après minuit. J'insérais ma clé dans la serrure du bas lorsque j'entendis mon téléphone sonner au loin. Le temps que je monte l'escalier, Richie Colgan s'adressait à mon répondeur :

– ... un certain Jamal Cooper, en septembre 73, a été...

– Je suis là, Rich.

– Formidable, Patrick ! T'es toujours de ce monde, et ton répondeur est réparé.

– Il n'a jamais été cassé.

– Ah bon ? Alors, c'est qu'il ne prend pas les messages des Blacks.

– Pourquoi ? T'as déjà essayé de m'appeler ?

– Une bonne demi-douzaine de fois la semaine dernière, mais je n'ai eu droit qu'à dring-dring-dring.

– Et au bureau ?

– Même chose.

Je soulevai mon répondeur pour jeter un coup d'œil dessous. Je ne cherchais rien de particulier, c'est juste que ça me semblait la chose à faire. Je vérifiai les jacks et les prises ; tout était en ordre. Et j'avais reçu d'autres messages toute la semaine.

– Je ne sais pas quoi te dire, Rich. Apparemment, ça fonctionne. Tu t'es peut-être trompé de numéro.

– Peu importe. J'ai les infos que tu m'as demandées. À propos, comment va Grace ?

L'été précédent, Richie et sa femme, Sherilynn, avaient joué les entremetteurs entre Grace et moi. Ça faisait bien dix ans que Sherilynn avait une théorie à mon sujet : pour me remettre dans le droit chemin, il me fallait une femme de tête qui n'hésiterait pas à me flanquer des coups de pied au cul et ne se laisserait pas impressionner par mes conneries. Elle s'était trompée neuf fois, mais jusque-là, la dixième semblait la bonne.

– Dis à Sheri que je suis en adoration.

Il éclata de rire.

– Ça va lui plaire. Oh, que oui ! Aha, j'ai su que t'étais cuit la première fois où t'as posé les yeux sur Grace. Cuit à point, et prêt à te faire dévorer.

– Mmm...

– Parfait, conclut-il pour lui-même avant de glousser. Bon, tu veux tes infos ?

– J'ai déjà préparé stylo et papier.

– J'espère aussi que t'as préparé la caisse de bibine, Slim.

– Cela va sans dire, mon cher.
– En vingt-cinq ans, commença Richie, il n'y a eu qu'un cas de crucifixion dans cette ville. Le gamin s'appelait Jamal Cooper. Noir, vingt et un ans, retrouvé crucifié sur le plancher dans la cave d'un asile de nuit à Scollay Square, en septembre 73.
– Tu peux me faire une rapide bio de Cooper ?
– Un junkie. Il carburait à l'héro. Un casier grand comme un terrain de football. Délits mineurs pour la plupart – vols à la tire, racolage –, mais aussi quelques cambriolages avec effraction qui lui ont valu deux ans en maison de correction, à Dedham. N'empêche, Cooper n'était qu'un petit voyou à la noix. S'il n'avait pas été crucifié, personne n'aurait même remarqué sa mort. Et encore, au début, les flics ne se sont pas trop cassés pour résoudre l'affaire.
– Qui était chargé de l'enquête ?
– Ils étaient deux. L'inspecteur Brett Hardiman et... Attends, je vérifie. Voilà, j'y suis : l'inspecteur chef Gerald Glynn.
Une précision qui retint mon attention.
– Ils ont procédé à une arrestation ? demandai-je.
– Eh bien, c'est là que ça commence à devenir intéressant. J'ai dû creuser un peu, mais l'affaire a fait quelques vagues dans les journaux le jour où ils ont amené au poste un certain Alec Hardiman pour l'interroger.
– Une petite minute. Tu ne m'as pas dit que...
– Exact. Alec Hardiman était le propre fils de Brett Hardiman, le responsable de l'enquête.
– Qu'est-ce que ça a donné ?
– Le jeune Hardiman a été disculpé.
– On a arrangé le coup ?
– Apparemment, non. Il n'y avait pas grand-chose contre lui, à part le fait qu'il connaissait vaguement Jamal Cooper. Rien d'autre. *Mais...*

– Mais quoi ?

Plusieurs téléphones sonnèrent en même temps dans le bureau de Richie.

– Ne quitte pas, me dit-il.

– Non, Rich. Non, je...

Il me mit en attente, ce salopard. Et j'attendis.

Lorsqu'il reprit la ligne, Richie avait recouvré sa voix de journaliste débordé par l'afflux de nouvelles locales à couvrir.

– Patrick ? Fautquej'telaisse.

– Non.

– Si. Écoute, Alec Hardiman a été reconnu coupable d'un autre meurtre en 75. Il a été condamné à perpète, et envoyé à Walpole. C'est tout ce que j'ai appris. Surcej'mesauve.

Quand il m'eut raccroché au nez, j'examinai les noms sur mon calepin : Jamal Cooper ; Brett Hardiman ; Alec Hardiman ; Gerald Glynn.

Je faillis appeler Angie, mais il était tard, et elle avait bien mérité un peu de repos après une semaine entière passée à regarder Jason ne rien faire.

Enfin, lassé de contempler le téléphone, j'attrapai ma veste et quittai l'appartement.

La veste se révéla superflue. Il était plus d'une heure du matin, et l'humidité ambiante se déposait sur ma peau, la laissant poisseuse, moite, d'une douceur écœurante.

Difficile de se convaincre qu'on était en octobre.

Gerry Glynn lavait des verres dans l'évier derrière le bar quand j'entrai au Black Emerald. La salle était vide, les trois écrans de télé allumés, mais le son coupé, les tabourets posés sur le comptoir, le sol balayé, les cendriers couleur d'ambre propres comme des sous neufs, et le juke-box diffusait en sourdine le « Dirty Old Town » des Pogues.

– Désolé, fit Gerry sans lever les yeux. C'est fermé.

Couché sur la table de billard, au fond de la salle, Patton redressa la tête pour mieux me voir. Je ne distinguais pas bien sa gueule à cause de la fumée de cigarette qui planait dans ce coin-là comme un nuage, mais je me doutais de ce qu'il me dirait s'il pouvait parler : « T'as entendu le patron ? C'est *fermé.* »

– Salut, Gerry.

– Hé, Patrick ! s'exclama-t-il, l'air embarrassé mais plutôt enthousiaste. Qu'est-ce qui t'amène ?

Il s'essuya les mains avant de me tendre la droite.

Je la serrai, et il pressa la mienne avec force en rivant son regard au mien, une habitude de l'ancienne génération qui n'allait pas sans me rappeler mon père.

– J'aimerais te poser une ou deux questions, Gerry, si t'as le temps.

Gerry se raidit, et l'espace d'un instant, ses prunelles généralement pleines de bienveillance perdirent de leur douceur. Mais déjà, elles recouvraient leur limpidité, Gerry hissait sa masse sur la glacière derrière lui, puis ouvrait les mains, paumes vers le ciel.

– Bien sûr. Je t'offre une bière, ou autre chose ?

– Je ne voudrais pas te déranger, Ger, répondis-je en m'installant sur le tabouret en face de lui.

Il souleva le couvercle d'une autre glacière, inséra son gros bras à l'intérieur et fourragea dans la glace.

– Pas de problème. Le seul truc, c'est que je sais pas encore sur quoi je vais tomber.

– Du moment que c'est pas une Busch, fis-je avec un sourire.

Gerry éclata de rire.

– Nan, c'est une... (Il retira un avant-bras rincé à la glace fondue, hérissé de petites pustules blanches dues au froid.) Une Light.

Je souris de nouveau quand il me la tendit.

– Avaler un truc pareil, c'est comme baiser sur un bateau, commençai-je.

Il partit d'un grand rire avant de formuler la chute.

– On est foutrement trop près de l'eau. Elle est bonne, celle-là.

Sans tourner la tête, Gerry attrapa une bouteille de Stolichnaya derrière lui, sur l'étagère. Il en remplit un petit verre, reposa la bouteille, puis leva sa boisson.

– Santé.

– Santé, répétai-je, avant d'avaler une gorgée de Light.

D'accord, ça n'avait pas plus de goût que de l'eau, mais c'était tout de même meilleur que la Busch. Cela dit, même un grand bol de gas-oil serait encore meilleur que la Busch.

– Alors, c'est quoi, tes questions ? demanda Gerry en tapotant sa grosse bedaine. T'es jaloux de mon physique, c'est ça ?

– Un peu, prétendis-je avec un sourire, avant de siffler une grande lampée de Light. Qu'est-ce que tu peux me dire sur un certain Alec Hardiman, Gerry ?

Quand il brandit sa vodka en direction des néons, le liquide clair disparut dans un miroitement de blanc. Gerry l'observa un moment, fit ensuite tourner le verre entre ses doigts.

– Bon, répliqua-t-il posément, les yeux toujours fixés sur l'alcool, où est-ce que t'as été pêché ce nom-là ?

– On l'a mentionné devant moi.

– Toi, t'as fais une recherche sur la méthode employée par l'assassin de Kara Rider, pour savoir s'il y avait des précédents.

Il baissa son verre pour planter son regard dans le mien. Il ne paraissait ni fâché ni contrarié, et sa voix ne trahissait aucune émotion particulière, mais je décelai une tension nouvelle dans son corps trapu.

– Bien vu, Ger.

Dans le juke-box derrière moi, les Pogues avaient désormais cédé la place aux Waterboys chantant « Don't Bang the Drum. » Les écrans de télé au-dessus de la tête de Gerry étaient branchés sur trois chaînes différentes ; l'un diffusait la retransmission d'un match de rugby, le deuxième ce qui m'avait tout l'air d'un vieil épisode de *Kojak*, et le troisième montrait ce bon vieux drapeau américain s'agitant sous la brise pour signaler la fin des programmes de nuit.

Gerry n'avait pas bougé, pas même cillé depuis qu'il avait ramené le verre le long de son flanc ; c'était tout juste si je percevais le son ténu et bref de sa respiration lorsqu'il soufflait par les narines. Il ne me quittait pas des yeux, mais paraissait moins scruter mes traits que regarder à travers moi, comme s'il voyait quelque chose de l'autre côté de ma tête.

Enfin, il récupéra la bouteille de Stoli derrière lui, et s'en servit une nouvelle rasade.

– Si je comprends bien, ce bon vieil Alec est revenu nous hanter. (Il gloussa.) Remarque, j'aurais dû m'en douter.

Patton descendit de la table de billard, trottina jusqu'à la salle principale, me lorgna d'un air mauvais laissant supposer que j'étais assis à sa place, puis sauta sur le comptoir, où il se coucha sur le dos, les pattes devant les yeux.

– Il veut que tu le caresses, me dit Gerry.

– Ça m'étonnerait, répliquai-je en observant la cage thoracique de Patton, qui se soulevait et s'abaissait régulièrement.

– Mais si, il t'aime bien, Patrick. Vas-y.

Avec l'impression de mieux comprendre ce qu'avait dû éprouver Mae, je tendis une main hésitante vers le magnifique pelage noir et ambre, sous lequel je sentis jouer des muscles aussi durs que de l'acier. Soudain, Patton leva la tête, gémit, et gratifia d'un bon coup de langue ma main libre avant d'y fourrer avec gratitude sa truffe froide.

– Au fond, t'es un sentimental, toi, murmurai-je.

– Hélas, soupira son maître. Mais va pas le raconter à tout le monde, Patrick.

– Gerry, dis-je, les doigts toujours mêlés aux longs poils de Patton, cet Alec Hardiman, il aurait pu tuer...

– ... Kara Rider ? (Il remua la tête en signe de dénégation.) Non, non. Même s'il l'avait voulu, il aurait eu du mal. Alec moisit en taule depuis 1975, et je serai plus là pour le voir sortir. Peut-être que toi non plus, d'ailleurs.

Je terminai ma Light, et Gerry, en barman attentionné, avait plongé la main dans la glacière avant même que j'aie reposé la boîte sur le comptoir. Cette fois, il pêcha une Harpoon IPA, la fit tournoyer dans sa grosse paluche et l'ouvrit à l'aide du décapsuleur fixé au mur. Quand je pris la bouteille, de la mousse coula le long de ma main, que Patton s'empressa de lécher.

– T'as connu le jeune Cal Morrison ? fit Gerry, qui appuya la tête contre le bord de l'étagère derrière lui.

– Pas très bien, répondis-je en m'efforçant de réprimer le frisson qui ne manquait pas de me parcourir l'échine chaque fois que j'entendais prononcer le nom de Cal Morrison. Il était un peu plus vieux que moi.

Gerry opina.

– Mais tu sais ce qui lui est arrivé.

– On l'a poignardé dans Blake Yard.

Cette réponse me valut de la part de Gerry un regard appuyé, suivi d'un soupir.

– T'avais quel âge à l'époquc, Patrick ?

– Neuf ou dix ans.

Il attrapa un deuxième petit verre semblable au sien, y versa un doigt de Stoli, puis le posa sur le comptoir devant moi.

– Bois.

Je me rappelai sans enthousiasme la vodka de Bubba et la façon dont elle m'avait rogné la base du crâne. Contrairement à mon père et à ses frères, j'ai dû naître privé d'un gène fondamental des Kenzie, vu que je ne supporte pas les alcools forts.

J'adressai un faible sourire à Gerry.

– Dosvidanya.

Il leva son verre, nous avalâmes une gorgée de vodka, et je dus battre des paupières pour refouler mes larmes.

– Cal Morrison n'a pas été poignardé, Patrick, me dit-il. (Cette fois, son soupir se fit grave, mélancolique.) On l'a crucifié.

15

– Cal Morrison n'a pas été crucifié, dis-je.
– Ah bon ? T'as vu le corps ?
– Non.
Gerry vida son verre.
– Moi, si. Ça m'a flanqué la gerbe. À moi, et aussi à Brett Hardiman. Le père d'Alec Hardiman. Mon ancien partenaire. (Il se pencha en avant pour me servir une nouvelle dose de vodka.) Brett est mort en 1980.
Je baissai les yeux vers mon verre, avant de profiter de ce que Gerry remplissait le sien pour le repousser d'une dizaine de centimètres.
Gerry, qui avait surpris mon geste, sourit.
– Tu tiens pas de ton père, Patrick.
– Merci du compliment.
La remarque lui arracha un petit rire.
– Pourtant, tu lui ressembles. Comme deux gouttes d'eau. Tu dois le savoir, d'ailleurs.
Je haussai les épaules.
Il retourna ses poignets, s'absorba quelques instants dans leur contemplation.
– C'est tout de même un drôle de truc, le sang.
– Comment ça ?
– Ben, il se transmet dans le ventre de la mère, il permet de créer la vie. Une vie parfois presque

identique à celle du parent qui l'a engendrée, mais parfois tellement différente que le père en vient à se demander si le facteur n'aurait pas apporté à la maison autre chose que le courrier. T'as en toi le sang de ton paternel, j'ai celui du mien, et Alec Hardiman celui du sien.

– Et son père était... ?

– Un brave type. (Il hocha la tête, plus à son intention qu'à la mienne, avant de porter son verre à ses lèvres.) Un homme vraiment du tonnerre, à vrai dire. Intègre. Honnête. Et rudement brillant. À le voir comme ça, on n'aurait jamais deviné qu'il était flic. Pasteur, plutôt, ou banquier. Il avait toujours une tenue irréprochable, un parler irréprochable, une manière d'agir... irréprochable aussi. Il vivait dans une petite maison coloniale toute simple à Melrose, avec une gentille femme toute douce, un gosse blond, beau comme un ange, et t'aurais pu déjeuner sur le siège de sa bagnole tellement que c'était propre.

J'avalai une gorgée de bière au moment où le deuxième téléviseur montrait à son tour le drapeau américain, suivi par un écran uniformément bleu, et remarquai que le juke-box diffusait maintenant le « Coast of Malabar », des Chieftains.

– Bref, un gars parfait, avec une vie parfaite, une femme parfaite, une voiture parfaite, une maison parfaite, et un fils parfait.

Gerry examina l'ongle de son pouce quelques instants. Quand il leva de nouveau les yeux vers moi, son regard chaleureux était légèrement vacillant, comme s'il avait fixé trop longtemps le soleil et recouvrait peu à peu la notion des formes et des couleurs.

– Et puis, Alec a... enfin, quelque chose s'est cassé en lui. Ouais, cassé. Aucun psychiatre a jamais pu expliquer ça. Un jour, c'était un gamin normal, comme les autres, et le lendemain...(Il leva les mains.) Ben, le lendemain, je pourrais pas dire.

– Il a tué Cal Morrison ?

– Personne le sait, répondit Gerry d'une voix altérée.

Pour quelque obscure raison, il paraissait incapable de me regarder. Son visage avait viré au cramoisi, les veines de son cou saillaient tels des câbles électriques, et il gardait les yeux rivés au sol en donnant de petits coups de talon dans le mur derrière la glacière.

– Attends un peu, Gerry. Pour autant que je le sache, Cal Morrison s'est fait poignarder à Blake Yard par un marginal.

– Un Noir, précisa Gerry, un doux sourire jouant de nouveau sur ses lèvres. C'est bien ce qu'on a raconté ?

Je hochai la tête.

– Quand on trouve pas le coupable, autant tout coller sur le dos d'un Black, pas vrai ?

– C'était le bruit qui courait à l'époque, en tout cas, répondis-je.

– En vérité, Cal Morrison a pas été poignardé. Ça, c'est ce qu'on a dit aux médias. Il a été crucifié. Et pas par un Noir. On a trouvé des cheveux roux, des cheveux blonds et des cheveux bruns sur les vêtements de Cal Morrison, mais pas le moindre cheveu noir. De plus, Alec Hardiman et un de ses copains, Charles Rugglestone, avaient été aperçus dans les parages un peu plus tôt ce soir-là, et comme on était déjà sur les dents à cause des autres meurtres, on a laissé circuler l'histoire du Nègre le temps pour nous de choper le coupable. (Il haussa les épaules.) Les Noirs, ils étaient pas trop nombreux à se risquer dans le coin ; ça nous a semblé une bonne couverture.

– Quels autres meurtres, Gerry ?

La porte du bar s'ouvrit soudain, le battant de bois massif heurta le mur de brique à l'extérieur, et un type s'encadra sur le seuil, les cheveux dressés, un anneau dans la narine et un T-shirt déchiré flottant par-dessus un jean savamment éviscéré.

– C'est fermé, lança Gerry.

– J'voudrais juste un p'tit truc pour m'réchauffer la panse.

Gerry descendit de la glacière pour contourner le comptoir.

– T'as une idée de l'endroit où t'es, fiston ?

Sous ma main, je sentis les muscles de Patton se contracter. Le berger allemand leva la tête et la tourna vers le nouveau venu.

Celui-ci avança d'un pas.

– Une p'tite goutte de whiskey.

Il gloussa derrière sa main, puis cligna des yeux, ébloui par la lumière. Son visage était boursouflé sous l'effet de l'alcool et de Dieu sait quoi encore.

– Kenmore Square, c'est par là, déclara Gerry en désignant la porte du doigt.

– M'en fous, de Kenmore Square.

Le gamin oscilla légèrement en fourrageant dans les poches de son jean à la recherche de ses cigarettes.

– Écoute, fiston, reprit Gerry, faut vraiment que tu t'en ailles, maintenant.

Il passa un bras autour de l'épaule du jeune homme, qui parut sur le point de le repousser, puis me regarda, regarda Patton et ensuite Gerry. Celui-ci se montrait cordial, gentil, et il faisait bien dix centimètres de moins, mais le gamin, tout bourré qu'il était, dut deviner que cette gentillesse avait des limites rapidement atteintes.

– J'voulais juste boire un coup.

– Je sais, dit Gerry. Mais je peux pas te servir. T'as de quoi te payer un taxi ? T'habites où ?

– J'voulais juste boire un coup, répéta le môme. (Quand il leva les yeux vers moi, je vis des larmes ruisseler sur ses joues, et la cigarette humide pendre mollement d'entre ses lèvres.) J'voulais juste...

– Alors, où t'habites ? le pressa Gerry.

– Hein ? À Lower Mills.

– Et on te laisse te balader à Lower Mills attifé comme ça ? (Gerry sourit.) Ben mon vieux, le coin a dû drôlement changer, en dix ans.

– À Lo...wer... Mills, sanglota le gamin.

– Allons, allons, fiston, fit Gerry d'une voix apaisante. Ça va aller. T'en fais pas. Tu passes la porte, tu tournes à droite, et tu verras un taxi à une cinquantaine de mètres. Le chauffeur, c'est Achal, et il stationne là jusqu'à trois heures du mat' tapantes. Dis-lui de te ramener à Lower Mills, d'accord ?

– J'ai pas un radis.

Gerry tapota la hanche du jeunot, et quand il retira sa main, je vis un billet de dix dollars coincé dans la ceinture du jean.

– Ah bon ? Alors, c'est quoi, ça ?

Son interlocuteur baissa les yeux.

– C'est à moi ?

– C'est pas à moi, en tout cas. Maintenant, va prendre ce taxi, O.K. ?

– O.K.

Lorsque Gerry le raccompagna jusqu'à la sortie, le gamin renifla, et soudain, pivota pour enlacer son bienfaiteur – du moins, la plus grande partie possible de sa silhouette corpulente.

Gerry gloussa.

– Doucement, mon gars.

– Je t'aime, mec, déclara le jeune. Sérieux, je t'aime !

Un taxi ralentit pour se garer le long du trottoir, devant lc bar, et Gerry adressa un signe de tête au chauffeur tout en se dégageant.

– Allez, file. Et bon vent, fiston.

Patton baissa la tête, se roula en position fœtale sur le comptoir, puis ferma les yeux. Je lui gratouillai le museau, et il me mordilla gentiment la main avec l'air de sourire.

– Je t'aime ! brailla le gamin en s'éloignant d'une démarche chancelante.

– Ça me fait chaud au cœur, répliqua Gerry.

Sur ce, il ferma la porte du bar, et on entendit les pneus crisser quand le chauffeur fit demi-tour sur l'avenue pour prendre la direction de Lower Mills.

– Mouais, rudement chaud au cœur.

Gerry verrouilla le battant, me regarda en haussant les sourcils, et passa une main dans le chaume roux sur son crâne.

– Mon Ami le Policier en pleine action, lançai-je.

Il haussa les épaules avant de froncer les sourcils.

– Je vous ai fait le coup aussi, dans ton école ? L'exposé sur Mon Ami le Policier ?

– Mouais, en primaire, à St Bart.

Gerry emporta sa bouteille et son verre jusqu'à une table proche du juke-box, et je le rejoignis en prenant soin de laisser mon propre verre sur le bar, à deux mètres de moi, là où était sa place. Patton demeura sur le comptoir, les yeux clos, à rêver de gros matous.

Après s'être adossé à sa chaise, Gerry se cambra, s'étira et bâilla à se décrocher la mâchoire.

– Tu veux que je te dise, Patrick ? J'm'en souviens, maintenant.

– Tu me racontes des craques. Ça remonte à plus de vingt ans.

– Mmm...

Il laissa retomber les pieds de la chaise sur le sol, puis remplit de nouveau son verre. D'après mes calculs, Gerry s'était déjà envoyé six vodkas, sans paraître affecté le moins du monde.

– Cette classe-là, c'était quelque chose, reprit-il en inclinant son verre dans ma direction pour porter un toast. Il y avait toi, Angela, et aussi ce pauvre connard qu'elle a épousé... Comment il s'appelait, déjà ?

– Phil Dimassi.

– C'est ça, Phil. (Il secoua la tête.) Et aussi le ramollo du cerveau, Kevin Hurlihy, et l'autre fêlé, là, Rogowski.

– Bubba est un chic type.

– Oh, je sais que vous êtes copains, tous les deux, mais on ne me la fait pas. Il est considéré comme suspect dans au moins sept affaires d'homicide non résolues.

– Ah oui ? Et les mecs qui sont restés sur le carreau, c'étaient tous des saints, je suppose ?

Gerry haussa les épaules.

– Un meurtre est un meurtre, Patrick. Tu supprimes une vie sans raison, tu mérites une punition. Point final.

Je jetai un coup d'œil vers le juke-box en terminant ma bière.

– T'es pas de mon avis ? me demanda-t-il.

Les mains tendues, je m'adossai à ma chaise.

– Avant, je l'étais. Mais des fois, je me dis... Bon sang, Gerry, la vie de Kara valait bien plus que celle du minable qui l'a tuée !

– Magnifique, marmonna-t-il avec un sourire sans joie. Belle démonstration de logique utilitariste, un raisonnement digne de la plupart des idéologies fascistes, excuse-moi du peu... (Il vida son verre en me fixant de ses yeux limpides, imperturbables.) D'accord, tu pars du principe que la vie de la victime vaut plus que celle du meurtrier, mais alors, si t'occis toi-même le meurtrier, est-ce que ça ne rend pas ta vie moins précieuse que la sienne ?

– Hé, t'es devenu jésuite, Gerry ? Tu comptes me convaincre avec des syllogismes ?

– Arrête de jouer les beaux parleurs et réponds à ma question.

Tout petit déjà, je trouvais à Gerry quelque chose de curieusement éthéré. Il ne vivait pas sur le même plan que nous. On sentait qu'une partie de lui évoluait dans cette espèce de nébuleuse spirituelle située, d'après les prêtres, juste au-dessus de notre conscience quotidienne : en d'autres termes, la source d'où jaillissent les rêves, l'art, la foi et l'inspiration divine.

J'allai derrière le bar me chercher une autre bière, sous le regard toujours aussi calme et bienveillant de Gerry. À mon tour, je farfouillai dans la glacière, en retirai une deuxième Harpoon, et revins m'asseoir à table.

– On pourrait passer la nuit à en discuter, Gerry, et peut-être que dans un monde idéal, ce ne serait pas le cas, mais dans celui-là, y a pas de doutes, certaines vies valent plus que d'autres. (Je haussai les épaules en le voyant arquer un sourcil.) Au risque de me faire taxer de fasciste, je dirais que la vie de Mère Teresa vaut plus que celle de Michael Millken. Ou que celle de Martin Luther King valait plus que celle d'Hitler.

– Intéressant. (Sa voix s'était pratiquement réduite à un murmure.) Par conséquent, si tu es capable de juger la valeur d'une existence humaine, j'en déduis que tu es supérieur à cette existence.

– Pas nécessairement.

– Tu vaux mieux qu'Hitler ?

– Absolument.

– Que Staline ?

– Oui.

– Que Pol Pot ?

– Aussi.

– Que moi ?

– Toi ?

Gerry hocha la tête.

– T'es pas un assassin, répliquai-je.

Il haussa les épaules.

– C'est ça, ton principal critère de jugement ? Tu vaux mieux qu'un meurtrier, ou que le commanditaire d'un meurtre ?

– Du moment que sont tuées des personnes qui ne représentent aucune menace physique pour le meurtrier ou le commanditaire du meurtre, alors oui, je vaux mieux qu'eux.

– Donc, tu es supérieur à Alexandre le Grand, Jules César, plusieurs présidents américains et quelques papes en prime.

J'éclatai de rire. Il m'avait coincé, et je l'avais senti venir, sans toutefois deviner d'où arriverait l'argument imparable.

– Je te le répète, Gerry, il y a du jésuite en toi.

Avec un sourire, il frotta son crâne en tapis brosse.

– Ils m'ont bien formé, je l'avoue. (Plissant les yeux, il se pencha vers la table.) Mais tu comprends, je supporte pas l'idée que certains auraient plus le droit que d'autres de supprimer une vie. C'est un concept intrinsèquement pervers. Si tu trucides quelqu'un, tu dois être puni.

– Comme Alec Hardiman ?

Gerry cilla.

– Il y a peut-être du jésuite en moi, mais il y a du pitbull en toi, Patrick.

– Mes clients me paient pour ça, Ger. (Je lui remplis son verre.) Vas-y, parle-moi d'Alec Hardiman, de Cal Morrison et de Jamal Cooper.

– Eh bien, peut-être qu'Alec a tué Cal Morrison et aussi Cooper, mais je peux rien affirmer. À part une chose : leur assassin a voulu marquer le coup. Il a crucifié Morrison sous la statue d'Edward Everett, il lui a enfoncé un pic à glace dans le larynx pour l'empêcher de crier, et il est parti en emportant des morceaux du corps. Morceaux dont on n'a jamais retrouvé la trace.

– Quels morceaux ?

Il pianota sur la table quelques instants en pinçant les lèvres, comme s'il réfléchissait aux informations à me livrer.

– Ses testicules, une rotule, les deux gros orteils. Ça correspondait aux mutilations constatées sur d'autres victimes.

– D'autres victimes ? Tu veux dire, en plus de Cooper ?

– Un peu avant le meurtre de Cal Morrison, quelques pochards et autres frangines se sont fait liquider entre la Zone, dans le centre-ville, et la gare routière de Springfield. Six au total, en commençant par Jamal Cooper. Les armes utilisées étaient différentes, le profil des victimes et les méthodes d'exécution aussi, mais Brett et moi, on était convaincus que c'était le boulot des deux mêmes tueurs.

– Deux ?

Gerry hocha la tête.

– Travaillant en tandem. Ç'aurait pu être l'œuvre d'un seul type, c'est vrai, à condition qu'il possède une force herculéenne, qu'il soit ambidextre et rapide comme l'éclair.

– Mais si les armes, les méthodes et les victimes différaient à ce point, comment vous avez pu en conclure qu'il s'agissait des mêmes tueurs ?

– Ces meurtres révélaient un degré de cruauté que j'avais jamais eu l'occasion de voir avant, et que j'ai jamais revu après. Non seulement ces types-là prenaient leur pied en faisant leur sale boulot, mais ils pensaient aussi à ceux qui découvriraient les corps, à leurs réactions. Une fois, ils ont découpé un poivrot en cent soixante-quatre morceaux. T'imagines la scène ? Cent soixante-quatre morceaux de chair et d'os, certains à peine plus grands qu'une phalange, posés sur la commode, alignés sur la tête de lit, placés à intervalles réguliers sur le sol ou suspendus aux crochets du rideau de douche dans cet asile de nuit minable de la Zone. L'endroit n'existe plus, mais chaque fois que je passe dans le coin, je repense à cette pièce. Et puis, il y a eu aussi cette fugueuse de seize ans, à qui ils ont brisé la nuque avant de faire pivoter sa tête à cent quatre-vingt degrés et de lui nouer un ruban adhésif autour du cou pour la maintenir dans cette position, histoire d'impressionner le premier à franchir la porte. Ça ressemblait à rien de ce que j'avais pu découvrir jusque-là, et personne peut me dire que ces six victimes – toutes des affaires officiellement non résolues – ont pas été tuées par le ou les mêmes assassins.

– Et Cal Morrison ?

Gerry hocha la tête.

– Il a tiré le numéro sept. Et il est possible que Charles Rugglestone ait tiré le numéro huit.

– Attends une minute. Tu veux parler de Rugglestone, le copain d'Alec Hardiman ?

– En personne. (Il leva son verre, le reposa et le regarda.) Charles Rugglestone a été assassiné dans un entrepôt tout près d'ici. Il a reçu trente-deux coups de pic à glace et s'est fait défoncer le crâne à coups de marteau, avec une telle force qu'à voir les trous, on aurait pu croire que des petites bêtes avaient creusé un terrier dans sa tête pour aller lui bouffer le cerveau. On l'a aussi fait brûler, partie par partie, des chevilles jusqu'à la gorge, alors qu'il était toujours vivant. On a retrouvé Alec Hardiman dans le magasin d'expédition, inconscient et couvert du sang de Rugglestone. Le pic à glace n'était qu'à quelques centimètres, avec ses seules empreintes.

– C'était lui le coupable, donc.

Gerry haussa les épaules.

– Tous les ans, parce que son père me l'a demandé, je vais voir Alec à Walpole. Et peut-être aussi, je sais pas, parce que je l'aime bien. J'ai toujours l'impression d'avoir en face de moi ce petit gosse adorable. Enfin, peu importe. Malgré toute mon affection pour lui, il reste une énigme à mes yeux. Est-ce qu'il est capable de tuer ? Mouais, j'en doute pas une seconde. Mais je peux te dire une chose : aucun homme seul, aussi fort soit-il – et Alec a rien d'un colosse –, aurait pu faire ce qui a été fait à Rugglestone. (Il pinça les lèvres, puis éclusa sa vodka.) N'empêche, dès le début du procès d'Alec, les meurtres ont cessé. Son père a pris sa retraite un peu après l'arrestation, évidemment, mais de mon côté, j'ai continué à enquêter sur l'affaire Morrison et les six assassinats précédents. En fin de compte, j'ai réussi à disculper Alec de complicité dans les deux derniers.

– Il a quand même été condamné...

– Seulement pour le meurtre de Rugglestone. Personne a voulu reconnaître qu'on soupçonnait la présence d'un serial killer sans en avoir informé la population. Et personne avait envie d'en rajouter après l'inculpation pour assassinat du fils d'un flic médaillé. Résultat, Alec a été jugé pour le meurtre de Rugglestone, il a écopé d'une peine d'emprisonnement à perpétuité, et depuis, il moisit à Walpole. Son paternel a fait ses bagages pour la Floride, où il est mort en se demandant sûrement à quel moment la situation avait dérapé. Et aujourd'hui, tout ça serait relégué aux oubliettes, j'imagine, si quelqu'un avait pas crucifié Kara Rider sur une colline, et si quelqu'un d'autre t'avait pas soufflé mon nom et celui d'Alec Hardiman.

– Alors, en admettant qu'il y ait eu deux tueurs, dont Alec Hardiman..., commençai-je.

– ... l’autre est toujours dans la nature, exact. (Des cernes sombres s’étaient formés sous ses yeux, qu’ils creusaient.) Et s’il a vraiment attendu vingt et quelques années pour faire son come-back, je dirais qu’aujourd’hui, il est sacrément remonté.

16

Il neigeait par une belle journée d'été lorsque Kara Rider m'arrêta dans la rue pour me demander si l'affaire Jason Warren progressait.

Kara avait recouvré sa chevelure blonde naturelle, elle était assise sur une chaise de jardin devant le Black Emerald, uniquement vêtue d'un bas de maillot de bain rose, la neige tombait de part et d'autre de son siège, mais seul le soleil atteignait sa peau. Des gouttes de sueur perlaient sur ses seins menus et fermes, et je devais me répéter que la connaissant depuis toujours, je ne devrais pas porter sur elle un regard concupiscent.

Grace et Mae se trouvaient à une cinquantaine de mètres devant moi, et Grace entremêlait une rose noire aux cheveux de sa fille. De l'autre côté du boulevard, une meute de chiens blancs, petits et noueux comme des poings fermés, les observaient en bavant ; des flots de salive dégoulinaient de leur gueule.

– Il faut que j'y aille, disais-je à Kara.

Mais quand je me retournais, Grace et Mae avaient disparu.

– Assieds-toi, m'invitait Kara. Rien qu'une minute.

Je m'asseyais donc, et sentais la neige s'insinuer dans le col de ma chemise, me glaçant jusqu'aux os.

– Je croyais que t'étais morte, articulais-je en claquant des dents.

– Non, je suis juste partie un moment.

– Pour aller où ?

– À Brookline. Merde.

– Quoi ?

– Ce coin, c'est toujours le même bordel.

Soudain, Grace passait la tête par la porte du Black Emerald.

– Tu viens, Patrick ?

– Il faut que j'y aille, répétais-je, avant de tapoter l'épaule de Kara.

Elle me prenait la main pour la poser sur son sein nu.

Je coulais un bref coup d'œil en direction de Grace, mais elle ne paraissait pas s'en formaliser. Angie se tenait derrière elle, et toutes deux souriaient.

De ma paume, Kara caressait son mamelon.

– Ne m'oublie pas.

La neige tombait désormais dru sur son corps, l'ensevelissant rapidement.

– Promis, Kara. Il faut que j'y aille.

– Salut.

Déjà, les pieds de sa chaise de jardin s'effondraient sous le poids de la neige, et bientôt, je distinguais à peine sa silhouette sous les amoncellements d'un blanc cotonneux.

Mae sortait du bar, me prenait la main et la donnait en pâture aux chiens.

Je regardais mon sang mousser dans la gueule écumante, mais ça ne faisait pas mal ; au contraire, c'était presque agréable.

– Tu vois, Patrick ? me lançait Mae. Il t'aime bien.

La dernière semaine d'octobre, d'un commun accord avec Diandra et Eric, on se retira de l'affaire Jason Warren. Je connais des tas de types qui auraient profité de l'occasion pour se remplir les poches, quitte à abuser des craintes d'une mère angoissée, mais je ne suis pas du genre à plumer mes clients. Non que je sois un modèle d'intégrité ; avant tout, il ne me paraît pas sain de baser la moitié de ses revenus sur des affaires qui n'en finissent pas. On avait constitué des dossiers sur tous les professeurs de Jason à Bryce (onze), sur toutes ses connaissances (son compagnon de chambre, Jade, Gabrielle, Lauren) sauf le type au bouc, et rien ne laissait supposer que l'un d'eux soit une menace pour lui. On possédait aussi des comptes rendus de notre travail d'observation quotidien, ainsi que des transcriptions de notre rencontre avec le Gros Freddy, Jack Rouse et Kevin Hurlihy, et de mon entretien téléphonique avec Stan Timpson.

Diandra n'avait plus reçu ni menaces, ni coups de téléphone anonymes, ni photos expédiées par la poste. Elle avait profité de son séjour dans le New Hampshire pour parler avec Jason, et glisser dans la conversation qu'un ami à elle l'avait aperçu avec un jeune homme au Sunset Grill la semaine précédente. Ce à quoi Jason avait répondu, « un copain, c'est tout », sans donner plus de détails.

Avec Angie, on avait prolongé la filature encore une semaine ; une semaine supplémentaire d'une routine immuable : crises d'activité sexuelle, solitude, études.

Au bout du compte, Diandra admit que nos efforts ne nous menaient nulle part, qu'aucun élément hormis la photographie ne suggérait l'éventualité d'un quelconque danger pour Jason, et on en arriva à la conclusion que notre première idée – selon laquelle Diandra aurait contrarié Kevin

Hurlihy par inadvertance –, était certainement la bonne, puisqu'il ne s'était plus produit d'incident depuis notre discussion avec le Gros Freddy. Peut-être que Freddy, Kevin, Jack et toute la clique avaient finalement décidé de laisser tomber, mais que sur le moment, ils n'avaient pas voulu perdre la face devant deux privés.

Quoi qu'il en soit, tout était maintenant terminé. Diandra nous régla nos honoraires et nous remercia. De notre côté, on lui laissa nos cartes et nos numéros de téléphone personnels au cas où il y aurait du nouveau, et on retourna à nos activités en cette période la plus creuse de l'année.

Quelques jours plus tard, sur la demande de Devin, on le rejoignit au Black Emerald à deux heures de l'après-midi. Il y avait une pancarte marquée « Fermé » sur la porte, mais à peine avions-nous frappé que Devin ouvrait, puis verrouillait le battant derrière nous.

Gerry Glynn était installé derrière le bar, sur la glacière, l'air pas très content, Oscar était attablé au comptoir, devant une assiette pleine, et Devin se jucha sur le tabouret à côté de lui avant de mordre dans le hamburger le plus sanguinolent que j'aie jamais vu.

Je m'installai près de Devin, et Angie près d'Oscar, à qui elle chipa une frite.

– Ils se contentent d'appuyer la vache contre le radiateur ? lançai-je à Devin, les yeux fixés sur le hamburger.

Il grogna quelque chose, puis engloutit un bon morceau de la chose.

– T'es au courant des ravages de la viande rouge sur le cœur ? insistai-je. Et je te parle pas de l'état de tes intestins !

Devin s'essuya la bouche avec une serviette en papier.

– T'as profité de ce que je te regardais pas pour devenir un de ces fanas de la diététique tendance politiquement correcte, Kenzie ?

– Non, mais j'en ai vu un qui manifestait, dehors.

Il fouilla sous sa veste.

– Tiens. Prends mon flingue et va descendre ce connard. Oh, et tant que tu y es, tâche aussi de liquider un mime, je peux pas les encadrer. Je m'arrangerai pour qu'on cause de toi dans les journaux.

Soudain, quelqu'un s'éclaircit la voix derrière moi, et je jetai un coup d'œil dans la glace du bar. Par-dessus mon épaule droite, j'aperçus un homme assis dans un box ombreux.

Il portait un costume et une cravate sombres, une chemise blanche amidonnée et une écharpe assortie. Ses cheveux avaient la couleur de l'acajou lustré. Il se tenait raide comme un piquet.

Sans se retourner, Devin le désigna du pouce.

– Patrick Kenzie, Angela Gennaro, je vous présente l'agent spécial Barton Bolton, du FBI.

Je pivotai sur mon tabouret, Angie pivota sur le sien, et on lança avec un bel ensemble :

– Salut.

Sans daigner répondre, l'agent spécial Bolton nous examina l'un après l'autre de la tête aux pieds, tel le commandant d'un camp de concentration s'efforçant de déterminer s'il valait mieux nous mettre au turbin ou nous éliminer tout de suite, puis il reporta son regard sur un point situé au-dessus de l'épaule d'Oscar.

– On a un problème, fit ce dernier.

– Peut-être un petit problème, renchérit Devin, ou peut-être un gros.

– Et c'est... ? s'enquit Angie.

– Asseyons-nous d'abord, déclara Oscar en repoussant son assiette.

Devin l'imita, et nous rejoignîmes tous l'agent spécial Barton Bolton dans son box.

– Et Gerry ? demandai-je en le voyant débarrasser le comptoir.
– M. Glynn a déjà été interrogé, répondit Bolton.
– Ah.
– On a retrouvé ta carte dans la main de Kara Rider, Patrick, me dit Devin.
– Je t'ai expliqué comment elle y était arrivée.
– Exact. Et quand on soupçonnait Micky Doog ou une de ses raclures de copains d'avoir liquidé Kara pour l'obliger à la boucler, quelque chose comme ça, cette explication ne posait pas de problème particulier.
– Mais vous avez changé d'avis ? intervint Angie.
– J'en ai peur.
Devin alluma une cigarette.
– T'avais arrêté, non ? observai-je.
– Ouais, ben c'est raté.
Il haussa les épaules.
L'agent Bolton retira de son attaché-case une photographie qu'il nous tendit. Elle montrait un homme d'une trentaine d'années, bâti comme une statue grecque. Seulement vêtu d'un short, il souriait devant l'objectif ; son torse n'était que reliefs ciselés et muscles saillants, et ses biceps avaient la taille d'une balle de base-ball.
– Vous le connaissez ?
– Non, répondis-je, avant de passer la photo à Angie.
Elle l'étudia quelques instants.
– Non, conclut-elle.
– Vous en êtes sûrs ?
– Je me rappellerais un corps pareil, faites-moi confiance, affirma Angie.
– Qui est-ce ?
– Peter Stimovich, précisa Oscar. Ou plus exactement, feu Peter Stimovich. Il a été tué la nuit dernière.

– Lui aussi, il avait ma carte ?
– Pas qu'on le sache.
– Alors, qu'est-ce que je fabrique ici ?
Devin regarda Gerry, derrière le bar.
– De quoi vous avez parlé, Gerry et toi, quand t'es venu le trouver il y a quelques jours ?
– Demandez à Gerry, répliquai-je.
– Déjà fait.
– Une minute, dis-je. Comment vous avez appris que j'étais venu le voir ?
– Vous étiez sous surveillance, répondit Bolton.
– Pardon ?
– Ça va plus loin que tu ne l'imagines, Patrick, déclara Devin avec un haussement d'épaules. Beaucoup plus loin.
– Depuis combien de temps ?
– Quoi, depuis combien de temps ?
– Depuis combien de temps ça dure, cette histoire de surveillance ?
– Depuis le jour où Alec Hardiman a refusé de s'entretenir avec nous, m'expliqua Devin.
– Et alors ?
– Quand il a refusé, intervint Oscar, Alec nous a également dit qu'il ne parlerait qu'avec toi.
– Moi ?
– Avec toi, Patrick. Et avec toi seulement.

17

– Pourquoi Alec Hardiman voudrait-il me parler ?

– Bonne question, répondit Bolton, qui chassa de la main la fumée dégagée par la cigarette de Devin. Monsieur Kenzie, tout ce que nous allons dire à partir de maintenant doit rester absolument confidentiel. Je me fais bien comprendre ?

Angie et moi, on le gratifia de notre plus beau haussement d'épaules.

– Une petite précision, histoire de clarifier les choses : vous répétez ne serait-ce qu'un mot de cette conversation, et on vous inculpe illico de délit d'entrave à l'action fédérale. Vous risquez jusqu'à dix ans fermes.

– Ça vous plaît de dire ça, pas vrai ? lança Angie.

– De dire quoi ?

– Délit d'entrave à l'action fédérale, répéta Angie d'une grosse voix.

Il soupira.

– Monsieur Kenzie, reprit-il, lorsque Kara Rider a été assassinée, elle serrait votre carte dans sa main. Sa crucifixion, vous le savez probablement déjà, présentait de remarquables similitudes avec celle d'un gamin tué dans ce même quartier en 1974. Ce que vous ne savez sans doute pas, en revanche, c'est que le sergent Amronklin travaillait à l'époque avec l'inspecteur Hardiman et l'ancien inspecteur-chef Glynn.

Je regardai Devin.

– Tu pensais déjà que le meurtre de Kara avait peut-être un lien avec celui de Cal, la nuit où on a découvert son corps ? demandai-je.

– J'ai envisagé cette possibilité, oui.

– Mais tu ne m'as rien dit.

– Non, déclara-t-il en écrasant sa cigarette. T'es un citoyen comme les autres, Patrick, c'est pas à moi de te mettre au parfum. Et puis, sur le moment, je me disais que ça mènerait sûrement à rien. C'était juste un truc que je gardais dans un coin de ma tête.

À cet instant, le téléphone sur le comptoir sonna, et Gerry décrocha sans nous quitter des yeux.

– Black Emerald. (Il hocha la tête, comme s'il s'était attendu à la question de son interlocuteur.) Non, désolé. C'est fermé. Un problème de tuyauterie. (Il garda les yeux clos quelques secondes avant d'opiner brièvement.) Si vous avez autant envie d'un verre, feriez mieux de chercher un autre bar. Bon, faut que je vous laisse. (Il parut sur le point de raccrocher.) Comment vous voulez que je vous le dise, nom d'un chien ? C'est fermé. Oui, moi aussi, je regrette.

Il reposa le combiné, puis haussa les épaules à notre intention.

– Cette nouvelle victime..., commençai-je.

– Stimovich.

– C'est ça. On l'a crucifiée ?

– Non, répondit Bolton.

– Il est mort comment, alors ?

Bolton regarda Devin, qui regarda Oscar, qui marmonna :

– Dites-leur, qu'est-ce qu'on en a à foutre ? On va avoir besoin de toute l'aide possible si on veut pas se retrouver avec d'autres cadavres sur les bras.

– M. Stimovich a été attaché contre un mur, expliqua Bolton, on l'a écorché, lambeau de peau par lambeau de peau, puis éviscéré alors qu'il était toujours vivant.

– De Dieu, murmura Angie avant de se signer si rapidement que je ne suis même pas certain qu'elle s'en soit rendu compte.

Le téléphone de Gerry sonna de nouveau, arrachant un froncement de sourcils à Bolton.

– Vous ne pourriez pas le débrancher un petit moment, monsieur Glynn ?

Gerry prit un air chagriné.

– Avec tout le respect que je dois aux morts, agent Bolton, je veux bien fermer mon bar tant que vous le jugerez nécessaire, mais j'ai des habitués qui se demandent pourquoi je les empêche d'entrer.

Bolton eut un geste dédaigneux, et Gerry décrocha.

Au bout de quelques secondes à écouter son interlocuteur, il hocha la tête.

– Bob, Bob, je peux en placer une ? On a un problème de plomberie, je te dis. Désolé, mais il y a cinq centimètres d'eau par terre, et... (Il se tut un instant.) Suis mon conseil, d'accord ? Va chez Leary, ou au Fermanagh, mais va *quelque part*, O.K. ?

Il raccrocha, puis nous adressa un autre haussement d'épaules.

– Comment savez-vous que Kara n'a pas été tuée par quelqu'un qu'elle connaissait ? Micky Doog, par exemple ? Et si c'était une sorte de rite d'initiation propre à une bande ?

Oscar fit non de la tête.

– Ça colle pas. Toutes ses fréquentations ont des alibis, y compris Micky Doog. En plus, on a du mal à comprendre où elle passait son temps, depuis son retour.

– Elle traînait pas tellement dans le quartier, intervint Devin. Sa mère ignore où elle allait. Mais depuis seulement trois semaines qu'elle était revenue, ça m'étonnerait qu'elle se soit fait beaucoup de relations à Brookline.

– À Brookline? répétai-je en me remémorant mon rêve.

– Ouais, à Brookline. Un des seuls endroits où on est sûrs qu'elle s'est rendue plusieurs fois. On a des reçus de cartes de crédit de la Cityside, et de deux ou trois restaus autour de l'université de Bryce.

– Bonté divine, marmonnai-je.

– Quoi?

– Non, rien. Rien du tout. Je me demandais, comment vous pouvez être certains qu'il existe un lien entre ces meurtres quand les méthodes employées sont aussi différentes?

– À cause des photos, répondit Bolton.

J'eus soudain l'impression qu'un étau de glace me comprimait la poitrine.

– Quelles photos? interrogea Angie.

– La mère de Kara n'avait pas ouvert son courrier les quelques jours précédant la mort de sa fille. Dans le tas, on a trouvé une enveloppe, sans aucune mention de l'expéditeur, sans message, avec juste un cliché montrant Kara. Un cliché innocent, rien de...

– Gerry, je peux me servir du téléphone? l'interrompit Angie.

– Un problème? demanda Bolton.

Ma partenaire était déjà au comptoir, occupée à composer un numéro.

– Et pour l'autre type, Stimovich? m'enquis-je.

– Il n'est pas dans sa chambre, me lança Angie avant de raccrocher, pour composer aussitôt un autre numéro.

– Qu'est-ce qui se passe, Patrick? lança Devin.

– Explique-moi, pour Stimovich, dis-je en m'efforçant de maîtriser la panique dans ma voix. S'il te plaît, Devin. Vite.

– Ben, la petite amie de Stimovich, Alice Boorstin...

– Ça ne répond pas non plus au bureau de Diandra, m'informa Angie.

Elle raccrocha brusquement, décrocha encore, composa encore un numéro.

– ... a reçu une photo semblable de lui il y a environ deux semaines. Même chose : pas de message ou de mention d'un expéditeur, juste une photo.

– Allô, Diandra ? fit Angie. Où est Jason ?

– Patrick, intervint Oscar, dis-nous ce qui se passe.

– J'ai son emploi du temps sous les yeux, poursuivit Angie. Jason n'avait qu'un cours aujourd'hui, et ça remonte à plus de cinq heures.

– Notre cliente a elle aussi reçu une photo de ce genre, leur révélai-je. De son fils.

– On vous rappelle, Diandra. Ne bougez pas, surtout. Et tâchez de ne pas vous inquiéter. (Angie raccrocha.) Bordel de bordel de merde.

Je me levai d'un bond.

– On y va.

– Vous n'allez nulle part, décréta Bolton.

– Arrêtez-moi donc, lançai-je, avant de suivre Angie dehors.

18

Jade, Gabrielle et Lauren dînaient au restaurant universitaire, sans Jason. Elles nous adressèrent des regards éloquents, genre « D'où vous sortez, nom d'un chien ? », mais acceptèrent de répondre à nos questions. Aucune des trois n'avait vu Jason depuis le matin.

On fit un saut à la cité universitaire, mais il n'y avait pas mis les pieds depuis la nuit précédente. Son compagnon de chambre, environné de fumée d'herbe et des braillements furieux de Henry Rollins s'échappant des haut-parleurs, déclara :

– Nan, vieux, j'ai pas la moindre idée d'où qu'il est. P'têt avec l'aut', là, vous voyez qui je veux dire ?

– On voit pas, non.

– Ben, l'aut', le type avec qui il traîne, des fois.

– Celui qui porte le bouc ? fit Angie.

– Ouais, c'est ça, et même qu'il a des yeux complètement vides. Comme une espèce de zombie, quoi. N'empêche, si c'était une fille, ce serait un sacré canon. Bizarre, hein ?

– Il a un nom, ce zombie ?

– J'le connais pas, en tout cas.

En retournant vers la voiture, j'eus l'impression d'entendre Grace me demander, quelques nuits plus tôt, si les deux affaires ne seraient pas liées.

Bon, maintenant, la réponse ne faisait plus le moindre doute. Mais qu'est-ce que ça signifiait ?

Diandra Warren avait reçu une photo de son fils, et en avait déduit de façon logique que cet envoi avait un rapport avec le petit mafioso qu'elle avait contrarié par inadvertance. Sauf qu'elle n'avait contrarié personne par inadvertance. Un imposteur s'était mis en rapport avec elle, et ils s'étaient rencontrés à Brookline. Un imposteur avec un fort accent de Boston et de fins cheveux blonds. Quand j'avais vu Kara Rider, elle m'avait fait l'effet de s'être récemment teint les cheveux. Kara était blonde, avant, et les reçus de sa carte de crédit prouvaient qu'elle se trouvait à Brookline au moment où « Moira Kenzie » se manifestait auprès de Diandra.

Celle-ci ne possédait pas de téléviseur. Si elle lisait la presse, c'était le *Trib* plutôt que le *News*. Le *News* avait placardé la photo de Kara en première page ; le *Trib*, beaucoup moins porté sur le sensationnel et en retard d'un wagon, n'avait pas publié de photo d'elle du tout.

On venait d'atteindre la voiture quand Eric Gault gara son Audi fauve juste derrière. En descendant, il nous dévisagea d'un air légèrement surpris.

– Qu'est-ce qui vous amène par ici, les jeunes ?

– On cherche Jason.

Il ouvrit son coffre pour y prendre quelques livres perdus au milieu d'une pile de vieux journaux.

– Je croyais que vous aviez abandonné l'affaire.

– Il y a du nouveau, dis-je.

Je lui adressai un sourire plein d'une assurance que j'étais loin d'éprouver, puis jetai un coup d'œil aux quotidiens jaunis.

– Tu les collectionnes ?

Eric fit non de la tête.

– Je les mets là-dedans pour les emporter jusqu'à un centre de recyclage. J'y vais quand je ne peux plus fermer le coffre.

– J'aimerais en retrouver un qui date d'une dizaine de jours. Tu permets ?

– Je t'en prie, répondit Eric en reculant.

J'écartai les premiers *News* de la pile ; le quatrième montrait la photo de Kara.

– Merci, Eric.

– Y a pas de quoi. (Il ferma le coffre.) Bon, si vous voulez voir Jason, essayez donc le Coolidge Corner, ou les bars de Brighton Avenue. Le Kells, le Harper's Ferry... tous des QG pour les étudiants de Bryce.

– Merci.

Du doigt, Angie indiqua les livres qu'il avait logés sous son bras.

– T'as du retard pour les rapporter à la bibliothèque ?

Il esquissa un mouvement de dénégation, puis regarda les bâtiments majestueux de brique rouge et blanche abritant la résidence universitaire.

– Des heures sup en perspective, plutôt. En cette période de récession, même les profs titulaires comme nous doivent donner des cours particuliers de temps en temps.

Une fois remontés en voiture, on lui cria au revoir.

Eric nous salua de la main, nous tourna le dos et se dirigea vers la résidence en sifflotant doucement dans l'air qui fraîchissait peu à peu.

*

On s'arrêta dans tous les bars de Brighton Avenue, de North Harvard et dans quelques-uns aussi à Union Square. Pas de Jason.

Devant l'immeuble de Diandra, Angie me demanda :

– Au fait, pourquoi t'as pris ce journal ?

Je le lui expliquai.

– Bon sang, marmonna-t-elle, c'est un vrai cauchemar.

– Ça, tu peux le dire.

On monta dans l'ascenseur alors que la houle s'élevait, puis refluait dans le port transformé en encrier. L'appréhension logée au creux de mon estomac depuis quelques heures grandissait et tourbillonnait en moi jusqu'à me donner la nausée.

Lorsque Diandra nous ouvrit, la première chose que je lançai fut :

– Cette Moira Kenzie, elle avait la manie de glisser une mèche derrière son oreille droite, même si ladite mèche était trop courte ?

Diandra se contenta de me regarder.

– Alors ?

– Euh, oui, mais comment... ?

– Réfléchissez. Est-ce qu'elle ponctuait ses phrases par une sorte de petit rire nerveux, bizarre, presque comme un hoquet ?

Diandra ferma les yeux quelques instants.

– Oui. Oui, j'en suis sûre.

Je lui fourrai le *News* sous le nez.

– C'est elle ?

– Oui.

– Putain, fis-je à haute voix.

« Moira Kenzie » était bien Kara Rider.

J'appelai Devin depuis l'appartement de Diandra.

– Cheveux châtains, lui dis-je. Vingt ans. Grand. Plutôt costaud. Une fossette au menton. Presque toujours en jean et en chemise de flanelle. (Je me tournai vers Diandra.) Vous avez un fax, ici ?

– Oui.

– Devin ? Je te faxe une photo. C'est quoi, ton numéro ?

Il me le communiqua.

– On va lancer une bonne centaine de gars sur les traces de ce gosse, Patrick.

– Lances-en deux cents, je me sentirai mieux.

Le fax se trouvait à l'est du loft, près du bureau. J'y insérai le cliché de Jason reçu par Diandra, puis attendis la confirmation d'émission pour retourner dans le salon auprès de Diandra et d'Angie.

Nous étions un peu inquiets dans la mesure où nous détenions maintenant la preuve irréfutable que ni Jack Rouse ni Kevin Hurlihy n'étaient impliqués dans l'affaire, dis-je à Diandra. Et d'ajouter que Kara Rider ayant péri peu de temps après avoir s'être fait passer pour Moira Kenzie, je voulais rouvrir le dossier. Je ne précisai pas que tous les destinataires des photos comptaient maintenant la victime d'un meurtre parmi leurs proches.

– Mais Jason va bien ?

Assise sur le canapé, les jambes repliées sous elle, Diandra nous dévisageait avec insistance.

– Nous avons tout lieu de le croire, répondit Angie.

Diandra secoua la tête.

– Vous vous faites du souci, c'est évident. Et vous me cachez quelque chose. Je vous prie, dites-moi de quoi il s'agit. Je vous en prie.

– Non, on ne vous cache rien, prétendis-je. C'est juste que cette fille assassinée alors qu'elle avait pris le nom de Moira Kenzie et tout mis en branle, ça me perturbe.

Elle ne me crut pas et se pencha en avant, les coudes sur les genoux.

– Tous les soirs sans exception, entre neuf heures et neuf heures et demie, Jason me téléphone.

Je consultai ma montre. Neuf heures cinq.

– Est-ce qu'il va appeler, monsieur Kenzie ?

Je me tournai vers Angie. Elle observait Diandra avec attention.

Cette dernière ferma les yeux un moment. Quand elle les rouvrit, ce fut pour demander :

– L'un de vous a des enfants ?

Angie fit non de la tête.

L'image de Mae me traversa l'esprit.

– Non, répondis-je néanmoins.

– C'est bien ce que je pensais.

Elle s'approcha d'une fenêtre, les mains sur les hanches. Alors qu'elle se tenait devant la vitre, les lumières s'éteignirent une à une dans un appartement de l'immeuble voisin, et des taches d'ombre se répandirent sur le plancher blond du loft.

– Vous ne cessez jamais de vous ronger les sangs, dit-elle. Jamais. Vous vous souvenez de la première fois où il a escaladé son berceau, quand il est tombé avant que vous n'ayez pu le rattraper. Sur le moment, vous l'avez cru mort. Une fraction de seconde. Et vous vous rappelez combien cette pensée était horrible. Quand il grandit, enfourche son premier vélo, grimpe aux arbres, revient tout seul de l'école, et file comme une flèche devant les voitures au lieu d'attendre que le feu change de couleur, vous essayez de vous convaincre que tout va bien. Vous vous dites, « C'est ça, les gosses. À son âge, je faisais pareil. » Pourtant, vous parvenez tout juste à refouler ce cri au fond de votre gorge, cette envie de hurler. Non. Arrête. Je t'en prie, ne va pas te blesser. (Toujours dans l'ombre, elle se détourna de la fenêtre pour nous regarder.) Ça ne disparaît jamais. L'inquiétude. La peur. Ça ne vous laisse pas une seconde de répit. C'est le prix à payer pour avoir donné la vie.

Je revis Mae tendre la main vers la gueule de ce chien, je me souvins de mon envie de bondir, d'arracher la tête de ce foutu clébard si nécessaire.

Soudain, la sonnerie du téléphone retentit. Neuf heures quinze. Nous sursautâmes tous les trois, et

Diandra traversa la pièce en quelques enjambées. Angie me regarda puis, de soulagement, leva les yeux au ciel.

Diandra décrocha.

– Jason ? dit-elle. Jason ?

Ce n'était pas Jason. On le comprit tout de suite en la voyant passer sa main libre sur sa tempe avant de la presser contre ses cheveux.

– Quoi ? (Elle pivota vers moi.) Ne quittez pas.

Elle me tendit le combiné.

– Un certain Oscar.

Je lui pris le téléphone des mains et me déplaçai de façon à tourner le dos aux deux femmes alors que d'autres lumières s'éteignaient dans l'immeuble voisin, répandant l'ombre comme un liquide sur le parquet, et qu'Oscar m'annonçait qu'on venait de retrouver Jason Warren.

En pièces détachées.

19

À l'intérieur d'un dépôt de camions désaffecté, le long du front de mer à South Boston, le tueur avait tiré une fois dans l'estomac de Jason, l'avait lardé de plusieurs coups de pic à glace et matraqué avec un marteau. Il lui avait également sectionné les membres, qu'il s'était amusé à disposer sur les rebords de fenêtres, laissant le torse sur une chaise en face de la porte, et la tête pendue à un câble électrique qui tombait d'un tapis roulant surélevé.

Une équipe de l'identité judiciaire passa la nuit entière et presque toute la matinée du lendemain dans l'entrepôt, sans retrouver les rotules de Jason.

Les deux premiers flics arrivés sur les lieux étaient des bleus. L'un démissionna au cours de la semaine suivante ; l'autre, me raconta Devin, prit un congé le temps de recevoir un soutien psychologique. Devin ajouta également qu'en entrant dans l'entrepôt avec Oscar, il avait tout d'abord cru que Jason s'était battu avec un lion.

Ce soir-là, quand j'avais raccroché après ma conversation avec Oscar pour me tourner vers Diandra et Angie, Diandra avait déjà compris.

– Mon fils est mort, n'est-ce pas ? murmura-t-elle.

J'acquiesçai.

Diandra ferma les yeux et porta une main à son oreille comme pour intimer le silence à son entourage afin qu'elle puisse entendre quelque chose. Elle oscillait légèrement, semblable à une herbe sous la brise, et Angie s'approcha d'elle.

– Ne me touchez pas, dit-elle, les yeux toujours clos.

Plus tard, lorsque Eric arriva, Diandra était assise près de la fenêtre, le regard fixé sur le port, le café préparé par Angie, auquel elle n'avait pas touché, refroidissant peu à peu. En une heure, elle n'avait pas prononcé une seule parole.

Elle contempla Eric en silence tandis qu'il ôtait son imperméable et son chapeau, les suspendait à une patère et se tournait vers nous.

Avec Angie, on se retira dans l'alcôve de la cuisine pour lui annoncer la nouvelle.

– Mon Dieu ! s'exclama-t-il.

Il paraissait sur le point de vomir. Son visage avait viré au jaune pâle et les jointures de ses doigts crispés sur le comptoir blanchissaient.

– Assassiné... Mais comment ?

Je fis non de la tête.

– Pour l'instant, on n'en sait pas plus.

Les épaules voûtées, Eric posa les deux mains sur le comptoir.

– Comment a réagi Diandra ?

– Elle est calme.

Il opina.

– Typique. Vous avez prévenu Stan Timpson ?

– Non, répondis-je. La police le fera, je suppose.

Les yeux d'Eric s'emplirent de larmes.

– Pauvre gosse... Il était tellement beau.

– Parle-moi, le pressai-je.

Eric regarda par-dessus mon épaule, en direction du frigo.

– Qu'est-ce que tu veux que je te dise ?

– Tout ce que tu sais sur Jason. Tout ce que tu nous as caché.

– Comment ça, caché ? fit-il d'une petite voix.

– Caché, oui. Tu n'es pas clair depuis le début, Eric.

– Sur quoi tu te bases pour...

– Mets ça sur le compte de mon intuition. Qu'est-ce que tu faisais à Bryce, ce soir ?

– Je te le répète, j'allais donner des cours particuliers.

– Foutaises. J'ai regardé les bouquins que tu sortais du coffre. Il y en avait un sur les bagnoles dans le lot.

– Écoute, Patrick, je vais aller voir Diandra, maintenant. Je me doute de sa réaction, et je crois vraiment que vous devriez partir, Ange et toi. Elle n'aimerait pas que vous soyez là quand elle craquera.

– D'accord, dis-je. Je te rappelle bientôt.

Il ajusta ses lunettes, passa devant moi.

– Je veillerai à ce que vous receviez le reste de vos honoraires.

– On a déjà été payés, Eric.

Celui-ci traversa l'appartement, et je me tournai vers Angie en inclinant la tête vers la porte. Elle prit son sac par terre, et sa veste sur le canapé ; au même moment, Eric posait une main sur l'épaule de Diandra.

– Eric, murmura-t-elle. Oh, Eric... Pourquoi ? Pourquoi ?

Elle glissa de sa chaise, tomba dans les bras qu'Eric lui tendait. Angie me rejoignit, et lorsque j'ouvris la porte, Diandra Warren se mit à hurler. C'était l'un des sons les plus horribles que j'aie jamais entendus : un bruit atroce, torturé, ravagé qui s'échappait de sa poitrine pour se répercuter dans tout le loft, et qui résonna dans ma tête longtemps après qu'on eut quitté l'immeuble.

Dans l'ascenseur, je dis à Angie :
– Eric ment.
– À quel propos ?
– Il ment, répétai-je. Il a les mains sales. Ou alors, il cache quelque chose.
– Quoi ?
– Aucune idée. C'est notre ami, Ange, mais je n'aime pas le sentiment qu'il me donne dans cette affaire.
– Je vais me pencher sur son cas.
J'acquiesçai en silence. L'épouvantable hurlement de Diandra m'emplissait toujours le crâne, et je n'avais qu'une envie : me recroqueviller sur moi-même en me bouchant les oreilles.
De son côté, Angie s'appuyait contre la paroi vitrée de l'ascenseur, mains aux épaules comme pour s'étreindre ; aucun de nous deux ne prononça une parole sur le trajet du retour.

L'une des choses qu'on apprend quand on côtoie des enfants, je crois, c'est que même une tragédie ne doit pas vous empêcher d'aller de l'avant. Vous n'avez pas le choix. Bien avant la mort de Jason, avant même que j'aie entendu parler de lui ou de sa mère, j'avais accepté de garder Mae une journée et demie pendant que Grace travaillait et qu'Annabeth allait dans le Maine voir une copine rencontrée au cours de sa seule année de fac.
Lorsque Grace apprit ce qui était arrivé à Jason, elle me dit :
– Ne t'inquiète pas, je trouverai quelqu'un d'autre. Ou je m'arrangerai pour me libérer.
– Non, Grace. On ne change rien au programme. Je veux m'occuper d'elle.
Ce que je fis. Et ce fut sans doute l'une des meilleures décisions que j'aie jamais prises. Oh, je sais que la société nous incite à parler des drames que

nous vivons, à en discuter avec des amis ou des inconnus compétents, et c'est peut-être réellement efficace. Mais je reste persuadé qu'on a tendance à trop en dire dans cette même société, qu'on attribue à la parole des vertus qui lui font souvent défaut, et qu'à force, on ne se rend plus compte de l'état de complaisance morbide dans lequel elle nous plonge forcément.

Je suis enclin à broyer du noir, et comme je passe beaucoup de temps seul, ça n'arrange pas la situation ; peut-être qu'en effet, je me serais senti mieux si j'avais discuté avec quelqu'un de la mort de Jason et de mon sentiment de culpabilité. Mais je n'en parlai pas.

Au lieu de quoi, je me consacrai à Mae, et le simple fait d'avoir à adopter son rythme, à la distraire, la nourrir, la coucher pour sa sieste, lui expliquer les pitreries des Marx Brothers pendant qu'on regardait *L'Explorateur en folie* et *Duck Soup*, lui lire ensuite le Dr Seuss alors qu'elle s'installait dans le lit que j'avais préparé pour elle – le simple fait d'avoir à s'occuper d'un autre être humain plus petit me fit plus de bien qu'un millier de séances avec un psychologue, et j'en vins à me demander si les générations passées ne s'étaient pas trompées en acceptant cette idée comme une vérité absolue.

À la moitié de *Fox in Sox*, Mae battit des paupières. Je lui remontai le drap jusque sous le menton, et posai le livre.

– Patrick ? Tu l'aimes, ma maman ?

– Oui, j'aime ta maman. Dors, maintenant.

– Ma maman, elle t'aime aussi.

– Je sais. Dors.

– Et moi, tu m'aimes ?

Je lui embrassai la jouc avant de remonter cette fois la couverture sous son menton.

– Je t'adore, Mae.

Mais elle dormait déjà.

Grace me téléphona vers onze heures.

– Comment va ma petite terreur ?

– Elle se porte comme un charme et dort comme un bébé.

– Ça me tue. Des semaines entières, elle se comporte en véritable peste, et toi, tu la gardes un jour, et elle te joue les Pollyanna [1].

– Faut dire que je suis d'une drôlerie irrésistible, quand je m'y mets.

Elle pouffa.

– Sérieux, Patrick, elle a été sage ?

– Une vraie petite fille modèle.

– Tu te sens un peu mieux vis-à-vis de Jason ?

– Tant que je n'y pense pas, ça va.

– Message reçu. Au sujet de ce qui s'est passé l'autre nuit...

– Pour nous deux, tu veux dire ?

– Oui.

– Parce qu'il s'est passé quelque chose, l'autre nuit ?

Grace soupira.

– Espèce de salaud.

– Mouais.

– Hé !

– Oui ?

– Je t'aime.

– Moi aussi, je t'aime.

– C'est-y pas beau, ça ? lançai-je.

– Merveilleux, répondit Grace.

*

1. Héroïne d'un classique de la littérature enfantine écrit en 1912 par Eleanor H. Porter, caractérisée par sa gentillesse, sa bonne humeur et sa débrouillardise. *(N.d.T.)*

Le lendemain matin, pendant que Mae dormait encore, je descendis sur le perron, pour découvrir Kevin Hurlihy devant l'immeuble, appuyé contre la Diamante dorée qu'il conduisait pour Jack Rouse.

Depuis que mon mystérieux correspondant m'avait recommandé de verrouiller ma porte, je trimballais mon pistolet partout. Y compris quand j'allais chercher le courrier au rez-de-chaussée. Surtout quand j'allais chercher le courrier au rez-de-chaussée.

Aussi, lorsque j'aperçus Kevin le Taré qui m'observait depuis le trottoir, m'assurai-je que mon arme était à portée de main. Par chance, il s'agissait de mon Beretta 6.5 mm, avec chargeur de quinze cartouches ; avec Kevin, j'avais le sentiment que toutes mes munitions seraient nécessaires.

Il me regarda longtemps. Finalement, je m'assis sur la première marche, ouvris mes trois factures, feuilletai le dernier numéro de *Spin* et m'absorbai dans la lecture d'un article sur Machinery Hall.

– Tu connais Machinery Hall, Kev ? demandai-je soudain.

Kevin se contenta de respirer un peu plus fort par les narines.

– Ils sont bons, tu sais, poursuivis-je. Tu devrais acheter leur CD.

Il n'avait pas l'air pour autant décidé à faire un saut chez Tower Records après notre discussion.

– D'accord, c'est commercial, mais quel groupe ne l'est pas, aujourd'hui ?

Il n'avait pas l'air non plus sensible au problème de fond que je venais de soulever.

Pendant une bonne dizaine de minutes encore, il resta planté là sans dire un mot, et sans me quitter des yeux ; des yeux troubles, éteints, aussi animés que les eaux d'un marécage. J'en déduisis que c'était le Kevin du matin. Celui du soir avait les yeux survoltés, comme vibrants de pulsions meurtrières. Le Kevin du matin semblait catatonique.

– Bon, Kev, je m'avance peut-être un peu, là, mais je dirais qu'à première vue, t'es pas un fan de musique alternative.

Il alluma une cigarette.

– Remarque, je ne l'étais pas non plus, mais ma partenaire a fini par me convaincre qu'il existait autre chose que les Stones et Springsteen. Attention, ne me fais pas dire ce que je n'ai pas dit : y a pas mal de merdes aussi, pas mal de trucs surestimés. Va donc expliquer le succès de Morrisey, par exemple. Mais un jour, tu tombes sur un Kurt Cobain ou un Trent Reznor, et ces mecs-là, ils assurent tellement que ça suffit à te redonner espoir. Remarque, je me goure peut-être. À propos, Kev, comment t'as ressenti la mort de Kurt, toi ? Tu crois qu'on a perdu la voix de notre génération, ou que ça s'est produit quand Frankie Goes to Hollywood s'est séparé ?

Une brusque rafale balaya l'avenue, et lorsqu'il prit la parole, Kevin s'exprima de cette voix qui ne ressemblait à rien – une voix inhumaine, répugnante.

– Tu sais, Kenzie, un type a essayé de chouraver un gros paquet de fric à Jackie, y a une paire d'années de ça.

– C'est dingue.

– Le type en question, il devait prendre un avion deux heures plus tard pour le Paraguay, ou un putain de pays du même style, quand je lui suis tombé dessus chez sa copine. (Il jeta sa cigarette dans les buissons bordant l'entrée de l'immeuble.) Je l'ai forcé à s'aplatir par terre, Kenzie, et après, j'ai joué au trampoline sur son dos jusqu'à lui péter la colonne. C'est marrant, ça a fait le même bruit que quand t'envoies un coup de pied dans une porte. Le même bruit, j'te dis. D'abord un grand crac, et après, des tas de petits crépitements.

La brise remonta de nouveau l'avenue, froissant les feuilles mortes dans les caniveaux.

– Bref, reprit Kevin, t'imagines la scène ? Le mec hurle, sa copine hurle aussi, et ils regardent sans arrêt la porte de leur appart de merde, pas parce qu'ils pensent avoir une chance de s'en sortir, mais parce qu'ils se savent enfermés. *Avec moi.* J'ai le pouvoir. À moi de décider quelles images ils vont emporter en enfer.

Il alluma une autre cigarette, et j'eus l'impression que le vent cherchait à me transpercer la poitrine.

– Alors, poursuivit-il, je retourne le gars. Après, je le force à s'asseoir malgré sa colonne en charpie, et je viole sa nana pendant... oh, je sais pas, plusieurs heures. Lui, faut sans arrêt que je lui balance du whiskey à la tête pour l'empêcher de tomber dans les pommes. Ensuite, je colle huit pruneaux, ou p'têt neuf, dans le corps de la fille. Et puis, je me sers un verre et je regarde les yeux de ce mec.

Et là, tout a disparu, figure-toi. Tout son espoir. Toute sa fierté. Tout son amour. À cause de moi. Il m'appartient, et il le sait. Alors, je me place derrière lui, et j'lui fous mon flingue contre le crâne, juste en dessous du cerveau. Et après, tu sais ce que je fais ?

Je ne répondis rien.

– Ben, j'attends. Oh, pas plus de cinq minutes. Et devine un peu comment il réagit, Kenzie. Vas-y, devine.

Toujours silencieux, je croisai les mains sur mes genoux.

– Il me supplie, Kenzie. Ce pauvre connard est paralysé. Il vient de voir un autre mec violer et tuer sa nana sans pouvoir réagir. Il a plus aucune raison de vivre. Aucune. Pourtant, il me supplie de lc laisser vivre quand même. J'te jure, quel monde de dingues.

Cette fois, il envoya sa cigarette sur les marches en dessous de moi ; les cendres s'éparpillèrent, avant d'être emportées par le vent.

– Je lui ai fait sauter le caisson au moment où il commençait à prier.

Autrefois, quand je regardais Kevin, je ne voyais rien, seulement le néant. À présent, je me rendais compte de mon erreur. Là où j'avais cru ne rien voir, il y avait tout. Tout ce que le monde comportait de pourri. Les croix gammées, les champs de bataille, les camps de travail, la vermine et le feu tombé du ciel. Le néant de Kevin n'était qu'un réceptacle sans fond pour tout cela, et plus encore.

– Laisse tomber l'histoire Jason Warren, Kenzie. Tu sais, le type qui voulait arnaquer Jackie ? Et sa copine ? Ben, c'étaient tous les deux des potes. Et toi, Kenzie, je me rappelle pas t'avoir jamais apprécié.

Il resta encore immobile une bonne minute, les yeux rivés aux miens, et j'avais l'impression d'être violé, de sentir mon sang contaminé par quelque chose d'obscène, de dépravé, qui souillait, souillait, souillait chaque fibre de mon corps.

Enfin, il se dirigea vers la portière côté conducteur, et posa les mains sur le toit.

– J'ai entendu dire que tu t'étais déniché une petite famille toute faite, Kenzie. Une salope de doctoresse avec sa salope de gamine. Cette gamine, elle a quoi, quatre ans ?

Je songeai à Mae endormie trois étages plus haut.

– À ton avis, Kenzie, la colonne vertébrale d'une gosse de quatre ans, c'est solide ?

– Kevin, commençai-je d'une voix qui me parut épaisse, pâteuse, si tu...

De la main, il fit un moulinet méprisant, puis baissa les yeux vers la portière.

– Hé, l'enculé de service, je te parle ! m'écriai-je, et les mots résonnèrent avec force dans l'avenue déserte.

De nouveau, il me regarda.

– Je te préviens, Kevin, approche-toi de cette femme ou de sa fille, et je te loge assez de balles dans le crâne pour en faire une putain de boule de bowling.

– Des mots, tout ça. Tu causes trop, Kenzie. À plus.

J'attrapai le pistolet calé dans mes reins et tirai à plusieurs reprises dans la vitre du passager.

Kevin fit un bond en arrière quand le verre implosa sur le siège, puis tourna la tête vers moi.

– Je t'en fous mon billet, Kevin. Et ce billet-là, c'est pas un faux, crois-moi.

Une fraction de seconde, je crus qu'il allait réagir. Sur-le-champ. Ici même. Mais il n'en fit rien. Au lieu de quoi, il répliqua :

– Tu viens de t'offrir une place à Cedar Grove, Kenzie. J'espère que t'en es conscient.

Je hochai la tête.

Il contemplait les éclats de verre sur le siège lorsqu'une rage soudaine convulsa ses traits ; il fouilla dans sa ceinture et contourna la voiture à toute vitesse.

Je braquai mon arme en direction de son front.

Aussitôt, Kevin s'immobilisa, la main toujours dans la ceinture, puis il esquissa un lent sourire. Il retourna vers la portière côté conducteur, l'ouvrit, et posa les bras sur le toit en me regardant.

– Que je t'explique, Kenzie. Tu vas profiter un max de ta copine, la baiser deux fois par nuit si t'en as les moyens, et te montrer super gentil avec la gosse. Parce que bientôt – p'têt plus tard dans la journée, p'têt la semaine prochaine –, je vais revenir. D'abord, j'te descendrai. Après, j'attendrai un peu. J'irai bouffer, je ferai un tour aux courses, je me taperai quelques bières. Je sais pas encore. Après, je passerai chez ta nana pour les liquider, la gosse et elle. Et quand je rentrerai chez moi, Kenzie, je me marrerai comme jamais.

Il monta en voiture, et je le regardai s'éloigner, le sang bouillonnant dans mes veines.

20

Lorsque je regagnai mon appartement, je commençai par jeter un coup d'œil à Mae. Elle dormait recroquevillée sur le flanc, serrant contre elle un de ses oreillers ; ses boucles lui couvraient les yeux, le sommeil et la chaleur lui rosissaient les joues.

Je consultai ma montre. Huit heures et demie. Quel que soit le nombre d'heures de sommeil perdues par sa mère, cette gamine les rattrapait largement.

La porte de la chambre refermée, j'allai dans la cuisine où je répondis à trois appels de voisins furieux me demandant ce que je pouvais bien fabriquer à vider le chargeur de mon flingue à huit heures du matin. Impossible de déterminer si c'était le fait d'avoir vidé le chargeur dudit flingue qui les énervait à ce point, ou l'heure choisie pour passer à l'acte, mais je ne posai même pas la question. Je leur présentai des excuses ; mes deux premiers interlocuteurs me raccrochèrent au nez, et le suivant me conseilla de consulter un psy.

Après avoir reposé le combiné pour la troisième fois, je téléphonai à Bubba.

– Un problème, Patrick ?

– T'aurais le temps de filer deux personnes pendant quelques jours ?

– Qui ?

– Kevin Hurlihy et Grace.

– Ça roule. Sauf qu'ils paraissent pas évoluer dans le même milieu, comme qui dirait.

– Exact. Mais il risque de s'en prendre à elle pour m'atteindre, tu comprends. Alors, j'ai besoin de savoir en permanence où ils sont tous les deux. C'est un boulot à faire en duo.

À l'autre bout du fil, Bubba bâilla.

– Bon, je préviens Nelson.

Nelson Ferrare, un type du quartier dont Bubba s'assurait les services chaque fois qu'il lui fallait un chauffeur ou une gâchette supplémentaire pour faire marcher son commerce, était petit – sans doute pas plus d'un mètre soixante –, et je ne l'avais jamais entendu parler autrement qu'en murmurant, ou prononcer plus de cinq mots le même jour. Il était facilement aussi dingue que Bubba, affligé de surcroît d'un complexe à la Napoléon, mais tout comme Bubba, il parvenait à maîtriser sa psychose tant qu'on lui donnait de quoi s'occuper.

– D'accord. Et, Bubba ? S'il devait m'arriver quelque chose la semaine prochaine, un accident par exemple, tu veux bien me rendre un service ?

– T'as qu'à demander.

– Conduis Grace et Mae dans un endroit sûr...

– O.K.

– ... et offre à Hurlihy un aller simple pour l'enfer.

– Pigé. C'est tout ?

– C'est tout.

– Dacodac. À plus.

– Je l'espère.

En raccrochant, je m'aperçus que les tremblements agitant mes poignets et mes mains depuis le moment où j'avais fait voler en éclats la vitre de Kevin avaient enfin cessé.

Ensuite, j'appelai Devin.

– L'agent Bolton voudrait te parler, m'annonça-t-il.

– Je m'en doute.

– Ça ne lui plaît pas trop de te savoir mêlé à deux histoires de meurtre sur quatre.

– Comment ça, quatre ?

– On le soupçonne d'avoir fait une victime de plus hier soir. Je peux pas t'en dire plus pour l'instant. Tu passes, ou faut que Bolton aille te chercher ?

– Non, je passe.

– Quand ?

– Bientôt. À propos, Kevin Hurlihy vient de me rendre une petite visite chez moi pour me conseiller de ne pas fourrer mon nez dans cette affaire.

– On le surveille depuis des jours. C'est pas lui, le tueur.

– Je sais. Il manque trop d'imagination pour avoir échafaudé un truc pareil. Pourtant, il est impliqué d'une manière ou d'une autre, j'en suis persuadé.

– Ça me travaille aussi, je le reconnais. Écoute, Patrick, grouille-toi d'aller trouver Bolton au siège du FBI. Il envisage déjà un coup de filet pour vous remonter à la surface, toi, Gerry Glynn, Jack Rouse, le Gros Freddy... Bref, tous ceux qui ont approché au moins une des victimes.

– Merci pour le tuyau.

J'avais à peine raccroché qu'un flot de musique country se déversait par la fenêtre ouverte de la cuisine, faisant vibrer les murs de l'appartement. Si on entend Waylon, c'est qu'il est neuf heures, forcément.

Un coup d'œil à ma montre me le confirma. Neuf heures tapantes.

Je sortis sur le balcon. Lyle s'attaquait désormais à l'immeuble voisin du mien, et il baissa le volume de sa radio en me voyant.

– Salut, Patrick ! Comment va, fiston ?

– Bien, Lyle. Écoute, la gosse de ma copine dort ici. Tu pourrais ne pas trop monter le son ?

– Message reçu, fiston. Cinq sur cinq.

– Merci. On doit s'en aller bientôt, de toute façon. T'auras qu'à mettre plus fort après notre départ.

Il haussa les épaules.

– Je compte pas bosser beaucoup, aujourd'hui. À cause de cette satanée dent qui m'a empêché de dormir une bonne partie de la nuit.

– T'as rendez-vous chez le dentiste ?

– Mouais, fit-il, morose. J'déteste filer du fric à ces types-là, mais figure-toi qu'hier soir, j'ai essayé de l'arracher tout seul avec des pinces, et pas moyen de faire bouger c'te saloperie. En plus, les pinces, elles étaient vachement glissantes à cause du sang, et...

– Bonne chance avec le dentiste, Lyle.

– Merci. En tout cas, j'peux te dire une chose : ce con, il a pas intérêt à m'refiler de la novocaïne. Le vieux Lyle, y tourne de l'œil chaque fois qu'y voit une seringue. J'suis un peu poule mouillé sur les bords, tu trouves pas ?

Bien sûr, Lyle, pensai-je. Une grosse poule mouillée. Arrache-toi donc encore quelques quenottes avec des pinces, histoire de montrer à tout le monde que t'es une mauviette.

Je retournai dans la chambre. Mae avait disparu. L'édredon était froissé au pied de mon lit, et Mlle Lily, sa poupée, assise sur l'oreiller, me regardait de ses yeux vides.

À cet instant, j'entendis la chasse d'eau, et je m'engageai dans le couloir au moment où Mae débouchait de la salle de bains en se frottant les paupières.

Mon cœur jouait les marteaux-piqueurs dans ma poitrine, j'avais la bouche sèche comme un sol aride, et je faillis tomber à genoux sous le poids du soulagement qui déferlait en moi.

– Z'ai faim, Patrick, déclara-t-elle en entrant dans la cuisine vêtue de son pyjama Mickey avec des pieds rembourrés.

– Rice Crispies ou Choco Pops ? articulai-je laborieusement.

– Choco Pops, si te plaît.

– Et un bol de Choco Pops pour mademoiselle.

Pendant que Mae s'habillait et se brossait les dents dans la salle de bains, je téléphonai à Angie.

– Salut, me dit-elle.

– Comment tu te sens ?

– Ça va... à peu près. Je tente de me convaincre qu'on n'aurait rien pu faire pour sauver Jason.

Le silence se prolongea quelques instants entre nous, étant donné que j'essayais moi aussi de m'en convaincre.

– T'as découvert quelque chose sur Eric ? demandai-je enfin.

– Peut-être. Il y a cinq ans, quand Eric enseignait encore à temps partiel à U / Mass-Boston, un certain Paul Hobson, conseiller municipal à Jamaica Plain, a intenté une action en justice à la fois contre l'établissement et contre Eric.

– Pour quel motif ?

– Aucune idée. Tout ce qui se rapporte au dossier est sous scellé. Je pencherais pour un règlement à l'amiable assorti d'une consigne de silence générale. Pourtant, Eric a quitté U / Mass.

– Rien d'autre ?

– Jusque-là, non, mais je continue mes recherches.

Je lui parlai de ma rencontre avec Kevin.

– Bonté divine ! T'as vraiment bousillé la vitre de sa voiture, Patrick ?

– J'étais un tantinet perturbé, vois-tu.
– D'accord, mais de là à bousiller la vitre de sa voiture... ?
– Il a menacé de s'en prendre à Mae et à Grace, Angie ! S'il me refait un coup pareil, c'est peut-être pas la voiture que je vais prendre pour cible.
– Attends-toi à des représailles.
– Je sais. (Je soupirai, conscient du poids qui pesait soudain sur mes épaules, de l'odeur de la peur qui imprégnait ma chemise.) À propos, Bolton m'a convoqué au JFK Building[1].
– Moi aussi ?
– Ton nom n'a pas été mentionné.
– Tant mieux.
– Il va falloir que je trouve une solution, pour Mae.
– Je m'occupe d'elle, si tu veux.
– Sérieux ?
– J'en serais ravie. Dépose-la chez moi, je l'emmènerai au parc de l'autre côté de la rue.
J'appelai ensuite Grace pour lui annoncer le changement de programme. Elle jugeait excellente l'idée de confier Mae à Angie, du moment que celle-ci n'y voyait pas d'inconvénient.
– Au contraire, elle ne demande que ça, crois-moi.
– Parfait. Tu vas bien ?
– Oui, pourquoi ?
– Je ne sais pas, il y a ce tremblement dans ta voix...
Les types comme Kevin font souvent ce genre d'effet, pensai-je.
– Je vais bien, je t'assure. À très bientôt.
Mae entra dans la cuisine au moment où je raccrochais.

1. Siège du bureau régional du FBI à Boston. (*N.d.T.*)

– Hé, miss, ça te dirait de faire un tour au parc ?

Elle sourit, d'un sourire semblable à celui de sa mère : candide, franc, spontané.

– Au parc ? Y a des balançoires ?

– Bien sûr qu'il y a des balançoires. Sans balançoires, ce ne serait pas un vrai parc.

– Y a aussi une caze d'écureuil ?

– J'en suis certain.

– Et un grand huit ?

– Pas encore, mais je vais en parler au directeur.

Mae se percha sur la chaise en face de moi, et me tendit sa tennis délacée.

– D'accord, Patrick.

– Écoute, ma puce, j'ai rendez-vous avec quelqu'un, et je ne peux pas t'emmener.

L'expression déroutée, perdue, qui traversa fugitivement son regard me brisa le cœur en mille morceaux.

– Mais, m'empressai-je d'ajouter, tu connais mon amie Angie ? Elle veut aller jouer avec toi.

– Ah bon ? Pourquoi ?

– Parce qu'elle t'aime beaucoup. Et qu'elle adore les parcs.

– Elle a des cheveux drôlement zolis.

– C'est vrai.

– Y sont noirs, et tout emmêlés, et ze les trouve chouettes.

– Elle sera contente de le savoir, Mae.

– Patrick ? Pourquoi on s'arrête, dis ? demanda Mae.

Nous étions à l'angle de Dorchester Avenue et de Howes Street. De l'autre côté de l'avenue, il y avait le parc Ryan, avec son aire de jeux.

En bas de la rue, il y avait la maison d'Angie.

Et devant la maison, Angie elle-même.

En train d'embrasser Phil, son ex-mari, sur la joue.

Je sentis quelque chose se contracter dans ma poitrine, pour se relâcher tout aussi brusquement, et j'aspirai une bouffée d'air frais qui me transperça le corps comme un coup d'épée.

– Anzie ! s'écria Mae.

Angie tourna la tête, imitée par Phil, et j'eus l'impression d'être un voyeur. Un voyeur furieux en proie à des pulsions meurtrières.

Ils traversèrent la rue et remontèrent ensemble vers nous. Pour ne pas changer, Angie était sublime avec son jean, son T-shirt violet et sa veste de cuir noir jetée sur son épaule. Elle avait les cheveux humides, et une mèche s'était échappée de derrière son oreille pour jouer les accroche-cœurs. Elle la repoussa en approchant, puis agita la main en direction de Mae.

Phil, hélas, présentait bien lui aussi. Angie m'avait raconté qu'il avait arrêté de boire, et ça se voyait. Il avait perdu au moins dix kilos depuis notre dernière rencontre, sa mâchoire rasée de près était plus ferme, et ses yeux, débarrassés de ce gonflement qui les masquait depuis cinq ans. Il se mouvait avec souplesse, vêtu d'une chemise blanche et d'un pantalon noir assorti à la couleur de ses cheveux rejetés en arrière. On lui aurait donné quinze ans de moins, et dans ses pupilles brillait de nouveau une étincelle disparue depuis l'enfance.

– Salut, Patrick, lança-t-il.

– Salut, Phil.

Il s'immobilisa sur le trottoir, puis porta la main à son cœur.

– C'est elle ? demanda-t-il. C'est bien elle ? La grande, l'inoubliable, la mondialement célèbre Mae ?

Lorsqu'il s'accroupit devant elle, Mae se fendit d'un grand sourire.

– Ze m'appelle Mae.

– Ravi de te connaître, Mae, dit-il avant de lui serrer la main avec solennité. Je parie que tu transformes les crapauds en princes charmants quand tu n'as rien d'autre à faire. Tu vaux le coup d'œil, sans aucun doute.

Elle me regarda, intriguée et légèrement perplexe, mais à la rougeur de ses joues et à l'éclat de ses prunelles, je devinai que la magie de Phil avait déjà opéré.

– Ze m'appelle Mae, répéta-t-elle.

– Et moi, Phillip. Ce monsieur s'occupe bien de toi, au moins ?

– C'est mon copain, répondit Mae. Son nom, c'est Patrick.

– Tu ne peux pas avoir de meilleur copain.

Inutile d'avoir connu Phil plus jeune pour se rendre compte de son aisance avec les gens, quel que soit leur âge. Même quand il abusait de la bouteille et cognait sur sa femme, il l'avait en lui. De fait, Phil possédait ce talent depuis le berceau. Ce n'était chez lui ni de la mesquinerie, ni de la comédie, ni un effort, ni une volonté consciente de manipulation. C'était la capacité toute simple, et néanmoins trop rare, de vous donner l'impression d'être la seule personne digne d'attention sur cette planète, comme s'il n'avait d'oreilles que pour vous entendre, d'yeux que pour vous voir, comme si la seule justification de son existence était cette rencontre – de n'importe quelle nature – avec vous.

Un aspect de sa personnalité que j'avais oublié jusqu'à cette scène avec Mae. C'était tellement plus facile pour moi d'évoquer ce connard de poivrot qui s'était débrouillé pour épouser Angie...

Mais elle était demeurée douze ans avec lui, malgré les raclées qu'il lui collait. Il y avait forcément une raison à cela. S'il s'était transformé en un monstre au comportement impardonnable, tout au fond de lui, il restait pourtant ce type dont vous étiez heureux d'avoir croisé la route.

Ce même type qui se redressait à côté de Mae lorsque Angie demanda :

– Alors, comment vas-tu, jolie jeune fille ?

– Ça va bien.

Mae se haussa sur la pointe des pieds pour caresser la chevelure d'Angie.

– Elle aime tes cheveux, dis-je.

– C'est vrai, tu aimes ce fouillis ?

Angie posa un genou par terre afin de laisser Mae lui toucher les cheveux.

– Y a plein de nœuds, constata Mae.

– Ma coiffeuse me le répète tout le temps.

– Comment va, Patrick ? reprit Phil en me tendant la main.

Je la contemplai quelques secondes. Par une belle matinée d'automne où l'air vif était aussi revigorant qu'un tonique, où le soleil dansait avec légèreté sur les feuilles orangées, il me paraissait grotesque de ne pas faire la paix avec mon entourage.

Estimant mon hésitation suffisamment éloquente, je tendis la main à mon tour pour serrer la sienne.

– Pas trop mal, Phil. Et toi ?

– Bien, répondit-il. Je bataille encore au jour le jour, mais bon, tu sais comment c'est, y a des hauts et des bas.

– Très juste.

Je regardai mes hauts et mes bas droit dans les yeux.

– Eh bien... (Il jeta un coup d'œil par-dessus son épaule, vers son ex-femme et la petite fille, occupées toutes les deux à se tripoter les cheveux.) Elle est adorable.

– Laquelle ?

Il esquissa un sourire mélancolique.

– Les deux, je suppose. En l'occurrence, je parlais du bout de chou.

J'opinai.

– C'est vraiment quelqu'un, oui.

Angie se rapprocha de lui, la main de Mae dans la sienne.

– À quelle heure tu vas travailler, Phil ?

– Midi. (Il me regarda.) Le type pour qui je bosse en ce moment est un *artiste* [1] de Back Bay ; il me fait démolir tout son duplex, arracher des parquets du dix-neuvième siècle pour les remplacer par du marbre noir. Du marbre noir partout, tu y crois, toi ?

Avec un soupir, il se passa la main dans les cheveux.

– Je me demandais si tu n'aurais pas envie de pousser Mae sur la balançoire avec moi, fit Angie.

– Ouh, je ne sais pas trop, dit-il en regardant Mae. J'ai un peu mal au bras.

– Fais pas le bébé, le gronda Mae.

– Tu as raison. À mon âge, on n'est plus un bébé, pas vrai ?

Il la souleva pour la caler sur sa hanche, et tous trois traversèrent l'avenue en direction du parc, puis m'adressèrent de grands signes avant de gravir les quelques marches les séparant de l'aire de jeux.

---

1. En français dans le texte.

21

– Vous avez rendez-vous avec Alec Hardiman, dit Bolton sans lever les yeux lorsque j'entrai dans la salle de réunion.

– Ah bon ?

– Cet après-midi, à 13 heures.

Je regardai Devin, puis Oscar.

– C'est vrai ?

– Le bureau supervisera l'ensemble de l'entretien.

Je m'installai sur un siège en face de Devin, séparé de lui par une table en cerisier foncé de la taille de mon appartement. Oscar était assis à la gauche de Devin, et une demi-douzaine de fédéraux en costume-cravate occupait les places restantes. La plupart étaient au téléphone. Contrairement à Devin et à Oscar, qui n'en avaient pas. Bolton en avait deux devant lui à l'autre bout de la table ; le normal, et le Batphone, supposai-je.

Il se leva pour s'avancer dans ma direction.

– De quoi avez-vous parlé, Kevin Hurlihy et vous ? me demanda-t-il.

– Bah, de la politique, du cours actuel du yen... ce genre de choses, quoi.

Bolton posa la main sur le dossier de ma chaise avant de se pencher vers moi, suffisamment près pour que je décèle dans son haleine l'odeur des Tic-Tac.

– Répondez à ma question, monsieur Kenzie.

– À votre avis, de quoi on aurait pu parler, agent spécial Bolton ? Il m'a ordonné de laisser tomber l'histoire Warren.

– Résultat, vous avez mitraillé sa voiture.

– Sur le moment, ça m'a paru approprié, comme réaction.

– Pourquoi votre nom revient-il toujours sur le tapis, dans cette affaire ?

– Aucune idée.

– Pourquoi Alec Hardiman ne veut-il parler qu'à vous ?

– Aucune idée non plus.

Il assena une gifle au dossier de la chaise avant de contourner la table et de s'immobiliser derrière Devin et Oscar, les mains dans les poches. Il avait l'air d'un homme privé de sommeil depuis des jours.

– Il me faut des réponses, monsieur Kenzie.

– Désolé, je n'en ai pas. J'ai faxé à Devin les photocopies de mes dossiers sur Jason Warren, je lui ai envoyé des photos du type au bouc, je vous ai dit tout ce dont je me souvenais à propos de ma rencontre avec Kara Rider. À part ça, je suis comme vous, je tâtonne dans le noir.

Bolton retira une main de sa poche pour se masser la nuque.

– Qu'est-ce vous avez en commun, tous ? Vous, Jack Rouse, Kevin Hurlihy, Jason Warren, Kara Rider, Peter Stimovich, Freddy Constantine, le procureur Timpson et Alec Hardiman ?

– C'est une devinette ?

– Répondez à la question !

– Je. N'en. Sais. Foutrement. Rien. (Je levai les mains.) Je me suis montré assez clair ?

– Vous devez nous aider sur ce coup-là, monsieur Kenzie.

– Je veux bien essayer, agent Bolton, mais vous agissez avec autant de tact qu'un huissier. Si vous me mettez en rogne, j'aurai du mal à refouler ma colère, et je ne vous serai certainement pas d'une grande aide.

Il se dirigea vers l'extrémité de la pièce. Le mur du fond faisait la largeur de la salle, soit près de dix mètres, et environ trois mètres soixante de haut. Bolton tira le rideau qui le recouvrait, et je découvris un panneau de liège occupant quatre-vingt-dix pour cent de la cloison.

Des photographies et des croquis de la scène du crime, des plaques d'analyse spectrale et des listes d'indices étaient punaisés ou accrochés au tableau par des fils. Je repoussai ma chaise et longeai lentement la table en m'efforçant d'enregistrer l'ensemble des éléments.

Derrière moi, Devin déclara :

– On a interrogé toutes les personnes qu'on savait impliquées dans ces affaires, Patrick. Plus tous ceux qui connaissaient Stimovich et la dernière proie du tueur, Pamela Stokes. Sans aucun résultat.

Il y avait plusieurs clichés de chaque victime ; deux les montraient en vie, les autres les montraient mortes. Pamela Stokes semblait avoir la trentaine. Sur une des photos, on la voyait en train de plisser les yeux face au soleil, la main sur le front, un sourire radieux illuminant un visage par ailleurs quelconque.

– On a quelque chose sur cette fille ?

– Vendeuse chez Anne Klein, répondit Oscar. Vue pour la dernière fois avant-hier soir à la sortie du Mercury Bar, dans Bolston Street.

– Seule ? demandai-je.

Devin fit non de la tête.

– Avec un type portant une casquette de baseball, des lunettes de soleil et un bouc.

– Il entre dans un bar avec des lunettes de soleil, et personne ne s'étonne ?

– T'as jamais mis les pieds au Mercury ? lança Oscar. C'est bourré de petits snobinards *très chics* [1] qui se la jouent branchés. Ils gardent tous leurs lunettes de soleil à l'intérieur.

– Alors, c'est notre tueur, dis-je en pointant le doigt vers la photo de Jason en compagnie du type au bouc.

– Un des tueurs, plutôt, rectifia Oscar.

– D'après toi, ils sont deux ?

– On est partis de cette hypothèse, oui. Jason a été tué par deux hommes, ça ne fait pas l'ombre d'un doute.

– Comment vous pouvez en être sûrs ?

– En se débattant, il les a griffés, expliqua Devin. On a identifié deux groupes sanguins différents sous ses ongles.

– Est-ce que tous les proches des victimes ont reçu des photos d'elles avant leur mort ?

– Oui, affirma Oscar. C'est peut-être la seule caractéristique d'une façon d'opérer. Trois des quatre victimes ont été assassinées dans des endroits différents de celui où leur corps a été retrouvé. Kara Rider a fini à Dorchester, Stimovich à Squantum, et les restes de Pamela Stokes dans une Lincoln.

Sous la série de photos des victimes récente, il y en avait une autre, avec une légende précisant : « Victimes. 1974. » Le visage juvénile de Cal Morrison, l'air légèrement insolent, semblait me regarder, et bien que je n'aie pas pensé à lui jusqu'à cette soirée dans le bar de Gerry, j'eus soudain l'impression de sentir l'odeur du shampooing au Piña Colada qui lui imprégnait les cheveux, et de nous entendre le charrier à ce sujet.

---

1. En français dans le texte.

– On a cherché des similitudes entre les victimes ?
– Oui, répondit Bolton.
– Et ?
– On en a repéré deux. La mère de Kara Rider et le père de Jason Warren ont passé leur enfance à Dorchester.
– Et l'autre ?
– Kara Rider et Pam Stokes portaient le même parfum.
– Lequel ?
– D'après les analyses du labo, Halston pour femmes.
– Les analyses du labo, répétai-je en observant les portraits de Jack Rouse, Stan Timpson, Freddy Constantine, Diandra Warren, et Diedre Rider.
Chacun apparaissait sur deux photos, l'une actuelle, l'autre datant d'au moins vingt ans.
– Vous avez une idée du mobile ?
Je regardai Oscar, qui détourna les yeux, puis Devin, qui renvoya la balle à Bolton.
– Agent Bolton ? Vous avez découvert quelque chose ?
– Ça concerne la mère de Jason Warren, dit-il enfin.
– Oui ?
– On a eu recours à ses services d'expert en psychologie dans plusieurs affaires criminelles.
– Et alors ?
– Alors, poursuivit-il, le profil psychologique d'Alec Hardiman qu'elle a fourni pendant l'audience a réduit à néant un système de défense appuyé sur les troubles neuropsychologiques du prévenu. C'est à cause de Diandra Warren, monsieur Kenzie, qu'Alec Hardiman s'est fait coffrer.

L'unité de commandement mobile dont disposait Bolton était un camping-car noir aux vitres teintées.

Il nous attendait, moteur au ralenti, quand on déboucha dans New Sudbury Street.

À l'intérieur, deux agents, Erdham et Fields, étaient assis devant une station de travail informatique grise et noire occupant toute la paroi droite. Sur la table, parmi un entrelacs de câbles électriques, se trouvaient deux ordinateurs, deux faxs, et deux imprimantes laser. Une série de six écrans surplombait les périphériques, une autre lui faisait face le long de la paroi gauche. À l'extrémité du poste de contrôle, j'aperçus des récepteurs et des enregistreurs numériques, un magnétoscope à double lecteur, des cassettes audio et vidéo, des disquettes et des CD.

Une petite table et trois chaises étaient vissées à la paroi gauche. Quand le véhicule démarra pour s'insérer dans la circulation, je m'affalai sur un siège et posai la main sur un petit frigo.

– Vous emportez vraiment tout ça quand vous partez faire du camping ? m'enquis-je.

Bolton ne releva pas.

– Agent Erdham, dit-il, vous avez le permis de visite ?

Erdham lui tendit un papier que Bolton glissa dans la poche intérieure de sa veste avant de s'asseoir à côté de moi.

– Monsieur Kenzie, vous allez rencontrer Hardiman en présence de Lief, le directeur de la prison, et du Dr Dolquist, le psychologue en chef de l'établissement. Comme ils vous brieferont sur Hardiman, je n'ai pas grand-chose à dire, sinon que vous ne devez à aucun moment relâcher votre vigilance, même s'il vous paraît charmant. On le soupçonne d'avoir commis trois meurtres derrière les barreaux, mais il n'y a pas un détenu parmi toute la population de ce pénitencier à sécurité maximale pour apporter la preuve de sa culpabilité. Ces types-là sont des meurtriers multirécidivistes, des incendiaires ou des violeurs, et ils ont une trouille bleue d'Alec Hardiman. Vous saisissez le tableau ?

J'opinai.

– La pièce où aura lieu la rencontre est truffée de micros. Ce poste de travail nous garantit un accès audio et vidéo. On vous surveillera en permanence. Hardiman aura les chevilles enchaînées, et au moins un poignet menotté. Mais allez-y doucement.

– Hardiman vous a donné l'autorisation, pour les enregistrements vidéo et audio ?

– Pour la vidéo, il n'a pas son mot à dire. Seule la partie audio empiète sur ses droits.

– Mais il vous a donné l'autorisation ?

– Non.

– Et vous allez le faire quand même.

– Oui. Je n'ai pas l'intention de m'en servir devant un tribunal, mais je pourrai m'y référer de temps en temps à mesure que l'enquête progresse. Ça vous pose un problème ?

– Pas le moindre.

Le camping-car nous secoua de nouveau en bifurquant après Haymarket pour s'engager sur la 93 et, le dos calé contre le dossier de ma chaise, je regardai par la vitre en me demandant bien dans quelle galère je m'étais embarqué.

Le Dr Dolquist était un homme petit, mais bâti en force, qui n'avait soutenu mon regard que quelques secondes avant de le fixer ailleurs.

Lief, le directeur, était grand, avec un crâne noir rasé de si près qu'il brillait.

Je restai plusieurs minutes seul avec Dolquist dans le bureau de Lief, pendant que celui-ci s'entretenait avec Bolton pour mettre au point les détails de la surveillance. Dolquist s'absorba dans la contemplation d'une photo de Lief entouré de deux copains qui brandissaient fièrement un marlin près d'une maisonnette en stuc sous le soleil éclatant de la Floride ; de mon côté, j'attendais que le silence devienne moins embarrassant.

– Vous êtes marié, monsieur Kenzie ? me demanda-t-il enfin sans se détourner du cliché.

– Divorcé. Depuis une éternité.

– Des enfants ?

– Non. Et vous ?

Il hocha la tête.

– Deux. Ça aide.

– À quoi faire ?

De la main, il indiqua les murs.

– À supporter cet endroit. Ça aide de savoir qu'on va retrouver ses enfants le soir à la maison, qu'on va sentir leur bonne odeur propre.

Dolquist me regarda, puis baissa de nouveau les yeux.

– Je n'en doute pas, docteur.

– Votre métier doit vous mettre vous aussi en contact avec les forces négatives à l'œuvre dans la nature humaine, non ?

– Tout dépend des affaires.

– Depuis combien de temps exercez-vous cette profession ?

– Presque dix ans.

– Vous avez dû débuter très jeune.

– Exact.

– Vous pensez y consacrer votre vie ?

Encore un rapide coup d'œil qui ne fit que survoler mon visage.

– Je ne sais pas, répondis-je. Et vous, docteur ? Vous avez trouvé votre voie ?

– Je crois, oui, répondit-il avec une lenteur extrême. Je crois, répéta-t-il d'un ton lugubre.

– Parlez-moi de Hardiman.

– À vrai dire, Alec est... une énigme. Il a reçu une bonne éducation, n'a pas subi de mauvais traitements ni de choc dans son enfance et, même adolescent, il ne manifestait aucun signe d'un quelconque dysfonctionnement mental. À notre connaissance, il n'a jamais torturé les animaux, nourri d'obsessions morbides, ou affiché un comportement anormal. C'était un élève brillant, et même assez populaire. Jusqu'au jour où...

– Oui ?

– À vrai dire, on ignore ce qui est arrivé. Des incidents se sont produits quand il avait environ seize ans. Plusieurs filles du voisinage ont raconté qu'il s'était exhibé devant elles. On a retrouvé des chats étranglés et pendus aux lignes téléphoniques près de chez lui. Il a eu des accès de violence en classe. Et puis, plus rien. À dix-sept ans, il a fait machine arrière, et recouvré une apparence de normalité. Sans ce drame avec Rugglestone, qui sait pendant combien de temps ils auraient poursuivi leurs tueries.

– Il s'est *forcément* passé quelque chose.

Le psychologue fit non de la tête.

– Je travaille avec lui depuis près de deux décennies, monsieur Kenzie, et je n'ai rien décelé. Encore aujourd'hui, Alec Hardiman a toutes les apparences d'un homme poli, sensé, parfaitement inoffensif.

– Mais ce n'est pas le cas...

Dolquist partit d'un rire bref qui claqua comme une détonation dans la petite pièce.

– C'est l'homme le plus dangereux que j'aie jamais rencontré, vous voulez dire. (Il prit un porte-plume sur le bureau de Lief, lui accorda un regard distrait, le reposa.) Alec est séropositif depuis trois ans. (Cette fois, quand son regard accrocha le mien, il ne le lâcha plus.) Récemment, le Sida s'est déclaré, et son état a empiré. Il va mourir, monsieur Kenzie.

– À votre avis, c'est pour cette raison qu'il m'a fait venir ici ? Pour une confession sur son lit de mort ? Il s'est découvert une morale, tout d'un coup ?

– Sûrement pas. Alec n'a aucune morale. Après le diagnostic de sa maladie, on l'a isolé du reste de la population. Mais je pense qu'il se savait atteint depuis déjà un bon moment. Au cours des deux mois précédant les tests, il a violé au moins dix détenus. Au moins dix, monsieur Kenzie. Et j'ai l'intime conviction qu'il ne l'a pas fait pour assouvir ses pulsions sexuelles, mais plutôt ses pulsions meurtrières.

À cet instant, le directeur passa la tête dans l'entrebâillement de la porte.

– C'est l'heure d'entrer en scène.

Il me tendit une paire de gants étroits en toile, puis Dolquist et lui enfilèrent les leurs.

– N'approchez pas vos mains de sa bouche, me recommanda Dolquist, les yeux fixés sur le sol.

Nous quittâmes le bureau, et aucun de nous ne prononça une parole pendant la longue traversée du quartier étrangement silencieux jusqu'à la cellule où nous attendait Alec Hardiman.

22

Alec Hardiman avait quarante et un ans, mais il en paraissait quinze de moins. Ses cheveux blond pâle étaient plaqués sur son front comme ceux d'un gamin de l'école primaire. Il portait de petites lunettes rectangulaires – des lunettes de grand-mère –, et s'exprimait d'une voix à la légèreté aérienne.

– Salut, Patrick ! lança-t-il en me voyant entrer dans la pièce. Content que t'aies pu venir.

Après s'être assis à une petite table de métal boulonnée au sol, il passa ses fines mains menottées dans les deux trous du plateau réservés à cet effet ; il avait aussi les pieds enchaînés. Lorsqu'il leva les yeux vers moi, ses verres de lunette me renvoyèrent la lumière blanche des néons.

Je m'installai en face de lui.

– J'ai cru comprendre que vous pourriez m'aider, monsieur Hardiman.

– Ah bon ?

Il s'adossa à sa chaise, donnant l'impression d'un homme parfaitement à l'aise dans un environnement familier. Les lésions sur son visage et son cou semblaient irritées, à vif, couvertes d'un voile luisant. Au fond de leurs orbites creuses pareilles à des cavernes profondes, ses yeux paraissaient rayonner.

– Oui. Vous avez bien demandé à me parler, n'est-ce pas ?

– Absolument, dit-il alors que Dolquist s'appropriait le siège voisin du mien, et que Lief s'appuyait contre le mur, l'air impassible, la main sur sa matraque. Ça fait même bien longtemps que je voulais te rencontrer, Patrick.

– Pourquoi ?

– Tu m'intéresses.

– On vous a envoyé en prison alors que je n'étais encore qu'un gosse, monsieur Hardiman, et...

– Je t'en prie, appelle-moi Alec.

– D'accord, Alec. Bref, je ne m'explique pas cet intérêt.

Il inclina la tête de façon à ce que ses lunettes, qui lui glissaient le long du nez, se remettent en place.

– De l'eau ?

– Pardon ? fis-je.

De la tête, il indiqua un pichet et quatre gobelets en plastique posés à sa gauche sur la table.

– Tu veux de l'eau ?

– Non, merci.

– Un bonbon, alors ?

Un doux sourire jouait sur ses lèvres.

– Quoi ?

– Tu aimes ton boulot, Patrick ?

Je jetai un coup d'œil à Dolquist. Tout le monde paraissait obsédé par des considérations professionnelles, derrière ces murs.

– Ça permet de payer les factures.

– Mais il y a beaucoup plus en jeu, n'est-ce pas ?

En guise de réponse, je haussai les épaules.

– Tu t'imagines faire encore la même chose à cinquante-cinq ans ? s'enquit-il.

– Je ne suis même pas certain de tenir jusqu'à trente-cinq ans, monsieur Hardiman.

– Alec.

– Alec, rectifiai-je.

Il hocha la tête à la manière d'un prêtre dans un confessionnal.

– Tu as d'autres options ?

Je soupirai.

– Nous ne sommes pas là pour discuter de mon avenir, Alec.

– Peut-être, mais rien ne nous en empêche, Patrick, pas vrai ? (Lorsqu'il haussa les sourcils, une expression d'innocence adoucit son visage squelettique.) Je m'intéresse à toi, tu sais. Alors, fais-moi plaisir, s'il te plaît. Réponds-moi.

Lief, que j'interrogeais du regard, se contenta de hausser ses larges épaules.

– Je vais peut-être devenir prof.

– Sérieux ?

– Oui, pourquoi ?

– Les grandes agences, ça ne te tente pas ? J'ai entendu dire qu'elles payaient bien.

– Certaines, oui.

– Elles offrent aussi un intéressement, une protection sociale, et tout ce qui s'ensuit.

– Exact.

– Tu a déjà envisagé cette solution, Patrick ?

Pour une raison qui m'échappait encore, je n'aimais pas du tout la manière dont il prononçait mon nom.

– J'y ai déjà pensé.

– Mais tu préfères ton indépendance.

– Quelque chose dans ce goût-là. (Je me servis un verre d'eau, et les yeux brillants de Hardiman s'attardèrent sur mes lèvres pendant que je buvais.) Alec, poursuivis-je, que pouvez-vous nous dire sur...

– Tu as entendu parler de la parabole des trois talents ?

Je hochai la tête.

– Ceux qui accumulent les richesses ou refusent de se servir de leurs dons n'ont « ni chaud ni froid » et seront vomis par la bouche de Dieu.

– Je connais l'histoire, Alec.
– Et ? (Il s'appuya contre le dossier de sa chaise et tourna les paumes vers le ciel.) Un homme qui ignore sa voie n'a ni chaud ni froid.
– Et s'il n'est pas sûr d'avoir trouvé sa voie ?
Hardiman haussa les épaules.
– Alec ? Est-ce qu'on pourrait revenir sur...
– À mon avis, tu as reçu le don de la colère, Patrick. J'en suis même sûr. Je l'ai décelé en toi.
– Quand ?
– Tu as déjà été amoureux ? demanda-t-il soudain en se penchant en avant.
– Quel rapport avec...
– Alors ?
– Oui, avouai-je.
– Et en ce moment, tu l'es ?
Il plissa les yeux pour mieux scruter mes traits.
– Qu'est-ce que ça peut vous faire, Alec ?
– Moi, je n'ai jamais été amoureux. Je n'ai jamais été amoureux, je ne me suis jamais promené sur une plage en tenant une femme par la main, en parlant de... oh, de petits soucis domestiques – à qui le tour de faire la cuisine ce soir-là, ou la vaisselle, est-ce qu'il ne faudrait pas appeler le réparateur pour la machine à laver... Je n'ai jamais connu ça, et quelquefois, quand je suis seul, en pleine nuit, ça me fait pleurer. (Il se mordilla la lèvre inférieure.) Mais tout le monde rêve d'une existence différente, je présume. Encore plus ici, où on aimerait tous mener mille existences différentes. Mais c'est impossible, n'est-ce pas ?
– Impossible, en effet.
– Je t'ai interrogé sur tes objectifs professionnels, Patrick, parce que je sens en toi un homme d'influence. Tu me suis ?
– Non.
Cette réponse lui arracha un sourire peiné.

– La plupart des hommes et des femmes passent sur cette terre sans se distinguer. Leur vie n'est que désespoir tranquille, ce genre de chose. Ils naissent, ils font leur temps, marqué par des passions, des amours, des rêves et des chagrins, et ensuite, ils disparaissent. C'est à peine si on s'en aperçoit. Tu vois, Patrick, il y a des millions de gens comme ça – des dizaines de millions, même – qui ont traversé l'histoire sans l'influencer en aucune façon, qui auraient pu tout aussi bien ne pas naître.

– Ces personnes dont vous parlez ne seraient peut-être pas d'accord.

– Oh, je m'en doute. (Cette fois, il se fendit d'un large sourire, puis se pencha de nouveau, comme pour me confier un secret.) Encore faudrait-il qu'il y ait quelqu'un pour leur prêter attention...

– Écoutez, Alec, j'ai juste besoin de savoir pourquoi...

– Tu as le potentiel d'un homme d'influence, Patrick. On pourrait se souvenir de toi bien après ta mort. Pense à la satisfaction d'avoir accompli un tel exploit, surtout dans une culture comme la nôtre, où tout est jetable. Penses-y.

– Et si je n'avais aucune envie d'être « un homme d'influence » ?

Le reflet du néon masqua momentanément ses yeux.

– Tu n'as peut-être pas le choix, Patrick. Tu seras peut-être bien forcé d'en devenir un, que ça te plaise ou non.

– Forcé ? Par qui ?

Il sourit.

– Le Père, le Fils et le Saint-Esprit.

– Bien sûr.

– Et toi, Alec, est-ce que tu es un homme d'influence ? intervint Dolquist.

D'un même mouvement, nous pivotâmes vers lui.

– Alors ? insista Dolquist.

Alec Hardiman tourna la tête vers moi, et ses lunettes glissèrent jusqu'au milieu de son nez. Derrière les verres, ses yeux avaient la couleur vert pâle de certains hauts-fonds aux Caraïbes.

– Tu voudras bien excuser le Dr Dolquist pour cette interruption, Patrick. Il est un peu à cran en ce moment, à cause de sa femme.

– Ma femme ? répéta Dolquist.

– L'épouse du Dr Dolquist, Judith, l'a déjà quitté une fois pour un autre, précisa Hardiman. Tu le savais, Patrick ?

Dolquist arracha une petite peluche sur son pantalon avant de s'absorber dans la contemplation de ses chaussures.

– Et puis, elle est revenue, et il l'a reprise. Oh, je suis certain qu'il y a eu des larmes, des suppliques, quelques piques de la part de ce cher docteur. Mais bon, ce ne sont que des suppositions. Cette triste affaire remonte à trois ans déjà, n'est-ce pas, docteur ?

Les deux hommes s'affrontèrent du regard. Si les yeux de Dolquist ne trahissaient rien, son souffle s'était cependant légèrement accéléré, et sa main droite continuait de tripoter la jambe de son pantalon.

– Je tiens de source sûre, fit Hardiman, que le deuxième et le quatrième mercredi de chaque mois, la reine Judith de ce bon Dr Dolquist ici présent laisse deux anciens détenus de cette institution la pénétrer par tous les orifices dans une chambre du Red Roof Inn sur la nationale 1, à Saugus. Je me demande ce qu'il en pense.

– Ça suffit, Hardiman, ordonna Lief.

Dolquist observait un point au-dessus de la tête du prisonnier. Quand il prit la parole, sa voix ne tremblait pas, mais une tache rouge vif s'étalait sur sa nuque.

– Réserve tes petits jeux pour plus tard, Alec. Aujourd'hui...

– Ce ne sont pas des petits jeux.

– ... M. Kenzie est venu sur ta requête, et...

– Le deuxième et le quatrième mercredi, répéta Hardiman, entre deux heures et quatre heures de l'après-midi, au Red Roof Inn. Chambre 217.

– Le but de cette rencontre..., poursuivit Dolquist.

Hardiman agita vers lui une main dédaigneuse, puis reporta toute son attention sur moi. Je voyais mon image dans la lumière crue des néons reflétée par la moitié supérieure de ses verres, et ses prunelles vertes juste en dessous de mes traits mouvants. Quand il se pencha de nouveau, je dus résister à l'envie de me rejeter en arrière, car je percevais soudain sa chaleur, et la puanteur fauve, stagnante, d'une conscience putréfiée.

– Alec ? Qu'est-ce que vous savez sur les meurtres de Kara Rider, Peter Stimovich, Jason Warren et Pamela Stokes ? demandai-je.

Il soupira.

– Quand j'étais gosse, je me suis fait attaquer par un essaim d'abeilles. Je marchais au bord d'un lac, et je ne sais pas d'où elles venaient, mais tout d'un coup, ç'a été comme un mirage, elles m'ont entouré, et je me suis retrouvé enveloppé par cet immense nuage noir et jaune. Je distinguais à peine mes parents, et quelques voisins qui se précipitaient vers moi, et j'avais envie de leur crier que tout allait bien. Parfaitement bien. Et puis, elles ont commencé à me piquer. Des milliers d'aiguilles se sont enfoncées dans ma chair pour aspirer mon sang, et la douleur était si intolérable qu'elle en devenait jouissive. (Il me regarda, une goutte de sueur tomba de son nez pour atterrir sur son menton.) J'avais onze ans, et j'ai eu mon premier orgasme ce jour-là, en maillot de bain, alors qu'une nuée d'abeilles me suçaient le sang.

Les sourcils froncés, Lief s'adossa de nouveau au mur.

– La dernière fois, c'étaient des guêpes, observa Dolquist.

– Non, des abeilles.

– Tu as dit des guêpes, Alec.

– J'ai dit des abeilles, affirma Alec avec douceur avant de se tourner vers moi. Tu as déjà été piqué ?

– Peut-être une fois ou deux quand j'étais petit, je ne m'en souviens pas.

Le silence se prolongea plusieurs minutes entre nous. Alec Hardiman, immobile en face de moi, me considérait avec l'air de se demander à quoi je ressemblerais en petits morceaux dans un plat de porcelaine blanche, et quel couteau ou fourchette choisir parmi toute la ménagère à sa disposition.

Je m'efforçais de soutenir son regard, conscient qu'il refuserait de répondre à toutes mes questions.

Quand il reprit la parole, je ne vis ses lèvres bouger que plus tard, en me remémorant la scène.

– Tu pourrais remonter mes lunettes, Patrick ?

Je consultai Lief des yeux, et il haussa les épaules. Je repoussai les lunettes sur le nez d'Alec, qui renifla sans discrétion la peau nue entre mon gant et le poignet de ma chemise.

Aussitôt, j'ôtai ma main.

– Tu as eu des relations sexuelles ce matin, Patrick ?

Je ne répondis pas.

– Je sens l'odeur du sexe sur ta main.

Lief s'écarta suffisamment du mur pour me permettre de voir son expression menaçante.

– Je veux que tu comprennes quelque chose, reprit Hardiman. Je veux que tu comprennes qu'il y aura inévitablement des choix. Tu feras le bon, ou le mauvais, mais ce sera à toi de décider. Tous ceux que tu aimes ne pourront pas continuer de vivre.

Je tentai de faire revenir la salive dans ma gorge et sur ma langue, que du sable semblait durcir.

– Diandra Warren a perdu son fils parce qu'elle vous avait envoyé derrière les barreaux. Admettons. Et pour les autres victimes, alors ?

Il se mit à fredonner, d'abord trop doucement pour que je reconnaisse la mélodie, puis un peu plus fort. « Send in the Clowns[1]. »

– Les autres victimes, Alec, insistai-je. Pourquoi sont-elles mortes ?

– « Isn't it bliss ? » chantonna-t-il.

– Vous m'avez fait venir ici pour une raison bien précise.

– « Don't you approve... »

– Pourquoi sont-elles mortes, Alec ?

– « One who keeps tearing around... » (Sa voix s'était réduite à un murmure aigu.) « One who can't move... »

– Monsieur Hardiman...

– « So, send in the clowns... »

Je regardai Dolquist, puis Lief.

Hardiman agita un doigt dans ma direction.

– « Don't bother, they're here. »

Et il éclata de rire. D'un gros rire sonore qui résonnait le long de ses cordes vocales, alors qu'il avait la bouche ouverte, de la salive qui moussait au coin des lèvres, et les yeux écarquillés. J'eus soudain l'impression que tout l'air de la cellule allait s'engouffrer dans cette bouche béante, qu'il allait l'aspirer dans ses poumons jusqu'à en emplir son corps tout entier, nous privant de la possibilité de respirer, nous asphyxiant peu à peu.

---

1. Littéralement : « Envoyez les clowns », célèbre chanson écrite par Stephen Sondheim. *(N.d.T.)*

Enfin, il referma la bouche, ses yeux parurent s'éteindre, et il recouvra l'apparence sensée et bonhomme d'un libraire de province.

– Pourquoi m'avoir fait venir, Alec ?

– Tu as fini par dompter cet épi, finalement.

– Quoi ?

Il tourna la tête pour s'adresser à Lief.

– Patrick avait un épi rebelle à l'arrière du crâne. Il se redressait comme un doigt cassé.

Je dus prendre sur moi pour ne pas porter la main à ma tête et tenter d'aplatir cet épi disparu depuis belle lurette. En même temps, j'éprouvai une étrange sensation de faiblesse et de froid au creux de l'estomac.

– Pourquoi moi ? insistai-je. Vous auriez pu vous adresser à un bon millier de policiers, un bon millier de fédéraux aussi, mais...

– Si j'affirmais que mon sang a été empoisonné par le gouvernement, ou que des ondes alpha en provenance d'autres galaxies altéraient mes facultés, ou encore que ma mère m'avait sodomisé de force, qu'est-ce que tu me répondrais ?

– Je ne saurais pas quoi dire.

– Non, tu ne saurais pas. Parce que tu ne sais rien, et qu'aucune de ces affirmations n'est vraie, et que même si elles l'étaient, ce serait complètement hors de propos. Et si je te racontais que j'étais Dieu ?

– Lequel ?

– Le seul.

– Je me demanderais comment Dieu a fait pour Se retrouver en taule et pourquoi Il n'accomplit pas un petit miracle pour sortir Ses fesses de là.

Il sourit.

– Excellent. Du baratin, bien sûr, mais tu es un baratineur de nature.

– Et la vôtre, c'est quoi ?

– Ma nature, tu veux dire ?

J'opinai.

Il s'adressa à Lief.

– Vous avez mis du poulet rôti au menu, cette semaine ?

– Vendredi, répondit le directeur.

Hardiman hocha la tête.

– Parfait. J'aime beaucoup le poulet rôti. Mon cher Patrick, ce fut un plaisir de te rencontrer. N'hésite pas à revenir me voir, surtout.

Lief me regarda et haussa les épaules.

– Fin de l'entretien.

– Attendez, dis-je.

Hardiman éclata de rire.

– Fin de l'entretien, Patrick.

Dolquist se leva. Quelques instants plus tard, je l'imitai.

– Oh, docteur Dolquist, lança Hardiman, n'oubliez pas de dire bonjour à la reine Judith de ma part.

Le psychologue se dirigea vers la grille de la cellule.

Je fis de même, et en voyant les barreaux, j'eus l'impression qu'ils allaient me retenir, m'empêcher de rejoindre le monde extérieur, me bloquer ici pour toujours avec Hardiman.

Lief s'en approcha, une clé à la main. En cet instant, nous tournions tous le dos à Hardiman.

– Ton père était une abeille, me glissa-t-il à l'oreille.

Je fis volte-face ; Hardiman me contemplait d'un air impavide.

– Il était quoi ?

Hardiman hocha la tête, ferma les yeux et se mit à tambouriner sur la table du bout des doigts. Quand il reprit la parole, sa voix parut jaillir de tous les coins de la pièce, du plafond, et même des barreaux – partout sauf de sa bouche :

– J’ai dit, « Éviscère-les, Patrick. Tue-les tous. »

Il pinça les lèvres, et nous attendîmes la suite, mais en vain. Une bonne minute s’écoula ainsi, dans un silence total, sans que le plus léger frémissement parcoure sa peau pâle tendue sur ses os.

Au moment où, une fois les portes ouvertes, nous nous engagions dans le couloir du Quartier C, passant devant les deux gardes postés en sentinelles devant la cellule, Alec entonna « Éviscère-les, Patrick. Tue-les tous » d’une voix légère, mais également riche et mélodieuse, comme s’il interprétait une aria.

– Éviscère-les, Patrick.

Les mots résonnèrent dans le corridor tel un chant d’oiseau.

– Tue-les tous.

23

Lief nous guida à travers un véritable dédale de couloirs réservés aux équipes d'entretien, dont les murs épais assourdissaient les bruits de la prison. S'y mêlaient des odeurs d'antiseptiques et de solvants industriels, et les sols avaient cette nuance jaunâtre caractéristique des institutions d'État.

– Il a un véritable fan club, vous savez, déclara Lief.

– Qui ça ?

– Hardiman. Étudiants en criminologie, en droit, femmes d'âge mûr un peu trop seules, deux ou trois travailleurs sociaux, des cathos purs et durs... Sans compter des correspondants convaincus de son innocence.

– Vous vous foutez de ma gueule.

Avec un sourire, Lief secoua la tête.

– Oh, non. Il y a un truc qu'Alec adore faire : les inviter à lui rendre visite, à voir Sa Seigneurie en chair et en os, quelque chose dans ce goût-là. Le comble, c'est que parmi ces gens, certains sont pauvres comme Job ; ils dépensent les économies de toute une vie rien que pour se payer le voyage. Et après, devinez un peu comment réagit Alec...

– Il se paie leur tête ?

– Il refuse de les recevoir, répondit Dolquist. Chaque fois, c'est la même chose.

– Exact, fit Lief.

Il pressa plusieurs touches sur un clavier près de la porte qui s'ouvrit avec un léger déclic.

– De sa cellule, il les regarde par la fenêtre remonter la longue allée jusqu'à leur voiture, déroutés, humiliés et solitaires, et il se branle.

– Ça vous donne une idée du personnage, ajouta Dolquist en débouchant à la lumière, près de l'entrée principale.

– C'était quoi, cette remarque à propos de votre père ? demanda Lief.

Nous avions quitté la prison et nous dirigions maintenant vers le camping-car de Bolton garé au milieu de l'allée de gravier.

– Aucune idée, répondis-je. Pour autant que je le sache, Hardiman ne le connaissait pas.

– Il voudrait vous faire croire le contraire, apparemment, répliqua Dolquist.

– Et cette connerie à propos de votre épi ? reprit Lief. Ou il vous a déjà rencontré, monsieur Kenzie, ou il a de sacrés dons de devin.

Les gravillons crissaient sous nos pieds tandis que nous approchions du véhicule.

– Je n'avais jamais vu ce type, déclarai-je.

– Il faut dire qu'Alec est particulièrement doué pour semer la merde dans la tête des gens. Quand on m'a annoncé votre arrivée, j'ai récupéré ça. (Il me tendit une feuille de papier.) Nous avons intercepté ce mot alors qu'Alec tentait de le faire envoyer par un de ses messagers à un gosse de dix-neuf ans qu'il avait violé en se sachant séropositif.

Je dépliai le document :

La mort dans mon sang,
Je te l'ai offerte.

Au fond de ma tombe,
Je t'attendrai.

Je me débarrassai de la lettre comme si elle me brûlait les doigts.

– Il voulait flanquer une frousse de tous les diables à ce gamin, même après sa disparition, poursuivit le directeur. C'est tout Alec, ça. Vous ne l'aviez peut-être jamais vu, monsieur Kenzie, mais n'oubliez pas : il vous a réclamé. Vous, et personne d'autre.

Je hochai la tête.

– Vous avez encore besoin de moi ? demanda Dolquist d'un ton hésitant.

D'un geste, Lief lui signifia que non.

– Faites-moi un rapport, apportez-le à mon bureau demain matin, et ça ira comme ça, Ron.

Dolquist s'immobilisa devant le camping-car et me serra la main.

– Heureux de vous avoir rencontré, monsieur Kenzie. J'espère que les choses finiront par s'arranger.

– Moi aussi.

Il m'adressa un bref salut de la tête, mais en évitant mon regard, puis adressa un salut semblable à Lief avant de se détourner.

Lief le gratifia alors d'une bourrade dans le dos – un geste maladroit, sans doute inédit.

– Prenez soin de vous, Ron.

Sous nos yeux, le petit psychologue musclé suivit l'allée sur quelques mètres, puis tourna brusquement à gauche et coupa à travers la pelouse pour rejoindre le parking.

– Il est un peu bizarre, admit Lief, mais c'est un brave type.

Le mur de la prison projetait sur l'herbe une ombre imposante qui la rendait presque noire, et

Dolquist paraissait s'en méfier. Il la longeait en mettant un tel soin à rester au soleil qu'il donnait l'impression de redouter un écart sur la gauche, au risque d'être englouti par la zone obscure.

– À votre avis, où il va ? demandai-je.

– Voir sa femme, répondit Lief avant de cracher sur le gravier.

– Vous croyez que Hardiman a dit la vérité ?

Il haussa les épaules.

– Allez savoir... En tout cas, les détails étaient on ne peut plus précis. Si c'était votre femme, et qu'elle vous avait déjà trompé, vous n'auriez pas envie de vérifier ?

Désormais réduit à l'état de silhouette minuscule, Dolquist atteignit la lisière de la pelouse, et contourna l'ombre de la prison pour s'engager dans le parking, où on le perdit de vue.

– Pauvre couillon, murmurai-je.

De nouveau, Lief cracha.

– Priez pour que Hardiman ne vous taille pas le même costard, un de ces jours.

Une brusque rafale cinglante s'éleva de la zone sombre sous le mur, me contractant les épaules au moment où j'ouvrais la porte arrière du camping-car.

– Remarquable technique d'interrogatoire, monsieur Kenzie, lança Bolton. Z'avez suivi des cours, peut-être ?

– J'ai fait de mon mieux, protestai-je.

– Vous avez été nul à chier. Incapable d'obtenir la moindre info sur cette série de meurtres.

– Tant pis, c'est comme ça.

J'observai l'intérieur du véhicule. Erdham et Fields étaient assis devant l'étroite table métallique. Au-dessus, cinq moniteurs diffusaient des enregistrements de notre entretien avec Hardiman, et le sixième montrait Alec en temps réel, toujours tel que nous l'avions laissé : les yeux clos, la tête rejetée en arrière, les lèvres pincées.

À côté de moi, Lief examinait la seconde série de moniteurs le long de la paroi opposée, sur laquelle défilait une succession de photos de prisonniers, au rythme de six visages patibulaires toutes les deux minutes. En voyant les doigts d'Erdham s'activer sur un clavier d'ordinateur, je compris qu'il fouillait dans les dossiers de chaque détenu incarcéré à Walpole.

– Vous avez une autorisation ? demanda Lief.

Une expression de lassitude se peignit sur les traits de Bolton.

– Un magistrat fédéral nous l'a délivrée à cinq heures ce matin, répondit-il en tendant une ordonnance à Lief. Allez-y, vérifiez.

Je levai les yeux vers les moniteurs en surplomb au moment où une nouvelle série de clichés se matérialisait sur les écrans. Pendant que Lief lisait le document avec une lenteur extrême, suivant chaque ligne de son index, j'étudiais les traits des six taulards jusqu'au moment où six autres leur succédèrent : deux figures noires, deux blanches, une cinquième ornée de tant de tatouages qu'elle aurait pu tout aussi bien être verte pour ce que j'en voyais, et une sixième qui ressemblait à celle d'un jeune Hispano-Américain – sauf qu'il arborait une crinière neigeuse.

– Stop, dis-je.

Erdham me jeta un coup d'œil par-dessus son épaule.

– Quoi ?

– Faites un arrêt sur ces visages, précisai-je. C'est possible ?

Il ôta ses mains du clavier.

– Ça y est. (Il se tourna vers Bolton.) Aucun recoupement jusque-là, monsieur.

– Un recoupement entre quoi et quoi ? m'enquis-je.

– Entre les dossiers des détenus et tous les registres de la prison, même les plus mineurs, histoire de vérifier s'il n'y a pas un élément qui permettrait d'établir un rapport avec Alec Hardiman. On a presque terminé la liste des « A ».

– Les deux premiers sont hors du coup, déclara Erdham. Pas la moindre allusion à un incident mêlant Hardiman.

Lief scruta à son tour les moniteurs.

– Regardez le sixième, fit-il.

Je m'approchai de lui.

– Qui est-ce ? demandai-je.

– Vous l'avez déjà vu ?

– Je ne sais pas, répondis-je. Sa tête me dit quelque chose.

– Vous vous souviendriez de ses cheveux.

– Sûrement, oui.

– Evandro Arujo, annonça Erdham. RAS côté quartier cellulaire, RAS côté atelier, RAS côté promenade, RAS côté...

– Votre bécane, y a pas mal de trucs qu'elle ignore, objecta Lief.

– ... condamnation. Je vais consulter les comptes rendus d'incidents.

Je reportai mon attention sur le visage à l'écran. Lisse, délicat, il me rappelait le visage d'une jolie fille. Les cheveux blancs formaient un contraste saisissant avec les grands yeux en amande et la peau ambrée. Les lèvres charnues, boudeuses, avaient aussi quelque chose de féminin, de même que les longs cils noirs.

– Premier incident majeur : le détenu Arujo prétend avoir été violé en salle d'hydrothérapie le 6 août 1987. Il refuse de dénoncer ses assaillants, et demande la mise en isolement. Requête refusée.

Du regard, j'interrogeai Lief.

– Je n'étais pas encore là à cette époque, souligna-t-il.

– On l'avait coffré pourquoi ?

– Vol de voiture. Premier délit.

– On l'a envoyé à Walpole pour ça ? m'étonnai-je.

Bolton se tenait maintenant à côté de nous, environné d'une odeur de Tic-Tac.

– En général, le vol de voiture ne justifie pas une incarcération dans un pénitencier à sécurité maximale, dit-il.

– Allez raconter ça au juge, répliqua Lief. Et au flic dont Evandro a bousillé la bagnole, qui se trouvait être un copain de bar dudit juge.

– Deuxième incident majeur : soupçonné d'agression en mars 88. Pas d'autres informations.

– Ça signifie qu'il a lui aussi violé quelqu'un, révéla le directeur de Walpole.

– Troisième incident majeur : arrêté et jugé pour homicide. Condamné en juin 89.

– Bienvenue dans le monde merveilleux d'Evandro, commenta Lief.

– Faites-moi une sortie papier, ordonna Bolton.

L'imprimante laser émit un léger chuintement, et le premier document à paraître fut cette même photo que nous regardions tous.

Bolton s'en empara, puis se tourna vers Lief.

– Ce détenu a été en contact avec Hardiman ?

Lief hocha la tête.

– Mais vous ne trouverez pas ça dans les rapports.

– Pourquoi ?

– Parce qu'il y a ce qu'on sait preuve à l'appui, et ce qu'on se contente de savoir. Evandro jouait les putes pour Hardiman. Quand il est arrivé ici, c'était un gosse pas trop pourri qui avait pris neuf mois pour vol de voiture ; quand il est sorti, au bout de neuf ans et demi, c'était un foutu monstre.

– Et pour ses cheveux ? demandai-je. À quoi c'est dû ?

– Au choc, expliqua Lief. Après le viol collectif qu'il a subi, on l'a retrouvé par terre, pissant le sang par tous les orifices, les cheveux devenus blancs d'un coup. À sa sortie de l'infirmerie, vu que l'ancien directeur n'aimait pas les latinos, il a été renvoyé avec les autres. Quand j'ai repris le poste, Arujo avait été acheté et vendu un bon millier de fois avant de finir maqué avec Hardiman.

– Il a été libéré quand ? interrogea Bolton.

– Il y a six mois.

– Faites défiler toutes les photos de lui, et imprimez-les.

Les doigts d'Erdham pianotèrent de nouveau sur le clavier, et soudain, cinq portraits différents d'Evandro Arujo s'affichèrent sur les moniteurs.

Le premier était un cliché d'identité judiciaire pris par la police de Brockton. Arujo avait le visage enflé, la pommette droite apparemment brisée, et ses yeux écarquillés reflétaient la terreur.

– Il avait planté la bagnole, précisa Lief. Sa tête avait rebondi contre le volant.

L'image suivante montrait Arujo le jour de son arrivée à Walpole. Toujours les mêmes yeux immenses et terrifiés, les entailles et les boursouflures en moins. Il avait une masse de cheveux noirs et les mêmes traits féminins, mais ceux-ci étaient encore empreints de douceur, voire d'une certaine rondeur juvénile.

La troisième était celle que j'avais vue au début. Evandro Arujo avait les cheveux blancs, et le regard étrangement altéré, privé de toute émotion, telle une coquille vide.

– Ça, c'est après qu'il a tué Norman Sussex, dit Lief.

Sur la quatrième, il avait perdu beaucoup de poids, et ses traits féminins paraissaient presque grotesques; c'était le visage hâve d'une sorcière au corps de jeune homme. Ses grands yeux brillaient d'un éclat fiévreux, et ses lèvres charnues dessinaient un rictus de mépris.

– Le jour de sa condamnation.

La dernière photo le représentait le jour de sa libération. Il s'était fait des mèches grises, peut-être avec un morceau de charbon, avait repris quelques kilos, et avançait les lèvres en direction du photographe.

– Comment on a pu laisser sortir ce type ? lança Bolton. Il a l'air complètement cinglé.

Je regardai une nouvelle fois le deuxième portrait, celui du jeune Evandro aux cheveux noirs, avec son visage dépourvu d'ecchymoses et ses yeux écarquillés par la peur.

– On l'a reconnu coupable d'homicide involontaire, expliqua Lief. Pas d'assassinat. Ni même de meurtre. Je sais qu'il a lardé Sussex sans motif, mais je n'ai aucune preuve. Et sur le moment, les blessures de Sussex et d'Arujo faisaient penser à une bagarre au couteau, point final. (Il désigna le front d'Arujo sur le cliché le plus récent ; un front barré par une fine ligne blanche.) Vous voyez ça ? C'est la marque d'une lame. Sussex n'était plus là pour nous dire ce qui s'était passé, Arujo a plaidé la légitime défense, affirmé que l'arme appartenait à Sussex, et il a pris huit ans ; le juge avait beau ne pas le croire, il ne pouvait rien prouver non plus. On a un sérieux problème de surpopulation dans nos prisons, au cas où vous ne seriez pas au courant, et Evandro Arujo avait tout du prisonnier modèle. Résultat, une fois sa peine purgée, il a obtenu la libération conditionnelle.

Une nouvelle fois, j'examinai les diverses facettes du personnage d'Evandro Arujo. Blessé. Jeune et terrifié. Brisé et gâché. Décharné et vide. Agressif et dangereux. J'avais la certitude de l'avoir déjà vu, mais impossible de le remettre.

Je songeai à différentes possibilités :

Dans la rue. Dans un bar. Dans un bus. Dans le métro. Au volant d'un taxi. Au club de sports. Au milieu de la foule. Pendant un match. Dans une salle de cinéma. À un concert. Dans...

– Quelqu'un a un crayon ? demandai-je soudain.

– Hein ?

– Un crayon, répétai-je. Noir. Ou un marqueur.

Fields me tendit un stylo feutre, je le lui arrachai presque de la main, retirai de l'imprimante un portrait d'Evandro et me mis aussitôt à gribouiller.

Lief s'approcha pour regarder par-dessus mon épaule.

– Pourquoi vous lui dessinez un bouc, Kenzie ?

Je baissai les yeux vers le visage aperçu au cinéma, ce même visage qui figurait sur la dizaine de photos prises par Angie.

– Pour qu'il ne puisse plus se cacher, répondis-je.

24

Devin nous faxa une copie d'une des photos d'Evandro Arujo prises par Angie, et Erdham l'entra dans son ordinateur.

Nous avancions vers le nord à une lenteur d'escargot, sur une nationale 95 encombrée par un embouteillage, lorsque Bolton dit à Devin :

– Je veux qu'on transmette son signalement à toutes les forces de police.

Et d'aboyer, à l'adresse d'Erdham :

– Trouvez-moi le nom de son agent de probation.

Erdham jeta un coup d'œil à Fields, qui appuya sur un bouton et répondit :

– Sheila Lawn. Elle bosse au Saltonstall Building.

– ... un mètre quatre-vingts, poursuivait Bolton à l'adresse de Devin, quatre-vingt-un kilos, la trentaine, avec pour seul signe distinctif une fine cicatrice sur le haut du front, juste en dessous des cheveux, suite à un coup de couteau... (Il couvrit de sa main le combiné.) Kenzie ? Appelez-la.

Fields me donna le numéro, que je composai sur un autre téléphone au moment où la photo d'Evandro se matérialisait sur l'écran d'Erdham. Aussitôt, celui-ci pressa plusieurs touches afin d'améliorer la qualité de l'image et la couleur.

– Bureau de Sheila Lawn ? dit une voix à l'autre bout de la ligne.
– Madame Lawn, s'il vous plaît.
– C'est elle-même.
– Je m'appelle Patrick Kenzie, madame Lawn. Je suis détective privé, et j'aurais besoin d'informations sur un des ex-détenus dont vous vous occupez.
– Comme ça ?
– Pardon ?
Le camping-car s'inséra dans une file avançant un tout petit peu plus vite que les autres, ce qui nous valut quelques coups de Klaxon furieux.
– Vous n'imaginez quand même pas que je vais révéler des informations au téléphone à un homme qui se prétend détective privé ?
– Eh bien...
Bolton me regardait en même temps qu'il écoutait Devin ; avant que j'aie pu réagir, il m'arracha le téléphone des mains et se mit à parler du coin des lèvres tout en prêtant une oreille à Devin.
– Agent Lawn ? Ici l'agent spécial Barton Bolton, du FBI. J'ai été affecté au bureau de Boston, et mon numéro d'identification est le six-zéro-quatre-un-neuf-deux. Passez un coup de fil pour vérifier, et gardez M. Kenzie en ligne. Ceci est une affaire fédérale, et nous comptons sur votre entière coopération.
Puis il me jeta le téléphone avant de se tourner à nouveau vers Devin.
– Allez-y, lui dit-il, je suis tout ouïe.
– Rebonjour, dis-je à mon interlocutrice.
– Rebonjour. J'ai l'impression de m'être fait taper sur les doigts. Par un certain Barton, rien de moins. Ne quittez pas.
Pendant qu'elle me mettait en attente, je regardai par la vitre et, lorsque le camping-car changea une nouvelle fois de file, je découvris la cause du bou-

chon : une Volvo avait embouti l'arrière d'une Datsun, et on emmenait le propriétaire d'une des voitures vers l'ambulance garée sur la bande d'arrêt d'urgence. Il avait le visage en sang, hérissé d'éclats de verre, et il tenait ses mains devant lui d'une drôle de façon, comme s'il n'était pas certain qu'elles lui appartiennent encore.

L'accident ne bloquait plus la circulation – s'il l'avait jamais bloquée –, mais tout le monde avait ralenti pour se rincer l'œil. À trois véhicules devant nous, un type filmait la scène au caméscope. Un bon moment en perspective avec bobonne et les gosses. Regarde, fiston, les belles entailles faciales...

– Monsieur Kenzie ?

– Oui, je suis toujours là.

– Je viens encore de me faire taper sur les doigts. Cette fois, par le supérieur de l'agent Bolton, qui m'a reproché de gaspiller son temps ô combien précieux avec des considérations aussi insignifiantes que les droits des ex-détenus. Alors, sur lequel de mes enfants de chœur voulez-vous des renseignements ?

– Evandro Arujo.

– Pourquoi ?

– C'est important, je ne peux rien dire de plus.

– O.K. Allez-y.

– Quand l'avez-vous vu pour la dernière fois ?

– Lundi, il y a deux semaines. Evandro est toujours ponctuel. Je vous assure, comparé à la plupart, c'est un modèle du genre.

– Comment ça ?

– Il ne rate jamais un rendez-vous, il n'arrive jamais en retard, il a trouvé du travail quinze jours seulement après sa libération...

– Où ?

– Chez Hartow Kennel, à Swampscott.

– Vous avez l'adresse et le numéro de téléphone de Hartow Kennel ?

Elle me les communiqua, je les inscrivis, puis déchirai la feuille de mon calepin pour la tendre à Bolton qui venait de raccrocher.

– Son patron, Hank Rivers, poursuivit Sheila Lawn, ne jure que par Evandro, et prétend qu'il n'embaucherait que des ex-taulards s'ils étaient tous comme lui.

– Où habite Evandro, agent Lawn ?

– Je préfère « madame. » Il vit à, voyons voir... ah, voilà : au 205, Custer Street.

– Où est-ce ?

– À Brighton.

Autrement dit, à côté de Bryce. Je notai l'adresse, puis la passai à Bolton.

– Il a des ennuis ? s'enquit-elle.

– Oui, répondis-je. Si vous le voyez, madame Lawn, ne vous approchez pas de lui. Appelez tout de suite le numéro que vous a donné l'agent Bolton.

– Et s'il vient ici ? Son prochain rendez-vous est prévu dans moins de deux semaines.

– Il ne s'y présentera pas. Dans le cas contraire, enfermez-vous et demandez de l'aide.

– Vous le soupçonnez d'avoir crucifié cette fille il y a plusieurs semaines, n'est-ce pas ?

– Qu'est-ce qui vous fait supposer ça ?

– Quelque chose qu'il a dit, un jour.

– Quoi, au juste ?

– Je vous le répète, c'est un des cas les plus faciles dont j'aie à m'occuper, et il s'est toujours montré gentil et poli avec moi. La preuve, il m'a même envoyé des fleurs à l'hôpital quand je me suis cassé la jambe. Croyez-moi, monsieur Kenzie, je n'ai rien d'une novice dans ce métier, mais Evandro m'a vraiment fait l'effet de quelqu'un qui n'a aucune envie de replonger.

– Il a dit quoi sur les crucifixions, madame Lawn ?

Bolton et Fields tournèrent la tête vers moi ; même Erdham, généralement plutôt indifférent, observait désormais mon reflet sur son écran LED.

– Un jour, on arrivait à la fin de l'entretien quand il s'est mis à contempler fixement ma poitrine. Au début, j'ai pensé qu'il lorgnait mes seins, et puis tout d'un coup, je me suis rendu compte que c'était mon crucifix qui l'intéressait. D'habitude, je le cache sous mon chemisier, mais il avait glissé cette fois-là, et je ne m'en suis aperçue qu'en remarquant le regard d'Evandro. Un drôle de regard, pas innocent, et même à la limite du malsain, vous voyez le genre ? Quand je lui ai demandé ce qui le fascinait à ce point, il a répliqué : « Qu'est-ce que vous pensez des crucifixions, Sheila Lawn ? » Pas agent Lawn, ou madame Lawn, mais bien *Sheila* Lawn.

– Et vous avez répondu quoi ?

– « Dans quel contexte ? », quelque chose comme ça.

– Et Evandro ?

– Lui, il a répondu : « Un contexte sexuel, évidemment. » C'est ce « évidemment » qui m'a le plus perturbée, parce qu'Evandro semblait trouver tout à fait logique de considérer la crucifixion sous cet angle.

– Vous avez parlé de cette conversation ?

– À qui ? Vous voulez rire ? Je reçois dix hommes par jour, monsieur Kenzie, qui me sortent des trucs bien pires sans enfreindre la loi, et comme mes collègues masculins en entendent autant, je ne peux même pas me plaindre de harcèlement sexuel.

– Madame Lawn, comment en êtes-vous venue à me demander si Evandro avait crucifié quelqu'un, alors que je ne vous ai jamais laissé entendre qu'on le recherchait pour meurtre...

– Vous faites bien équipe avec le FBI, non ? Et vous m'avez conseillé de me cacher au cas où je verrais Evandro.

– Mais s'il a un comportement tellement exemplaire, pourquoi tirer ce genre de conclusion ? Puisqu'il est si gentil, comment pouvez-vous le croire...

– ... capable d'avoir crucifié cette fille ?

– Oui.

– Parce que... Dans ce métier, vous devez vous sortir certaines choses de la tête tous les jours, monsieur Kenzie. C'est, disons, la seule façon de tenir. Et j'avais complètement oublié l'histoire du crucifix jusqu'au jour où j'ai lu l'article sur cette gamine assassinée. Alors, tout m'est revenu, je me suis souvenue de ce que j'avais ressenti sous son regard, rien qu'un instant, alors qu'il me disait, « Dans un contexte sexuel, évidemment » : cette impression d'être souillée, nue, complètement vulnérable. Et surtout, terrifiée – là encore, rien qu'un instant –, car je me suis demandé s'il n'envisageait pas de...

Il y eut un long silence à l'autre bout de la ligne, comme si Sheila Lawn cherchait ses mots.

– Vous crucifier ? suggérai-je.

Elle prit une brusque inspiration.

– Exactement.

– En plus de la couleur des cheveux et du bouc, nous expliqua Erdham alors que les couleurs et la qualité de l'image d'Evandro s'amélioraient sur l'écran LED, il a fait modifier l'implantation de ses cheveux.

– Comment ça ?

Erdham brandit le dernier cliché montrant Evandro en détention.

– Vous voyez la cicatrice laissée par la lame, en haut du front ?

– Merde, fit Bolton.

– Maintenant, on ne voit plus rien, poursuivit Erdham en tapotant l'écran.

J'examinai le cliché qu'Angie avait pris d'Evandro au moment où il quittait le Sunset Grill. Sur celui-là, la ligne d'implantation de ses cheveux était plus basse d'au moins un centimètre.

– À vrai dire, je ne suis pas sûr que ça fasse partie de son déguisement, reprit Erdham. C'est trop minime. La plupart des gens ne remarqueraient même pas le changement.

– Ce serait de la coquetterie, alors ? intervins-je.

– Tout juste.

– Autre chose ? s'enquit Bolton.

– Regardez vous-même.

De nouveau, j'étudiai les deux portraits. Pas facile de faire abstraction de la crinière blanche devenue brun foncé, mais peu à peu...

– Les yeux, fit soudain Bolton.

Erdham hocha la tête.

– Bruns au naturel, mais verts sur la photo prise par l'associée de M. Kenzie.

Fields reposa le combiné.

– Agent Bolton ?

– Oui ?

Bolton se détourna de nous.

– Les pommettes, ajoutai-je, remarquant mon propre reflet superposé à celui d'Evandro sur l'écran.

– Vous êtes doué pour ce genre d'exercice, monsieur Kenzie, approuva Erdham.

– Aucun résultat à son domicile, ou sur son lieu de travail, disait Fields. Ça fait deux semaines que son propriétaire ne l'a pas vu, et son patron affirme qu'il l'a appelé il y a deux jours pour prévenir qu'il était malade. Depuis, plus de nouvelles.

– Je veux des agents sur les lieux immédiatement.

– Ils sont déjà en route, monsieur.

– Alors, c'est quoi, cette histoire de pommettes ?

– Des implants, répondit Erdham. Du moins, je crois. Vous voyez ?

Il pressa trois fois une touche, jusqu'à obtenir un agrandissement des yeux verts impassibles d'Evandro, de la moitié supérieure de son nez et de ses pommettes. Avec son crayon, Erdham toucha la pommette gauche.

– Ici, les tissus sont beaucoup plus souples qu'ils ne le sont sur cette photo-là, où il n'y presque pas de peau... Et vous avez remarqué leur aspect presque gercé, légèrement rouge ? Ça vient de ce qu'ils sont soumis à une tension inhabituelle ; un peu comme une cloque en formation, quoi.

– Vous êtes un génie, déclara Bolton.

– Y a pas de doute, approuva Erdham, dont les yeux s'éclairèrent derrière ses lunettes, tels ceux d'un gamin à la vue de ses bougies d'anniversaire. Mais ce gars-là a lui aussi de l'intelligence à revendre. Il a évité les changements trop extrêmes susceptibles d'alerter son agent de probation ou son propriétaire. Sauf les cheveux, bien sûr, s'empressa-t-il d'ajouter, ce que tout le monde peut comprendre. Pour le reste, il a choisi des modifications esthétiques subtiles. Résultat, à moins de savoir *exactement* ce qu'on cherche, on aurait beau introduire cette photo récente dans l'ordinateur, il n'établirait probablement aucune correspondance avec les clichés de la prison.

Le camping-car oscilla en bifurquant sur la nationale 93 vers Braintree, et Bolton et moi, nous dûmes presser nos paumes contre le toit.

– Puisqu'il avait tout organisé à l'avance, intervins-je, il devait déjà se dire qu'on finirait par l'identifier, ou par identifier quelqu'un correspondant à cette description.

Du doigt, j'indiquai l'écran d'ordinateur.

– Exact, dit Erdham.

– Donc, poursuivit Bolton, il pense se faire prendre.

– Ça me paraît vraisemblable, admit Erdham. Sinon, pourquoi reproduirait-il les meurtres de Hardiman ?

– Il sait qu'il va se faire prendre, et il s'en fout complètement, murmurai-je.

– C'est peut-être même pire, reprit Erdham. Si ça se trouve, il veut se faire prendre ; autrement dit, tous ces meurtres constituent une sorte de message, et il va continuer à tuer jusqu'à ce qu'on en déchiffre le sens.

*

– Le sergent Amronklin m'a raconté des trucs très intéressants pendant que vous étiez au téléphone avec l'agent d'Arujo.

Le camping-car quitta la 93 à hauteur de Haymarket, et de nouveau, il nous fallut trouver un appui afin de maintenir notre équilibre.

– Plus précisément... ?

– Il a réussi à joindre la colocataire de Kara Rider à New York. Mlle Rider avait rencontré un apprenti comédien comme elle, il y a environ trois mois, dans son école d'art dramatique. Il venait soi-disant de Long Island, et faisait le trajet jusqu'à Manhattan une fois par semaine pour assister à ce cours. (Il me regarda.) Et devinez quoi.

– Ce type portait un bouc.

Il hocha la tête.

– Et s'appelait Evan Hardiman. Ça vous dit quelque chose ? La colocataire de Mlle Rider a ajouté, je cite, « C'était le mec le plus sensuel de cette planète. »

– Sensuel, hein ? fis-je.

Bolton grimaça.

– Elle a un côté assez... disons, théâtral.

– Rien d'autre ?

– D'après elle, Kara lui aurait raconté que c'était le coup du siècle. « Le top du top, du début à la fin », paraît-il.

– Pour elle, la fin n'a pas dû être si top que ça.

– Il me faut un profil psychologique le plus vite possible, déclara Bolton dans l'ascenseur. Je veux tout savoir d'Arujo, depuis qu'on lui a coupé le cordon ombilical jusqu'à maintenant.

– Compris, dit Fields.

De sa manche, Bolton s'essuya le visage.

– Je veux aussi qu'on essaie d'établir des recoupements avec la liste des détenus, comme pour Hardiman, qu'on recense toutes les personnes ayant été en contact avec Arujo pendant son séjour en prison, et qu'on poste un agent devant leur porte dès demain matin.

– Compris.

Fields griffonnait frénétiquement sur son calepin.

– Envoyez également des agents chez ses parents, s'ils sont toujours en vie, ajouta Bolton, le souffle court, en ôtant son manteau. Même s'ils ne le sont plus, merde. Et des agents chez toutes les petites copines, ou tous les petits copains qu'il a eus, tous ses amis, toutes les filles et tous les garçons qui ont rejeté ses avances.

– Ça va mobiliser beaucoup d'hommes.

Bolton haussa les épaules.

– Une broutille en comparaison de ce que Waco a coûté au gouvernement, et nous au moins, on a des chances de réussir. Je veux qu'on refasse une enquête de voisinage autour de chaque scène du crime, qu'on interroge tous les mollassons du BPD [1] qui ont pu toucher les corps avant qu'on arrive sur les lieux. Je veux aussi qu'on réentende

---

1. Boston Police Department. (*N.d.T.*)

les principaux témoins de Kenzie – il les énuméra en comptant sur ses doigts –, à savoir Hurlihy, Rouse, Constantine, Pine, Timpson, Diandra Warren, Glynn, Gault, et qu'on fasse des recherches approfondies, non, exhaustives, sur leur passé au cas où leur chemin aurait croisé un jour celui d'Arujo. (Il fouillait dans sa poche de poitrine à la recherche de son inhalateur quand l'ascenseur s'immobilisa.) Pigé ? Pigé ? Alors, magnez-vous.

Les portes coulissèrent, et il sortit de la cabine en trombe, tétant bruyamment son inhalateur.

Derrière moi, Fields demanda à Erdham :

– Exhaustives, t'écris ça avec un « s » à la fin, comme dans « bande de larbins » ?

– Mouais, répondit Erdham. Pour la bande, je sais pas, mais on est au moins deux, c'est sûr.

Bolton desserra sa cravate jusqu'au sternum, puis s'affala sur la chaise derrière son bureau.

– Fermez la porte, me dit-il.

Je m'exécutai. Il avait le teint rose vif, la respiration saccadée.

– Ça va ? demandai-je.

– On ne peut mieux. Parlez-moi de votre père.

Je pris un siège.

– Il n'y a rien à dire. À mon avis, Hardiman a voulu tenter un coup de bluff, essayer de m'ébranler avec des conneries.

– Je ne crois pas, répliqua-t-il avant d'aspirer une nouvelle bouffée de son inhalateur. Tous les trois, vous lui tourniez le dos quand il a lancé cette remarque, mais moi, je le regardais sur l'écran. Il avait l'air de prendre son pied en disant que votre père était une abeille, comme s'il avait gardé le meilleur pour la fin. (Il se passa une main dans les cheveux.) Vous aviez un épi quand vous étiez petit ?

– Comme beaucoup de gosses.

– Il n'y a pas beaucoup de gosses qui, une fois adultes, sont convoqués par un serial killer.

Je levai la main, puis opinai.

– D'accord, agent Bolton, j'avais un épi. Mais en général, on le remarquait surtout quand j'étais en nage.

– Pourquoi ?

– Question de coquetterie, je suppose. Je mettais un tas de cochonneries dessus pour l'aplatir.

– Donc, Hardiman vous avait rencontré.

– Je ne sais pas quoi vous répondre, agent Bolton. Je n'avais jamais vu ce type de ma vie.

– Bon, parlez-moi de votre père. J'ai déjà chargé des agents de se renseigner sur lui, vous êtes au courant ?

– Je m'en doutais.

– Comment était-il ?

– C'était un sale con qui prenait plaisir à faire souffrir les autres, Bolton. Et croyez-moi, je n'aime pas aborder le sujet.

– Et moi, je suis désolé, mais vos états d'âme sont le cadet de mes soucis pour le moment. J'essaie avant tout de coincer Arujo pour arrêter ce carnage...

– ... et décrocher une chouette promotion par la même occasion.

Bolton arqua un sourcil, et hocha la tête avec vigueur.

– Bien sûr. Tant qu'à faire. Je ne connaissais aucune de ces victimes, monsieur Kenzie, et dans l'absolu, je ne souhaite à personne de mourir. Jamais. Mais concrètement, je n'éprouve rien pour ces individus. Je ne suis pas payé pour ça. Non, je suis payé pour coincer des types comme Arujo, et j'y travaille. Si ça me permet aussi de grimper les échelons, tout est pour le mieux dans le meilleur des mondes, non ? (Ses pupilles minuscules se dilataient peu à peu.) Bon, parlez-moi de votre père, maintenant.

– Il a travaillé pour la brigade des sapeurs-pompiers presque toute sa vie. Après, il s'est mis à la politique, il est même devenu conseiller municipal. Un peu plus tard, il a attrapé un cancer du poumon, et il en est mort.

– Vous ne vous entendiez pas, apparemment.

– Non. C'était une brute. Tous ceux qui le fréquentaient le craignaient, et la plupart le détestaient. Il n'avait pas d'amis.

– Tout le contraire de vous, en somme.

– Comment ça?

– Eh bien, vous suscitez la sympathie. Les sergents Amronklin et Lee ont beaucoup d'affection pour vous, Lief vous a adopté sur-le-champ, et comme j'ai pu le constater depuis que j'ai repris cette affaire, vous avez noué des liens solides avec des gens aussi différents qu'un chroniqueur libéral et un trafiquant d'armes psychotique. Votre père n'avait peut-être pas d'amis, mais vous, vous les collectionnez. C'était un homme violent, mais vous, vous ne semblez pas avoir une propension incontrôlable à ce genre de comportement.

Allez raconter ça à Marion Socia, pensai-je.

– Voyez-vous, monsieur Kenzie, je me dis une chose : si Alec Hardiman a fait payer à Jason Warren les péchés de sa mère, peut-être qu'il essaie aussi de vous piéger pour vous faire payer ceux de votre père.

– Ça se tiendrait, agent Bolton. Sauf que Diandra a joué un rôle direct dans la condamnation de Hardiman, alors qu'il n'existe aucun lien entre mon père et lui.

– Du moins, aucun que nous ayons découvert. (Il s'adossa à son siège.) Essayez de considérer les choses de mon point de vue. Tout commence quand

Kara Rider, une actrice, va trouver Diandra Warren en utilisant comme nom d'emprunt Moira *Kenzie*. Pour moi, ce n'était pas une coïncidence. Plutôt un message. Et à mon avis, c'est Arujo qui l'a poussée à l'envoyer. Ensuite, elle montre du doigt Kevin Hurlihy, et par ricochet, Jack Rouse. Vous prenez contact avec Gerry Glynn, l'ancien équipier du père d'Alec Hardiman. Il vous conduit jusqu'à Hardiman en personne. Hardiman a tué Charles Rugglestone dans votre quartier. On peut également supposer que c'est lui qui a tué Cal Morrison. Et également dans votre quartier. À l'époque, Kevin Hurlihy et vous, vous n'étiez que des mômes, mais Jack Rouse tenait une épicerie, Stan Timpson et Diandra Warren n'habitaient qu'à quelques pâtés de maisons, la mère de Kevin Hurlihy, Emma, était femme au foyer là-bas, Gerry Glynn, flic, et votre père, monsieur Kenzie, était pompier.

Il me tendit un plan des quartiers d'Edward Everett Square, de Savin Hill, et de Columbia Point. Quelqu'un avait tracé au stylo un cercle autour de ce qui constituait autrefois la paroisse de St Bart : Edward Square, Blake Yard, JFK / UMass Station, et une partie de Dorchester Avenue, de la limite de South Boston jusqu'à l'église St William, à Savin Hill. À l'intérieur de ce cercle figuraient cinq petits carrés noirs et deux gros points bleus.

– Ces carrés, ils indiquent quoi ? demandai-je.

– L'emplacement approximatif des domiciles, en 1974, de Jack Rouse, Stan et Diandra Timpson, Emma Hurlihy, Gerry Glynn et Edgar Kenzie. Les deux points bleus montrent où Cal Morrison et Charles Rugglestone ont été assassinés. Tous ces repères se trouvent dans une zone d'environ cinq cents mètres carrés.

Je contemplai la carte. Mon quartier. Un minuscule coin de la ville, ingrat, presque oublié, mélange d'immeubles de trois étages et de toitures fanées, de bars grands comme des mouchoirs de poche et de petits magasins. À part une bagarre de comptoir de temps à autre, pas le genre d'endroit susceptible d'attirer beaucoup l'attention. Pourtant, c'était maintenant un projecteur national que le FBI braquait dessus.

– Ce que vous êtes en train de regarder, monsieur Kenzie, c'est le territoire de chasse d'un tueur.

J'appelai Angie d'une salle de réunion déserte.

Elle répondit à la quatrième sonnerie, hors d'haleine.

– Salut, je viens juste de rentrer.

– Qu'est-ce tu fais de beau ?

– Je te cause, p'tite tête, et j'ouvre mon courrier. Facture, facture, facture, pub pour des plats à emporter, facture...

– Comment ça s'est passé, avec Mae ?

– Super. Je viens de la ramener chez Grace. Et toi, ta journée ?

– Le type au bouc s'appelle Evandro Arujo. Alec Hardiman et lui étaient unis pour le meilleur et pour le pire, en taule.

– Tu déconnes.

– Que non. C'est notre homme, on dirait.

– Mais il ne te connaît pas.

– Non.

– Alors, pourquoi laisser ta carte dans la main de Kara ?

– Simple coïncidence ?

– Bien sûr. Et pour la mort de Jason ?

– Une très, très grosse coïncidence ?

Elle soupira, et je l'entendis déchirer une enveloppe.

– Ça n'explique pas tout, Patrick.

– Exact.

– Parle-moi de Hardiman.

Je lui racontai donc ma journée pendant qu'elle ouvrait d'autres enveloppes et ponctuait mes phrases de « Ouais, ouais » distraits qui m'auraient sérieusement tapé sur les nerfs si je ne l'avais pas sue capable de parler au téléphone, d'écouter la radio, de regarder la télé, de préparer des pâtes et d'échanger quelques mots avec quelqu'un dans la pièce voisine tout en enregistrant chacune de mes paroles.

Mais en plein milieu de mon récit, la série des « ouais » s'interrompit, je n'entendis plus que le silence, et il n'avait rien d'insouciant ; au contraire, c'était un silence oppressant.

– Allô ? Ange ?

Rien.

– Ange ? répétai-je.

– Patrick, dit-elle d'une voix si faible qu'elle me parut désincarnée.

– Quoi ? Qu'est-ce qui se passe ?

– J'ai reçu une photo.

Je me levai d'un bond, tellement vite que j'eus l'impression de voir les lumières de la ville tressauter, pencher et tournoyer autour de moi.

– Une photo de qui ?

– De moi, répondit-elle. Avec Phil.

25

– Je suis censé avoir peur de ce type ? lança Phil en brandissant une des photos d'Evandro prises par Angie.

– Oui, répondit Bolton.

Phil fit claquer le cliché dans sa paume.

– Eh bien, c'est non.

– Crois-moi, tu devrais, intervins-je.

Il nous dévisagea tous – Bolton, Devin, Oscar, Angie et moi-même, entassés dans la minuscule cuisine d'Angie –, et retira de sa veste un pistolet qu'il pointa vers le sol pour vérifier le chargeur.

– Bonté divine, Phil ! s'exclama Angie. Range-moi ça.

– T'as un permis ? demanda Devin.

La racine des cheveux assombrie par la sueur, Phil garda les yeux baissés.

– Monsieur Dimassi, reprit Bolton, vous n'aurez pas besoin de cette arme. Nous allons assurer votre protection.

– C'est ça, dit Phil d'une voix à peine perceptible.

Il contempla tour à tour la photo posée sur le comptoir et le pistolet dans sa main, la peur suintant peu à peu de tous ses pores. Il regarda encore une fois Angie, puis par terre, et j'eus la nette impression qu'il s'efforçait de donner un sens à tout ça. Il était rentré chez lui après le boulot pour être accueilli par des agents fédéraux qui l'avaient amené ici, et informé qu'un type qu'il ne connaissait ni d'Ève ni d'Adam s'était mis en tête de l'expédier ad patres, et ce, vraisemblablement sous une huitaine.

Enfin, Phil leva les yeux. Son teint habituellement mat avait pris la couleur du lait écrémé, constatai-je. Croisant mon regard, il se fendit de son grand sourire juvénile et hocha la tête comme si nous étions embarqués avec lui dans la même galère.

– D'accord, avoua-t-il. Peut-être que j'ai un peu peur, au fond.

La tension presque palpable qui régnait dans la cuisine se relâcha d'un coup avant de s'esquiver discrètement par la porte de derrière.

Phil plaça son arme sur le four, puis se hissa sur le comptoir en haussant un sourcil légèrement perplexe à l'intention de Bolton.

– Bon, parlez-moi un peu de ce gars.

À cet instant, un agent parut à l'entrée de la cuisine.

– Agent Bolton ? Pas la moindre trace d'une tentative pour forcer les serrures ou les accès de l'immeuble, monsieur. On n'a pas trouvé de micros non plus. La cour, derrière, est une vraie jungle ; apparemment, personne n'y a mis les pieds depuis au moins un mois.

Bolton hocha la tête, et l'homme s'éclipsa.

– Agent Bolton..., commença Phil.

Son interlocuteur pivota vers lui.

– Vous voulez bien m'en dire un peu plus sur ce type qui veut nous tuer, ma femme et moi ?

– Ex-femme, Phil, rectifia gentiment Angie.

– Désolé, s'excusa Phil avant d'ajouter, à l'intention de Bolton : Mon ex-femme et moi, donc.

Son interlocuteur s'adossa au réfrigérateur, Devin et Oscar optèrent pour des chaises, et je me perchai sur le comptoir de l'autre côté du four.

– Il s'appelle Evandro Arujo, expliqua Bolton. C'est notre principal suspect dans quatre affaires de meurtre le mois dernier. À chaque fois, il a envoyé des photos de ses futures victimes à leurs proches.

– Des photos comme celle-ci, je suppose.

Phil indiqua le cliché où il figurait avec Angie, posé au milieu de la table, saupoudré de céruse afin de relever d'éventuelles empreintes.

– Oui.

La photo avait été prise récemment, comme l'indiquaient les feuilles d'arbre multicolores jonchant le sol au premier plan. Phil écoutait Angie ; il baissait la tête vers elle, elle inclinait la sienne vers lui, et ils marchaient le long de l'étendue d'herbe et de ciment au milieu de Commonwealth Avenue.

– Il n'y a pourtant rien de menaçant sur cette image.

Bolton opina.

– Rien, hormis le fait qu'elle a été envoyée à Mlle Gennaro. Vous avez déjà entendu parler d'Evandro Arujo ?

– Non.

– Et d'Alec Hardiman ?

– Non plus.

– Ni de Peter Stimovich ou de Pamela Stokes ?

Phil médita la question quelques secondes.

– Ces noms-là me disent vaguement quelque chose.

Après avoir ouvert le dossier qu'il avait en main, Bolton lui passa des photos de Stimovich et de Stokes.

Le visage de Phil s'assombrit.

– Ce n'est pas le gars qui a été poignardé la semaine dernière ?

– Pas seulement poignardé, répondit Bolton. C'était bien pire.

– Les journaux ont dit « poignardé », insista Phil. Ils ont aussi parlé de l'ex-petit ami de sa copine comme suspect éventuel.

Bolton fit non de la tête.

– Ça, c'est ce qu'on a raconté. Mais cette fille, on ne lui connaît pas d'ex particulier.

Phil saisit la photo de Pamela Stokes.

– Elle aussi, elle est morte ?

– Oui.

Il se frotta les yeux.

– Bordel, marmonna-t-il, et le mot frémit en s'échappant de ses lèvres, comme porté par un éclat de rire, ou un frisson.

– Vous aviez déjà rencontré l'un d'eux, monsieur Dimassi ? demanda Bolton.

Phil répondit par la négative.

– Et Jason Warren ?

Cette fois, Phil jeta un coup d'œil à Angie.

– Le gamin que vous deviez protéger ? Celui qui a été assassiné ?

Elle acquiesça. Angie n'avait pratiquement pas ouvert la bouche depuis notre arrivée. Elle fumait cigarette sur cigarette en regardant par la fenêtre qui donnait sur la cour de derrière.

– Kara Rider ? poursuivit Bolton.

– Elle fait aussi partie des victimes de cet enfoiré ?

Bolton acquiesça.

– Nom de Dieu.

Phil se laissa glisser du comptoir avec précaution, comme s'il craignait de ne pas trouver de terrain solide pour le réceptionner. D'une démarche raide, il s'approcha d'Angie, lui prit une cigarette, l'alluma puis baissa les yeux vers son ex-femme.

Celle-ci le regardait comme on regarderait un homme à qui on vient juste d'annoncer qu'il a un cancer, sans trop savoir s'il faut lui laisser de l'espace pour se défouler, ou rester auprès de lui pour le rattraper au cas où il s'effondrerait.

Il lui posa une main sur la joue, elle s'y appuya, et quelque chose de profondément intime – une sorte de reconnaissance tacite de ce qui les unissait – passa entre eux.

– Monsieur Dimassi ? insista Bolton. Vous connaissiez Kara Rider ?

Phil retira ses doigts de la joue d'Angie en une lente caresse, puis retourna vers le comptoir.

– Elle a grandi dans le quartier. On la connaissait tous.

– Vous l'avez vue, récemment ?

– Non, pas depuis trois ou quatre ans. (Il contempla sa cigarette, et fit tomber la cendre dans l'évier.) Pourquoi nous, monsieur Bolton ?

– Aucune idée, répondit Bolton d'une voix où perçait une note d'irritation impuissante. Écoutez, on est sur la piste d'Arujo, et sa photo paraîtra dans tous les journaux de la Nouvelle-Angleterre dès demain matin. Il ne pourra pas se cacher longtemps. On ne sait pas encore pourquoi il s'en prend à certaines personnes, sauf dans l'affaire Warren, où on a peut-être un mobile, mais au moins, on sait maintenant à qui il veut s'en prendre, et on vous surveillera, Mlle Gennaro et vous.

Erdham entra dans la cuisine.

– Rien à signaler dans le périmètre de cette maison et de l'appartement de M. Dimassi, dit-il.

Bolton hocha la tête, puis se frotta le visage de ses grosses mains.

– O.K., monsieur Dimassi, je vous résume la situation. Il y a une vingtaine d'années, un certain Alec Hardiman a assassiné son copain, Charles Ruggles-tone, dans un entrepôt situé à environ cinq cents mètres d'ici. Nous pensons que Hardiman et Rugglestone avaient commis toute une série de meurtres à l'époque, le plus spectaculaire étant la crucifixion de Cal Morrison.

– Je me souviens de Cal, oui, déclara Phil.
– Vous le connaissiez bien ?
– Non. Il était un peu plus vieux que nous. Mais je n'ai jamais entendu parler de crucifixion. On l'a poignardé.
– Non, ça, c'était aussi une histoire concoctée pour la presse afin de gagner du temps et de décourager les tarés qui voudraient se vanter d'avoir assassiné Hoffa [1] et les deux Kennedy avant le petit déjeuner. Morrison a bien été crucifié. Six jours plus tard, Hardiman pétait les plombs et s'acharnait comme dix cinglés sur son associé, Rugglestone. Personne ne sait pourquoi, sinon qu'ils étaient tous les deux bourrés de PCP [2] et d'alcool jusqu'aux yeux. Hardiman a été envoyé à Walpole pour le restant de ses jours ; douze ans plus tard, il jette son dévolu sur Arujo, et le transforme en véritable psychopathe. Arujo n'était pas trop pourri quand on l'a coffré, mais aujourd'hui, il est tout sauf innocent.
– Tu le vois, tu fous le camp, Phil, lui conseilla Devin.
En réponse, Phil lui adressa un petit hochement de tête.
– Arujo est sorti depuis six mois, reprit Bolton. On pense que Hardiman a un autre contact à l'extérieur, un deuxième complice qui incite Arujo à tuer ou vice versa. Rien ne permet de l'affirmer avec certitude, mais on penche dans ce sens. Pour une raison encore inconnue, Hardiman, Arujo et ce troisième type nous indiquent une seule direction – ce quartier –, et certaines personnes – M. Kenzie, Diandra

---

1. Jimmy Hoffa, le légendaire dirigeant des Teamsters, le syndicat américain des camionneurs, fut assassiné en 1975 dans le cadre d'un règlement de comptes mafieux. (*N.d.T.*)

2. Hallucinogène, plus connu sous le nom de poussière d'ange ou de cristal, qui peut provoquer des réactions de paranoïa, de psychose et de violence. (*N.d.T.*)

Warren, Stan Timpson, Kevin Hurlihy et Jack Rouse. Jusque-là, on n'a rien de plus.

– Et pour les autres, Stimovich et Stokes ? Quel rapport avec ce quartier ?

– Possible qu'il n'y en ait pas. Qu'ils aient été assassinés juste pour l'excitation du meurtre, sans autre motivation que le plaisir de tuer.

– Mais pourquoi s'en prendre à Angie et à moi ?

Bolton haussa les épaules.

– C'est peut-être une ruse. Ou un moyen de faire voir rouge à Mlle Gennaro, qu'ils savent après eux. Quelle que soit l'identité du complice d'Arujo, les deux hommes tenaient à impliquer M. Kenzie et Mlle Gennaro dès le début. D'où le rôle de Kara Rider, spécialement conçu dans ce but. Mais peut-être aussi, ajouta Bolton en me fixant, qu'ils veulent forcer M. Kenzie a faire ce choix dont Hardiman a parlé.

Tous les regards convergèrent vers moi.

– Hardiman a dit que je serais forcé de faire un choix, expliquai-je. Que tous ceux que j'aime ne pourraient pas rester en vie. Si ça se trouve, il voulait parler d'un choix entre sauver Angie ou sauver Phil.

– Les gens qui nous connaissent savent qu'on s'évite depuis une bonne dizaine d'années, Patrick, objecta Phil.

J'acquiesçai.

– Mais vous étiez proches, avant ? lança Bolton.

– Comme des frères, répondit Phil.

Malgré mes efforts pour détecter de l'amertume ou de l'auto-apitoiement dans sa voix, je n'y décelai qu'une résignation tranquille et triste.

– Pendant longtemps ? reprit Bolton.

– Du berceau jusqu'à... disons, nos vingt ans, précisa Phil. C'est ça ?

– À peu près, oui, dis-je.

Je cherchai le regard d'Angie, mais elle contemplait fixement le sol.

– Hardiman affirme vous avoir déjà rencontré, monsieur Kenzie.

– Je ne l'ai jamais vu.

– À moins que vous ne vous en souveniez plus.

– Je me serais rappelé ce visage...

– Si vous le voyiez maintenant, en tant qu'adulte, certainement. Mais quand vous étiez gosse ?

Il tendit à Phil deux photos de Hardiman, une datant de 1974, l'autre récente.

Phil les étudia avec attention ; je me rendais bien compte qu'il essayait à toute force de reconnaître Hardiman pour donner enfin un sens à cette situation absurde, comprendre la raison qui pouvait pousser un homme à le prendre pour cible. Au bout du compte, il ferma les yeux, relâcha son souffle et fit non de la tête.

– Je n'ai jamais vu ce type.

– Vous en êtes sûr ?

Phil rendit les photos à Bolton.

– Certain.

– Dommage, conclut Bolton. Parce que maintenant, il fait partie de votre existence.

À huit heures, un agent reconduisit Phil chez lui. Angie, Devin, Oscar m'accompagnèrent jusqu'à mon appartement, où je devais prendre quelques affaires.

Bolton voulait qu'Angie donne l'impression d'être seule et vulnérable, mais on l'avait convaincu que si Evandro ou son partenaire nous surveillaient, mieux valait s'efforcer d'agir le plus naturellement possible. Or, il nous arrivait au moins une fois par mois de passer la soirée avec Devin et Oscar – sauf qu'en général, on ne restait pas sobres.

Quant à ma décision de m'installer chez Angie, j'avais tenu bon, que ça plaise ou non à Bolton.

De fait, l'idée lui avait plu.

– J'étais persuadé que vous couchiez ensemble

quand je vous ai rencontrés, et j'imagine qu'Evandro en est persuadé lui aussi.

– Espèce de porc, avait rétorqué Angie, lui arrachant un haussement d'épaules.

Arrivés chez moi, on s'installa dans la cuisine le temps que je retire quelques fringues du sèche-linge pour en remplir un sac de sport. En regardant par la fenêtre, je vis Lyle Dimmick remballer ses outils, essuyer ses mains pleines de peinture et placer son pinceau dans un pot de diluant.

– Alors, comment ça se passe avec les fédéraux ? demandai-je à Devin.

– C'est de pire en pire, répondit-il. À ton avis, pourquoi on a été tenus à l'écart de l'entretien avec Alec Hardiman, cet après-midi ?

– Donc, vous êtes condamnés à jouer les babysitters pour nous ? fit Angie.

– À vrai dire, avoua Oscar, on l'a bien voulu. Ça nous démangeait de voir comment vous alliez vous débrouiller pour vivre sous le même toit.

Il tourna la tête vers Devin, et tous deux partirent d'un grand éclat de rire.

Avisant la grenouille en peluche laissée par Mae derrière mon comptoir, Devin la ramassa.

– C'est à toi ?

– À Mae, crétin.

– C'est ça, ouais. (Il leva le jouet à hauteur de son visage, lui adressa quelques grimaces.) Feriez p'têt mieux de le garder, au cas où vous auriez besoin d'un arbitre.

– Ça va, on a déjà habité ensemble, répliqua Angie, les sourcils froncés.

– Très juste, souligna Devin. Deux semaines. Mais tu venais de plaquer ton mari, et à l'époque, t'as pas passé beaucoup de temps avec Patrick, si je me souviens bien. Il avait pratiquement pris pension à

Fenway Park, et toi, t'écumais les boîtes de Kenmore Square. Aujourd'hui, c'est pas pareil, z'êtes obligés de rester ensemble jusqu'à la fin de l'enquête. Qui sait, ça prendra peut-être des mois, ou même des années, avant qu'on boucle ce dossier... (Il s'adressa à la grenouille.) Qu'est-ce t'en penses, toi ?

Je jetai un coup d'œil par la fenêtre pendant qu'Oscar et Devin ricanaient et qu'Angie fulminait. Lyle descendait de son échafaudage, tenant comme il le pouvait radio et glacière d'une main, la bouteille de Jack dépassant de sa poche arrière.

En le regardant, j'éprouvai une impression dérangeante. À ma connaissance, il n'avait jamais travaillé après cinq heures de l'après-midi, et il était maintenant huit heures et demie. De plus, il m'avait parlé de sa dent malade, le matin même...

– Z'auriez pas des chips, par hasard ? demanda Oscar.

Angie se leva pour aller fourrager dans les placards au-dessus du four.

– Avec Patrick, on n'est jamais sûrs de trouver de quoi nourrir son homme, persifla-t-elle.

Elle ouvrit le placard de gauche, déplaça quelques boîtes.

Ce matin, Mae et moi, on avait pris notre petit déjeuner, mais seulement après ma conversation avec Lyle. Et avec Kevin. J'étais revenu dans la cuisine, j'avais appelé Bubba...

– Qu'est-ce que je disais ? lança Angie à Oscar, avant d'ouvrir le placard du milieu. Pas de chips ici non plus.

– Je sens que vous allez bien vous entendre, tous les deux, reprit Devin.

Ensuite, j'avais demandé à Lyle de baisser la musique parce que Mae dormait encore. Et il m'avait répondu...

– Dernière tentative.

Angie tendit la main vers la porte du placard de droite.

... que ça ne le dérangeait pas, vu qu'il avait rendez-vous chez le dentiste et ne travaillerait qu'une demi-journée.

Je me levai, m'approchai de la fenêtre et regardai dans la cour au pied de l'échafaudage ; au même moment, Angie hurla en faisant un bond en arrière.

La cour était déserte. « Lyle » avait disparu.

Quand je pivotai vers le placard, la première chose que je remarquai, ce fut une paire d'yeux bleus fixés sur moi. Bleus, humains, et privés de toute attache.

Oscar attrapa son talkie-walkie.

– Trouvez-moi Bolton. Tout de suite.

– Oh, merde..., murmura Angie, qui reculait le long de la table en titubant.

– Devin, dis-je, ce peintre...

– Lyle Dimmick, me répondit-il. On a fait des recherches sur lui.

– Sauf que ce n'était pas Lyle.

– Bolton ? fit Oscar, qui avait suivi notre échange. Déployez vos hommes. Arujo est dans le coin, habillé comme un peintre en bâtiment, le chapeau de cow-boy en plus. Il vient de se tirer.

– Quelle direction ?

– Aucune idée. Déployez vos hommes.

– Ça roule.

Angie et moi, on dévala l'escalier de secours et, pistolet au poing, on sauta par-dessus la balustrade de la véranda. Arujo avait pu prendre trois directions. S'il était parti à l'ouest en traversant les cours, il devait toujours escalader les clôtures, car la première rue perpendiculaire se trouvait à plus de quatre pâtés de maisons. S'il était parti au nord vers l'école, il aurait forcément croisé les hommes du FBI. Ne restait donc plus que le sud, c'est-à-dire le coin derrière mon immeuble, ou l'est vers Dorchester Avenue.

Je m'élançai vers le sud, Angie vers l'est.

Aucun de nous ne le trouva.

Devin ou Oscar rentrèrent également bredouilles.

Et les types du FBI firent eux aussi chou blanc.

Vers neuf heures, un hélicoptère survolait le quartier, on avait amené des chiens à la rescousse, et des agents procédaient à des interrogatoires au porte-à-porte. Mes voisins ne m'avaient pas trop à la bonne depuis que j'avais failli déclencher une guerre entre bandes rivales devant chez eux ; ce soir-là, je n'osais même pas imaginer tous les jurons celtiques qui devaient pleuvoir sur ma tête.

Evandro Arujo avait déjoué le système de sécurité en se faisant passer pour Lyle Dimmick. Les voisins, voyant une échelle appuyée contre la façade sur laquelle donnaient mes fenêtres, s'étaient sans doute dit qu'Ed Donnegan possédait désormais mon immeuble et avait embauché Lyle pour le repeindre.

Ce fils de pute était entré chez moi.

Les yeux, supposa-t-on, appartenaient à Peter Stimovich, qu'on avait retrouvé privé des siens – détail que Bolton avait omis de nous rapporter.

– Merci de nous avoir prévenus, dis-je.

– Kenzie, répliqua-t-il avec un de ses éternels soupirs, je ne suis pas payé pour vous tenir au courant de tout, juste pour vous inclure dans le circuit uniquement quand on a besoin de vous.

Sous les yeux, dont un légiste du bureau fédéral retira la masse gélatineuse de mon placard pour la glisser dans deux sachets en plastique, on avait placé un autre message à mon intention, une enveloppe blanche et un gros tas d'avis de recherche. Sur la note, les mots « ravideterevoir » étaient tapés dans la même police que les deux premières fois.

Bolton s'empara de l'enveloppe sans me laisser le temps de l'ouvrir, puis examina les autres messages que j'avais reçus au cours du mois écoulé.

– Comment se fait-il que vous ne les ayez jamais mentionnés ? demanda-t-il.

– Je ne savais pas qu'ils étaient de lui.

Il les remit à un technicien du labo.

– L'agent Erdham a les empreintes de Kenzie et de Gennaro dans ses fichiers. Emportez aussi les autocollants.

– Et les avis de recherche, vous en faites quoi ? demanda Devin.

Il y en avait plus d'un millier en deux piles bien nettes maintenues par des élastiques, certains jaunis par le temps, d'autres froissés, quelques-uns remontant à une dizaine de jours seulement. Tous montraient dans l'angle gauche la photo d'un enfant disparu, avec en dessous ses caractéristiques physiques, et sur tous également figurait la même légende : « M'avez-vous vu ? »

Non, je ne les avais pas vus. Au fil des années, j'avais bien dû recevoir des centaines de ces affichettes, et je les examinais chaque fois attentivement avant de les jeter, juste pour être sûr, mais jusque-là, jamais je n'avais reconnu un visage familier. Quand on en recevait à peu près une fois par semaine, ce n'était pas difficile de les oublier ; en revanche, maintenant que je les passais en revue avec des gants en latex si serrés que je sentais la sueur imprégner mes paumes, c'était épuisant.

Ils étaient des milliers. Des milliers d'absents. Une population entière. Une portée de petits êtres égarés avant même d'avoir eu le temps de vivre. Bon nombre d'entre eux étaient sans doute morts à l'heure actuelle. Quelques-uns, j'en étais certain, avaient été retrouvés, toujours dans un état plus terrible qu'avant leur disparition. Les autres dérivaient, flottant à travers notre paysage comme un cirque ambulant, traversant le cœur de nos villes comme des bips sur un moniteur, dormant sur la pierre, les plaques d'égout ou les matelas mis au rebut, les joues creuses et le teint cireux, les yeux vides et les cheveux infestés de poux.

– C'est la même chose que pour les autocollants, déclara Bolton.

– Comment ça ? demanda Oscar.

– Il veut que Kenzie partage son malaise post-moderne. Genre, le monde ne tourne pas rond mais on ne peut pas inverser le mouvement, un millier de voix se hurlent des inepties, et de toute façon, il n'y en a pas une pour faire changer les autres. Toute communication est impossible entre nous, et il n'existe pas de connaissance acquise collectivement, de système d'explication globale. Des enfants disparaissent chaque jour, et on se contente de dire : « Comme c'est tragique. Tiens, passe-moi le sel. » (Il me regarda.) Vous ne croyez pas ?

– Possible.

– Non, décréta Angie. C'est de la connerie.

– Pardon ?

– C'est de la connerie, répéta-t-elle. Ça explique peut-être une partie du message, mais certainement pas la totalité. Agent Bolton, vous avez vous-même admis qu'on avait sans doute affaire à deux tueurs, qu'on ne se retrouvait pas seulement avec le petit Evandro Arujo sur les bras. Exact ?

Il opina.

– Le deuxième tueur attend son heure, ou plutôt, incube depuis deux décennies. On part bien de cette hypothèse, n'est-ce pas ?

– Oui.

Angie alluma une cigarette, qu'elle examina.

– J'ai essayé d'arrêter de fumer je ne sais combien de fois. Vous vous rendez compte des efforts que ça demande ?

– Et vous, vous vous rendez compte à quel point j'aurais apprécié que vos efforts soient couronnés de succès ? répliqua Bolton en se baissant pour éviter le nuage de fumée qui s'étendait dans la cuisine.

– Dommage. (Elle haussa les épaules.) Bref, ce que je voulais dire, c'est qu'on est tous accros à quelque chose. Un truc fondamental pour nous. Qui nous définit, en un sens. De quoi vous ne pourriez pas vous passer dans l'existence, agent Bolton ?

– Moi ?

– Oui, vous.

Il sourit avant de détourner les yeux, légèrement embarrassé.

– Les bouquins.

– Ah bon ? s'esclaffa Oscar.

Bolton se tourna vers lui.

– Où est le problème ?

– Oh, y en a pas, répondit Oscar. Continuez, agent Bolton. Z'êtes super, mon frère.

– Quel genre de bouquins ? s'enquit Angie.

– Les grands auteurs, précisa Bolton, l'air un peu penaud. Tolstoï, Dostoïevski, Joyce, Shakespeare, Flaubert...

– Et s'ils étaient proscrits ?

– J'enfreindrais la loi, répliqua Bolton.

– Un vrai rebelle, fit Devin. Je suis impressionné.

– Hé, doucement, le prévint Bolton, le regard noir.

– Et toi, Oscar ?

– La bouffe, répondit l'intéressé en tapotant sa bedaine. Pas les cochonneries bonnes pour la santé, la vraie de vraie, celle qui vous bouche les artères mais qui a du goût. Les steaks, les travers de porc, les œufs, le poulet frit avec de la sauce...

– Je suis choqué, commenta Devin.

– Mince, marmonna Oscar. V'là que j'ai la dalle, maintenant.

– Devin ? poursuivit Angie.
– Les clopes, avoua-t-il. Et peut-être aussi la bouteille.
– Patrick ?
– La baise.
– T'es qu'un obsédé, Kenzie, fit Oscar.
– Bien, conclut Angie. On a fait le tour de ce qui nous permet de tenir le coup, de rendre la vie plus supportable. Les clopes, les bouquins, la bouffe, encore les clopes, l'alcool et le sexe. Tout ça, c'est nous. (Elle tapota la pile d'avis de recherche.) Et lui, d'après vous ? C'est quoi, son petit vice indispensable ?
– Le meurtre, répondis-je.
– C'est aussi ce que je pense, approuva Angie.
– Donc, commença Oscar, s'il a été obligé de prendre des vacances pendant vingt ans...
– C'est pas possible qu'il ait pu s'arrêter, l'interrompit Devin. Foutrement pas possible.
– En tout cas, il n'a pas attiré l'attention sur ses exploits, dit Bolton.
– Jusqu'à aujourd'hui, reprit Angie en soulevant quelques affichettes.
– Il tue des mômes, murmurai-je.
– Depuis vingt ans, ajouta Angie.

Erdham arriva à dix heures pour nous informer qu'un homme coiffé d'un chapeau de cow-boy et conduisant une Jeep Cherokee rouge volée avait grillé un feu au carrefour de Wollasten Beach. La police de Quincy l'avait pris en chasse, et perdu au niveau de la sortie de l'autoroute à Weymouth, qu'il avait réussi à négocier, mais pas eux.
– Ils ont perdu une putain de Jeep dans un virage ? lança Devin, incrédule. Ces pseudo-Schumacher sortent de la route, mais pas une savonnette comme la Cherokee ?

– En gros, c'est ça. Quand on l'a vu pour la dernière fois, il traversait le pont vers le sud, près de l'ancien chantier naval.

– Il était quelle heure ? interrogea Bolton.

Erdham consulta ses notes.

– Neuf heures trente-cinq à Wollaston. Neuf heures quarante-quatre quand ils se sont fait semer.

– Autre chose ?

– Euh, oui, répondit lentement Bolton en me regardant.

– Quoi ?

– Mallon, tu peux venir ?

Fields entra dans la cuisine, les bras chargés de petits magnétophones et d'au moins quinze mètres de câble coaxial.

– C'est quoi, ça ?

– Il a truffé votre appartement de mouchards, annonça Fields en évitant mon regard. Les magnétos étaient fixés par du ruban adhésif sous le balcon du propriétaire. Pas de cassettes à l'intérieur. Les câbles étaient raccordés à une boîte de dérivation sur le toit, au milieu de l'antenne télé, des fils électriques et des fils téléphoniques. Il les a fait passer avec les autres le long de l'immeuble, et à moins de les chercher, on ne pouvait pas les distinguer.

– Vous déconnez, dis-je.

Fields prit l'air contrit.

– J'ai bien peur que non. À en juger par la quantité de poussière et de moisissure que j'ai trouvée sur ces câbles, je dirais qu'il écoute tout ce qui se passe chez vous depuis au moins une semaine. Peut-être plus.

26

– Pourquoi est-ce qu'il n'a pas enlevé le chapeau de cow-boy ? lançai-je pendant le trajet jusque chez Angie.

C'était avec soulagement que j'avais abandonné mon appartement. Pour le moment, techniciens et flics s'y bousculaient, arrachant les lattes du plancher, répandant un véritable nuage de céruse pour relever les empreintes. On avait découvert un mouchard dans une plinthe du salon, un autre fixé sous la commode de ma chambre, un troisième cousu dans le rideau de la cuisine.

J'essayais d'oublier la révélation douloureuse de mon absence totale d'intimité quand mes pensées s'étaient soudain fixées sur le chapeau de cow-boy.

– Quoi ? fit Devin.

– Je me demande pourquoi il portait toujours le chapeau de cow-boy quand il a grillé ce feu, à Wollaston.

– Il devait plus se rappeler qu'il l'avait sur la tête, répondit Oscar.

– S'il venait du Texas ou du Wyoming, je ne dis pas, répliquai-je. Mais c'est un type de Brockton. Il a forcément conscience de ce truc sur son crâne pendant qu'il conduit. Il se sait poursuivi par les fédéraux, et il se doute bien qu'une fois les yeux découverts, on ne tardera pas à deviner qu'il a pris la place de Lyle.

– Pourtant, il garde ce satané chapeau, observa Angie.

– Il se fout de notre gueule, conclut Devin au bout d'un moment. C'est sa façon de nous faire comprendre qu'on n'est pas assez bons pour le coincer.

– Il est pas croyable, ce type, reprit Oscar. Vraiment pas croyable.

*

Bolton avait mis des agents en planque dans les appartements voisins de celui de Phil, chez les Livoski en face de chez Angie, et chez les McKay, derrière. En compensation, les deux familles avaient reçu un dédommagement substantiel, et s'étaient vues reloger en ville, au Marriott ; ce qui n'empêcha pas Angie de les appeler afin de s'excuser du dérangement occasionné.

Après avoir raccroché, elle prit une douche pendant que je l'attendais dans le salon – lumières éteintes et stores baissés –, assis à la table poussiéreuse. Oscar et Devin occupaient une voiture au bout de la rue, et nous avaient laissé deux talkies-walkies. Ceux-ci, rigides et carrés, étaient posés devant moi ; dans la pénombre, avec leurs contours identiques, ils me faisaient penser à des émetteurs reliés à une autre galaxie.

Lorsque Angie émergea de la salle de bains, elle était vêtue d'un T-shirt marqué Lycée Monsignor Ryan Memorial et d'un short en flanelle rouge qui flottait autour de ses cuisses. Elle avait les cheveux humides et me parut soudain toute menue quand elle plaça cendrier et cigarettes sur la table, avant de me tendre un Coca.

Elle alluma une cigarette, et à travers la flamme du briquet, la vision fugitive de son visage me révéla combien elle était épuisée et effrayée.

– Ça va s'arranger, dis-je.

Angie haussa les épaules.

– Bien sûr.

– Ils l'épingleront avant même qu'il ait pu s'approcher de cette maison.

– Bien sûr.

– Il n'arrivera pas jusqu'à toi, Ange.

– Pour l'instant, il a fait un assez beau parcours...

– On est doués pour protéger les autres, Ange. Alors, j'imagine qu'on devrait pouvoir se protéger l'un l'autre.

Elle projeta un missile de fumée au-dessus de ma tête.

– Va dire ça à Jason Warren.

Je posai mes mains sur les siennes.

– On ne savait pas encore de quoi il retournait quand on s'est retirés de l'affaire Warren. Maintenant, on le sait.

– Tu te rends compte de la facilité avec laquelle il s'est introduit chez toi, Patrick ?

Pour le moment, je ne me sentais pas encore prêt à affronter cette pensée. L'impression de violation qui m'habitait depuis l'instant où Fields avait brandi ces magnétophones était trop puissante, trop insupportable.

– Il n'y avait pas cinquante agents postés..., commençai-je.

Angie retourna ses mains, pressa ses paumes contre les miennes et m'enserra les poignets.

– La raison n'a pas de prise sur lui, murmura-t-elle. Evandro, je veux dire. Il ne... il ne ressemble à aucun des types qu'on a rencontrés. Ce n'est pas un être humain, c'est une force à l'état pur, et à mon avis, s'il est déterminé à arriver jusqu'à moi, il y arrivera.

Elle tira fort sur sa cigarette ; à la lueur de l'extrémité incandescente, je distinguai les cernes sous ses yeux.

– Il ne...

– Chut, fit-elle en ôtant ses mains.

Après avoir écrasé le mégot, elle s'éclaircit la gorge.

– Je ne voudrais pas jouer les mauviettes ou les pauvres créatures éplorées, mais j'ai vraiment besoin de tenir quelqu'un dans mes bras, et...

Je repoussai aussitôt ma chaise et allai m'agenouiller entre ses jambes. Angie m'enlaça, appuya le côté de son visage contre le mien et m'agrippa le dos.

Sa voix se réduisit à un chuchotement tiède dans mon oreille.

– Au cas où il me tuerait, Patrick...

– Je ne...

– Au cas où, il faut que tu me promettes quelque chose.

J'attendis la suite, conscient de la terreur qui faisait palpiter sa poitrine et suintait par tous les pores de sa peau.

– Promets-moi de rester en vie assez longtemps pour le massacrer. Lentement. Pendant des jours et des jours, à condition que tu tiennes le coup.

– Et s'il s'en prenait d'abord à moi ?

– Il ne peut pas nous supprimer tous les deux. Personne n'est de taille à faire ça. Mais si jamais il te tuait avant moi...

Elle recula légèrement de façon à plonger son regard dans le mien.

– ...je repeindrai cette maison avec son sang. Du sol au plafond.

Angie alla se coucher quelques minutes plus tard, et j'allumai une petite lampe dans la cuisine pour lire les dossiers remis par Bolton sur Alec Hardiman, Charles Rugglestone, Cal Morrison et les meurtres de 1974.

Hardiman et Rugglestone offraient tous les deux une image glaçante de banalité. Une seule caractéristique distinguait cependant Alec Hardiman : à l'instar d'Evandro, il était d'une beauté saisissante, une beauté presque féminine. Mais le monde est plein de beaux mecs, dont la plupart n'exercent aucun influence sur leurs semblables.

Rugglestone, avec son implantation de cheveux en v et sa figure allongée, tenait plutôt du mineur dans les houillères de la Virginie occidentale. S'il n'avait pas l'air particulièrement amical, il ne paraissait pas non plus du genre à crucifier les gosses ou à éviscérer les poivrots.

Bref, leurs visages ne me livrèrent aucune information.

On ne comprend jamais vraiment les autres, m'avait dit un jour ma mère, on se contente de réagir à leur présence.

Étant restée mariée vingt-cinq ans à mon père, elle avait vraisemblablement beaucoup réagi durant cette période.

À présent, je ne pouvais que partager son point de vue. J'avais passé du temps avec Hardiman, lu comment le jeune garçon angélique s'était métamorphosé en démon du jour au lendemain, mais rien chez lui n'expliquait cette transformation.

Les renseignements sur Rugglestone étaient plus vagues. Il avait fait le Viêt-nam, avait été démobilisé honorablement, et au moment de sa mort, il n'avait pas revu sa famille depuis six ans. Sa mère le qualifiait de « bon fils », d'après le texte que j'avais sous les yeux.

Je tournai la page, et tombai sur des schémas de l'entrepôt vide où Hardiman s'était inexplicablement retourné contre son acolyte. Aujourd'hui, le bâtiment n'existait plus ; un supermarché et un pressing l'avaient remplacé.

Le dessin montrait où avait été découvert le corps de Rugglestone, ligoté sur une chaise, poignardé, matraqué et brûlé. Il montrait également où l'inspecteur Gerry Glynn, arrivé sur les lieux à la suite d'un appel anonyme, avait trouvé Hardiman nu comme un ver, recroquevillé en position fœtale dans l'ancien magasin d'expédition, éclaboussé du sang de Rugglestone, avec le pic à glace à moins d'un mètre de lui.

Qu'est-ce que Gerry avait bien pu ressentir, après qu'on lui eut refilé ce tuyau, en voyant le cadavre de Rugglestone et le fils de son équipier gisant sur le sol, à côté de l'arme du crime ?

Et qui avait bien pu le prévenir ?

À la page suivante figurait la photo jaunie d'une camionnette blanche enregistrée au nom de Rugglestone. Elle paraissait vieille et négligée, et le pare-brise était cassé. D'après le rapport, l'intérieur du véhicule avait été lavé au cours des vingt-quatre heures précédant la mort de Rugglestone, et le tableau de bord nettoyé avec soin, mais l'éclatement du pare-brise était survenu plus tard. Il y avait du verre plein les sièges, et des morceaux jonchaient aussi le plancher, tels de petits cailloux brillants. Deux parpaings avaient atterri au milieu du véhicule.

Quelqu'un, sûrement des gamins, avait dû lancer lesdits parpaings alors que la camionnette stationnait devant l'entrepôt. Ils avaient commis un acte de vandalisme pendant que Hardiman commettait un meurtre à quelques mètres seulement.

Peut-être que les casseurs avaient entendu du bruit dans l'entrepôt, suspecté une embrouille et passé ce coup de fil anonyme...

J'étudiai la camionnette quelques instants, en proie à un sentiment proche de l'effroi.

Je n'ai jamais aimé les camionnettes. Pour une raison mystérieuse que, j'en suis bien certain, Dodge et Ford aimeraient connaître afin de mieux la supprimer, j'associe toujours ces véhicules à quelque chose de malsain – aux bourreaux d'enfants, aux violeurs qui rôdent dans les parkings des supermarchés, aux histoires de clowns meurtriers qu'on se raconte entre mômes, au mal.

Après le cliché venait le rapport de toxicologie concernant Rugglestone. On avait retrouvé dans son sang un mélange de PCP et de méthylamphétamine en quantité suffisante pour le maintenir éveillé une semaine entière. Son taux d'alcoolémie élevé – 1,5 g – compensait un peu, mais j'étais prêt à parier que même une telle dose d'alcool n'avait pas suffi à atténuer les effets de toute cette adrénaline artificielle.

Comment s'y était pris Hardiman, qui faisait bien dix kilos de moins, pour le ligoter ?

La page d'après présentait le rapport d'autopsie, avec la liste des blessures recensées sur Rugglestone. J'avais beau avoir entendu la version de Gerry Glynn et celle de Bolton, l'ampleur des tortures infligées à la victime dépassait l'entendement.

Soixante-sept coups d'un marteau retrouvé sous une chaise dans le magasin d'expédition où gisait Alec Hardiman. Assenés avec un recul de deux mètres, ou de dix centimètres. Portés par devant, par derrière, par la gauche, par la droite.

J'ouvris le dossier Hardiman, puis plaçai les deux chemises côte à côte. Pendant le procès, l'avocat de Hardiman avait argué que son client souffrait depuis l'enfance d'une déficience nerveuse dans la main gauche, qu'il n'était pas ambidextre et n'aurait donc jamais pu manier un marteau de manière aussi brutale avec cette main-là.

L'accusation avait aussitôt contre-attaqué en soulignant la présence de PCP dans le sang de Hardiman, et pour le juge comme pour le jury, c'était une drogue susceptible de décupler la force d'un homme déjà dérangé.

Personne n'avait accordé le moindre crédit à l'avocat de la défense quand il affirmait que la quantité de PCP décelée dans le système sanguin de Hardiman était négligeable en comparaison de celle mesurée chez Rugglestone, et que son client, loin d'en renforcer l'action en y ajoutant du speed, avait au contraire tenté de la ralentir par un mélange de morphine et de Seconal. Comme il en avait en outre rajouté de l'alcool à ce cocktail, Hardiman était de toute évidence à peine capable de tenir debout ce jour-là, et encore moins d'accomplir les prouesses physiques requises par un tel déploiement de sévices.

Faire brûler Rugglestone morceau par morceau lui avait pris quatre heures. Il avait commencé par les pieds, éteint le feu au moment où celui-ci atteignait le bas des chevilles, poursuivi son œuvre avec tour à tour un marteau, un pic à glace et un rasoir – utilisé pour lacérer la chair de la victime à plus de cent dix reprises, là encore selon des angles différents. Ensuite, il avait laissé se consumer les chevilles et les genoux, étouffé de nouveau les flammes, etc.

L'examen des blessures de Rugglestone avait révélé la présence de jus de citron, d'eau oxygénée et de sel de table. Les entailles du visage et du crâne portaient la trace de deux pommades faciales : la cold-cream Ponds et un épais fard blanc.

Est-ce qu'il s'était maquillé ?

Le dossier Hardiman mentionnait que lors de son arrestation, on avait également retrouvé des résidus de fard blanc à la racine de ses cheveux comme s'il avait eu le temps de se démaquiller, mais pas de se laver la tête.

Je me plongeai dans le dossier Morrison. Cal Morrison avait quitté son domicile à trois heures par un après-midi couvert pour aller voir un match de football sur un terrain vague de Columbia Park. C'était à environ un kilomètre, et pourtant, quand les flics avaient suivi tous les itinéraires qu'il aurait pu emprunter, ils n'avaient rencontré aucun témoin ayant vu Cal après Sumner Street, où il avait salué un voisin.

Sept heures plus tard, on le crucifiait.

Les indices relevés par les techniciens du labo prouvaient qu'il avait passé un long moment allongé sur une couverture. Une couverture bon marché, mal taillée, qui lui avait laissé des fils dans les cheveux. Imprégnée en outre de taches d'essence et de liquide de freins.

Sous les ongles de sa main gauche, on avait retrouvé du sang de type A ainsi que les produits chimiques entrant dans la composition du fard blanc.

Les policiers en avaient momentanément déduit qu'ils étaient peut-être sur la piste d'une femme.

Une hypothèse rapidement écartée après analyse des fibres capillaires et moulage des empreintes de pas.

Du fond de teint... Pourquoi diable Rugglestone et Hardiman s'étaient-ils fardés ?

27

Vers onze heures, j'appelai Devin sur le talkie-walkie pour lui parler de cette histoire de fard.

– Moi aussi, ça me turlupinait à l'époque, admit-il.

– Et ?

– Et on a rangé ce détail au rayon des coïncidences. Hardiman et Rugglestone étaient *amants*, Patrick.

– C'étaient des homosexuels, Devin, pas forcément des travelos. D'après ce que j'ai lu, personne ne prétend les avoir vus maquillés.

– Je ne sais pas quoi te dire, Patrick. Cet élément-là, on n'a pas été foutus d'en tirer quoi que ce soit. Hardiman et Rugglestone ont tué Morrison, ensuite Hardiman a tué Rugglestone, et s'ils portaient des ananas sur la tête et des tutus roses à l'époque, ça n'y changerait rien.

– Il y a quelque chose qui cloche dans ses dossiers, Devin. Je le sens.

Il soupira.

– Où est Angie ?

– Elle dort.

– Toute seule ? glousssa Devin.

– Pourquoi tu me demandes ça ?

– Oh, pour rien.

En arrière-fond, j'entendis Oscar s'esclaffer.

– Crache le morceau, ordonnai-je.

Le soupir amusé de Devin suivit de peu le grésillement du talkie-walkie.

– Avec Oscar, on a fait un petit pari entre nous, tu comprends.

– Sur ?

– Ton associée et toi, et combien de temps vous serez capables de rester cloîtrés avant qu'il se passe un truc ou un autre.

– Et ces trucs, ce seraient... ?

– Moi, je suis d'avis que vous allez vous entretuer, mais Oscar penche plutôt pour une petite séance de baise avant le week-end.

– Charmant, les gars. Vous n'auriez pas séché le programme d'enseignement du politiquement correct, par hasard ?

– Dans la Maison, on parle plutôt de « sensibilisation au dialogue », rectifia Devin. Mais le sergent Lee et moi, on s'estime bien assez sensibles comme ça.

– Ben voyons.

– T'as pas l'air convaincu, intervint Oscar.

– Au contraire, vieux. Je trouve que vous êtes parfaits, dans le genre « nouveau mâle sensible. »

– Ah ouais ? lança Devin. Ça va plaire aux nanas, tu crois ?

Après ma conversation avec Devin, j'appelai Grace.

J'avais différé ce moment une bonne partie de la soirée. Autant Grace était mûre et compréhensive, autant je doutais de mon aptitude à lui expliquer ma décision d'emménager avec Angie. Je ne suis pas particulièrement possessif, mais je ne crois pas que j'apprécierais si elle m'annonçait au téléphone sa décision de se mettre quelques jours à la colle avec un copain.

En l'occurrence, le sujet ne fut pas abordé tout de suite.

– Salut, Grace.

Silence.

– Grace ?

– Je ne suis pas certaine d'avoir envie de te parler, Patrick.

– Pourquoi ?

– Tu sais foutrement bien pourquoi.

– Non, pas du tout.

– Si tu as l'intention de jouer à ce petit jeu avec moi, je raccroche.

– Grace, je ne vois *absolument pas* de quoi...

Elle raccrocha.

Je contemplai le téléphone quelques instants, résistant au désir de l'envoyer valdinguer contre le mur. Enfin, après avoir inspiré plusieurs fois à fond, je la rappelai.

– Quoi ? fit-elle.

– Ne raccroche pas, d'accord ?

– Ça dépend du nombre de bobards que tu vas débiter à la minute.

– Écoute, Grace, je ne peux pas me défendre si j'ignore de quoi on m'accuse.

– Je suis en danger ?

– Qu'est-ce que tu racontes ?

– Réponds à ma question, Patrick. Je suis en danger ?

– Pas que je sache.

– Alors, pourquoi me faire suivre ?

Un frisson glacé me parcourut l'échine, et j'eus l'impression qu'un gouffre s'ouvrait dans mon estomac.

– Je ne te fais pas suivre, Grace.

Qui ? Evandro ? Kevin Hurlihy ? L'assassin-mystère ?

– Arrête tes conneries, tu veux ? Ce psychopathe avec son trench n'a pas eu tout seul l'idée de...

– Bubba ?

– Comme si tu l'ignorais, bordel !

– Reprends depuis le début, Grace. Raconte-moi exactement ce qui s'est passé.

Je l'entendis relâcher son souffle dans le combiné.

– Bon, j'étais au restaurant St Botolph avec Annabeth et ma fille – *ma fille*, Patrick ! –, et il y avait ce type assis au bar qui me reluquait. Pas très discrètement, d'accord, mais ça n'avait rien de méchant. Et puis, soudain...

– Ce type, il était comment ?

– Comment ? Je dirais, un peu comme Larry Bird [1] avant qu'il se fasse un look BCBG : grand, pâle comme un linge, une tignasse repoussante, la mâchoire tombante et une pomme d'Adam énorme.

Kevin. Salopard de Kevin. Assis à quelques mètres de Grace, de Mae et d'Annabeth.

Occupé à envisager les diverses façons de leur briser la colonne vertébrale.

– Je vais le tuer, murmurai-je.

– Pardon ?

– Continue, Grace. S'il te plaît.

– Bref, ce type a fini par se décider, il s'est levé et approché de la table, sûrement pour me sortir une quelconque tirade minable, quand ton copain le mutant bon à enfermer a surgi de nulle part, et lui a fait traverser la salle en le traînant par les cheveux. Dehors, devant au moins trente personnes, il lui a cogné plusieurs fois la tête contre une bouche d'incendie.

– Mince, alors.

– Mince, alors ? répéta-t-elle. C'est tout ce que tu trouves à dire ? *Mince, alors ?* Nom d'un chien, Patrick, cette bouche d'incendie était de l'autre côté de la vitre, juste en face de notre table ! Mae a tout

1. Célèbre basketteur de l'équipe des Boston Celtics. *(N.d.T.)*

vu. Ce monstre a démoli la figure du type sous les yeux de ma fille. Elle en a pleuré toute la journée. Et ce pauvre malheureux, il...

– Il est mort ?

– J'en sais rien, figure-toi ! Une voiture s'est arrêtée, des amis à lui en sont descendus, et ce... putain de cinglé avec son acolyte nain les ont tranquillement regardés embarquer le gars dans la bagnole et redémarrer.

– Ce « pauvre malheureux », Grace, est un tueur à gages au service de la mafia irlandaise. Il s'appelle Kevin Hurlihy, et il m'a prévenu ce matin qu'il allait te bousiller pour me faire du mal.

– Tu plaisantes.

– J'aimerais bien.

Un long silence pesant s'abattit sur la ligne entre nous.

– Donc, déclara Grace au bout d'un moment, il risque de s'en prendre à moi ? Ou à mon enfant ?

– Grace, je...

– Oui, quoi ? Quoi ? Ce monstre avec son trench-coat est censé jouer les anges gardiens, c'est ça ? Il est censé me rassurer, peut-être ?

– En quelque sorte.

– C'est toi qui a introduit ça dans ma vie. Toute cette violence. Tu... Bon sang !

– Grace, écoute...

– Je te téléphonerai plus tard.

Elle s'était exprimée d'une voix faible, distante.

– Je... euh, je suis chez Angie.

– Pardon ?

– Je vais passer la nuit ici.

– Chez Angie...

– Il est possible qu'elle soit la prochaine cible de l'assassin de Jason Warren et de Kara Rider.

– Chez Angie... Je te téléphonerai plus tard, Patrick. Enfin, peut-être.

Elle raccrocha.

Sans un « au revoir. » Sans un « prends bien soin de toi. » Juste sur un « peut-être. »

Il s'écoula vingt-deux minutes avant qu'elle ne me rappelle. J'étais assis à la table, fixant du regard les photographies de Hardiman, de Rugglestone et de Cal Morrison jusqu'à ce qu'elles se fondent sous mes yeux pour ne plus former qu'une image, alors que les mêmes questions menaient une sarabande infernale dans mon cerveau, les réponses, je le savais, se trouvant quelque part devant moi, mais en un lieu inaccessible, juste en dehors de mon champ de vision.

– Re-bonsoir, dit-elle.

– Re-bonsoir.

– Comment va Angie ?

– Elle a la trouille.

– On la comprend. (Son soupir résonna dans le combiné.) Et toi, Patrick, comment tu vas ?

– Pas trop mal, je suppose.

– Tu sais, je n'ai pas l'intention de m'excuser pour avoir piqué ma crise, tout à l'heure.

– Tu n'as pas à le faire.

– Je veux que tu partages ma vie, Patrick...

– Tant mieux.

– ... mais je ne suis pas sûre de vouloir partager la tienne.

– Je ne comprends pas.

Seul le bourdonnement de la ligne me parvint, et je me surpris à observer le paquet de cigarettes abandonné par Angie, avec l'envie désespérée d'en griller une.

– Ta vie, reprit Grace, avec toute cette violence. Tu la recherches, n'est-ce pas ?

– Non.

– Oh, si, répliqua-t-elle doucement. L'autre jour, je suis allée à la bibliothèque, et j'ai cherché dans les journaux de l'année dernière les articles sur toi. Quand cette femme s'est fait tuer.

– Et ?

– Et j'ai tout lu, répondit-elle. J'ai aussi vu les photos de toi agenouillé près de la victime et de l'homme sur qui tu avais tiré. Tu étais couvert de sang.

– De son sang à elle.

– Pardon ?

– C'était le sang de Jenna, expliquai-je, la femme qu'on venait d'abattre. Et peut-être aussi celui de Curtis Moore, le type que j'avais blessé. Mais ce n'était pas le mien.

– Je sais, Patrick. Je sais. Mais pendant que je regardais ces photos, et que je lisais ces articles, je n'arrêtais pas de me dire, « Qui est cet homme ? » Cette personne, là, sous mes yeux, je ne la connais pas. Non, je ne connais pas cet homme qui tire sur les gens. Il m'est inconnu. C'était tellement bizarre...

– Que veux-tu que je te dise, Grace ?

– Tu as déjà tué quelqu'un ? demanda-t-elle avec brusquerie.

Je ne répondis pas immédiatement.

– Non, affirmai-je enfin.

Ç'avait été si facile, ce premier mensonge raconté à Grace.

– Mais tu en es capable, pas vrai ?

– Comme tout le monde.

– Peut-être, oui. Peut-être. Sauf que la plupart d'entre nous ne se fourrent pas dans des situations qui appellent ce genre de dénouement. Toi, si.

– Je n'ai pas choisi de faire entrer cet assassin dans ma vie, Grace. Pas plus que je n'ai choisi d'y faire entrer Kevin Hurlihy.

– Faux, riposta-t-elle. Ton existence tout entière n'est qu'une tentative consciente pour affronter la violence, Patrick. Mais tu ne réussiras jamais à le vaincre.

– Qui ?
– Ton père.
J'attrapai le paquet d'Angie, et fis glisser les cigarettes sur la table jusqu'à les étaler toutes devant moi.
– Je n'essayais même pas.
– Tu espères que je vais avaler ça ?
Ayant saisi une cigarette, je la tapotai au milieu des clichés montrant Hardiman, le cadavre calciné de Rugglestone et celui, crucifié, de Cal Morrison.
– Où veux-tu en venir, Grace ?
– Tu traînes toujours avec des gens comme... comme Bubba. Ou Devin et Oscar. Tu vis dans un monde de violence, et tu t'entoures de personnes violentes.
– Ça ne t'atteindra jamais.
– C'est déjà fait. Merde. Oh, je te sais prêt à mourir pour empêcher qu'on me nuise. Je le sais très bien.
– Mais...
– Mais à quel prix ? Qu'est-ce que tu vas devenir ? Tu ne peux pas patauger dans les égouts toute la journée et rentrer à la maison en sentant la rose, Patrick. Ce boulot va te ronger à petit feu. Il va finir par te miner complètement.
– Tu me trouves miné ?
Pendant un long moment, je n'entendis que le silence.
– Pas encore, répondit-elle. Mais c'est un miracle. À combien de miracles tu as droit, Patrick ?
– Je l'ignore, fis-je d'une voix rauque.
– Moi aussi. Mais je ne parierais pas sur tes chances.
– Grace...
– À bientôt.
Elle avait buté sur ce *bientôt*, me sembla-t-il.
– D'accord.

– 'Soir.

Grace raccrocha, et j'écoutai la tonalité quelques secondes. Avant d'écraser la cigarette entre mes doigts, puis de repousser le paquet loin de moi.

*

– Où t'es ? demandai-je à Bubba lorsque je réussis enfin à le joindre sur son téléphone cellulaire.

– En face d'un des restaus de Jack Rouse, à Southie.

– Pourquoi ?

– Parce que Jack y est, et Kevin aussi, et presque toute la bande.

– T'as salement dérouillé Kevin, aujourd'hui.

– Mouais, le père Noël est passé plus tôt que prévu. (Il gloussa.) Crois-moi, vieux, ce brave Kev va devoir bouffer sa soupe avec une paille un bon bout de temps.

– Tu lui as cassé la mâchoire ?

– Et le nez en prime. C'était ma journée spéciale promo, « deux pour le prix d'un. »

– Mais, euh... Bubba, pourquoi t'as fait ça devant Grace ?

– Pourquoi pas ? Faut quand même que je te dise un truc, Patrick : ta nana, c'est une ingrate.

– Tu t'attendais à un pourboire, peut-être ?

– Au moins à un sourire. Ou à un merci. Même un p'tit coup d'œil reconnaissant, ça aurait suffi.

– T'as démoli un type devant sa fille, Bubba.

– Et alors ? Il l'avait cherché.

– Sauf que Grace l'ignorait, et que Mae est trop jeune pour comprendre.

– Ben, où est le problème ? Kev en a pris plein la gueule, et moi, la gueule, je me la suis fendue. Oh, putain que c'était bon !

Je soupirai. Essayer d'inculquer à Bubba les rudiments des conventions sociales ou quelques notions de moralité, c'est comme essayer d'expliquer les méfaits du cholestérol à un Big Mac.

– Nelson surveille Grace, en ce moment ? demandai-je.

– Un vrai faucon.

– Tant que tout ça ne sera pas terminé, Bubba, il ne doit pas la quitter des yeux.

– À mon avis, il en a pas envie. Tu sais quoi ? Je crois qu'il est en train de tomber amoureux.

Pour un peu, j'en aurais frissonné.

– Pour en revenir à Kevin et à Jack, qu'est-ce qu'ils font ? demandai-je.

– Leurs valises. Apparemment, ils partent en voyage.

– Où ?

– Aucune idée. On va se rencarder.

Il me sembla percevoir une intonation légèrement déprimée dans sa voix.

– Hé, Bubba ?

– Ouais ?

– Merci de protéger Grace et Mae.

– À ton service, dit-il d'un ton aussitôt plus enjoué. Tu ferais la même chose pour moi, pas vrai ?

Avec un peu plus de délicatesse, peut-être, mais...

– Sûr, affirmai-je. Bon, et si t'adoptais un profil bas quelque temps ?

– Pourquoi ?

– Kevin pourrait avoir envie de se venger.

Il éclata de rire.

– Et après, bordel de merde ? (Il émit un ricanement méprisant.) On parle de Kevin, là...

– Et Jack ? Il va se croire obligé de sauver la face, de te flanquer une raclée pour avoir sonné un de ses hommes.

Bubba soupira.

– Jack, c'est qu'un gros dégonflé, Patrick. Ça, t'as jamais voulu le piger. C'est pas un tendre, et il est dangereux, y a pas à dire, mais seulement pour les gens vulnérables. Pas pour les types comme moi. S'il se mettait en tête de me bousiller, faudrait d'abord qu'il rassemble toutes ses putains de troupes, et qu'il se prépare à une guerre totale en cas de plantage. Il est... O.K., je t'explique : quand je suis arrivé à Beyrouth, on nous a refilé des fusils, mais pas les munitions. Jack, c'est comme un flingue pas chargé. Et moi, je suis l'enfoiré de musulman chiite malade de la tête qui tourne autour de son ambassade au volant d'un camion bourré d'explosifs. Je suis la mort. Et Jack, il a pas assez de couilles pour jouer au con avec la mort. Oublie pas, c'est le même type qui a goûté au pouvoir pour la première fois en dirigeant l'APEE.

– L'A...quoi ?

– L'A-P-E-E. L'Association de Protection Edward Everett. Une milice privée, dans les années 70. Tu t'souviens pas ?

– Vaguement.

– Des graves, ces mecs-là. Tous des citoyens modèles, fin prêts à protéger leur quartier contre les négros, les latinos, et plus généralement contre tous ceux dont la gueule leur revenait pas. Merde, ils m'ont sorti deux fois de mon lit. Ton vieux m'a collé une telle rouste que...

– Mon vieux ?

– Mouais. Même que ça me fait tout drôle d'y repenser maintenant. Leur groupe de merde, il a duré quoi, six mois maximum, mais pour les p'tites frappes comme moi, c'était l'enfer quand ils nous chopaient. Faut leur reconnaître au moins ça.

– C'était quand, déjà ?

Je posai la question au moment où des bribes de souvenirs me revenaient : réunions organisées par mon père dans le salon, voix fortes et sûres de leur bon droit, glaçons tintant dans les verres et menaces dérisoires proférées contre les voleurs de voitures, les truands et les taggers du voisinage.

– Je sais plus exactement. (Bubba bâilla.) À l'époque, j'me rappelle, je fauchais encore les enjoliveurs ; alors, je devais à peine savoir marcher. Comme ça, je dirais qu'on avait p'têt onze ou douze ans. C'était donc en 74 ou en 75. À l'époque du ramassage scolaire.

– Et mon père et Jack Rouse...

– ... étaient les meneurs, vieux. Dans l'équipe, y avait aussi – attends, je réfléchis – Paul Burns, Terry Climstich, le p'tit maigrichon avec son éternelle cravate, celui qu'est pas resté longtemps dans le quartier, et puis... ah oui, deux bonnes femmes. Je suis pas près d'oublier ça, tiens : une fois, le groupe m'est tombé dessus alors que je tirais les jantes de la bagnole à Paul Burns, et j'ai pris une sacrée torgnole – bon, jusque-là, pas de quoi s'affoler –, mais quand j'ai voulu regarder qui c'était, j'ai vu deux nanas. T'imagines le choc ? Merde, alors !

– Ces femmes, c'était qui, Bubba ? Tu te rappelles ?

– Emma Hurlihy et Diedre Rider. Non, mais t'y crois, toi ? Ces deux gonzesses en train de me botter le cul ! Quel monde de dingues, hein ?

– Faut que je te laisse, Bubba. Je te retéléphone bientôt, O.K. ?

J'avais à peine raccroché que je composais le numéro de Bolton.

28

– Qu'est-ce qu'ils ont bien pu faire ? demanda Angie.

Nous nous tenions autour de la table basse avec Bolton, Devin, Oscar, Erdham et Fields, les yeux fixés sur les photocopies d'un cliché que Fields avait réussi à obtenir en réveillant le rédacteur en chef du *Dorchester Community Sun*, un hebdomadaire local spécialisé dans les nouvelles des quartiers environnants depuis 1962.

Le cliché en question était tiré d'un article sur les milices privées daté du 12 juin 1974. Sous le titre CES VOISINS QUI VEILLENT, le journaliste n'en finissait plus de vanter les exploits audacieux de l'APEE, de même que ceux de la Brigade Adams Corner à Neponset, de la Ligue Communautaire de Savin Hill, de l'Association des Citoyens contre le Crime à Field's Corner, et des Défenseurs de la Fierté Civique à Ashmont.

Mon père était cité dans la troisième colonne : « Je suis pompier, et s'il y a bien une chose que les pompiers savent, c'est qu'il faut maîtriser le feu dans les étages inférieurs pour l'empêcher de se propager. »

– Ton vieux avait le sens de la formule, fit Oscar. Déjà à l'époque.

– C'était une de ses phrases préférées. Il nous l'a serinée pendant des années.

Fields avait agrandi la photo des membres de l'APEE, et ils étaient tous là, sur le terrain de basket du parc Ryan, s'efforçant d'avoir l'air à la fois menaçant et amical.

Jack Rouse et mon père étaient accroupis au milieu du groupe, de chaque côté d'une pancarte de l'APEE ornée de trèfles dans les coins supérieurs. On aurait dit qu'ils posaient pour des cartes de football, imitant la posture des joueurs de défense, un poing solidement planté dans le sol, l'autre main tenant l'écriteau.

Debout derrière eux, je reconnus un Stan Timpson tout jeune – le seul à porter une cravate – puis, de gauche à droite, Diedre Rider, Emma Hurlihy, Paul Burns et Terry Climstich.

– C'est quoi, ça ? demandai-je en désignant un minuscule trait noir à droite du tirage.

– Le nom du photographe, répondit Fields.

– Il y a un moyen quelconque de le grossir pour mieux le voir ?

– J'ai pris les devants, monsieur Kenzie.

Tous les regards convergèrent vers Fields.

– C'est Diandra Warren qui a pris cette photo.

Elle avait une mine épouvantable.

Sa peau avait la couleur du Formica blanc, et les vêtements enveloppant son corps squelettique plissaient en accordéon.

– S'il vous plaît, Diandra, parlez-moi de l'Association de Protection Edward Everett, dis-je.

– La quoi ?

Diandra posa sur moi des yeux larmoyants. J'avais l'impression de me retrouver devant une personne que j'aurais connue jeune et perdue de vue pendant plusieurs décennies, pour découvrir que le temps ne l'avait pas seulement usée, mais qu'il s'était aussi acharné sur elle avec une cruauté impitoyable.

Je plaçai la photo sur le comptoir.

– Votre mari, mon père, Jack Rouse, Emma Hurlihy, Diedre Rider.

– Ça remonte à quinze ou vingt ans...

– Vingt, confirma Bolton.

– Puisque vous connaissiez mon père, comment se fait-il que vous n'ayez pas réagi en apprenant mon nom ? demandai-je.

Elle redressa la tête, me regarda d'un air éberlué, comme si je venais d'affirmer qu'elle était ma grande sœur disparue depuis des lustres.

– Je n'ai jamais rencontré votre père, monsieur Kenzie.

Je le lui montrai sur le tirage.

– Il est là, docteur Warren. À quelques centimètres de votre mari.

– C'est votre père ?

– Oui. Ici, à côté, c'est Jack Rouse. Et derrière son épaule gauche, c'est la mère de Kevin Hurlihy.

– Je ne... (Elle examina les visages.) J'ignorais le nom de ces personnes, monsieur Kenzie. J'ai pris cette photo à la demande de Stan. C'est lui qui appartenait à ce groupe débile, pas moi. Je lui ai même interdit d'organiser leurs réunions chez nous.

– Pourquoi ? interrogea Devin.

Un soupir lui échappa, et elle agita une main amaigrie.

– Cette démonstration de machisme sous prétexte d'agir dans l'intérêt de la communauté... C'était grotesque. Stan voulait à toute force me convaincre que ça ferait bien sur son C.V, mais au fond, il n'était pas différent des autres. À eux tous, ils avaient formé un gang de rue, ni plus ni moins, sauf qu'ils se prétendaient bienfaiteurs de la société.

– D'après nos archives, intervint Bolton, vous avez demandé le divorce en novembre 1974. Pourquoi ?

Diandra haussa les épaules avant d'étouffer un bâillement.

– Docteur Warren ?

– Bordel, fit-elle brusquement. Bordel de merde.

Quand Diandra leva les yeux vers nous, un semblant de vie paraissait l'animer de nouveau, mais cette impression ne dura pas. Quelques secondes plus tard, elle se cacha la figure derrière ses mains, et des mèches filasse lui tombèrent sur les doigts.

– Cet été-là, Stanley a révélé son vrai visage, murmura-t-elle. C'était un catholique, vous savez, un homme convaincu de sa supériorité morale. Un soir, il est rentré à la maison avec du sang sur sa chaussure, récolté après avoir tabassé un malheureux voleur de voitures, et il a essayé de me persuader que c'était une question de justice. Il est devenu vicieux sur le plan... sexuel, comme si je n'étais plus sa femme, mais une sorte de courtisane dont il aurait acheté les faveurs. L'homme tout à fait convenable qui se posait des questions sur sa virilité s'est transformé en béret vert. (Elle planta le doigt sur la photo.) Et tout ça à cause de ce groupe. Ce groupe stupide, ridicule, de pauvres imbéciles.

– Vous ne vous souvenez pas d'un incident en particulier, docteur Warren ?

– Quel genre d'incident ?

– Il vous racontait ses exploits ? demanda Devin.

– Non. Plus après notre dispute au sujet du sang sur sa chaussure.

– Vous êtes certaine que c'était celui d'un voleur de voitures ?

Elle opina.

– Docteur Warren, dis-je, attirant son attention, si vous étiez séparée de Timpson, pourquoi avoir accepté d'aider le bureau du procureur pendant le procès Hardiman ?

– Stan ne s'en occupait pas. À l'époque, il représentait le ministère public dans des affaires de mœurs. Moi, j'avais déjà collaboré avec le bureau du procureur une fois, quand un accusé avait plaidé la folie, et comme ils avaient apprécié ma contribution, ils m'ont demandé d'interroger Alec Hardiman. Après notre entretien, j'en ai conclu que cet homme était sociopathe, enclin à la folie des grandeurs et paranoïaque, mais tout à fait sain de corps et d'esprit d'un point de vue juridique, parfaitement conscient de la différence entre le bien et le mal.

– Existait-il un lien entre l'APEE et Alec Hardiman ? s'enquit Oscar.

Diandra fit non de la tête.

– Pas que je sache.

– Pourquoi ont-ils dissous l'association ?

– Parce qu'ils s'ennuyaient, je crois. À vrai dire, je n'en sais trop rien. J'avais déjà quitté le quartier à ce moment-là. Stan a suivi mon exemple quelques mois plus tard.

– Rien d'autre ne vous a marquée pendant cette période ?

Avant de répondre, elle contempla longuement la photographie.

– Si, je me rappelle une chose, répondit-elle d'un ton las. Lorsque j'ai pris cette photo, j'étais enceinte, et ce jour-là, je me sentais plus nauséeuse que d'habitude. J'ai attribué mon malaise à la chaleur et à cet enfant qui grandissait dans mon ventre. Mais ce n'était pas ça. Non, c'était à cause d'eux. (Elle repoussa la photo.) Il y avait quelque chose de malsain chez ces gens-là, quelque chose de corrompu. Au moment d'appuyer sur le déclencheur, j'ai eu l'impression qu'ils finiraient par faire beaucoup de mal à quelqu'un. Et qu'ils y prendraient plaisir.

Dans le camping-car, Fields ôta son casque d'écoute et se tourna vers Bolton.

– Le psy de la prison, le Dr Dolquist, il essaie de joindre M. Kenzie. Je peux vous le passer, si vous voulez.

Bolton hocha la tête avant de me regarder.

– Branchez le haut-parleur, me demanda-t-il.

Je décrochai à la première sonnerie.

– Monsieur Kenzie ? Ron Dolquist à l'appareil.

– Vous permettez que je mette le haut-parleur, docteur ?

– Bien sûr.

Une fois la manœuvre exécutée, sa voix acquit une qualité métallique, comme si elle était retransmise par plusieurs satellites à la fois.

– Vous savez, monsieur Kenzie, j'ai passé un temps fou à revoir toutes mes notes concernant mes séances avec Alec Hardiman au fil des années, et je crois avoir trouvé quelque chose. Si j'en crois le directeur, vous pensez qu'Evandro Arujo exécute les ordres de Hardiman ?

– C'est exact.

– Vous avez envisagé la possibilité qu'Evandro puisse avoir un complice ?

Nous étions huit entassés dans le camping-car, et tous les regards convergèrent en même temps vers le haut-parleur.

– Qu'est-ce qui vous fait dire ça, docteur ?

– En vérité, j'avais complètement oublié ce détail, mais au début de son séjour, Alec parlait beaucoup d'un certain John.

– John ?

– Oui. À l'époque, Alec ne ménageait pas ses efforts pour demander un procès en révision sous couvert de troubles neuro-psychologiques existants, et il remuait ciel et terre pour convaincre le personnel psychiatrique qu'il était sujet au délire, paranoïaque, schizophrène, et j'en passe. Sur le moment, j'ai pensé qu'il se servait de ce John pour feindre la dissociation mentale. Or, après 1979, il n'y a plus jamais fait allusion.

Bolton se pencha par-dessus mon épaule.

– Et par la suite, vous avez changé d'avis, docteur ?

– Oh, c'est vous, agent Bolton ? Eh bien, au début, j'ai pris en compte la possibilité que John soit une manifestation de sa personnalité – une sorte d'Alec imaginaire, si vous préférez, qui serait capable de traverser les murs, de s'évanouir dans le brouillard, ce genre de choses. Mais hier soir, en consultant mes notes, j'ai été frappé par le nombre de références à une trinité, et je me suis rappelé qu'il vous avait dit, monsieur Kenzie, que vous deviendriez un « homme d'influence » grâce à l'intervention...

– ... « du Père, du Fils et du Saint-Esprit », achevai-je.

– Tout juste. Souvent, quand Alec parlait de ce John, il l'appelait le père John. Par conséquent, Alec serait le fils. Et l'esprit...

– Arujo, dis-je. Celui qui s'évanouit dans le brouillard.

– Exactement. La notion qu'a Alec de la véritable signification de la Sainte Trinité laisse à désirer, comme beaucoup d'images mythologiques et religieuses chez lui ; il y puise les éléments dont il a besoin, les modèle selon ses désirs et jette le reste.

– Parlez-nous de John, docteur.

– Oui, j'y arrive. D'après Alec, John se dissimule derrière une image à l'opposé de ce qu'il est réellement. Ce n'est qu'avec ses victimes ou ses relations les plus proches – Hardiman, Rugglestone, et maintenant Arujo – qu'il ôte son masque, leur laissant voir « la violence pure de son vrai visage », selon les termes d'Alec. Quand les gens regardent John, ils voient *ce qu'ils ont envie de voir* chez un être humain, à savoir la bienveillance, la sagesse et la douceur. Mais le véritable John n'est rien de tout cela. Toujours d'après Alec, c'est un « scientifique » qui étudie la souffrance humaine pour essayer de cerner les forces à l'œuvre dans la création.

– Les... quoi ? fis-je.

– Je vais vous lire les notes que j'ai prises pendant une séance avec Alec en septembre 78, un peu avant qu'il ne cesse de mentionner John. Ce sont ses propres paroles :

« Si Dieu n'est que bonté, pourquoi nous aurait-Il dotés d'une telle capacité à ressentir la douleur ? Nos nerfs sont censés nous alerter du danger ; c'est la cause biologique de la douleur. Pourtant, nous sommes capables d'éprouver une douleur qui dépasse largement le niveau requis pour nous alerter du danger ; de l'éprouver à un degré extrêmement aigu, bien au-delà de toute description possible. Et non seulement nous avons cette capacité, comme tous les animaux, mais en plus, nous avons la capacité mentale de revivre encore et encore cette souffrance sur le plan émotionnel et psychique. Aucun autre animal n'est doté d'une faculté similaire. Dieu nous hait-Il donc à ce point ? Ou nous aime-t-Il à ce point ? Et si aucune de ces deux hypothèses n'est la bonne, s'il s'agit seulement d'une faille arbitraire de notre ADN, cette capacité à souffrir qu'Il nous a accordée n'aurait-elle pas pour fondement ultime de nous aguerrir ? De nous rendre aussi indifférents à la souffrance des autres qu'Il l'est Lui-même ? Partant de ce principe, ne devrions-nous pas essayer de L'imiter, comme le fait John – se repaître de la douleur, la prolonger et la raffiner, à l'instar de nos méthodes pour l'infliger ? John, lui, a compris que là résidait l'essence même de la pureté. »

Dolquist s'éclaircit la gorge.
– Fin de citation.
– Docteur ? lança Bolton.
– Oui ?
– Décrivez-nous John. Comme ça, sans réfléchir.
– Il possède une grande force physique, et si vous le rencontriez, vous vous en rendriez compte, bien sûr, mais ce ne serait pas flagrant. Il n'a rien d'un Monsieur Muscles, c'est juste quelqu'un de costaud, si vous voyez ce que je veux dire. Il donne aux autres l'impression d'être normal, rationnel, voire doué d'une certaine sagesse. Je l'imagine volontiers populaire au sein de sa communauté, multipliant les BA à une petite échelle.
– Marié ? interrogea Bolton.
– J'en doute. Il doit savoir qu'une façade, aussi parfaite soit-elle, ne pourrait abuser une épouse ou des enfants. Il a peut-être été marié un jour, mais il ne l'est plus.
– Autre chose ?
– Je ne le crois pas capable d'avoir cessé de tuer durant ces vingt dernières années. Pour lui, ce serait impossible. Non, je pense plutôt qu'il a choisi de garder le silence sur ses meurtres.
Nous regardâmes tous Angie, qui inclina du doigt un chapeau imaginaire.
– Encore autre chose, docteur ?
– Oui, je dirais que ce qui l'excite avant tout, c'est de donner la mort. Mais il obéit aussi à une pulsion secondaire, presque marginale – le plaisir qu'il éprouve à vivre derrière son masque. John vous observe en se moquant de vous, car il se sait protégé par cette couverture. Pour lui, il y a quelque chose d'éminemment sexuel dans ce rapport à autrui ; d'où la nécessité de tomber le masque après toutes ces années.
– Je ne vous suis plus, dis-je.

– Pensez à une érection prolongée, d'accord ? Ça fait près de vingt ans maintenant que John attend l'orgasme. Il a beau trouver du plaisir à cette érection, son besoin d'éjaculer devient de plus en plus pressant.

– Il veut qu'on l'arrête, c'est ça ?

– Non, il veut *se montrer*, ce n'est pas la même chose. Il veut enlever son masque, et vous cracher au visage au moment où vous le découvrez enfin sous son vrai jour. Pour autant, je ne l'imagine pas prêt à se laisser facilement passer les menottes.

– Autre chose, docteur ?

– Oui. À mon avis, il connaît M. Kenzie. Pas de réputation. Non, il le connaît depuis longtemps. Ils se sont rencontrés. Face à face.

– Qu'est-ce qui vous fait dire ça ? demandai-je.

– Un homme comme lui noue d'étranges relations, mais pour étranges qu'elles soient, elles n'en revêtent pas moins une importance extrême à ses yeux. Il doit considérer comme primordial de connaître un de ses poursuivants. Pour une raison inexpliquée, c'est vous qu'il a choisi, monsieur Kenzie. Et il vous l'a signifié en demandant à Hardiman de vous parler. John et vous, vous vous côtoyez régulièrement, monsieur Kenzie. Je serais prêt à jouer ma réputation là-dessus.

– Merci, docteur, fit Bolton. Je suppose que si vous nous avez lu vos notes, c'est que vous n'avez pas l'intention de nous les communiquer.

– Pas sans une ordonnance du tribunal, répondit Dolquist, et certainement pas sans me battre. Mais si je découvrais dans mes dossiers un élément susceptible de mettre un terme à cette série de meurtres, je vous appellerais sur-le-champ. Monsieur Kenzie ?

– Oui ?

– Je peux vous parler en privé ?

Bolton haussa les épaules, et je coupai le haut-parleur avant de caler le combiné contre mon oreille.

– Oui, docteur ?

– Alec avait tort.

– À quel propos ?

– Ma femme. Il avait tort.

– Heureux de l'apprendre, docteur.

– Je voulais juste... clarifier les choses. Il avait tort, répéta Dolquist. Au revoir, monsieur Kenzie.

– Au revoir, docteur.

*

– Stan Timpson est à Cancun, annonça Erdham.

– Quoi ? s'exclama Bolton.

– C'est vrai, monsieur. Ça fait trois jours qu'il y a emmené femme et enfants, histoire de s'accorder une petite pause.

– Une petite pause ? répéta Bolton. Le procureur du comté de Suffolk part au Mexique au beau milieu d'une chasse au serial killer... (Il secoua la tête.) Allez le chercher.

– C'est que... je ne suis pas un agent de terrain, monsieur.

Bolton pointa le doigt vers lui.

– Alors, envoyez quelqu'un là-bas. C'est ça, envoyez deux agents, avec pour consigne de le ramener.

– Et un mandat d'arrêt, monsieur ?

– Non, juste pour un interrogatoire. Où est-ce qu'il loge ?

– Au Marriott, m'a dit sa secrétaire.

– À ce stade, il y a un *mais*, je le sens.

Erdham acquiesça.

– Il ne s'est jamais présenté à la réception.

– Quatre agents, déclara Bolton. Je veux quatre agents dans le prochain avion pour Cancun. Et faites venir aussi sa secrétaire.

– Bien, monsieur.

Erdham décrochait un téléphone quand le camping-car s'engagea sur la voie express.

– Ils ont tous filé aux abris, n'est-ce pas ? murmurai-je.

Bolton soupira.

– On dirait, oui. Jack Rouse et Kevin Hurlihy sont introuvables. Diedre Rider semble s'être volatilisée après l'enterrement de sa fille.

– Et pour Burns et Climstich ? demanda Angie.

– Décédés tous les deux. Paul Burns, boulanger de son état, s'est fourré la tête dans un de ses fours en 77. Quant à Climstich, il est mort d'un infarctus du myocarde en 83. Aucun n'a laissé de descendants. (Il posa la photo sur ses genoux, la contempla quelques instants.) Vous êtes le portrait tout craché de votre père, monsieur Kenzie.

– Je sais.

– Vous l'avez décrit comme un tyran. Vous n'avez rien à ajouter ?

– Comment ça ?

– J'ai besoin de savoir de quoi il était capable.

– Mon père était capable de tout, agent Bolton.

Il hocha la tête, puis consulta son dossier.

– Emma Hurlihy a été internée à l'asile Della Vorstin en 75. On ne relève aucune indication de maladie mentale dans sa famille, et elle-même n'avait jamais manifesté de troubles du comportement avant la fin de l'année 1974. Sa première arrestation pour ivresse et atteinte à l'ordre public date de février 75. Ensuite, la police l'a régulièrement ramassée. De petit épicier de quartier pas trop à cheval sur les principes, Jack Rouse est devenu en cinq ans le grand patron de la mafia irlandaise. Les rapports qui me sont parvenus de la Brigade de répression du banditisme et de la Brigade criminelle de la police de Boston affirment que l'ascension de Jack Rouse a été l'un des épisodes les plus sanglants dans l'histoire de la mafia irlandaise. Il a obtenu le pouvoir en éliminant tous ceux qui se mettaient en travers de sa route. Comment y est-il arrivé, bon sang ? Comment un petit escroc de quinzième zone se débrouille-t-il pour gravir tous les échelons du jour au lendemain ?

En réponse au regard interrogateur de Bolton, nous haussâmes les épaules.

Il se replongea dans ses papiers.

– Le procureur Stanley Timpson... Un cas fort intéressant, lui aussi. Diplômé de Harvard, mais dans le peloton de queue. Reste dans la moyenne de sa promo, à la fac de droit du Suffolk. Réussit l'examen du barreau à la troisième tentative seulement. S'il intègre le bureau du procureur, c'est uniquement grâce aux relations du père de Diandra Warren, et à en juger par ses premières évaluations professionnelles, il fait un avocat médiocre. Et puis, à partir de 75, l'agneau docile se transforme en véritable loup. Par le biais des affaires de mœurs, il acquiert la réputation de refuser les compromis. Même topo quand le bureau du procureur lui confie ses premières affaires criminelles. Il commence à faire peur, et sa renommée ne cesse de croître. En 84, on le considère comme l'avocat général le plus redouté de toute la Nouvelle-Angleterre. Là encore, comment y est-il arrivé ?

Le camping-car quitta la voie express pour se diriger vers mon quartier, et plus précisément vers l'église St Bart, où Bolton devait nous débriefer dans la matinée.

– Votre père, monsieur Kenzie, décroche un poste de conseiller municipal en 78. Où il s'illustre avant tout, apparemment, par son intransigeance et une ambition à faire rougir Lyndon Johnson. Aux dires de tous, c'est un fonctionnaire insignifiant, mais un homme politique féroce. Une nouvelle fois, on se retrouve en présence d'un type d'origine modeste – un simple pompier, nom d'un chien –, qui réussit au-delà de toute espérance.

– Et pour Climstich ? fit Angie. Burns s'est suicidé, mais est-ce que Climstich s'est métamorphosé, lui aussi ?

– À vrai dire, M. Climstich a plus ou moins décidé de vivre en ermite. Sa femme l'a plaqué à l'automne 75. Les déclarations faites sous serment indiquent que Mme Climstich a invoqué des incompatibilités de caractère irréconciliables, après vingt-huit ans de mariage. Elle a affirmé que son mari était devenu taciturne, morbide et adepte de la pornographie. Une forme particulièrement ignoble de la pornographie, répondant à une obsession pour la bestialité.

– Et tout cela nous mène où, agent Bolton ? s'enquit Angie.

– Je dirais qu'il est arrivé quelque chose de très étrange à toutes ces personnes. Certaines ont réussi dans la vie, malgré leurs origines on ne peut plus modestes ; d'autres...

De l'index, il désigna Emma Hurlihy et Paul Burns.

– ... ont vu leur vie se désintégrer, et se sont détruits.

Bolton regarda Angie comme si elle détenait la clé de l'énigme.

– Quelque chose a affecté ces gens, mademoiselle Gennaro. Quelque chose les a transformés.

Lorsque le camping-car s'arrêta derrière l'église, Angie regarda la photo et répéta sa question :

– Qu'est-ce qu'ils ont bien pu faire ?

– Je l'ignore, répondit Bolton avant de m'adresser un sourire désabusé. Mais comme le dirait Alec Hardiman, leurs actes ont eu de l'influence.

29

Angie et moi, on se rendit à pied dans un bar de Boston Street, suivis à distance respectacle par Devin et Oscar.

On avait tous les deux dépassés le stade de la simple fatigue, et je voyais danser dans l'air des bulles transparentes qui éclataient devant mes yeux.

Ce fut à peine si on échangea deux mots en buvant notre café près de la fenêtre, le regard perdu dans la grisaille du matin. Toutes les pièces du puzzle semblaient se mettre en place petit à petit, et pourtant, le puzzle lui-même refusait de former une image cohérente.

Il me fallait bien supposer que les membres de l'APEE avaient dû croiser la route de Hardiman, de Rugglestone, voire du troisième tueur-mystère. Mais dans quelles circonstances ? Avaient-ils découvert quelque chose de compromettant pour Hardiman ou le tueur-mystère ? Auquel cas, de quoi pouvait-il bien s'agir ? Et pourquoi ne pas éliminer les fondateurs de la milice à ce moment-là, dans les années 70 ? Pourquoi attendre vingt ans pour s'en prendre à leurs descendants, ou aux proches de leurs descendants ?

– T'as l'air vanné, Patrick.

J'adressai à Angie un sourire las.

– Toi aussi.

Elle avala une gorgée de café.

– Après le debriefing, on rentre se coucher, d'accord ?

– Ça ressemblerait presque à une proposition malhonnête.

Angie pouffa.

– C'est vrai. Mais tu sais très bien ce que je voulais dire.

– T'espères toujours m'attirer dans ton pieu même après toutes ces années, pas vrai ?

– T'as tout compris, gros malin.

– À ton avis, Ange, en 74, quelles raisons pouvaient pousser un homme à se maquiller ?

– Tu bloques sur ce point, hein ?

– Exact.

– Je ne sais pas, Patrick. Si ça se trouve, ces types-là étaient coquets, ils voulaient cacher leurs pattes d'oie.

– Avec du fard blanc ?

– C'étaient peut-être des mimes. Ou des clowns. Ou des branchés style revival gothique.

– Ou des fans de KISS.

– Possible aussi, approuva-t-elle avant de fredonner quelques mesures de « Beth. »

– Et merde.

– Quoi ?

– La solution est là, je le sens.

– Liée à cette histoire de fard, tu veux dire ?

– Oui. Et à ce qui a pu se passer entre Hardiman et l'APEE. Elle nous crève les yeux, mais on est trop nazes pour la voir.

Elle haussa les épaules.

– Bon, on va aller écouter le debriefing de Bolton. Avec un peu de chance, ça expliquera tout.

– Tu rêves.

– Ne sois pas aussi pessimiste.

Dans la mesure où la moitié des agents du FBI ratissaient le quartier à la recherche d'informations pendant que d'autres surveillaient la maison d'Angie, l'appartement de Phil et le mien, Bolton s'était débrouillé pour obtenir du père Drummond l'autorisation d'organiser une réunion dans l'église.

Comme tous les matins, l'édifice du culte était imprégné des effluves d'encens et de bougies brûlées durant la messe de 7 heures, de l'odeur plus forte du solvant au pin et de la cire qui se dégageait des bancs, et du parfum triste des chrysanthèmes flétris. Des grains de poussière tourbillonnaient dans les rais de lumière couleur d'étain qui pénétraient à l'oblique par les fenêtres à l'est, au-dessus de l'autel, pour aller se perdre au milieu des rangées de bancs. Une église, par une froide matinée d'automne, avec ses tons bruns et rouges assourdis, nuancés d'ambre, et ses vitraux multicolores à peine réchauffés par un soleil trop pâle, donne toujours cette impression que recherchaient sans doute les fondateurs du catholicisme : celle d'un lieu propre, purifié de toute imperfection terrestre, conçu pour ne répercuter que les chuchotements des fidèles et le bruissement du tissu contre les genoux qui plient.

Bolton était assis devant l'autel, sur le siège rouge à dorures réservé au prêtre. Siège qu'il avait déplacé afin de pouvoir poser les pieds sur la balustrade ; en face de lui, les agents et plusieurs flics occupaient les quatre premiers bancs, armés pour la plupart de stylos, de papier ou de magnétophones.

– Ravi que vous ayez pu venir, lança-t-il à notre adresse.

– Ne faites pas ça, répliqua Angie, les yeux fixés sur les chaussures de l'agent spécial Bolton.

– Pardon ?

– Vous n'avez pas à vous asseoir sur cette chaise, ni à poser vos pieds sur la balustrade.

– Pourquoi ?

– Certains pourraient s'en offusquer.

– Pas moi, en tout cas, affirma-t-il avec un haussement d'épaules. Je ne suis pas catholique.

– Moi, je le suis, riposta Angie.

Il la dévisagea avec attention, pensant certainement qu'elle plaisantait, mais Angie soutint son regard avec une détermination et un calme tels qu'il comprit vite son erreur.

Avec un soupir, il se leva, puis alla replacer le siège à l'endroit approprié. Alors que nous nous dirigions vers les bancs, il longea l'autel pour monter en chaire.

– Ici, c'est mieux ? cria-t-il.

Angie haussa les épaules ; au même moment, Devin et Oscar s'installèrent devant nous.

– Ça ira, dit-elle.

– Heureux de ne plus heurter votre sensibilité si délicate, mademoiselle Gennaro.

Elle me fit les gros yeux, et une nouvelle fois, j'éprouvai une étrange admiration pour la foi de ma partenaire en une religion que j'avais moi-même abandonnée depuis longtemps. Angie ne s'en vante pas, ne clame pas ses convictions sur tous les toits, et elle n'a que mépris pour la hiérarchie patriarcale à la tête de l'Église, mais elle voue à la religion et aux rites un profond attachement que rien ne saurait ébranler.

De son côté, Bolton paraissait déjà sous le charme de la chaire. De ses mains épaisses, il caressait les mots latins et les nombreuses sculptures religieuses gravés dans les parois de la tribune, et quand il baissa les yeux vers son auditoire, ses narines palpitaient légèrement.

– Les résultats obtenus hier soir sont les suivants : d'abord, la fouille de l'appartement d'Evandro Arujo a permis de découvrir des photographies sous une latte du plancher, sur laquelle était placé un radiateur en acier. Les appels de personnes affirmant avoir aperçu un homme qui ressemble au signalement d'Arujo ont triplé depuis sept heures ce matin, quand les journaux ont publié deux portraits de lui – un avec le bouc, l'autre sans. La plupart de ces témoignages ne semblent pas fondés. Pourtant, cinq correspondants auraient vu Arujo sur la côte sud, et deux autres, plus récemment, à Cape Cod, près de Bourne. J'ai envoyé là-bas les agents qui ont passé la nuit à ratisser le haut de la côte sud. Des barrages routiers ont été dressés sur les nationales 6, 28 et 3, ainsi que sur l'autoroute I-495, et ce, dans les deux sens. D'après deux témoignages, Arujo conduirait une Nissan Sentra noire, mais là encore, la validité de ces déclarations est toujours suspecte en cas d'hystérie collective.

– Et la Jeep ? demanda un agent.

– Pour l'instant, on n'a rien. Soit il l'a encore, soit il s'en est débarrassé. Hier matin, une Cherokee rouge a été volée dans le parking du Bayside Expo Center, et on pense que c'est la voiture dans laquelle il a été repéré. Numéro d'immatriculation : 299-ZSR. La police de Wollaston a relevé une partie de la plaque minéralogique de la Jeep prise en chasse hier, et ça correspond.

– Vous avez parlé de photographies, intervint Angie.

Bolton hocha la tête.

– Plusieurs de Kara Rider, Jason Warren, Stimovich et Stokes. Semblables à celles envoyées à leurs proches. Ce qui fait désormais d'Arujo le suspect numéro un. D'autres photos montrent des inconnus dont il nous faut supposer que ce sont ses prochaines victimes. La bonne nouvelle, mesdames et messieurs, c'est qu'on sera peut-être en mesure de déterminer où il va frapper.

De sa main, il étouffa une petite toux.

– Les analyses médico-légales ont désormais prouvé sans aucun doute possible que les quatre meurtres faisant l'objet de cette enquête ont été commis par deux tueurs. Les ecchymoses sur les poignets de Jason Warren indiquent qu'un de ces hommes le maintenait pendant que l'autre lui lacérait le visage et la poitrine avec un rasoir à manche. Deux mains agrippaient fermement la tête de Kara Rider pendant que deux autres lui enfonçaient un pic à glace dans le larynx. Les blessures de Peter Stimovich et de Pamela Stokes confirment également la présence de deux personnes.

– On sait où ils ont été tués ? s'enquit Oscar.

– Pour l'instant, non. Jason Warren a été assassiné dans l'entrepôt de South Boston, et les autres, ailleurs. Apparemment, les tueurs voulaient en finir vite avec Warren. Nous ignorons pourquoi. Les trois dernières victimes n'avaient que des quantités très faibles d'hydrochlorophylle dans le sang, ce qui semblerait suggérer qu'elles étaient seulement inconscientes quand les tueurs les ont transportées jusqu'à l'endroit du crime.

– Stimovich a été torturé pendant au moins une heure, et Stokes deux fois plus longtemps, affirma Devin. Ils ont dû faire un boucan de tous les diables.

Bolton opina.

– Raison pour laquelle on cherche un site isolé.

– En gros, ça en fait combien ? demanda Angie.

– Impossible à chiffrer, entre les immeubles et autres bâtiments abandonnés, les marais déclarés zone protégée, la demi-douzaine de petites îles au large de la côte, les prisons, les hôpitaux et les entrepôts désaffectés, etc. Si un des tueurs a passé deux décennies à peaufiner son plan, on peut supposer qu'il a tout prévu dans les moindres détails. Sans compter qu'il a très bien pu faire insonoriser sa cave, ou d'autres pièces chez lui.

– On a des éléments prouvant que ce tueur resté des années dans l'ombre aurait assassiné des enfants ?

– Rien de concluant, non, répondit Bolton. Mais sur les mille cent soixante-deux affichettes que vous avez reçues, monsieur Kenzie, et qui couvrent une période d'environ dix ans, on sait que deux cent quatre-vingt-sept enfants sont morts. Deux cent onze de ces affaires sont toujours officiellement non résolues.

– Combien en Nouvelle-Angleterre ? questionna un agent.

– Cinquante-six, répondit Bolton d'un ton posé. Dont quarante-neuf non résolues.

– En pourcentage, lança Oscar, ça nous fait un taux épouvantablement élevé.

– En effet, admit Bolton avec lassitude.

– Et combien présentent des similitudes avec les victimes récentes ?

– Dans le Massachusetts, aucune, bien qu'on ait recensé plusieurs attaques à l'arme blanche, et plusieurs perforations de la main ; ces cas font l'objet d'un examen approfondi. Nous en avons également isolé deux d'une violence telle qu'ils pourraient sans problème soutenir la comparaison avec les meurtres actuels.

– Où ?

– Un à Lubbock, au Texas, en 1986. L'autre à la sortie de Miami, dans le comté de Dade, en 91.

– Il y a eu amputation ?

– Affirmatif.

– Disparition de certaines parties du corps ?

– Là encore, affirmatif.

– Ils avaient quel âge, ces gosses ?

– À Lubbock, c'était un gamin de quatorze ans. Dans le comté de Dade, une gamine de seize. (Bolton s'éclaircit la gorge et palpa ses poches de poitrine à la recherche de son inhalateur, en vain.) De plus, comme vous l'avez tous appris hier soir, M. Kenzie nous a orientés sur un lien probable entre les meurtres de 1974 et ceux d'aujourd'hui. Messieurs, il semblerait bien que nos tueurs aient un compte à régler avec les enfants des membres de l'APEE, mais jusqu'à présent, nous n'avons pas réussi à établir un rapport quelconque entre cette milice et Alec Hardiman ou Evandro Arujo. Pourtant, il nous faut partir du principe que ce lien est fondamental, même si personne ne comprend encore pourquoi.

– Et pour Stimovich et Stokes ? demanda un agent. Où est le lien ?

– Nous sommes persuadés qu'il n'y en a pas, que ces deux-là font partie des victimes « innocentes » dont le tueur parlait dans sa lettre.

– Quelle lettre ? lança aussitôt Angie.

Bolton reporta son attention sur nous.

– Celle retrouvée dans votre appartement, monsieur Kenzie. Sous les yeux de Stimovich.

– Celle que vous ne m'avez pas laissée lire, c'est ça ?

Il me répondit d'un hochement de tête, consulta ses notes et chaussa ses lunettes.

– Au cours de la fouille effectuée dans la chambre de Jason Warren, sur le campus, on a retrouvé le journal intime de M. Warren enfermé dans un tiroir de son bureau. Des photocopies seront distribuées aux agents qui le désirent, mais pour l'instant, je vais vous lire un passage daté du 17 octobre, c'est-à-dire le jour où M. Kenzie et Mlle Gennaro ont aperçu Warren en compagnie d'Arujo. (Il s'éclaircit de nouveau la gorge, manifestement embarrassé d'avoir à se faire l'écho d'une voix qui n'était pas la sienne.) « E. est revenu en ville. Il est resté un peu plus d'une heure. Il n'a aucune idée de son pouvoir, de l'attrait exercé par son manque d'assurance. Il voudrait coucher avec moi, mais il ne parvient pas encore à accepter complètement sa bisexualité. Je comprends, je le lui ai dit. Ça m'a pris un temps fou. La liberté est tellement douloureuse. Il m'a touché pour la première fois, et après, il est parti. Retourné à New York. Auprès de sa femme. Mais je vais le revoir. Je le sais. Parce que je l'attire. »

En terminant sa lecture, Bolton avait rougi.

– Evandro sert d'appât, déclarai-je.

– On dirait, oui, confirma Bolton. Arujo captive ses victimes, et son mystérieux complice les capture. Tous les témoignages sur Evandro Arujo – ceux de ses codétenus, d'autres passages dans ce journal, celui de la colocataire de Kara Rider, et même ceux des clients du bar où il a dragué Pamela Stokes – reviennent sans cesse sur un point particulier : le pouvoir sexuel de cet homme. S'il est assez intelligent – et je crois qu'il l'est – pour le cerner d'obstacles que ses futures victimes doivent franchir, elles les franchiront, et finiront aussi par accepter son désir de garder le secret et de se retrouver dans des lieux isolés. D'où cette soi-disant femme dont il a parlé à Jason. Dieu sait ce qu'il a raconté aux autres, mais à mon avis, il les a fait tomber sous sa coupe en prétendant tomber sous la leur.

– Une sorte d'Hélène de Troie au masculin, quoi, fit Devin.

– Henry de Troie plutôt, renchérit Oscar, suscitant quelques rires parmi les agents.

– D'autre part, les recherches minutieuses menées sur la scène du crime ont abouti aux résultats suivants : Un, les tueurs pèsent entre quatre-vingts et quatre-vingt-dix kilos. Deux, comme la chaussure d'Evandro Arujo correspond à l'empreinte pointure 42 retrouvée à l'endroit où

Kara Rider a été assassinée, son complice fait du 41. Trois, le deuxième tueur a les cheveux brun-roux et une grande force physique. Stimovich était extrêmement musclé, et on l'a maîtrisé avant de lui administrer des toxines ; comme Arujo n'est pas très costaud, c'est forcément son complice qui s'en est chargé. Quatre, un nouvel interrogatoire de toutes les personnes ayant eu un contact avec les victimes a permis de tirer au moins une conclusion : tous, à l'exception du professeur Eric Gault et de Gerald Glynn ont des alibis en béton pour les quatre meurtres. En ce moment même, Gault et Glynn sont dans les locaux du FBI, et Gault a déjà raté le test du détecteur de mensonges. J'ajoute que les deux hommes sont plutôt baraqués, et suffisamment petits pour chausser du 41. Des questions ?

– Ils sont suspects ? dis-je.

– Pourquoi me demandez-vous ça ?

– Parce que c'est Eric Gault qui m'a recommandé auprès de Diandra Warren, et que Gerry Glynn m'a fourni des informations cruciales.

Bolton hocha la tête.

– Ce qui ne fait que confirmer nos hypothèses au sujet de la pathologie du tueur-mystère.

– Plus précisément ? fit Angie.

– C'est le Dr Élias Rottenheim, du Département des Sciences du Comportement, qui a avancé la théorie du tueur mystérieux resté dans l'ombre. Reportez-vous aussi à la transcription de la conversation de ce matin avec le Dr Dolquist. Je cite le Dr Rottenheim : « Le sujet présente tous les symptômes fréquemment répandus chez les personnes atteintes d'une affliction double mêlant les troubles narcissiques de la personnalité à des troubles psychotiques partagés dans lesquels le sujet est l'initiateur, ou l'agent principal. »

– Quel charabia, commenta Devin.

– En gros, ce que montre le Dr Rottenheim dans son rapport, c'est qu'une personne souffrant de troubles narcissiques de la personnalité – en l'occurrence, notre tueur de l'ombre – a l'impression que ses actes la placent à un niveau supérieur. *Sa seule existence* justifie l'amour et l'admiration des autres. Elle manifeste tous les signes de la sociopathie, est obsédée par la reconnaissance de son bon droit et se croit spéciale, voire divine. Quant au tueur affecté de troubles psychotiques partagés, il possède la capacité de convaincre son entourage que son comportement est tout à fait logique et naturel. D'où le terme *partagé*. Cet homme-là est l'agent principal, l'initiateur d'illusions chez les autres.

– Donc, il aurait réussi à persuader Evandro Arujo, Alec Hardiman ou les deux, du bien-fondé de ces meurtres.

– Apparemment, oui.

– Mais comment ce profil s'appliquerait-il à Gault ou à Glynn ? demandai-je.

– Gault vous a mis en contact avec Diandra Warren, Glynn vous a mis en contact avec Alec Hardiman. À première vue, de telles initiatives laisseraient supposer qu'aucun d'eux n'est impliqué, puisqu'ils essaient d'aider leurs amis. Mais rappelez-vous ce que Dolquist a dit : ce type vous connaît, monsieur Kenzie. Il vous défie de le démasquer.

– Donc, le mystérieux complice d'Arujo pourrait être l'un d'eux ?

– Tout est possible, monsieur Kenzie.

Le soleil de novembre menait une bataille perdue d'avance contre l'invasion d'épaisses couches de nuages gris ardoise. En pleine lumière, il faisait suffisamment chaud pour enlever sa veste. À l'ombre, on n'avait qu'une envie : enfiler une parka.

– Dans sa lettre, fit Bolton alors que nous traversions la cour de l'école, l'auteur affirme que certaines victimes sont « dignes » et d'autres exposées au reproche malgré leur innocence.

– Qu'est-ce que ça veut dire ?

– C'est une réplique de Skakespeare. Dans *Othello*, Iago déclare, « plus d'une dame digne et chaste, malgré toute son innocence, est exposée au reproche. » Pour un certain nombre d'intellectuels, c'est le moment où Iago cesse d'être un criminel obéissant à un mobile pour devenir une créature animée par ce que Coleridge appelait « la malveillance injustifiée ».

– Je suis perdue, là, dit Angie.

– Vous comprenez, Iago avait une raison de vouloir se venger d'Othello, même si elle était mince. En revanche, il n'avait aucune raison de vouloir détruire Desdémone ou de priver l'armée vénitienne de ses meilleurs officiers la semaine précédant une attaque des Turcs. Mais peu à peu, sa capacité à faire le mal l'impressionne au point qu'elle devient en elle-même un mobile suffisant pour semer la mort autour de lui. Au début, il s'engage à anéantir les coupables – Othello et Cassio –, mais au quatrième acte, il est prêt à anéantir tout le monde – tous ceux qui, malgré leur innocence, sont exposés au reproche –, simplement parce qu'il en a le pouvoir. Parce qu'il y prend plaisir.

– Et ce tueur...

– ... est sans doute une créature semblable. Il a tué Kara Rider et Jason Warren parce que c'étaient les enfants de ses ennemis.

– Mais pour Stimovich et Stokes ? lança Angie.

– Pas de mobile, répondit Bolton. Il s'est amusé.

Une petite pluie fine mouchetait désormais nos cheveux et nos vestes.

De son attaché-case, Bolton retira une feuille de papier qu'il tendit à Angie.

– C'est quoi ?

Il plissa les yeux, scruta la brume.

– Une copie de la lettre du tueur, mademoiselle Gennaro.

Aussitôt, Angie écarta la feuille, comme si le contenu risquait de la contaminer.

– Vous vouliez avoir tous les éléments en main ? (Il indiqua la lettre.) Maintenant, vous les avez.

Sur ce, il retourna vers la cour de l'école.

30

Patrick,

ce qui compte, c'est la souffrance. il faut que tu le comprennes.

au début, il n'y avait pas de grand projet. j'ai tué quelqu'un presque par hasard, à vrai dire, et j'ai ressenti toutes ces émotions qu'on est censé ressentir dans ces moments-là – remords, répulsion, peur, honte, dégoût de moi. j'ai pris un bain pour me laver de son sang à elle, et assis dans la baignoire, j'ai vomi, mais je n'ai pas bougé. non, je suis resté dans cette eau empuantie par son sang et par Ma honte, par la pestilence de Mon péché mortel.

ensuite, j'ai vidé la baignoire, je me suis douché et... j'ai continué à vivre. que font les hommes, après tout, une fois qu'ils ont commis un acte immoral ou inconcevable ? ils continuent à vivre. le choix n'existe pas quand on a échappé à l'emprise de la loi.

alors, j'ai repris Mon existence, et peu à peu, ces sentiments de honte et de remords ont disparu. je croyais qu'ils m'habiteraient à jamais. je me trompais.

et je me souviens d'avoir pensé, ça ne peut pas être aussi simple. pourtant, ça l'était. et très vite, plus par curiosité qu'autre chose, j'ai tué de nouveau. et cette fois, j'ai éprouvé des sensations, disons, agréables. apaisantes. un peu comme celles procurées par une bière bien fraîche à un alcoolique après une période de sevrage. ou par la première nuit d'amour à des amants séparés depuis longtemps.

ôter la vie se rapproche beaucoup de l'acte sexuel, à vrai dire. parfois, c'est transcendant, jouissif ; parfois, c'est juste couci-couça, satisfaisant sans plus, genre pas de quoi sauter au plafond, mais qu'est-ce qu'on peut y faire ? pourtant, ce n'est jamais inintéressant. ça fait toujours un souvenir.

je ne suis pas certain de savoir pourquoi je t'écris, Patrick. l'homme qui t'adresse ces mots n'est pas celui que je suis pendant Ma journée de travail, ni celui que je suis quand je tue. j'ai de nombreux visages, dont certains que tu ne verras jamais, et d'autres que tu ne voudrais pas voir pour un empire. Moi j'ai vu quelques-uns de tes visages – aimable, violent, songeur, et d'autres encore –, et je me demande lequel tu me montrerais si nous nous rencontrions un jour avec une charogne entre nous. oui, je me pose la question.

certains, malgré toute leur innocence, sont exposés au reproche, ai-je entendu dire. peut-être. et ainsi soit-il. je doute cependant que les victimes dignes méritent qu'on se donne autant de mal.

j'ai rêvé un jour que j'échouais sur une planète de sable, le sable le plus blanc qui soit. le ciel aussi était blanc. c'est tout ce qu'il y avait – Moi, des étendues de sable blanc aussi vastes que des océans, et un ciel blanc incandescent. j'étais seul. et si petit. après des jours d'errance, je décelais l'odeur de Ma pourriture, je savais que j'allais mourir dans cet infini blanc sous un ciel brûlant, et j'appelais les ténèbres de tous mes vœux. finalement, elles sont arrivées. elles avaient une voix et un nom. « Viens, m'ont dit les Ténèbres, viens avec nous. » Mais j'étais faible, je pourrissais et je n'avais même pas la force de m'agenouiller. « Ténèbres, leur ai-je répondu, prenez-moi la main. Emmenez-moi loin de cet endroit. » Et les Ténèbres m'ont emmené.

alors, as-tu compris mon enseignement, patrick ?

bien à toi,
Le Père

– Oh, fit Angie en jetant la lettre sur la table du salon, c'est du grand art. Ce type-là ne me fait pas l'effet d'un cinglé.

Le regard rivé à la feuille, elle fronça les sourcils.

– Bonté divine.

– Je sais.

– Et dire que des gens comme lui, ça existe...

Je hochai la tête. En soi, c'était terrifiant. Il y a déjà assez de malveillance comme ça chez le type normal qui se lève chaque matin pour aller bosser et se prend pour quelqu'un de bien alors que si ça se trouve, il trompe sa femme, entube ses collègues, ou reste persuadé, tout au fond de son cœur, de l'infériorité d'une ou deux races.

La plupart du temps, notre capacité de rationalisation étant ce qu'elle est, il n'a jamais conscience du dilemme. Et il peut quitter cette terre en se croyant bon.

La plupart d'entre nous en sont capables. La plupart d'entre nous le font.

Mais l'auteur de cette lettre avait épousé le mal. Il prenait plaisir à la souffrance des autres. Il ne tentait même pas de rationaliser sa haine, il s'en délectait.

Surtout, la lecture de cette lettre se révélait épuisante par son côté singulièrement sordide.

– Je suis liquidée, dit Angie.

– Moi aussi.

Elle regarda la lettre une nouvelle fois, porta les mains à ses épaules et ferma les yeux.

– J'aimerais dire que c'est inhumain, murmura-t-elle. Mais ça ne l'est pas.

À mon tour, je regardai la lettre.

– Oh, non. C'est même tout ce qu'il y a de plus humain.

Je m'étais arrangé un lit sur le canapé et j'essayais de trouver une position confortable quand elle m'appela de la chambre.

– Quoi ? fis-je.

– Viens voir.

Sur le seuil de la chambre, je m'appuyai contre le chambranle. Angie était assise sur le lit, le duvet étalé autour d'elle comme un océan rose thé.

– T'es pas trop mal, sur le canapé ?

– Non, ça va, répondis-je.

– Tant mieux.

– Tant mieux, oui, dis-je avant de me détourner.

– Parce que...

– Oui ?

– Il est grand, tu sais. Y a plein de place.

– Où ? Sur le canapé ?

Elle fronça les sourcils.

– Non, sur le lit.

– Oh. (Je plissai les yeux.) Qu'est-ce qui t'arrive ?

– Ne m'oblige pas à le dire.

– À dire quoi ?

Les coins de ses lèvres se relevèrent en une tentative de sourire qui se solda par une horrible grimace.

– J'ai peur, Patrick, O.K ?

J'étais incapable de mesurer ce que cet aveu lui avait coûté.

– Moi aussi, Ange.

J'entrai dans la chambre.

À un certain moment au cours de notre sieste, Angie remua, et lorsque j'ouvris les yeux, je découvris sa jambe enroulée autour de la mienne, lovée entre mes cuisses. Elle avait blotti sa tête contre mon épaule, posé la main gauche sur ma poitrine. Son souffle palpitait dans mon cou au rythme de son sommeil.

Je songeai à Grace, mais pour quelque obscure raison, impossible de me la représenter complètement. Je voyais ses cheveux et ses yeux, mais c'était en vain que j'essayais de former une image de son visage tout entier.

Angie poussa un petit gémissement, et la pression de sa jambe s'accentua.

– Ne fais pas ça, marmonna-t-elle d'une voix à peine audible. Ne fais pas ça, répéta-t-elle, toujours endormie.

Et le monde peut bien s'écrouler, pensai-je avant de me fondre à nouveau dans mes rêves.

Plus tard dans la journée, Phil téléphona. Je décrochai à la première sonnerie.

– T'es réveillé ? me demanda-t-il.

– Je suis réveillé.

– Je pensais passer vous voir.

– Angie dort encore.

– Tant mieux pour elle. C'est juste que... Enfin, à rester assis tout seul comme ça en attendant que ce type tente quelque chose, je deviens complètement dingue.

– Viens quand tu veux, Phil.

Pendant notre sommeil, la température avait chuté d'une dizaine de degrés, et le ciel avait pris l'aspect du granite. Les bourrasques déferlaient du Canada, faisant trembler les vitres et malmenant les voitures garées le long du boulevard.

La grêle s'abattit sur la ville peu après. Quand j'entrai dans la salle de bains pour prendre ma douche, des grêlons aussi fins que le sable charrié par les vagues de l'océan crissait sur les carreaux. Lorsque je me séchai, ils martelaient fenêtres et murs, donnant l'impression que le vent projetait des nuées de clous et d'écrous.

Phil prépara le café pendant que j'enfilais des vêtements propres dans la chambre.

– Angie dort toujours ? demanda-t-il quand je le rejoignis à la cuisine.

Je répondis d'un hochement de tête.

– Elle tombe d'un coup, pas vrai ? Pire que Spinks mis K.-0 par Tyson. Elle est là, les yeux brillants, vibrante d'énergie, et l'instant d'après, elle en écrase comme si elle avait un mois de sommeil à rattraper. (Il versa du café dans une tasse.) Cette fille, elle changera jamais.

Après être allé me chercher un Coca, je m'assis à la table.

– Tout ira bien, Phil. Personne ne lui fera de mal. Ni à toi, d'ailleurs.

– Mmm... (Il posa son café sur la table.) Ça y est, tu couches avec elle ?

Je m'adossai à mon siège, redressai la tête et haussai un sourcil dans sa direction.

– T'es complètement à côté de la plaque, Phil.

– Elle t'aime, Patrick.

– Pas comme tu le crois, Phil. Mais ça, t'as jamais voulu le comprendre.

Il sourit.

– Au contraire, j'ai compris beaucoup de choses, Patrick. (Il prit sa tasse à deux mains.) Entre autres, qu'elle m'aimait, je vais pas revenir là-dessus. Mais elle a toujours été à moitié amoureuse de toi.

J'esquissai un mouvement de dénégation.

– Pendant toutes ces années où tu lui cognais dessus, Phil, tu veux que je te dise ? Elle ne t'a pas trompé une seule fois.

– Je sais.

– Ah oui ? (Je me penchai vers lui, et parlai plus bas.) Ça ne t'a pourtant pas empêché de la traiter de pute à tout bout de champ. De la bourrer de coups quand la main te démangeait, pas vrai ?

– Patrick, je suis parfaitement conscient de ce que j'étais. Enfin, de ce que je... suis. (Les sourcils froncés, il s'absorba dans la contemplation de sa tasse.) Un type qui frappait sa femme. Et un alcoolo. Point final. C'est comme ça... (Il esquissa un sourire amer.) Je l'ai frappée, oui. (Il jeta un coup d'œil par-dessus son épaule, en direction de la chambre.) Je l'ai frappée, je me suis attiré sa haine, et elle ne me fera plus jamais confiance. Jamais. On ne pourra même pas être... amis. Proches comme avant.

– Non, probablement pas.

– Mouais... Alors, tu vois, peu importe comment j'en suis arrivé là, ce qui compte, c'est que j'en sois arrivé là. Et si je l'ai perdue, je le méritais, parce qu'elle s'en sortira mieux sans moi, à long terme.

– Je ne pense pas qu'elle ait l'intention de te chasser de sa vie, Phil.

De nouveau, il m'adressa son sourire amer.

– Mais ça, c'est du Ange tout craché. Regarde les choses en face, Patrick. Angie a beau prendre ses grands airs style je-vous-emmerde, j'ai-besoin-de-personne, elle est incapable de tirer un trait. Sur quoi que ce soit. C'est son point faible. Pourquoi crois-tu qu'elle habite toujours la maison de sa mère ? Avec presque tous les meubles qui s'y trouvaient déjà quand elle était gosse ?

Je jetai un coup d'œil autour de moi, remarquai les vieilles casseroles maternelles noires dans le cellier, les napperons sur le canapé dans le bureau, et me rendis compte que Phil et moi étions assis sur les chaises achetées par ses parents au magasin Marshall Field de Uphams Corners, celui qui avait brûlé à la fin des années 60. Souvent, certaines choses restent devant vous toute votre vie, attendant qu'on leur prête attention, mais vous êtes trop près pour vraiment les voir.

– Tu marques un point, admis-je.

– Et pourquoi crois-tu qu'elle n'a jamais quitté Dorchester ? Une fille aussi brillante, aussi belle, et la seule fois où elle est sortie de l'État, c'était pour son voyage de noces. Pourquoi crois-tu qu'il lui a fallu douze ans pour me quitter ? Une autre n'aurait pas tenu six ans. Mais Angie ne sait pas s'en aller. C'est son défaut. Peut-être à cause de sa sœur, qui est tout le contraire...

Je dus prendre un drôle d'air, car il leva une main en signe d'excuse.

– Le sujet à ne pas aborder, dit-il. J'avais oublié.

– Où tu veux en venir, Phil ?

– Comme Angie n'est pas capable de dire au revoir, elle va essayer de me garder dans sa vie.

– Et ?

– Et moi, je l'en empêcherai. Je ne suis qu'un boulet pour elle. Aujourd'hui, j'ai besoin de – je ne sais pas – de guérir. De laisser les blessures se refermer. Pour qu'elle comprenne bien que c'était moi, le méchant de l'histoire. Que tout, absolument tout, était ma faute. Pas la sienne.

– Et après ?

– Après, je fiche le camp. Un type comme moi peut bosser n'importe où, les riches sont toujours en train de faire refaire leur baraque. Alors, je vais pas tarder à mettre les voiles. Et puis, vous deux, vous méritez enfin une chance, non ?

– Phil...

– S'il te plaît, Pat. S'il te plaît. C'est moi, d'accord ? On est copains depuis une éternité. Je te connais bien. Et je connais Angela. Tu vis peut-être quelque chose de formidable avec Grace, et je trouve ça génial. Mais ouvre les yeux. (Le regard rivé au mien, il me donna un petit coup de coude.) O.K. ? Pour une fois dans ta vie, vieux, sois honnête avec toi-même. T'es amoureux d'Angie depuis la maternelle. Et elle, elle est amoureuse de toi.

– C'est toi qu'elle a épousé, Phil.

Je lui rendis son coup de coude.

– Parce qu'elle t'en voulait à mort.

– Y avait pas que ça.

– Je sais. Elle m'aimait aussi. Peut-être même que pendant un moment, elle m'a aimé plus que toi. J'en doute pas. Mais on est capables d'aimer plus d'une personne à la fois. On est humains, donc bordéliques.

Je souris, conscient que c'était peut-être mon premier sourire naturel en présence de Phil depuis une dizaine d'années.

Quand on se regarda de nouveau, il me sembla qu'un peu de cette intimité d'autrefois circulait entre nous – celle des liens sacrés et des jeunesses partagées. Ni Phil ni moi ne nous étions sentis acceptés par nos familles. Son père était un alcoolique doublé d'un incorrigible cavaleur, un type qui couchait avec toutes les femmes du quartier en s'assurant que sa femme le savait. Quand Phil avait sept ou huit ans, il vivait dans une sorte de zone démilitarisée où fusaient vaisselle et reproches. Chaque fois que Carmine et Laura Dimassi étaient dans la même pièce, le territoire devenait à peu près aussi sûr que Beyrouth, mais étant fermement ancrés dans leur mauvaise interprétation de la religion catholique, ils refusaient de divorcer ou même de se séparer. Ils aimaient leurs accrochages quotidiens et ces réconciliations passionnées sur l'oreiller qui, la nuit, les envoyaient taper contre le mur séparant leur chambre de celle de leur fils.

Comme je m'échappais de la maison aussi souvent que possible pour des raisons différentes, Phil et moi, on avait cherché refuge ensemble, et le premier endroit où on s'était sentis bien tous les deux était un pigeonnier abandonné sur le toit d'un hangar de Sudan Street. On avait nettoyé toute la merde blanche à l'intérieur, renforcé la structure avec des planches arrachées à des palettes au rebut, apporté quelques vieux meubles, et bientôt, on y avait accueilli d'autres desperados comme nous – Bubba, Kevin Hurlihy pendant un temps, Nelson Ferrare, Angie. Le gang des Petits Vauriens avec la rage au ventre, le chapardage dans l'âme et un manque total de respect pour l'autorité.

En voyant Phil assis en face de moi dans la cuisine de son ex-femme, j'avais l'impression de retrouver mon ancien copain, le seul frère que j'aie jamais eu. Il souriait, comme s'il se souvenait de tout lui aussi, et il me semblait entendre l'écho de nos rires d'enfants passant leur temps à traîner dans les rues, cavaler sur les toits et se tenir à distance prudente de nos parents. Bon sang, ce qu'on avait pu rigoler pour des gosses qui auraient dû en vouloir au monde entier !

Dehors, la grêle tombait toujours avec fracas, comme si des milliers de bâtons s'abattaient sur le toit.

– Qu'est-ce qui t'est arrivé, Phil ?
Son sourire s'évanouit d'un coup.
– Hé, tu...
Je levai une main apaisante.
– Non. Je ne te juge pas. Je m'interrogeais, c'est tout. Tu l'as dit à Bolton, on était comme des frères, toi et moi. Des *frangins*, bonté divine ! Et puis, t'as changé du tout ou tout. Quand est-ce que la haine a pris le dessus, Phil ?
Il haussa les épaules.
– Je t'ai jamais pardonné certains trucs, Pat.
– Par exemple ?
– D'abord... Toi et Angie, vous avez...
– ... couché ensemble ?
– C'est avec toi qu'elle a perdu sa virginité. Vous étiez mes meilleurs copains, et on était tous tellement catholiques, coincés et bourrés de fausses idées sur la sexualité... Mais vous deux, cet été-là, vous avez pris vos distances.
– Non.
– Oh, si. (Il émit un petit rire.) Bien sûr que si. Vous m'avez laissé avec Bubba, Frankie Shakes et toute une bande de morveux qui avaient du fromage blanc en guise de cervelle. Et puis... ça s'est passé quand, en août ?
Sachant parfaitement à quoi « ça » faisait allusion, je hochai la tête.
– Le 4 août.
– Là-bas, à Carson Beach, vous deux... vous l'avez fait. Ensuite de quoi, le petit malin que t'étais l'a traitée comme la dernière des merdes. Du coup, elle s'est précipitée dans mes bras. J'étais la solution de repli. Encore une fois.
– Comment ça, encore une fois ?
– Encore une fois, ouais. (Le dos calé contre le dossier de sa chaise, il ouvrit grand les bras, presque comme s'il s'excusait.) Hé, j'ai toujours eu le charme et le physique, mais toi, t'avais l'instinct.

– Tu te fous de ma gueule ?

– Non. Reconnais-le, Pat. Pendant que je réfléchissais à toutes sortes de trucs, toi, tu les faisais. T'as été le premier à t'apercevoir qu'Angie n'était plus un copain comme les autres, le premier à arrêter de traîner dans notre coin, le premier à...

– Je ne tenais pas en place. Je...

– T'avais l'instinct. T'as toujours été capable de comprendre la situation avant tout le monde, et d'agir en conséquence.

– Arrête tes conneries.

– Mes conneries ? (Il éclata de rire.) Bon sang, Pat, c'est un don chez toi. Tu t'souviens de ces putains de clowns qui nous ont flanqué une frousse de tous les diables, à Savin Hill ?

Je souris, sans pouvoir toutefois réprimer un frisson.

– Oh, oui.

À voir son petit hochement de tête, je compris que même au bout de vingt ans, il éprouvait toujours la peur qui nous avait habités des semaines après notre rencontre avec les clowns.

– Si t'avais pas balancé cette balle de base-ball à travers leur pare-brise, reprit-il, on serait peut-être pas ici aujourd'hui.

– Écoute, Phil, on était juste des mômes avec un peu trop d'imagination, et...

Il secoua la tête avec vigueur.

– D'accord, d'accord. On était des mômes, on avait les boules parce que Cal Morrison s'était fait liquider cette semaine-là et qu'on nous rebattait les oreilles depuis des lustres avec ces histoires de clowns et cetera et cetera. Oui, c'est vrai, mais *on y était*, Patrick. Toi et moi. Et tu sais très bien ce qui se serait passé si on avait accepté de monter dans cette camionnette avec eux. Merde, je la revois encore. Toute cette crasse et cette graisse partout sur les ailes, cette puanteur qui sortait par la vitre ouverte...

La camionnette blanche avec le pare-brise brisé dans le dossier Hardiman.

– Phil, dis-je. Phil, nom de Dieu...

– Quoi ?

– Les clowns ! Tu l'as dit toi-même, c'était la semaine où Cal a été assassiné. Et après, j'ai envoyé la balle à travers le pare-brise...

– En plein dedans.

– ... et j'ai tout raconté à mon père.

J'avais porté la main à ma bouche grande ouverte sous le choc.

– Attends une minute, dit-il.

Peu à peu, la même certitude qui m'avait envahi en faisant courir comme des fourmis de feu le long de ma colonne vertébrale s'imposait à Phil, dont les yeux s'illuminèrent d'un coup.

– J'ai marqué cette camionnette, Phil. Je l'ai marquée sans même le savoir. Et l'APEE l'a retrouvée.

Dans son regard, je vis qu'il avait compris, lui aussi.

– Patrick, tu es en train de me dire...

– ... que nos clowns s'appelaient Alec Hardiman et Charles Rugglestone.

31

Les jours et les semaines après le meurtre de Cal Morrison, si vous étiez un gosse dans mon quartier, vous aviez forcément la frousse.

Vous aviez la frousse des Noirs, Cal ayant soi-disant été tué par l'un d'eux. Vous aviez la frousse des types grisonnants, vêtus de loques, qui vous dévisageaient trop longtemps dans le métro. Vous aviez la frousse des voitures qui ne redémarraient pas assez vite au feu vert, ou paraissaient ralentir en arrivant à votre hauteur. Vous étiez terrifié par les sans-abri, les ruelles humides et froides, et les parcs sombres où ils dormaient.

Bref, presque tout vous fichait la frousse.

Mais rien n'effrayait autant les gosses de mon quartier que les clowns.

Avec le recul, ça semblait ridicule. Les clowns sanguinaires ne frappaient que dans les romans à deux sous ou les séries B, au drive-in. Ils peuplaient le même univers que les vampires et les monstres préhistoriques écrabouillant Tokyo. Autant de fictions conçues pour faire peur à la seule cible suffisamment crédule pour les prendre au sérieux : les enfants.

Le temps passant, j'appris à ne plus avoir peur de la penderie quand je me réveillais en pleine nuit.

Les craquements de la maison vétuste dans laquelle j'avais grandi ne recelaient plus pour moi aucun élément menaçant ; c'étaient des craquements, point final – les gémissements plaintifs du bois vieillissant et les soupirs d'aise des fondations qui se stabilisent. J'en vins à ne plus rien redouter, hormis le canon d'un pistolet braqué dans ma direction ou le brusque potentiel de violence dans les prunelles des ivrognes aigris et des hommes se rendant soudain compte que leur vie tout entière est passée inaperçue aux yeux de tous, sauf des leurs.

Plus jeune, cependant, c'étaient les clowns qui incarnaient mes craintes.

Je ne sais pas trop dans quelles conditions la rumeur a pris naissance – autour d'un feu de camp en colonies de vacances, peut-être, après qu'un des membres de notre groupe avait vu un des navets au drive-in –, mais quand j'avais six ans environ, tous les gosses connaissaient les clowns, bien que personne ne puisse affirmer les avoir croisés.

Ce qui n'empêchait pas les langues de se délier.

Ils conduisaient une camionnette, se baladaient avec des sacs de bonbons et des ballons de couleurs vives, et des bouquets de fleurs jaillissaient de leurs manches trop larges.

À l'arrière de la camionnette, il y avait une machine à assommer les enfants en moins d'une seconde, et une fois inconscient, vous n'aviez aucune chance de vous réveiller.

Profitant de votre évanouissement, mais avant de vous tuer, ils s'acharnaient à tour de rôle sur votre corps.

Ensuite, ils vous coupaient la gorge.

Et parce que c'étaient des clowns, et que leur bouche était dessinée ainsi, ils souriaient tout le temps.

Phil et moi avions presque l'âge de ne plus avoir peur d'eux, cet âge où vous comprenez que le Père

Noël n'existe pas, et que vos chances d'être le fils disparu d'un gentil milliardaire qui va resurgir un jour dans votre vie sont finalement assez réduites.

Ce jour-là, on revenait d'un match de base-ball comptant pour le championnat junior, à Savin Hill, et on jouait à la guerre dans les bois derrière l'école Motley, ce qui nous amena à gravir l'escalier de secours tout délabré jusqu'au toit de l'établissement. Le temps de redescendre, et l'après-midi s'était faite languissante et fraîche ; les ombres s'allongeaient sur les murs et se détachaient nettement sur le bitume, comme si on les y avait sculptées.

On s'engageait dans Savin Hill Avenue quand le soleil disparut complètement, ne laissant plus qu'un ciel couleur de métal poli, et on commença à se lancer la balle afin de ne pas trop sentir le froid, ignorant délibérément les grognements de nos estomacs, car ils ne signifiaient qu'une chose : tôt ou tard, il nous faudrait rentrer à la maison, et rentrer à la maison, du moins pour nous, ça craignait.

La camionnette se glissa derrière nous alors qu'on descendait la côte près de la station de métro, et je me rappelle fort bien avoir remarqué que l'avenue tout entière était déserte. Elle s'étendait devant nous, brusquement privée de vie, comme le sont souvent les quartiers à l'heure du souper. S'il ne faisait pas encore nuit, on distinguait déjà des carrés de lumière orange ou jaune dans plusieurs maisons bordant la rue, et un palet de hockey en plastique abandonné, solitaire, contre l'enjoliveur d'une voiture.

Tout le monde était rentré pour le dîner. Même les bars étaient tranquilles.

Cette fois, de son bras aussi puissant qu'un canon, Phil me lança un véritable boulet, et comme la balle s'élevait plus haut que je ne m'y attendais, je dus sauter et me contorsionner pour la saisir. C'est en retombant sur mes pieds, légèrement détourné, que je découvris le visage blanc, les cheveux bleus et les immenses lèvres rouges par la vitre du passager, à côté de moi.

– Rudement bien rattrapée, commenta le clown.

Pour les gosses de mon quartier, il n'y avait qu'une seule façon de répondre aux clowns.

– Allez vous faire foutre.

– Et il a pas la langue dans sa poche, avec ça, reprit le clown.

Je n'aimai pas du tout la façon dont il avait souri en prononçant ces mots, sa main gantée s'appuyant sur la portière.

– Non, c'est sûr, intervint le conducteur. Ta mère sait que t'utilises des gros mots, mon garçon ?

Cinquante centimètres seulement me séparaient de cette portière, et je me sentais paralysé, incapable du moindre mouvement. Incapable aussi de détacher mes yeux de cette bouche écarlate.

Phil, remarquai-je, se tenait trois mètres plus bas, apparemment figé lui aussi.

– On vous dépose quelque part, les gars ? proposa le clown passager.

La bouche desséchée, je secouai la tête.

– Tiens, il a perdu sa langue, on dirait.

– On dirait, oui.

Lorsque le conducteur tendit le cou vers moi, je distinguai ses cheveux rouge vif et les taches d'un jaune éclatant autour de ses yeux.

– Vous m'avez l'air frigorifiés, tous les deux, déclara-t-il.

– Même qu'il a la chair de poule, renchérit le passager.

Je fis deux pas sur la droite avec l'impression que mes pieds s'enfonçaient dans une éponge mouillée.

Le passager jeta un bref coup d'œil en bas de l'avenue avant de reporter son attention sur moi.

Le conducteur regarda dans le rétroviseur, et ses mains disparurent sous le volant.

– Patrick ? lança Phil. Viens, on se tire.

– Patrick, répéta le clown passager très lentement, comme s'il dégustait le mot. Quel joli prénom. Et tu t'appelles Patrick comment ?

Encore aujourd'hui, j'ignore pourquoi j'ai répondu. La panique, peut-être, le désir éperdu de gagner du temps, mais même alors, j'aurais dû leur donner un faux nom. J'avais sûrement le sentiment désespéré qu'en leur révélant ma véritable identité, ils me considéreraient comme une personne, non comme une future victime, et que je serais épargné.

– Kenzie, dis-je.

Sur quoi, le clown m'adressa un sourire enjôleur, et j'entendis le cliquetis de la portière que l'on déverrouillait – un bruit semblable à celui d'une cartouche que l'on introduit dans un fusil.

C'est à ce moment-là que j'ai envoyé la balle.

Je ne me souviens pas d'avoir prémédité mon geste. Juste de m'être écarté de deux pas sur la droite – deux pas pesants, au ralenti, comme dans un rêve –, et je crois qu'au départ, je visais le clown en train de pousser la portière.

Et puis, la balle s'envola, quelqu'un cria « Merde ! », et il y eut une sorte de craquement sonore quand la balle s'écrasa au milieu du pare-brise, et que le verre se fendit et s'étoila.

– Au secours ! Au secours ! hurla Phil.

La portière s'ouvrit à la volée, et je vis la fureur sur le visage du clown.

Je trébuchai en voulant m'élancer, et la gravité m'attira vers le bas de Savin Hill Avenue.

– Au secours ! s'époumonait Phil.

Soudain, il se mit à courir, et je me retrouvai sur ses talons, moulinant frénétiquement des bras dans une tentative désespérée pour maintenir mon équilibre alors que le bitume semblait vouloir me sauter au visage.

Un gros type avec une moustache épaisse comme la tête d'un balai sortit du Bulldog, le bar à l'angle de Sydney Street, et aussitôt un grincement de freins s'éleva derrière nous. Le gros type avait l'air en colère ; il tenait une batte sciée, et au début, je crus qu'il allait s'en servir contre nous.

Je me rappelle encore son tablier maculé de traînées sanglantes rouges et brunes.

– C'est quoi, ce bordel ? rugit-il.

Il plissa les yeux en regardant quelque chose par-dessus mon épaule, et je compris alors que la camionnette fonçait vers nous tous. Elle allait monter sur le trottoir et nous écrabouiller.

Je tournai la tête afin de voir ma mort approcher, au lieu de quoi je ne vis que l'éclair orange sale des feux arrière quand la camionnette obliqua vers Grampian Way avant de disparaître.

Le propriétaire du bar connaissait mon père et, dix minutes plus tard, celui-ci entrait au Bulldog où Phil et moi, assis au comptoir, buvions nos sodas au gingembre en prétendant que c'était du whiskey.

Mon père ne se comportait pas toujours comme une brute. Il avait ses bons jours, et pour quelque obscure raison, celui-là faisait partie des meilleurs. Il ne me reprocha pas d'avoir traîné dehors après l'heure du dîner, alors que j'avais reçu une bonne raclée pour ce même crime la semaine précédente. Généralement indifférent envers mes copains, il alla jusqu'à ébouriffer les cheveux de Phil, nous payer plusieurs autres sodas plus deux énormes sandwichs au corned beef, et nous restâmes au bar avec lui un bon moment, alors que la nuit tombait de l'autre côté de la porte à notre gauche, et que la salle se remplissait peu à peu.

Quand je lui racontai d'une voix tremblante ce qui s'était passé, son expression refléta une bienveillance et une gentillesse inconnues jusque-là, et il me dévisagea d'un air tendrement inquiet, repoussa d'un doigt épais mais doux quelques mèches humides collées à mon front, puis essuya avec une serviette les miettes de sandwich au coin de mes lèvres.

– Rude journée pour vous deux, hein ? conclut-il.

Il émit un sifflement et adressa un sourire à Phil, qui le lui rendit largement.

Le sourire paternel, si rare, constituait une source d'émerveillement.

– Je voulais pas casser le pare-brise, dis-je. Je t'assure, Pa.

– C'est pas grave.

– T'es pas en colère ?

Mon père fit non de la tête.

– Je...

– Tu t'en es très bien sorti, Patrick. Vraiment très bien, murmura-t-il.

M'ayant attiré contre sa large poitrine, il m'embrassa sur la joue et aplatit mon épi de sa paume.

– Je suis fier de toi.

Ce fut la seule fois où j'entendis ces mots dans la bouche de mon père.

– Des clowns, fit Bolton.

– Des clowns, affirmai-je.

– Des clowns, c'est ça, confirma Phil.

– O.K., dit lentement Bolton. Des clowns, donc, répéta-t-il en hochant la tête comme pour lui-même.

– C'est pas des conneries, lui assurai-je.

– Hum... (Il opina de nouveau, puis tourna son énorme tête vers moi.) Vous vous foutez de ma gueule, je suppose.

D'un revers de main, il s'essuya la bouche.

– Non.

– On est même sacrément sérieux, renchérit Phil.

– Bonté divine.

Bolton s'adossa à l'évier, puis jeta un coup d'œil à Angie.

– Dites-moi que vous êtes en dehors du coup, mademoiselle Gennaro. Vous, au moins, vous me faites l'effet d'une personne sensée.

Elle resserra la ceinture de son peignoir.

– Je ne sais pas quoi penser, agent Bolton. (De l'épaule, elle nous désigna, Phil et moi.) Ils ont l'air assez sûrs d'eux.

– Écoutez-moi une minute...

En trois grandes enjambées, il m'avait rejoint.

– Non, non et non. On a bousillé toute l'opération de surveillance à cause de vous, monsieur Kenzie. Vous m'avez demandé de venir sous prétexte que vous aviez trouvé la solution de l'affaire. Que vous...

– Je n'ai pas...

– ... aviez tout compris, et que vous deviez me parler sur-le-champ. Et quand j'arrive, qui est-ce que je vois ? (Du doigt, il indiqua Phil.) D'abord, *lui*, et maintenant, *ces deux-là*, ajouta-t-il avec un mouvement de tête en direction de Devin et Oscar. Résultat, on a anéanti toutes les chances qu'on avait de voir Evandro se pointer ici, vu qu'on se croirait dans un putain de congrès de flics ! (Il s'interrompit le temps de reprendre son souffle.) Passe encore si tout ça, disons, nous avait mené quelque part. Mais non, vous ne trouvez rien de mieux à me sortir que cette histoire de clowns.

– Monsieur Bolton, c'est pas une plaisanterie, intervint Phil.

– Ah oui ? Tant mieux. Alors, dites-moi si j'ai bien suivi : il y a vingt ans, deux artistes de cirque avec des tignasses farfelues et des culottes bouffantes ont garé leur camionnette à côté de vous alors que vous alliez à un match de base-ball, et...

– On en revenait, rectifiai-je.

– Comment ?

– Ce match, on en revenait, souligna Phil.

– Oh, mea culpa, fit Bolton avant de nous adresser une révérence assortie d'un grand geste de la main. Mea maxima foutrement culpa, tu morani.

– C'est marrant, j'ai jamais été insulté en latin, glissa Devin à Oscar. Et toi ?

– En mandarin, ça m'est arrivé, répliqua Oscar, mais pas en latin.

– Bien, reprit Bolton. Vous avez donc été accostés par deux artistes de cirque en revenant d'un match, et – arrêtez-moi si je me trompe, monsieur Kenzie – parce qu'Alec Hardiman a chanté « Send in the Clowns » pendant votre entretien à la prison, vous en avez déduit que c'était un de ces deux clowns, et par conséquent, qu'il avait tué des gens pour vous punir d'avoir pris la poudre d'escampette ce jour-là ?

– Ce n'est pas aussi simple.

– Ouf, quelle chance. Voyez-vous, monsieur Kenzie, il y a vingt-cinq ans de ça, j'ai demandé à Carol Yaeger, de Chevy Chase dans le Maryland, si elle voulait sortir avec moi, et elle m'a ri au nez. Ça ne signifie pas pour autant...

– Difficile à croire, le coupa Phil.

– ... que je trouverais logique d'attendre deux décennies pour liquider tout son entourage.

– En d'autres circonstances, je serais ravi de vous regarder vous enfoncer, Bolton, mais le temps presse, répliquai-je. Vous avez apporté les dossiers Hardiman, Rugglestone et Morrison, comme je vous l'avais demandé ?

– Ils sont là, répondit-il en tapotant son attaché-case.

– Sortez-les.

– Monsieur Kenzie...

– S'il vous plaît.

Il ouvrit sa mallette, en retira les documents et les posa sur la table de la cuisine.

– Et maintenant ?

– Reprenez le rapport du légiste sur Rugglestone. En particulier le paragraphe sur la présence inexplicable de certaines toxines.

Après avoir trouvé le passage en question, Bolton ajusta ses lunettes.

– Oui ?

– Les entailles sur le visage de Rugglestone, elles contenaient quoi ?

– Je lis : « Jus de citron ; eau oxygénée ; talc, huile minérale, acide stéarique, colorant E132, triethanolamine, lanoline... autant d'ingrédients entrant dans la composition du fard blanc. » (Il leva les yeux.) Et alors ?

– Maintenant, consultez le dossier Hardiman. Même partie.

Il s'exécuta.

– Bon, ils étaient tous les deux maquillés, et après ?

– Avec du fard blanc, soulignai-je. Le genre de truc dont se servent les mimes. Et les clowns.

– D'accord, mais...

– On a retrouvé les mêmes éléments sous les ongles de Cal Morrison.

Bolton ouvrit le dossier Morrison, et le feuilleta jusqu'à la section concernée.

– Ce qui ne...

– Regardez la photo de la camionnette sur le site du meurtre. Elle était enregistrée au nom de Rugglestone.

Il tourna quelques pages.

– Je l'ai.

– Le pare-brise est cassé, dis-je.
– Exact.
– Mais la camionnette avait été nettoyée peu de temps auparavant, peut-être le jour même. Donc, entre le lavage et le moment où la police l'a retrouvée, quelqu'un a balancé des parpaings à travers le pare-brise, vraisemblablement pendant que Rugglestone se faisait assassiner.
– Et ?
– Et ce pare-brise, je l'avais marqué. En atterrissant au milieu, ma balle de base-ball l'avait étoilé. C'était le seul élément permettant d'identifier Hardiman et Rugglestone comme nos deux clowns. Sans cette marque, plus de mobile pour le meurtre de Rugglestone.
– Où voulez-vous en venir ?
Il me fallut le dire pour y croire vraiment.
– Je crois que les membres de l'APEE ont tué Charles Rugglestone.

– Il a raison, déclara finalement Devin.
La grêle s'était muée en pluie un peu après huit heures, et à peine cette pluie touchait-elle une surface qu'elle gelait. Des filets d'eau ruisselaient le long des vitres d'Angie, formant peu à peu des veines de glace crépitante sous nos yeux.
Bolton avait demandé à un agent de retourner au camping-car faire des photocopies des dossiers Hardiman, Rugglestone et Morrison, et nous venions de passer une heure à les relire dans le salon.
– Je ne suis pas convaincu, fit Bolton.
– Oh, je vous en prie, répliqua Angie. Tout est là, à condition de regarder les choses sous le bon angle. À l'époque, chacun pensait qu'Alec Hardiman, bourré de PCP comme il l'était, possédait la force de dix hommes quand il a tué Rugglestone. Si je l'avais cru moi-même coupable de plusieurs autres

meurtres, j'aurais sans doute penché dans ce sens aussi. Mais il a les nerfs de la main gauche endommagés, du Seconal dans le sang, et on l'a retrouvé inconscient. Maintenant, considérez les blessures de Rugglestone avec l'idée qu'elles ont été infligées par une dizaine de personnes – mettons sept, en l'occurrence –, et tout s'explique parfaitement.

– Le père de Patrick était au courant, pour le pare-brise, intervint Devin. Lui et ses copains de l'APEE se sont mis en chasse, ils ont coincé Hardiman et Rugglestone...

– Et l'APEE a tué Rugglestone, dit Oscar d'une voix où perçait la stupéfaction.

Bolton regarda le dossier, me regarda, puis regarda de nouveau le dossier. Il le détailla encore une fois, ses lèvres remuant pendant qu'il relisait la partie décrivant les blessures de Rugglestone. Quand il releva les yeux vers moi, il avait la bouche entrouverte et l'air défait.

– Vous avez raison, admit-il à voix basse. Oui, vous avez raison.

– Mouais, ben va pas te monter la tête pour autant, Kenzie, fit Devin.

– Un conte pour enfants, chuchota Bolton.

– Pardon ?

Nous étions tous les deux assis dans le salon. Les autres s'étaient rassemblés à la cuisine, où Oscar préparait ses fameux steaks.

Dans la pénombre, je vis Bolton lever une main.

– On dirait une de ces histoires inventées par les frères Grimm. Les deux clowns, la camionnette profonde comme une grotte, l'innocence menacée...

Je haussai les épaules.

– À l'époque, ça nous faisait froid dans le dos, c'est tout.

– Votre père...

Devant mes yeux, les doigts de glace se solidifiaient sur la vitre.
– Vous savez où je veux en venir, dit-il.
– Oui. C'est sûrement lui qui a brûlé Ragglestone.
– Petit à petit. Alors que ce gars devait hurler plus fort qu'un damné.
La glace se fendilla, puis se fragmenta sous l'assaut des ruissellements d'eau de pluie. Un nouveau lacis de veinules translucides la remplaça aussitôt.
– Exact, fis-je en me rappelant le baiser de mon père ce soir-là. Il l'a fait brûler vif. Petit à petit.
– Il en était capable, vous croyez ?
– Je vous l'ai dit, agent Bolton, il était capable de tout.
– Même de *ça* ?
Je me souvins des lèvres de mon père sur ma joue, de l'afflux du sang dans ma poitrine quand il m'avait attiré à lui, de l'amour réchauffant sa voix lorsqu'il m'avait avoué être fier de moi.
Puis je repensai à cette fois où il m'avait appliqué le fer à repasser sur l'abdomen, à l'odeur de la chair brûlée s'élevant de mon corps, me suffoquant presque tandis que mon père me regardait, en proie à une fureur qui confinait à l'extase.
– Non seulement il en était capable, agent Bolton, mais il a dû y prendre plaisir.

Nous mangions nos steaks dans le salon lorsque Erdham entra.
– Oui ? lança Bolton.
Erdham lui tendit une photographie.
– Je me suis dit que ça vous intéresserait.
Bolton prit le temps de s'essuyer la bouche et les mains avec sa serviette, puis il leva la photo vers la lumière.

– C'est une de celles retrouvées chez Arujo, n'est-ce pas ?

– Oui, monsieur.

– Vous avez identifié les personnes sur ce cliché ?

– Pas encore, monsieur.

– Dans ce cas, expliquez-moi ce que je suis censé voir, agent Erdham.

Celui-ci se tourna vers moi, les sourcils froncés.

– Oubliez un instant les gens, monsieur. Regardez plutôt où elle a été prise.

Bolton plissa les yeux.

– Et alors ?

– Monsieur, si vous...

– Une minute.

La serviette de Bolton lui tomba sur les genoux.

– Oui, monsieur, fit Erdham, qu'un frisson parcourut tout entier.

– C'est chez vous, m'annonça Bolton.

Je posai ma fourchette.

– Qu'est-ce que vous racontez ?

– Cette photo montre bien le perron de votre immeuble ?

– C'est une photo de moi, ou de Patrick ? s'enquit Angie.

– Ni l'un ni l'autre, répondit Bolton. D'une femme avec une petite fille.

– Grace, compris-je aussitôt.

32

Je fus le premier à sortir de chez Angie. J'avais un téléphone cellulaire collé à l'oreille en arrivant sur le perron ; au même moment, plusieurs voitures du gouvernement remontaient Howes Street dans un grand crissement de pneus.

– Allô, Grace ?

– Oui ?

– Tout va bien ?

Je dérapai sur une plaque de verglas, et me rattrapai de justesse à la rambarde lorsque Angie et Bolton surgirent à leur tour.

– Comment ? Tu m'as réveillée, Patrick. Je dois me lever à six heures, demain. Quelle heure il est ?

– Dix heures. Désolé.

– Je peux te rappeler dans la matinée ?

– Non. Non, Grace. Je veux que tu restes en ligne et que tu vérifies toutes les portes et toutes les fenêtres de ton appartement.

Les voitures glissèrent jusqu'à la maison.

– Qu'est-ce qui se passe, Patrick ? C'est quoi, ce raffut ?

– Vérifie les portes et les fenêtres, Grace. Assure-toi qu'elles sont verrouillées.

J'avançai avec précaution sur le trottoir transformé en patinoire. Les arbres au-dessus de moi étaient alourdis par le poids d'innombrables dagues de glace scintillantes. Rue et trottoirs semblaient recouverts d'un glacis noir.

– Patrick, je...

– Fais-le immédiatement, Grace.

D'un bond, je m'engouffrai à l'arrière de la première voiture, une Lincoln bleu foncé, et Angie s'installa à côté de moi. Bolton prit la place du passager et donna au conducteur l'adresse de Grace.

– Allez, démarrez... (J'assenai une grande claque à l'appuie-tête du conducteur.) Allez, allez.

– Patrick ? reprit Grace. Tu vas me dire ce qui se passe, oui ?

– Ça y est, t'as tout vérifié ?

– Je m'en occupe. Bon, la porte d'entrée est verrouillée. Celle de la cave aussi. Attends, je vais voir celle de derrière.

– Bagnole à tribord, lança Angie.

Notre conducteur écrasa la pédale d'accélérateur pour traverser le carrefour en direction du sud, et celui du véhicule qui fonçait vers nous depuis l'ouest écrasa la pédale de freins malgré le verglas, klaxonna furieusement et chassa au niveau de l'intersection alors que le cortège de voitures derrière nous braquait afin de le contourner.

– La porte de derrière est verrouillée, m'annonça Grace. Je regarde les fenêtres, maintenant.

– Parfait.

– Tu me flanques une frousse pas possible, tu sais.

– Je sais, oui. Désolé. Les fenêtres ?

– C'est bon pour celles du salon, et celles qui donnent sur la rue. J'entre dans la chambre de Mae. Fermée, fermée...

– Maman ?

– Tout va bien, mon cœur. Reste au lit. Je reviens tout de suite.

La Lincoln s'engagea sur la bretelle d'accès de l'autoroute 93 à près de 100 km / h. Les roues arrière dérapèrent sur une plaque de verglas ou de neige gelée et allèrent percuter la glissière de sécurité.

– Je suis dans la chambre d'Annabeth, murmura Grace. Fermée, fermée, ouverte.

– Ouverte ?

– Oui. Elle a laissé une vitre entrebâillée.

– Merde.

– Patrick, je t'en prie, dis-moi ce qui se passe.

– Ferme cette fenêtre, Grace. Vite.

– C'est fait. Pourquoi...

– Où est ton flingue ?

– Mon quoi ? Je n'ai pas d'arme, voyons. Je déteste ça.

– Prends un couteau.

– Quoi ?

– Prends un couteau, Grace. Bordel, contente-toi de...

Angie m'arracha le téléphone des mains et m'intima le silence en posant un doigt sur ses lèvres.

– Grace ? Ange à l'appareil. Écoutez, vous êtes peut-être en danger. Pour l'instant, on n'est sûrs de rien. Surtout, restez en ligne, et ne sortez pas à moins d'être certaine qu'il y a un intrus chez vous.

Les panneaux indicateurs se succédaient à une vitesse vertigineuse – Andrew Square, Massachusetts Avenue –, et après avoir obliqué dans Frontage Road, la Lincoln fonça vers East Berklee, longeant le site de déchets industriels et la décharge municipale à une allure si rapide qu'ils en devenaient flous.

– Bolton, dis-je soudain, Grace n'est pas un appât.

– Je sais.

– J'exige qu'on la mette à l'abri, qu'on la calfeutre si bien que même le Président ne pourrait pas la retrouver s'il le voulait.

– Je comprends.

– Allez chercher Mae, recommanda Angie, et enfermez-vous dans une pièce. On sera chez vous dans trois minutes. Si quelqu'un essaie de forcer la porte, sautez par la fenêtre et courez vers Huntington ou Massachusetts Avenue en hurlant comme une dératée.

Nous venions de griller le premier feu d'East Berklee quand une voiture fit une embardée pour nous éviter, monta sur le trottoir et s'écrasa contre un lampadaire devant Pine Street Inn.

– On est bons pour un procès, marmonna Bolton.

– Non, non, poursuivit Angie avec nervosité. Ne bougez pas, sauf si vous entendez du bruit chez vous. Au cas où il serait posté dehors, vous vous précipiteriez dans la gueule du loup. On y est presque, Grace. Dans quelle chambre êtes-vous ?

Le pneu arrière gauche mordit le trottoir quand la voiture louvoya pour s'engager dans Columbus Avenue.

– Celle de Mae ? Parfait. Plus que huit pâtés de maisons, Grace.

Un demi-centimètre de glace recouvrait le bitume de l'avenue, qu'il rendait si noir et si brillant qu'on avait l'impression de rouler sur un ruban de réglisse. Je flanquai coup de poing sur coup de poing dans la portière alors que les roues patinaient, trouvaient une prise, puis patinaient de nouveau.

– Du calme, me conseilla Bolton.

Angie me tapota le genou.

Au moment où la Lincoln obliquait à droite dans West Newton, des images en noir et blanc explosèrent dans ma tête comme autant de flashs.

Kara, crucifiée dans le froid.

La tête de Jason Warren se balançant au bout d'un câble électrique.

Le visage de Peter Stimovich privé d'yeux.

Mae faisant tomber le chien dans l'herbe.

Le corps moite de Grace roulant sur le mien au cœur d'une nuit chaude.

Cal Morrison enfermé à l'arrière de cette camionnette d'un blanc sale.

Le sourire cruel dessiné par les lèvres rouge sang de ce clown qui prononçait mon nom.

– Grace, dis-je dans un souffle.

– Ça va aller, déclara Angie dans le combiné. On arrive, Grace.

On venait de tourner dans St Botolph quand le conducteur freina. La Lincoln dérapa une nouvelle fois sur le verglas, dépassa le bâtiment de grès brun où habitait Grace, et s'arrêta enfin deux maisons plus loin.

Les voitures derrière nous se garaient comme elles le pouvaient lorsque je m'élançai vers la maison. Je glissai sur le trottoir et tombai à genoux ; au même moment, un homme déboula d'entre deux véhicules sur ma droite. Je pivotai, pointai mon arme vers sa poitrine, et le vis soudain lever le bras sous la pluie.

Mon doigt pressait déjà la détente lorsqu'il hurla :

– Patrick ! Fais pas ça !

Nelson.

Il baissa son bras, le visage ruisselant et terrifié, et Oscar le percuta tel un train lancé à pleine vitesse, faisant complètement disparaître sous sa masse le corps frêle de Nelson quand tous deux s'abattirent sur le verglas.

– Oscar ! criai-je. Lâche-le, il est O.K. Il travaille pour moi.

Sur ce, je montai quatre à quatre les marches du perron.

Angie et Devin me rejoignirent au moment où Grace ouvrait la porte.

– Patrick ? Mais enfin, c'est quoi, tout ce cirque ? demanda-t-elle.

Elle jeta un coup d'œil par-dessus mon épaule en direction de Bolton qui aboyait des ordres à ses hommes, et la stupeur se peignit sur ses traits.

Dans la rue, des lumières s'allumaient un peu partout.

– Tout va bien, maintenant, dis-je.

Devin, son arme à la main, s'avança vers Grace.

– Où est la gosse ?

– Comment ? Dans sa chambre.

Il se coula à l'intérieur de la maison en position de tir.

– Hé, attendez ! s'exclama Grace avant de se précipiter à sa suite.

Angie et moi, on leur emboîta le pas ; déjà, des agents fouillaient les cours environnantes avec des torches électriques.

Du doigt, Grace indiqua l'arme de Devin.

– Rangez ça, sergent. Rangez ça tout de...

– Mamaaan ! cria Mae.

Le pistolet collé contre sa cuisse, Devin poursuivit son exploration méthodique de chaque pièce.

Immobile dans la chaude lumière du salon, les mains tremblantes sous l'effet de l'adrénaline, je me sentais nauséeux. Quand j'entendis Mae pleurer, je me laissai guider par le bruit.

Une pensée à donner froid dans le dos me traversa l'esprit – *J'ai failli descendre Nelson* –, puis s'évanouit.

Grace serrait sa fille contre elle. Mae ouvrit les yeux, me vit, et se mit à sangloter de plus belle.

– Bon sang, Patrick, fit Grace en tournant la tête vers moi. C'était vraiment nécessaire ?

Les faisceaux des lampes électriques, dehors, balayèrent ses fenêtres.

– Oui, répondis-je.

– Débarrasse-toi de ce truc immédiatement, m'ordonna-t-elle en dardant sur ma main un regard noir.

À cet instant seulement, je pris conscience du pistolet que je tenais toujours, et m'expliquai mieux les larmes de Mae. Je le glissai aussitôt dans mon holster, et devant le spectacle qu'elles m'offraient toutes les deux, mère et fille enlacées sur le lit, je me sentis sale, monstrueux.

– La priorité des priorités, expliqua Bolton à Grace dans le salon pendant que Mae se changeait dans sa chambre, c'est de vous mettre en sécurité, votre fille et vous. Une voiture attend dehors. J'aimerais que vous y montiez toutes les deux et que vous veniez avec nous.

– Où ? demanda Grace.

– Patrick, fit une petite voix.

En me retournant, je découvris Mae sur le seuil de sa chambre, vêtue d'un jean et d'un sweat-shirt, ses lacets défaits.

– Oui ? dis-je doucement.

– Où il est, ton s'tolet ?

Je m'efforçai de sourire.

– Bien caché. Je ne voulais pas te faire peur, tu sais.

– Il est gros ?

– Comment ça ?

Je me penchai vers elle pour nouer les lacets de ses chaussures.

– Est-ce qu'il est...

Elle s'agita, cherchant le mot juste, gênée de ne pas le connaître.

– Lourd, tu veux dire ? devinai-je.

Mae hocha la tête.

– Oui, lourd, c'est ça.

– Très lourd, Mae. Beaucoup trop lourd pour toi.

– Et pour toi ?

– Pour moi aussi, ma puce.

– Ben, pourquoi tu le gardes, alors ?

Inclinant la tête sur la gauche, elle me regarda droit dans les yeux.

– C'est une sorte de... d'instrument pour mon travail, expliquai-je. Comme le stéthoscope de ta maman.

Je l'embrassai sur le front.

Elle m'embrassa aussitôt sur la joue en me nouant ses bras autour du cou pour une étreinte si douce que je ne pouvais l'imaginer issue de ce même monde qui produisait des Alec Hardiman, des Evandro Arujo, des couteaux et des armes à feu. Puis elle retourna dans sa chambre.

Grace, au salon, secouait la tête avec vigueur.

– C'est non.

– Pardon ?

– J'ai dit, non, je ne m'en irai pas. Emmenez Mae si vous voulez, je vais prévenir son père. Il prendra un congé – oui, j'en suis sûre – pour l'accompagner et ne pas la laisser seule. Je lui rendrai visite en attendant que tout soit terminé, mais je refuse de partir.

– Docteur Cole, je n'accepterai pas ce refus.

– Je fais ma première année d'internat en chirurgie, agent Bolton. Vous le comprenez, ça ?

– Parfaitement, mais vous êtes en danger.

– Et alors ? Vous n'avez qu'à me protéger. Me surveiller. Et trouver une cachette pour ma fille. (Elle regarda en direction de la chambre de Mae, et des larmes lui montèrent aux yeux.) Mais je ne peux pas abandonner mon travail. Pas maintenant. Je n'aurai jamais de poste valable si je disparais en plein milieu de mon internat.

– Désolé, docteur Cole, je ne vous autorise pas à mettre votre vie en péril.

– Il le faudra bien, agent Bolton. Occupez-vous de ma fille, je me charge de ma sécurité.

– Cet homme à qui on a affaire...

– ... est dangereux, je sais. Vous me l'avez assez répété. Et j'ai peur, agent Bolton, mais je me suis battue toute ma vie pour en arriver là, et je ne renoncerai pas. Pas aujourd'hui. Pour personne.

– Il va s'en prendre à toi, dis-je soudain, avec l'impression de sentir encore les bras de Mae autour de mon cou.

Toutes les têtes se tournèrent vers moi.

– Pas si je..., commença Grace.

– Pas si tu *quoi* ? Je ne peux pas tous vous protéger, Grace.

– Je ne te demande pas de...

– Il a dit que j'avais le choix.

– Qui ?

– Hardiman, répondis-je, et je fus le premier surpris d'avoir parlé aussi fort. Que j'aurais à choisir entre les personnes que j'aimais. C'est-à-dire toi, Mae, Phil et Angie. Mais je ne peux pas tous vous protéger, Grace.

– Alors, n'essaie pas, Patrick, répliqua-t-elle d'un ton glacial. C'est toi qui nous as entraînés là-dedans. Qui as entraîné ma fille là-dedans. Ta foutue quête stupide de la violence a conduit cet homme jusqu'à moi. Ta vie est devenue ma vie, maintenant, et aussi celle de ma fille, et personne n'a demandé à ce que ça se passe comme ça. (Elle se frappa le genou de son poing, contempla fixement le sol, et prit une brusque inspiration.) Je vais me débrouiller. Emmenez Mae dans un endroit sûr. Je téléphone à son père.

Bolton jeta un coup d'œil à Devin, qui haussa les épaules.

– Je ne peux pas vous forcer à accepter une protection...

– Non, fis-je. Non, non et non. Tu ne connais pas ce type, Grace. Il s'en prendra à toi. Crois-moi.

Je traversai la pièce pour m'approcher d'elle.

– Et après ? fit-elle.

– Et après ? répétai-je. *Et après ?*

J'avais conscience des regards qui pesaient sur moi. J'avais également conscience de ne plus être tout à fait moi-même. Je me sentais à moitié dingue. Agressif aussi. Et violent, mauvais, instable.

– Oui, et après, Patrick ?

– Après, il coupera ta putain de tête.

– Patrick, intervint Angie.

Je me penchai vers Grace.

– Tu comprends ? Il te coupera la tête. Mais en dernier. Il ne le fera qu'en dernier. D'abord, il te violera longtemps, après, il sectionnera certaines parties de ton corps, après, il plantera des clous dans tes putains de mains, et après...

– Ça suffit, m'interrompit-elle d'un ton posé.

Impossible de m'arrêter, pourtant. Il me paraissait important qu'elle sache tout.

– ... il t'éviscérera, Grace. Il adore ça. C'est chouette, d'éviscérer les gens ; comme ça, on peut voir fumer leurs tripes. Et puis, peut-être qu'il t'arrachera les yeux pendant que son partenaire te taillera en pièces et...

Le hurlement s'éleva dans mon dos.

À ce stade, Grace s'était bouché les oreilles, mais elle ôta aussitôt ses mains.

Je pivotai, et découvris Mae juste derrière moi, le visage rouge vif, les bras collés au corps et agités de tremblements convulsifs, comme si elle s'était électrocutée.

– Non ! Non ! Non ! s'écria-t-elle à travers ses larmes d'horreur.

Puis elle me repoussa pour se précipiter vers sa mère et s'accrocher à elle de toutes ses forces.

Grace l'étreignit contre son cœur, et le regard qu'elle me jeta exprimait une haine pure, totale.

– Sors de cette maison, Patrick.

– Grace, je...
– Maintenant.
– Docteur Cole, reprit Bolton, j'aimerais que vous...
– Je pars avec vous, déclara-t-elle.
– Pardon ?
Grace ne me quittait pas des yeux.
– J'accepte votre protection, agent Bolton. Je n'abandonnerai pas ma fille. J'accepte, répéta-t-elle plus doucement.
– Écoute, Grace..., tentai-je.
Elle plaça ses mains sur les oreilles de Mae.
– Je croyais t'avoir dit de foutre le camp.
À cet instant, le téléphone sonna, et elle décrocha sans cesser de me regarder.
– Allô ? (Elle fronça les sourcils.) Je pensais vous avoir demandé cet après-midi de ne pas rappeler. Si vous voulez parler à Patrick...
– Qui est-ce ? demandai-je.
Elle jeta le combiné à mes pieds.
– Tu as donné mon numéro à ce psychopathe, Patrick ?
– Bubba ?
Je ramassai le combiné au moment où elle passait à côté de moi avec Mae.
– Bonsoir, Patrick.
– Qui est à l'appareil ?
– Alors, comment as-tu trouvé toutes ces photos que j'ai prises de tes amis ?
Me tournant vers Bolton, j'articulai « Evandro. »
Il se précipita dehors, Devin sur les talons.
– Pas trop à mon goût, Evandro.
– Oh, quel dommage. J'ai essayé d'améliorer ma technique, pourtant, de jouer avec la lumière et l'espace, de respecter la perspective, ce genre de choses. Je crois bien que je suis en train de développer un certain talent artistique. Pas toi ?

Derrière la vitre, je vis un agent escalader le poteau téléphonique sur le côté de la maison.

– Je ne sais pas, Evandro. Je ne pense pas que tes œuvres impressionnent beaucoup Annie Leibovitz.

Evandro gloussa.

– Mais toi, elles t'ont impressionné, pas vrai ?

Devin revint dans la pièce avec un morceau de papier sur lequel on avait écrit : « Garde-le en ligne *deux* minutes. »

– Exact. Où es-tu, Evandro ?

– Je te regarde.

– Ah oui ?

Je dus prendre sur moi pour ne pas me retourner vers les fenêtres donnant sur la rue.

– Oui. Toi, ta petite copine et tous ces gentils policiers qui se baladent autour de la maison.

– Puisque tu es dans le coin, passe donc nous voir.

Nouveau gloussement étouffé.

– Je préfère attendre un peu. Tu es très beau en ce moment, Patrick – le combiné pressé contre l'oreille, le sourcil froncé par l'inquiétude, les cheveux ébouriffés par la pluie... Oui, vraiment très beau.

Grace entra dans le salon, laissa tomber sa valise sur le sol près de la porte.

– Merci du compliment, Evandro.

En entendant le nom, Grace cilla et se tourna vers Angie.

– De rien, répliqua Evandro.

– Je suis habillé comment ?

– Tu peux répéter ça ?

– J'ai dit, je suis habillé comment ?

– Tu sais, Patrick, quand j'ai pris ces photos de ta copine et de sa...

– Je suis habillé comment, Evandro ?

– ...petite fille, je...

– Tu ne peux pas me répondre, parce que tu ne surveilles pas cette maison. Je me trompe ?

– Je vois beaucoup plus de choses que tu ne l'imagines.

– Tu bluffes, mon vieux. (J'éclatai de rire.) T'essaies de te faire passer pour...

– Ne te moque pas de moi.

– ... une sorte d'as du crime qui saurait tout, connaîtrait tout...

– Change de ton, Patrick. Immédiatement.

– ... alors que vu d'ici, t'es qu'un minable.

Devin consulta sa montre et leva trois doigts. Encore trente secondes.

– Je vais découper cette gamine et t'envoyer les morceaux.

Je tournai la tête, aperçus Mae debout dans sa chambre, près de sa valise, en train de se frotter les yeux.

– Compte pas là-dessus, connard. T'as eu ta chance, et t'as foiré.

– J'anéantirai tous ceux que tu connais.

La rage rendait désormais son débit saccadé.

Bolton passa la porte d'entrée, hocha la tête.

– Prie pour que je ne te voie pas le premier, Evandro.

– Ça n'arrivera pas, Patrick. Personne n'y est encore parvenu. Salut.

Une autre voix, plus grave que celle d'Evandro, s'éleva soudain dans le combiné :

– À très bientôt, les p'tits gars.

La communication fut coupée, et j'interrogeai Bolton du regard.

– Ils étaient là tous les deux, devina-t-il.

– Exact.

– Vous avez reconnu la seconde voix ?

– Pas avec cet accent bidon.

– Ils sont sur la côte nord.

– La côte nord ? répéta Angie.

Bolton acquiesça.

– À Nahant, plus précisément.

– Ils se sont planqués sur une île ? fit Devin.

– On va pouvoir les coincer, déclara Bolton. J'ai déjà alerté les garde-côtes, et demandé à la police de Nahant, de Lynn et de Swampscott d'envoyer des voitures bloquer le pont qui part de l'île.

– Alors, on est en sécurité ? s'enquit Grace.

– Non, répondis-je.

Elle m'ignora, et fixa Bolton.

– Je ne peux pas prendre de risques, lui expliqua-t-il. Et vous non plus, docteur Cole. Tant qu'on ne les aura pas appréhendés, je tiens à assurer votre sécurité et celle de votre fille.

Grace tourna la tête vers Mae qui sortait de la chambre en traînant sa valise Pocahontas.

– D'accord. Vous avez raison.

Bolton pivota vers moi.

– Deux de mes hommes surveillent l'appartement de M. Dimassi, et je n'ai plus grand monde sous la main. La moitié de mes effectifs est encore sur la côte sud. J'ai besoin de ceux qui me restent.

Je regardai Angie, qui opina.

– Ces alarmes sur vos portes, elles sont très perfectionnées, mademoiselle Gennaro, n'est-ce pas ? fit l'agent Bolton.

– On devrait pouvoir assurer notre protection pendant quelques heures, dis-je.

Il abattit une main sur mon épaule.

– On va les avoir, monsieur Kenzie. (Il s'adressa à Grace et Mae.) Prêtes ?

Grace acquiesça, puis tendit la main à Mae. La fillette y glissa la sienne, et leva vers moi un visage marqué par l'incompréhension et une tristesse qui n'était pas de son âge.

– Grace...

– Non.

Quand je voulus lui toucher le bras, elle s'écarta, me tourna le dos, et quitta la maison.

*

La voiture qui devait les transporter était une Chrysler New Yorker noire avec des vitres à l'épreuve des balles et un conducteur au regard froid et alerte.

– Où les emmenez-vous ? demandai-je.

– Loin, répondit Bolton. Très loin.

Un hélicoptère se posa au milieu de Massachusetts Avenue, et Bolton, Erdham et Fields se dirigèrent vers lui à petites foulées prudentes.

Alors que l'appareil décollait en envoyant des tas de saletés dans les devantures des magasins le long de l'avenue, Devin et Oscar s'arrêtèrent près de nous.

– À cause de moi, ton copain le nain se retrouve à l'hosto, m'annonça Oscar, écartant les mains en signe d'excuse. Avec six côtes cassées. Désolé.

Un jour, je revaudrais ça à Nelson, pensai-je.

– J'ai envoyé un de mes gars chez Angie, dit Devin. Je le connais bien. Il s'appelle Tim Dunn. Vous pouvez lui faire confiance. Bon, on y retourne.

Avec Angie, on les regarda s'insérer dans le cortège formé par les voitures de la police et du FBI, et prendre la direction de Massachusetts Avenue ; le crépitement de la pluie sur la glace était certainement l'un des bruits les plus désolés que j'aie jamais entendus.

33

Notre chauffeur de taxi abordait les rues verglacées avec habileté, maintenant l'aiguille au compteur sur les 50 km / h, ne sollicitant la pédale de freins qu'en cas d'absolue nécessité.

La ville était littéralement enveloppée par la glace. D'immenses plaques transparentes recouvraient les façades, et les gouttières ployaient sous le poids de petits stylets blancs tombant en cascade. Les arbres luisaient d'un éclat platine, et les voitures garées le long des avenues ressemblaient à des sculptures.

– Va y avoir des tas de coupures de courant, c'te nuit, nous annonça le chauffeur.

– Ah oui ? Vous croyez ? répliqua Angie distraitement.

– Comme j'vous l'dis, ma jolie. C'te glace, elle va faire tomber les câbles électriques, vous verrez. Personne devrait sortir par un temps pareil. Oh non.

– Et vous, qu'est-ce que vous fabriquez dehors ? lançai-je.

– Hé, faut bien nourrir les p'tits... Et les p'tits, y z'ont pas b'soin de savoir combien c'est dur pour leur papa. Non. Y z'ont juste b'soin de manger.

Je revis le visage de Mae, tout chiffonné par l'incompréhension et une terreur abjecte. Les horreurs que j'avais crachées à la figure de sa mère résonnaient encore à mes oreilles.

Les p'tits, y z'ont pas b'soin de savoir.

Comment avais-je pu oublier ça ?

On remontait l'allée devant chez Angie quand Timothy Dunn actionna deux fois sa lampe électrique dans notre direction.

À pas prudents, il traversa la rue pour nous rejoindre. C'était encore un gamin dont le visage large respirait la franchise sous sa casquette bleu foncé – le visage d'un garçon de ferme, ou d'un gosse que sa mère aurait élevé pour en faire un prêtre.

Sa casquette était protégée par un plastique qui la maintenait au sec, et son lourd ciré noir luisait sous la bruine. Il inclina son couvre-chef en nous retrouvant sur le perron.

– Monsieur Kenzie, mademoiselle Gennaro, je suis l'agent Timothy Dunn. Vous allez bien ?

– Ça pourrait aller mieux, marmonna Angie.

– Oui, madame, je suis au courant.

– Mademoiselle, rectifia Angie.

– Pardon ?

– Appelez-moi mademoiselle, ou Angie, mais pas madame. Ça me donne l'impression d'avoir l'âge de votre mère. (Elle plissa les yeux pour mieux l'étudier.) Rassurez-moi, ce n'est pas le cas, hein ?

Il esquissa un sourire penaud.

– J'en doute, mademoiselle.

– Vous avez quel âge ?

– Vingt-quatre ans.

– Waouh.

– Et vous ? risqua-t-il.

Angie pouffa.

– Ne demandez jamais à une femme son âge ou son poids, agent Dunn.

Il hocha la tête.

– C'est juste que... sur ces deux points, le Seigneur vous a drôlement gâtée, mademoiselle.

Je levai les yeux au ciel.

Quant à Angie, elle se pencha vers lui.

– Vous irez loin, agent Dunn.

– Merci, mademoiselle. Les gens me répètent souvent ça.

– Ils ont raison, aucun doute.

Il contempla ses pieds un moment et se dandina légèrement en triturant son lobe droit d'une façon telle que j'en conclus à un tic nerveux.

Enfin, il s'éclaircit la gorge.

– Le sergent Amronklin a dit que les types du FBI enverraient des renforts dès que tout le monde serait revenu de la côte sud. Au plus tard vers deux ou trois heures du matin. D'après ce que j'ai compris, les portes sont équipées d'alarmes, et l'arrière de la maison est protégé.

Angie acquiesça.

– J'aimerais quand même jeter un coup d'œil, mademoiselle.

– Je vous en prie.

Il inclina sa casquette une nouvelle fois, puis longea la façade latérale. Immobiles sur la véranda, nous l'entendîmes avancer en faisant crisser l'herbe gelée sous ses pieds.

– Où est-ce que Devin l'a déniché, celui-là ? marmonna Angie. Au jardin d'enfants ?

– C'est un neveu, je crois.

– Un neveu de Devin ? (Elle secoua la tête.) Pas possible.

– Je t'assure. Devin a huit frangines, dont la moitié sont des bonnes sœurs. Des vraies, je veux dire. Les autres sont mariées à des types qui se savent en deuxième position derrière le Seigneur.

– Devin partage le même pool génétique ? T'es sûr ?

– Je sais, ça reste un mystère.

– Ce gosse-là est tellement innocent, tellement direct...

– Il est trop jeune pour toi.

– Tous les garçons ont besoin qu'une femme les pervertisse un jour ou l'autre.

– Et tu te sens prête à te dévouer ?

– Tu parles, Charles. T'as vu ces belles cuisses musclées sous ce pantalon moulant ?

Je soupirai.

Le faisceau de la lampe électrique précéda les craquements d'herbe écrasée annonçant le retour de Timothy Dunn.

– RAS, déclara-t-il alors qu'on descendait les marches vers lui.

– Merci, agent Dunn.

Quand il croisa les yeux d'Angie, les siens s'écarquillèrent légèrement avant de papilloter vers la droite.

– Tim. Je vous en prie, mademoiselle, appelez-moi Tim.

– Alors, appelez-moi Angie. Lui, c'est Patrick.

Il opina avant de me gratifier d'un regard embarrassé.

– Bon, eh bien...

– Oui ? fit Angie.

– Je vais rester dans la voiture. Au cas où je devrais approcher de la maison, je vous téléphonerai d'abord. Le sergent Amronklin m'a donné le numéro.

– Et si la ligne est occupée ? intervins-je.

L'agent Dunn réfléchit à la question.

– Avec ma torche, je ferai trois signaux en direction de cette fenêtre. (Il indiqua celle du salon.) J'ai examiné le plan de l'intérieur, la lumière devrait se voir de toutes les pièces sauf de la cuisine et de la salle de bains. C'est ça ?

– Oui.

– Et puis, des fois que vous dormiriez ou que vous ne verriez pas le signal, je presserai la sonnette. Deux coups brefs. O.K. ?

– Excellente idée, déclara Angie.

– Vous vous en sortirez très bien, affirmai-je.

– Merci, Tim, ajouta Angie.

Il esquissa un petit sourire, mais sans oser lever la tête vers elle, puis retourna vers sa voiture garée de l'autre côté de la rue, et se glissa au volant.

– Tim, hein ? fis-je en grimaçant.

– Toi, ferme-la.

– Elles vont surmonter ça, dit Angie.

Assis dans le salon, on parlait de Grace et de Mae. De l'endroit où j'étais, je voyais clignoter le voyant rouge du boîtier de l'alarme près de la porte d'entrée, mais au lieu de me rassurer, il me donnait l'impression de souligner notre vulnérabilité.

– Non, je ne crois pas.

– Si elles t'aiment, elles comprendront que le stress t'a fait craquer. Salement craquer, c'est vrai, mais c'était plus fort que toi.

– Grace a raison, c'est moi qui ai guidé ce monstre jusque chez elle. Avant de devenir moi-même un monstre. J'ai terrifié sa fille, Angie.

– Les gosses se remettent de tout.

– Si tu étais Grace, et que je vous aie infligé ce petit numéro à toi et à ta fille, au risque de lui donner des cauchemars pendant au moins un mois, comment tu réagirais ?

– Je ne suis pas Grace.

– C'est juste une supposition.

Les yeux rivés sur la bière dans sa main, elle fit non de la tête.

– S'il te plaît, la pressai-je.

Angie regardait toujours sa bière lorsqu'elle reprit la parole :

– Je te bannirais probablement de ma vie. Pour toujours.

Nous passâmes dans la chambre, où chacun de nous s'installa sur une chaise de part et d'autre du lit, épuisés tous les deux, mais trop à cran pour dormir.

Dehors la pluie avait cessé, et à l'intérieur les lumières étaient éteintes; seule la glace projetait sa lueur argentée vers les fenêtres, teintant l'obscurité dans la pièce d'une nuance gris perle.

– Tout ça finira par nous bouffer, dit Angie. Toute cette violence.

– J'ai toujours cru qu'on était plus forts qu'elle.

– Tu te gourais, Patrick. Au bout d'un moment, elle te contamine.

– Tu parles pour toi ou pour moi ?

– Pour nous deux. Tu te souviens quand j'ai flingué Bobby Royce, il y a quelques années ?

Je m'en souvenais parfaitement.

– Tu m'as sauvé la vie.

– Au prix de la sienne. (Angie tira une longue bouffée de sa cigarette.) Depuis, j'ai essayé de me convaincre que je n'avais pas ressenti ce que j'ai ressenti en appuyant sur la détente, que c'était impossible.

– Pourquoi ? Qu'est-ce que tu as ressenti ?

Elle se pencha en avant, les pieds posés au bord du lit, et enserra ses genoux.

– L'impression d'être Dieu, avoua-t-elle. C'était géant, Patrick.

Plus tard, elle s'allongea sur le lit, posa le cendrier sur son abdomen et s'absorba dans la contemplation du plafond. Je n'avais pas bougé de ma chaise.

– C'est ma dernière affaire, dit-elle. Du moins, pendant un certain temps.

– O.K.

Elle tourna la tête vers moi.

– Tu ne m'en veux pas ?

– Non.

Angie souffla quelques ronds de fumée en direction du plafond.

– J'en ai marre d'avoir la trouille, Patrick. Marre de toute cette peur qui se transforme en colère. Haïr, ça demande trop d'énergie ; je suis vidée, à plat.

– Je sais.

– J'en ai marre de côtoyer seulement des psychotiques, des parasites, des minables et des menteurs à longueur de journée. Des fois, j'en viens à me dire que le monde n'est rempli que de gens comme eux.

J'acquiesçai. Moi aussi, je commençais à en avoir marre.

– On est encore jeunes. (Elle chercha mon regard.) Tu comprends ?

– Oui.

– Assez jeunes pour changer de voie si on en a envie. Pour redevenir propres.

Je me penchai vers elle.

– Tu vis avec ça depuis longtemps ?

– Depuis qu'on a tué Marion Socia. Ou peut-être depuis que j'ai tué Bobby Royce, je ne sais pas. En tout cas, ça fait un bon bout de temps. Un sacré bout de temps que je me sens salie, Patrick. Avant, ce n'était pas le cas.

– Tu crois vraiment qu'on peut redevenir propres, Ange ? Ou est-ce qu'il est déjà trop tard ?

Elle haussa les épaules.

– Ça vaut le coup d'essayer, tu ne penses pas ?

– Sûrement, oui. (Je lui pris la main.) Si tu le dis, c'est que ça vaut le coup.

– Tu es le meilleur ami que j'aie jamais eu, affirma-t-elle avec un sourire.

– Je te retourne le compliment.

*

Je me redressai en sursaut sur le lit d'Angie.

– Quoi ? fis-je.

Mais personne ne me parlait.

Autour de moi, tout était silencieux. Du coin de l'œil, je perçus un mouvement. Je me tournai aussitôt vers la fenêtre la plus éloignée, et distinguai la forme sombre de feuilles d'arbre s'écrasant contre la vitre couverte de glace avant de disparaître dans les ténèbres, suivant les oscillations du peuplier courbé par le vent, dehors.

Soudain, je remarquai que les chiffres lumineux rouges, sur le réveil d'Angie, étaient éteints.

Je tâtonnai à la recherche de ma montre, sur la commode, puis me penchai vers la lueur pâle en provenance de l'extérieur. Deux heures moins le quart.

M'étant retourné sur le lit, je soulevai le store derrière moi pour jeter un coup d'œil aux bâtiments voisins. Aucune lumière ne brillait nulle part, pas même au-dessus des perrons. Le quartier ressemblait à un hameau de montagne, isolé dans la tempête, privé d'électricité.

Quand la sonnerie du téléphone retentit, j'eus l'impression que le bruit me crevait les tympans.

– Allô ?

– Monsieur Kenzie ?

– Oui.

– Tim Dunn à l'appareil.

– Il n'y a plus de courant.

– Exact. Les coupures se multiplient dans la ville. La glace pèse trop lourd, les câbles lâchent, les transformateurs sautent un peu partout dans l'État. J'ai prévenu la Boston Edison, mais il y en aura pour un bon moment.

– O.K. Merci, agent Dunn.
– Y a pas de quoi, vraiment.
– Oh, agent Dunn ?
– Oui ?
– Vous êtes bien le fils d'une sœur de Devin, n'est-ce pas ? Laquelle ?
– Comment vous avez deviné ?
– Je suis détective, au cas vous l'auriez oublié.
Il émit un petit rire.
– Theresa.
– Ah. Une des grandes sœurs. Devin les craint, ses grandes sœurs.
– Je sais. C'est plutôt marrant.
– Encore merci de veiller sur nous, agent Dunn.
– De rien. 'Soir, monsieur Kenzie.
Après avoir raccroché, je restai un moment à fixer du regard les ténèbres profondes parcourues de reflets vif-argent et gris perle.
– Patrick ?
Angie redressa la tête et de sa main gauche écarta la masse de mèches emmêlées lui masquant le visage. Lorsqu'elle prit appui sur un coude, j'eus une conscience aiguë de ses seins qui tendaient le T-shirt du lycée Monsignor Ryan Memorial.
– Qu'est-ce qui se passe ?
– Rien, répondis-je.
– Un cauchemar ?
Elle s'assit, une jambe repliée sous elle, l'autre émergeant, lisse et nue, de sous le drap.
– J'ai cru entendre quelque chose. (De la tête, j'indiquai la fenêtre.) C'était juste une branche d'arbre.
– Faut vraiment que je le fasse tailler, dit-elle en bâillant.
– Il n'y a plus d'électricité. Toute la ville est touchée.
Angie jeta un coup d'œil sous le store.

– Houla.

– D'après Dunn, les transformateurs sautent un peu partout dans l'État.

– Non, non et non, décréta-t-elle avec brusquerie avant de repousser le drap et de sortir du lit. Ça ne va pas, ça. Il fait beaucoup trop sombre.

Elle fouilla dans sa penderie jusqu'à mettre la main sur une boîte à chaussures. L'ayant posée par terre, elle en retira une poignée de bougies blanches.

– Tu veux un coup de main ? proposai-je.

D'un mouvement de tête, Angie déclina mon offre, puis entreprit de placer des chandelles dans des bougeoirs et sur des supports invisibles pour moi étant donné l'obscurité. Elle en avait disposé dans tous les coins – sur les deux tables de nuit, la commode, la coiffeuse... –, et il y avait quelque chose de troublant à la regarder allumer les mèches, le pouce pressé en permanence sur la commande de son briquet, allant d'une bougie à l'autre jusqu'au moment où les reflets de la flamme vacillante s'étendaient sur les murs pour se fondre dans la lumière qu'ils avaient créée.

En moins de deux minutes, Angie avait donné à la chambre des allures de chapelle.

– Voilà, c'est mieux, déclara-t-elle en revenant s'asseoir à côté de moi.

Pendant quelques instants, aucun de nous ne prononça une parole. Je regardais les flammes trembloter puis grandir, leur chaude lueur jaune jouer sur notre peau, faire briller ses cheveux.

Angie se tourna vers moi, les genoux ramenés contre la poitrine, le drap au niveau de la taille. Elle le triturait entre ses doigts, inclinait la tête d'un côté puis de l'autre, la secouait, et sa longue chevelure cascadait dans son dos.

– Je n'arrête pas de voir des cadavres en rêve, dit-elle enfin.

– Moi, c'est seulement Evandro que je vois.

– Qu'est-ce qu'il fabrique ? demanda-t-elle en se penchant légèrement vers l'avant.

– Il se rapproche de nous. Lentement mais sûrement.

– Dans mes rêves, il est déjà là.

– Alors, les cadavres...

– Ce sont les nôtres. (Elle pressa ses mains l'un contre l'autre, avant de les regarder comme si elles devaient se séparer de leur propre volonté.) Je ne veux pas mourir maintenant, Patrick.

Je me redressai à mon tour, et m'adossai à la tête de lit.

– Moi non plus.

Elle se pencha encore. Avec ses mains toujours crispées et son buste incliné vers moi, ses mèches épaisses lui revenant sur le visage au point que je distinguais à peine ses traits, elle me faisait l'effet d'une conspiratrice détenant des secrets qu'elle ne partagerait peut-être jamais.

– Si quelqu'un nous descendait...

– Ça n'arrivera pas.

Angie appuya son front contre le mien.

– Si, ça va arriver.

La maison émit un craquement, signe qu'elle avait encore gagné un dixième de millimètre dans sa progression vers le sol.

– Qu'il essaie, tiens ! On l'attend de pied ferme.

Elle voulut rire, mais seul un son étranglé, mouillé, monta de sa gorge.

– On est des loques, Patrick. Tu le sais, je le sais, et probablement qu'il le sait lui aussi. Ça fait des jours qu'on n'a pas mangé ni dormi correctement. Il nous a bousillés moralement et physiquement. (Elle pressa ses mains moites contre mes joues.) Il peut nous achever quand il en a envie.

Je sentais des tremblements convulsifs, telles des décharges électriques, parcourir ses paumes. La chaleur, le sang, tout ce qui circulait dans son corps palpitait à travers son T-shirt, et je savais qu'elle avait certainement raison.

Il nous achèverait quand il en aurait envie.

Dieu que cette pensée était moche, avec ses relents de nombrilisme pitoyable – la pensée que nous n'étions rien, aucun de nous, rien qu'un tas d'organes, de veines, de muscles et de valves baigné par des flux de sang à l'intérieur d'une enveloppe fragile, inutilement prétentieuse. Celle que d'une chiquenaude, Evandro pouvait nous flinguer, nous éteindre aussi facilement qu'on actionne un interrupteur, et notre petit tas d'organes et de valves cesserait alors de fonctionner, les lumières s'éteindraient pour de bon, et l'obscurité serait totale.

– Rappelle-toi ce qu'on a dit, Ange. Si on meurt, on l'emmène avec nous.

– *Et après ?* Et après, bordel ? M'en fous d'emmener Evandro avec moi ou pas. Je veux pas crever, c'est tout. Je veux qu'il me laisse tranquille.

– Hé, murmurai-je. Tout va bien. Calme-toi.

Elle m'adressa un sourire triste.

– Désolée. C'est juste qu'il fait nuit noire et que je n'ai jamais eu une telle trouille de toute ma vie ; alors, je ne me sens pas trop d'humeur à jouer les gros bras. J'ai tendance à ne plus trop y croire, ces temps-ci.

Angie avait les yeux humides, et ses paumes l'étaient aussi quand elle les retira de mes joues pour se rasseoir.

Je l'attrapai doucement par les poignets, et elle se pencha de nouveau en avant. De sa main droite, elle repoussa mes cheveux sur mon front tandis que son corps se penchait vers le mien, que ses cuisses s'insinuaient entre les miennes, que son pied gauche frôlait mon pied droit pour repousser le drap.

Une de ses mèches me chatouilla l'œil gauche, et nous nous immobilisâmes tous les deux, nos visages se touchant presque. Je décelai l'odeur de la peur dans son souffle, dans nos cheveux, sur notre peau.

De ses yeux sombres, elle scrutait mes traits avec un mélange de curiosité, de détermination et de tourment – le fantôme de ces anciennes blessures dont on ne parlait jamais. Elle enfouit plus profondément ses doigts dans mes cheveux, appuya son bassin contre le mien.

– On ne devrait pas faire ça, murmura-t-elle.

– Non.

– Et Grace ?

N'ayant pas de réponse à lui apporter, je laissai la question en suspens.

– Et Phil ?

– C'est fini, affirma-t-elle.

– Si on n'a pas concrétisé en dix-sept ans, c'est sûrement pour de bonnes raisons.

– Je sais. J'essaie juste de me les rappeler.

Je laissai mes doigts glisser le long de sa tempe gauche ; elle me mordilla le poignet et se cambra, plaquant son bassin plus étroitement contre le mien.

– Et Renée ? attaqua-t-elle, avant de m'empoigner les cheveux avec une colère soudaine.

– Renée est sortie de ma vie.

Je lui agrippai les cheveux tout aussi rudement.

– T'en es bien sûr ? insista-t-elle.

– Tu m'entends souvent parler d'elle ?

Je laissai glisser ma jambe gauche contre sa jambe droite, amarrai ma cheville à la sienne.

– C'est délibéré, répliqua-t-elle. (Sa main gauche descendit sur mon torse pour s'arrêter au niveau de la hanche, à l'endroit où la peau nue disparaissait sous un caleçon.) Tu évites délibérément de parler de la femme que tu as épousée.

De sa paume, elle repoussa le sous-vêtement.

– Ange...

– Ne prononce pas mon nom.

– Pardon ?

– Pas quand on est en train de discuter de ma sœur et toi.

Et voilà. Dix ans au moins s'étaient écoulés depuis qu'on avait tenté d'aborder le sujet, et il resurgissait aujourd'hui avec toutes ses implications sordides.

Elle s'écarta de moi jusqu'à se retrouver assise sur mes cuisses ; mes mains reposaient désormais sur sa taille.

– J'ai déjà assez payé ce qui s'est passé avec elle.

– Non, riposta Angie.

– Oh, si.

– Je n'en suis plus là, de toute façon, dit-elle avec un haussement d'épaules. Du moins, en ce moment.

– Ange...

Elle posa un doigt sur ses lèvres, puis inclina le buste vers l'arrière pour se débarrasser de son T-shirt, qu'elle envoya balader de l'autre côté du lit avant de saisir mes mains, de les faire remonter le long de son ventre, de les poser sur ses seins.

Enfin, elle baissa la tête, couvrant mes doigts de ses cheveux.

– Ça fait dix-sept ans que je t'attends, murmura-t-elle.

– Moi aussi, articulai-je d'une voix altérée.

– Tant mieux.

Cette fois, ce fut ma figure que ses cheveux caressèrent quand elle frôla mes lèvres des siennes, bloqua ses genoux contre mes cuisses et tira mon caleçon le long de mes jambes.

– Tant mieux, répéta-t-elle avant de mordiller ma lèvre supérieure.

N'y tenant plus, je l'embrassai. Ma main droite se perdit dans ses longues mèches, et quand je délaissai sa bouche, Angie suivit mon mouvement, écrasa ses lèvres contre les miennes et les força de sa langue. Mes doigts s'égarèrent dans son dos, dont ils pétrirent la chair avant de se glisser sous l'élastique de son slip.

Elle leva un bras pour agripper la tête de lit, son corps s'élevant au-dessus de moi tandis que ma langue trouvait le chemin de sa gorge et que mes doigts faisaient de sa culotte une cordelette soyeuse roulant sur ses hanches et la courbure de ses fesses. Lorsque je pris un mamelon dans ma bouche, elle laissa échapper un petit hoquet, s'accrocha plus fort à la tête de lit. Sa main parcourait mon torse, mon entrejambe, et elle tenta de se débarrasser d'un coup de pied du slip-cordelette autour de ses chevilles avant de se laisser de nouveau descendre sur moi.

Et le téléphone sonna.

– Allez vous faire voir, grognai-je. Qui que vous soyez.

Son nez heurta légèrement le mien, elle gémit, et nous éclatâmes de rire, les dents à quelques centimètres de distance.

– Aide-moi à enlever ça, dit-elle. Je suis un peu empêtrée, par là-bas.

La sonnerie retentit de nouveau, forte, perçante.

Nos jambes et nos sous-vêtements étaient désormais complètement entremêlés, et quand je glissai la main le long de ses cuisses pour tenter de débrouiller la situation, je rencontrai celle d'Angie dans le même coin, et ce brusque contact me procura l'une des sensations les plus érotiques de toute mon existence.

À la troisième sonnerie, Angie se cambra à l'oblique sur le lit tandis que nous dégagions enfin nos chevilles, et à la lueur des bougies, je vis des gouttes de sueur briller sur sa peau mate.

Angie gémit de nouveau, mais cette fois, c'était un gémissement de pure contrariété et d'exaspération. Son corps glissa contre le mien lorsqu'elle voulut attraper le téléphone, de mon côté.

– C'est peut-être l'agent Dunn, marmonna-t-elle. Et merde.

– Tim. Appelle-le Tim.

– T'es nul.

Avec un petit rire de gorge, elle me donna une tape sur la poitrine.

Ayant récupéré le combiné, Angie s'allongea près de moi, la nuance de sa peau paraissant plus foncée sur le drap blanc.

– Allô ? fit-elle, avant de souffler sur les mèches qui lui retombaient devant la figure.

Il me semblait percevoir un grattement. Léger, mais insistant. Jetant un coup d'œil vers la fenêtre sur ma droite, je vis les feuilles sombres érafler la vitre.

Scritch, scritch.

Lorsque Angie ôta sa jambe de la mienne, j'éprouvai une brusque sensation de froid.

– Phil, s'il te plaît... Il est presque deux heures du mat'.

Elle s'adossa à l'oreiller, coinça le téléphone entre son oreille et son épaule, puis souleva son bassin et ses fesses pour remonter son slip jusqu'à ses hanches.

– Ça me fait plaisir de savoir que tu vas bien, Phil. Sérieux. Mais on ne pourrait pas reparler de tout ça dans la matinée ?

Les feuilles balayaient de nouveau la fenêtre quand je retrouvai enfin mon caleçon et l'enfilai.

Machinalement, Angie me caressa la hanche en me gratifiant d'une œillade éloquente, genre « Non, mais t'y crois, toi ? » Soudain, elle me pinça la taille, à l'endroit où elle prétendait voir des poignées d'amour, en se mordillant la lèvre inférieure pour ne pas sourire. Vaine tentative.

– Tu as bu, Phil, pas vrai ?

Scritch, scritch.

Je regardai par la fenêtre, mais les feuilles avaient disparu, happées par le vent nocturne.

– Je sais, Phillip, dit-elle tristement. Je sais. Et je m'y efforce, je t'assure.

Elle ôta sa main de ma hanche, se tourna vers le téléphone et se leva.

À mon tour, je sortis du lit, puis passai ma chemise et mon jean. Il faisait froid dans la maison sans Angie pour me réchauffer, et je n'avais pas envie de me blottir sous les couvertures pendant qu'elle bavardait avec Phil.

– Je ne te juge pas, Phil. Mais si Arujo décide de passer à l'action ce soir, mieux vaudrait que tu aies les idées claires, tu ne crois pas ?

Un faisceau lumineux blanc survola son épaule et la flamme des bougies ; à trois reprises, il éclaira le mur en face d'elle. Comme elle était penchée, Angie ne s'en aperçut pas, et je quittai la chambre pour m'engager dans le couloir, les bras croisés pour me tenir chaud. Par la fenêtre du salon, je vis Tim Dunn traverser la rue en direction de la maison.

Au moment de désactiver l'alarme, je m'aperçus qu'elle ne fonctionnait plus à cause de la panne d'électricité.

J'ouvris la porte avant même qu'il ait sonné.

– Du nouveau ?

Il baissait la tête afin de se protéger des gouttes tombant des arbres, et je me rendis compte qu'il contemplait mes pieds nus.

Un talkie-walkie grésilla dans le salon.

– Ça caille, dit Dunn en tripotant le lobe de son oreille.

– Plutôt. Entrez. Et fermez la porte derrière vous.

Alors que je me détournais, la voix de Devin jaillit du talkie-walkie :

– Patrick ? Foutez le camp tous les deux, et en vitesse. Arujo nous a baisés. Je répète, Arujo nous a baisés. Y a personne à Nahant.

Je fis volte-face au moment où Dunn redressait la tête, me révélant le visage d'Evandro Arujo sous la visière de sa casquette.

– Hé non. Arujo n'est pas à Nahant, Patrick. Il est là, avec toi. Pour le restant de tes jours.

34

Avant que je puisse dire un mot, Evandro m'avait appuyé un stylet sous l'œil droit. Enfonçant la pointe dans l'os de l'orbite, il referma la porte derrière lui.

Du sang entachait déjà la lame, constatai-je.

Quand il remarqua la direction de mon regard, Evandro esquissa un sourire triste.

– L'agent Dunn n'aura pas l'occasion de souffler ses vingt-cinq bougies, j'en ai peur. Dur, hein ?

Il m'obligea à reculer en pressant plus fort la pointe de son arme sur mon os, et je fis quelques pas dans le couloir.

– Au moindre son, Patrick, dit-il en serrant de son autre main le revolver du mort, je t'arrache l'œil et je descends ta partenaire. Compris ?

J'acquiesçai en silence.

À la faible lueur des bougies dans la chambre, je vis qu'il avait enfilé la chemise de Dunn ; elle était maculée de taches sombres.

– Pourquoi l'avoir tué ? murmurai-je.

– Il se mettait du gel dans les cheveux, répondit Evandro.

Il porta les doigts à ses lèvres en passant devant la salle de bains, au milieu du couloir, et d'un geste, m'intima l'ordre de m'arrêter.

Je m'exécutai.

Evandro avait rasé son bouc, et les mèches s'échappant de sa casquette étaient teintes en blond doré. Il portait des lentilles de contact gris clair, et je supposai que les pattes partant de chaque oreille étaient fausses, étant donné qu'il ne les avait pas la dernière fois où je l'avais vu.

– Tourne-toi, Patrick. Tout doucement.

Dans la chambre, Angie soupira.

– Phil, s'il te plaît, je suis vraiment crevée.

Et merde. Elle n'avait pas entendu le talkie-walkie.

J'obéis à Evandro, qui plaça le côté plat du stylet contre mon visage, le laissant glisser sur la peau alors que je faisais pivoter ma tête. Je sentis la pointe caresser ma nuque, puis se nicher dans le creux sous mon oreille droite, entre mon crâne et ma mâchoire.

– Essaie de me baiser, chuchota-t-il, et cette pointe te ressortira aussitôt par le nez. Vas-y, avance. À petits pas.

– Phillip, disait Angie. Je t'en prie...

La chambre comportait deux portes, une donnant sur le couloir, l'autre, deux mètres plus loin, débouchant dans la cuisine. Nous étions à environ un mètre de la première porte lorsque d'une pression de son stylet, Evandro m'obligea à stopper.

– Chut, fit-il. Chut.

– Mais non, poursuivit Angie d'un ton las. Non, Phil, je ne te hais pas. Tu es quelqu'un de bien.

– J'étais dehors, à trois mètres cinquante de vous, murmura Evandro. Avec ton associée et ce pauvre agent Dunn, vous bavardiez pour savoir comment barricader la maison pour m'empêcher d'entrer, et moi, j'étais tapi dans la haie du voisin. Je pouvais respirer ton odeur, Patrick.

J'éprouvai une petite sensation d'éclatement quand la pointe du stylet, telle une aiguille, fendit la peau au bord de ma mâchoire.

Je ne voyais pas d'alternatives. Si j'envoyais mon coude dans la poitrine d'Evandro, la première réaction à laquelle il devait s'attendre, il y avait au moins cinquante pour cent de chances qu'il ait encore la force de me crever la cervelle. Toutes les autres possibilités – coup de poing dans les bourses, de pied dans les chevilles, rotation brusque à droite ou à gauche – avaient la même probabilité de réussite. Evandro tenait la lame d'une main, le flingue de l'autre, et les deux armes s'enfonçaient dans ma chair.

– Tu n'as qu'à me rappeler demain matin, dit Angie. On en reparlera.

– Pas si sûr, ironisa Evandro.

Il me poussa.

Juste avant le seuil de la chambre, il retira le revolver de mon flanc. La pointe du stylet quitta mon oreille et alla se loger dans ma nuque, à l'endroit où ma colonne vertébrale rejoignait mon crâne. Enfin, il pivota devant l'ouverture afin de se positionner derrière moi.

Si j'avais laissé Angie debout près du lit, elle n'y était plus. Le téléphone décroché gisait au milieu de la literie, et j'entendis le souffle d'Evandro s'accélérer quand il tendit le cou par-dessus mon épaule pour avoir une meilleure vue.

Les draps portaient encore l'empreinte de nos corps. La cigarette d'Angie emplissait le cendrier de cendre, et l'air d'une spirale de fumée. Les flammes des bougies brillaient comme les yeux jaunes des félins dans la jungle.

Evandro regarda en direction de la penderie pleine de fringues, susceptible de dissimuler quelqu'un.

Il me poussa encore une fois, et de mon côté, j'envisageai encore une fois de lui balancer un coup de coude.

Mais déjà, il pointait l'arme de Dunn vers la penderie, et armait le chien.

– Elle est là-dedans ? chuchota-t-il, se déplaçant sur ma gauche en même temps qu'il visait le placard et accentuait la pression de la lame contre mon crâne.

– Je ne sais pas.

J'entendis sa voix avant même de m'apercevoir de sa présence.

Elle s'éleva à cinq centimètres derrière moi, précédée par le brusque claquement métallique du chien d'un pistolet que l'on arme.

– Bouge pas, connard.

Evandro vissa le bout du poignard si fort dans ma nuque que je me haussai instinctivement sur la pointe des pieds, conscient du filet de sang qui me dégoulinait le long du cou.

Dans mon mouvement, ma tête se porta vers la gauche, et je vis soudain le canon du 38 d'Angie contre l'oreille droite d'Evandro ; je vis aussi ses doigts crispés sur la crosse, ses jointures devenues blanches.

D'un geste vif, Angie obligea Evandro à lâcher son revolver. Quand celui-ci toucha le sol, près du panneau de pied, je crus que la balle allait partir, mais il n'en fut rien, et l'arme, chien armé, demeura pointée vers la coiffeuse.

– Angela Gennaro, dit Evandro. Ravi de vous rencontrer. Brillante, votre idée de faire semblant d'être au téléphone.

– Je *suis* au téléphone, enfoiré. Il a l'air décroché, oui ou non ?

Evandro battit des paupières.

– Oui.

– Qu'est-ce que t'en déduis ?

– Quelqu'un a oublié de raccrocher. (Il huma l'air autour de lui.) Ça pue le sexe, ici. Le frotti-frotta de la chair. Je déteste cette odeur. Vous en avez bien profité, j'espère.

– Les flics sont en route, Evandro. Alors, pose ton couteau.

– J'aimerais beaucoup, Angela, mais je devrai d'abord vous tuer.

– Tu ne pourras pas nous descendre tous les deux.

– Vous n'avez pas les idées claires, Angela. Ces coucheries ont dû vous embrumer le cerveau. Oh, ça a souvent cet effet-là. Les relents du sexe... une véritable puanteur digne des hommes des cavernes. Après m'être envoyé Kara et Jason – croyez-moi, c'est eux qui l'ont voulu, pas moi –, j'avais envie de leur trancher la gorge tout de suite. Mais on m'a persuadé d'attendre. J'étais...

– Il essaie de t'embobiner avec ses discours, Ange.

Elle pressa plus fort le pistolet contre l'oreille d'Evandro.

– T'as l'impression de m'avoir embobinée, Evandro ?

– Rappelez-vous ce que vous avez appris ces dernières semaines, Angela. Je ne travaille pas seul, vous avez déjà oublié ?

– En l'occurrence, tu m'as l'air rudement seul. Alors, pose ce putain de couteau.

Au lieu de quoi, il l'enfonça plus profondément dans ma nuque, au point qu'un éclair blanc jaillit soudain dans ma tête.

– Vous n'y êtes pas du tout, déclara Evandro. Vous pensez que nous ne pouvons pas vous vaincre tous les deux, mais c'est plutôt vous qui ne pouvez pas nous vaincre tous les deux.

– Descends-le, Ange.
– Quoi ? s'écria Evandro.
– Descends-le !
De la cuisine, sur notre droite, quelqu'un lança :
– Salut la compagnie.
Angie tourna la tête, et je perçus l'odeur de la balle qui l'atteignit. Elle sentait le souffre, la cordite et le sang.
Son propre revolver partit entre Evandro et moi, et le flash du canon me fit l'effet d'une boule de feu.
Je me dégageai d'un mouvement brusque, le stylet tomba et rebondit sur le plancher en cliquetant alors que de ses ongles, Evandro me lacérait le visage.
De toutes mes forces, je lui envoyai mon coude dans la tête. Il y eut un craquement d'os, un cri, l'arme d'Angie gronda deux fois, et du verre vola en éclats dans la cuisine.
Toujours aux prises avec Evandro, j'entrai à l'aveuglette dans la chambre, puis des silhouettes commencèrent à se matérialiser au-delà de l'écran d'un blanc éblouissant tendu devant mes yeux. Mon pied heurta l'arme de Dunn, qui se déchargea avec un bruit assourdissant avant de glisser vers la cuisine.
Les mains d'Evandro me griffaient la figure ; j'agrippai la chair sous sa cage thoracique, pivotai en resserrant ma prise sur le bas de ses côtes, puis le projetai contre la coiffeuse d'Angie, droit dans le miroir.
La lumière blanche se dissipa enfin, et je regardai le corps mince d'Evandro survoler les produits de beauté pour aller s'écraser contre la glace. Celle-ci se brisa en grands morceaux pareils à des nageoires dorsales, les flammes des bougies vacillèrent puis se ravivèrent en touchant le sol. Je plongeai par-dessus le lit au moment où il retombait, entraînant la coiffeuse dans sa chute.

Au passage, j'attrapai mon arme sur la table de nuit, puis me relevai de l'autre côté du matelas et tirai sans la moindre hésitation à l'endroit où j'avais vu Evandro pour la dernière fois.

Sauf qu'il n'y était plus.

Tournant la tête, j'aperçus Angie assise par terre, son pistolet à la main, un œil fermé pour mieux viser sa cible. Une bougie se consumait à côté d'elle. Des pas retentirent dans la cuisine, s'arrêtèrent, et elle pressa la détente.

Avant de la presser encore.

Dans la maison, quelqu'un cria.

J'entendis aussi un cri dehors, mais c'était celui du métal, le hurlement d'un moteur, et soudain, la cuisine parut exploser en grands jaillissements d'une lumière fluorescente agressive, suivis de peu par le bourdonnement de la rampe.

Le temps de piétiner la flamme près du bras d'Angie, et je m'avançai dans le couloir, mon flingue dirigé vers Evandro. Il nous tournait le dos, les bras collés au corps. Planté au milieu de la cuisine, il oscillait de droite à gauche, comme au rythme d'une musique perçue par lui seul.

La première balle tirée par Angie l'avait atteint entre les omoplates; un gros trou s'ouvrait désormais dans le ciré noir de l'agent Dunn. Sous nos yeux, il se remplit de rouge, Evandro cessa peu à peu d'osciller, et mit un genou à terre.

La seconde balle lui avait arraché un morceau de tête juste au-dessus de l'oreille droite.

Il y porta machinalement la main qui tenait l'arme de Dunn; celle-ci lui glissa des doigts et tomba sur le lino.

– Ange? Ça va? demandai-je.

– Question idiote, gronda-t-elle. Bonté divine. Entre dans la cuisine.

– Où est le type qui t'a tiré dessus?

– Il a filé par la porte de la cuisine. Entre, je te dis.

– Laisse tomber. T'es blessée.

Elle grimaça.

– C'est rien. Il peut encore ramasser son flingue, Patrick. Tu vas entrer là-dedans, oui ?

Je m'approchai d'Evandro, récupérai l'arme par terre, puis allai me poster devant lui. Evandro leva les yeux vers moi tout en tâtonnant avec précaution l'endroit où se trouvait encore un morceau de son crâne quelques instants plus tôt, le visage gris à la lumière des néons grésillant au-dessus de sa tête.

Il pleurait en silence, ses larmes se mêlaient au sang qui ruisselait le long de sa figure, et sa peau était si pâle que le souvenir des clowns d'autrefois me revint à l'esprit.

– Ça ne fait pas mal, articula-t-il.

– Pas encore, mais ça va venir.

Dans ses yeux toujours fixés sur moi se lisaient l'incompréhension et la solitude.

– C'était une Mustang bleue, reprit Evandro, et il semblait important pour lui que je comprenne ça.

– Quoi ?

– La voiture que j'ai volée. Elle était bleue, avec des sièges-baquets en cuir blanc...

– Qui est ton complice, Evandro ?

– ... et des enjoliveurs brillants.

– Qui est ton complice ?

– Tu ne ressens donc *rien du tout* pour moi ? demanda-t-il, les yeux écarquillés, les mains tendues comme en un geste de supplication.

– Non, répondis-je d'une voix éteinte, vide d'émotion.

– On va t'avoir, Patrick. Crois-moi, on va gagner.

– Qui, « on » ?

Sang et larmes le firent ciller.

– Je suis allé en enfer.

– Je sais.

– Non, non. En *enfer*, je te dis ! s'écria-t-il.

Ses sanglots redoublèrent alors que son visage se convulsait.

– Et tu l'as recréé pour les autres... Vite, Evandro, qui est ton complice ?

– Je ne me rappelle plus.

– Déconne pas, Evandro. Réponds-moi.

J'étais en train de le perdre. Il allait mourir devant moi, en s'efforçant de juguler de sa paume le flot de sang qui s'échappait de son crâne ; il lui faudrait peut-être une seconde pour partir, ou peut-être plusieurs heures, mais il s'en irait, je le savais.

– Je ne me rappelle plus, répéta-t-il.

– Il t'a abandonné. Tu vas crever. Pas lui. Tu comprends ? Je...

– Je ne rappelle plus qui j'étais avant d'aller là-bas. Plus du tout. Je... je ne me rappelle même plus...

Sa poitrine se souleva soudain, ses joues se gonflèrent comme celles d'un poisson-coffre, et un gargouilla monta de son torse.

– Qui est...

– ... me rappelle plus comment j'étais, tout gosse.

– Evandro ?

Il vomit du sang, et le contempla un moment. Quand il leva de nouveau les yeux vers moi, il paraissait terrifié.

Mon expression ne dut pas lui laisser beaucoup d'espoir, car en voyant ce qui venait de quitter son corps, je doutai qu'il réussisse à vivre encore longtemps.

– Oh, merde, dit-il.

Evandro tendit les mains, et les regarda.

– Evandro...

Mais il mourut comme ça, le regard fixé sur ses mains qui retombaient peu à peu, un genou au sol, l'air désorienté, effrayé et complètement abandonné.

– Il est mort ?

Je retournai dans le couloir après un passage par la chambre pour piétiner toutes les bougies susceptibles de consumer le plancher.

– Plutôt deux fois qu'une. Comment tu te sens ?

De grosses gouttes de sueur luisaient sur le visage d'Angie.

– Je pète pas franchement la forme, Patrick.

Je n'aimai pas du tout le son de sa voix. Il était plus aigu que d'habitude, et vibrait d'une note d'urgence.

– T'es touchée où ?

Quand elle souleva son bras, je distinguai entre sa hanche et sa cage thoracique un trou rouge sombre qui semblait respirer.

– Comment ça se présente ? demanda-t-elle en appuyant sa tête contre le chambranle.

– Pas trop mal, prétendis-je. Attends, je vais chercher une serviette.

– J'ai vu que sa silhouette, tu sais. La forme générale de son corps.

– Quoi ? (Je pris une serviette sur l'étagère de la salle de bains, puis rejoignit Angie.) Le corps de qui ?

– Le salopard qui m'a tiré dessus. Quand j'ai fait feu, j'ai vu sa silhouette. Il est petit, mais balèze. Tu... tu vois ce que je veux dire ?

J'appuyai la serviette contre son flanc.

– O.K. Petit mais balèze. Compris.

Elle ferma les yeux.

– Mmmal à...

– Quoi ? Ouvre les yeux, Ange. Allez, fais un effort.

Elle les ouvrit, sourit avec lassitude.

– Fi...chu pisto... let. Trop... trop... lourd.

Je lui pris l'arme des mains.

– Plus maintenant. Ange, il faut que tu restes éveillée pendant que...

La porte d'entrée s'ouvrit avec fracas, et je pivotai en un éclair, pour découvrir dans ma ligne de tir Phil et deux infirmiers des services d'urgences qui surgissaient dans la maison.

J'abaissai mon arme, et Phil tomba à genoux à côté d'Angie.

– Oh, mon Dieu, murmura-t-il. Angie ? Chérie ?

Il lui écarta du front quelques mèches humides.

– Laissez-moi passer, ordonna l'un des infirmiers. Dépêchez-vous.

Je reculai.

– Chérie ? cria Phil.

Elle battit des cils, réussit à ouvrir les yeux.

– Salut, dit-elle.

– Reculez, monsieur, insista l'infirmier. Tout de suite.

Phil s'accroupit avant de s'écarter de quelques centimètres.

– Ça vous fait mal quand j'appuie, mademoiselle ? demanda l'infirmier.

Dehors, des voitures de police s'arrêtèrent dans un grincement de freins et illuminèrent les fenêtres de reflets couleur de brasier ardent.

– ...si peur, ajouta Angie dans un souffle.

Le deuxième infirmier déplia une civière sur roulettes et redressa un tube métallique à l'avant.

Un brusque martèlement s'éleva soudain dans le couloir et, baissant les yeux, je vis les talons d'Angie frapper convulsivement le plancher.

– C'est le choc, lança l'infirmier. (Il la prit par les épaules.) Tenez-lui les jambes ! s'écria-t-il. Tenez-lui les jambes, bon sang !

Je lui saisis les chevilles pendant que Phil répétait :

– Oh, mon Dieu. Faites quelque chose, faites quelque chose, faites quelque chose.

Comme Angie me bourrait de coups de pied dans l'aisselle, je coinçai ses jambes entre mon bras et ma poitrine, déterminé à tenir bon, même quand je vis ses yeux se révulser et sa tête glisser du chambranle pour se cogner par terre.

– Maintenant, dit le premier infirmier.

Son collègue lui tendit une seringue qu'il planta dans la poitrine d'Angie.

– Hé, qu'est-ce que vous foutez ? lança Phil. Qu'est-ce vous foutez, bon dieu ?

Je sentis Angie se raidir une dernière fois, puis retomber mollement sur le plancher, donnant presque l'impression de flotter.

– On va la soulever, me dit l'infirmier. En douceur, mais vite. À trois. Un...

Quatre flics s'encadrèrent à l'entrée, la main sur leurs armes.

– Deux..., poursuivit l'infirmier. Dégagez cette fichue porte ! On va sortir une blessée.

Le deuxième infirmier retira de sa sacoche un masque à oxygène.

Les flics reculèrent sur le perron.

– Trois.

Quand on la souleva, son corps me parut beaucoup trop léger, comme s'il n'avait jamais bougé, ni sauté, ni dansé.

Lorsqu'elle fut allongée sur la civière, le deuxième infirmier lui appliqua le masque à oxygène sur le visage, cria « On sort ! », et avec son collègue, tira Angie le long du couloir.

Phil et moi, on leur emboîta le pas, mais au moment où je débouchai sur le perron verglacé, j'entendis le cliquetis d'au moins vingt chiens – les chiens d'armes braquées sur nous.

– Jetez vos flingues, et mettez-vous à genoux, nom de Dieu !

Mieux valait ne pas discuter avec des flics à cran, je le savais.

Je posai donc mon pistolet et le revolver de Dunn, m'agenouillai et levai les bras.

Mais Phil s'inquiétait trop du sort d'Angie pour imaginer qu'ils s'adressaient également à lui.

À peine avait-il fait deux pas vers la civière qu'un flic lui flanquait un coup de crosse dans la clavicule.

– C'est son mari, dis-je. Son mari.

– Ta gueule, connard ! Et garde les mains en l'air, t'as compris ? T'as compris ?

J'avais compris. Je restai agenouillé tandis que les flics s'approchaient avec prudence, que l'air glacial mordait mes pieds nus et s'insinuait à travers ma chemise trop fine, et que les infirmiers chargeaient Angie à l'arrière d'une ambulance, puis l'emmenaient.

35

Le temps que les flics vérifient tout, Angie entamait sa deuxième heure en chirurgie.

Phil fut autorisé à partir vers quatre heures, après qu'il eut appelé le City Hospital, mais je dus rester sur place afin de revoir chaque détail avec quatre inspecteurs et un jeune adjoint du procureur particulièrement nerveux.

Le corps nu de Timothy Dunn avait été découvert dans une benne à ordures près des balançoires du parc Ryan. De l'avis général, Evandro avait dû l'attirer jusque-là en agissant d'une manière suffisamment suspecte pour capter son attention, mais en prenant bien garde de ne rien faire qui laisse supposer un danger quelconque ou une menace directe.

On retrouva un drap blanc pendu au panier de basket que Dunn voyait depuis sa voiture banalisée. Un type accrochant un drap à un panier de basket aux environs de deux heures du matin par une nuit glaciale avait de quoi éveiller la curiosité d'un jeune flic, sans toutefois justifier une demande de renfort.

Le drap avait gelé, et il était demeuré ainsi, losange blanc se détachant sur fond de ciel couleur d'étain.

Dunn atteignait les marches menant à l'aire de jeux quand Evandro, s'étant approché par derrière, lui avait enfoncé le stylet dans l'oreille droite.

L'homme qui avait blessé Angie s'était introduit chez elle par la porte de la cuisine. Ses empreintes de pas – pointure 41 – étaient partout dans la cour, mais disparaissaient au niveau de Dorchester Avenue. La panne d'électricité avait rendu inutiles les alarmes installées par Erdham, et pour entrer, l'intrus n'avait eu qu'à crocheter la serrure équipée d'un verrou défaillant.

Les deux balles tirées par Angie l'avaient manqué : la première s'était logée dans le mur près de la porte, l'autre avait ricoché sur le four et fait voler en éclats la fenêtre au-dessus de l'évier.

Ne restait donc plus qu'à s'occuper du cas Evandro.

Quand on tue un des leurs, les flics se mettent dans des états terrifiants. Leur colère, qui en général gronde sous la surface, éclate au grand jour, et vous en arrivez presque à plaindre le pauvre couillon qu'ils vont arrêter.

Ce soir-là, c'était encore pire dans la mesure où Timothy Dunn avait un lien de parenté avec un collègue médaillé. Promis lui-même à un brillant avenir dans la police, ce n'était qu'un gamin innocent, qu'on avait dépouillé de son uniforme et jeté dans une benne à ordures.

Pendant que l'inspecteur Cord – un homme aux cheveux blancs avec une voix douce et un regard implacable – m'interrogeait dans la cuisine, l'agent Rogin – un malabar du genre à foutre la merde – tournait autour de la dépouille d'Evandro sans cesser de serrer et de desserrer les poings.

Rogin m'avait tout de suite fait l'effet du type qui devient flic pour la même raisons que d'autres choisissent de devenir matons – parce que ce sont des sadiques ayant besoin de défouloirs socialement acceptables.

Evandro était tel que je l'avais laissé, défiant – à ma connaissance du moins – les lois de la physique et de la gravité en restant sur un genou, les bras le long du corps, la tête baissée.

Il allait atteindre la rigidité cadavérique dans cette position, ce qui mettait Rogin en rogne. Il contempla Evandro un bon moment, respirant par les narines et crispant les poings, peut-être persuadé qu'à le dominer ainsi d'un air menaçant, il parviendrait à le ressusciter suffisamment longtemps pour avoir l'occasion de le flinguer lui-même.

Rien de tel ne se produisit.

Au bout du compte, Rogin recula d'un pas, puis balança au visage du mort un pied chaussé d'une godasse à bout en acier.

Le cadavre partit à la renverse, ses épaules rebondirent sur le sol. Une de ses jambes se replia sous lui, son crâne s'immobilisa du côté gauche, et son regard se fixa sur le four.

– Qu'est-ce que tu fous, Rogin ? lança l'inspecteur Cord.

– T'as raison, Hughie, intervint un de leurs collègues.

– Ce sera mentionné dans le rapport, déclara Cord.

Quand leurs regards se croisèrent, je compris qu'il y avait un sérieux problème entre ces deux-là.

Rogin finit par hausser les épaules avant de cracher sur le nez d'Evandro.

– Bien fait pour sa gueule, dit un flic. Cette ordure aura pas assez de couilles pour se relever et se faire buter une deuxième fois, Rogin.

Soudain, un profond silence s'abattit sur la maison. Rogin, l'air hésitant, pivota vers le couloir.

Quelques secondes plus tard, Devin entrait dans la cuisine, le visage rose de froid, les yeux rivés sur Evandro. Oscar et Bolton le suivirent, puis s'immobilisèrent un peu en retrait.

Devin observa le corps au moins une minute, durant laquelle personne ne prononça un mot. Je me demandais même si quelqu'un osait respirer.

– Ça va mieux ? lança-t-il enfin à l'adresse de Rogin.

– Hein, sergent ?

– J'ai dit, ça va mieux, maintenant ?

Rogin se passa la main sur la hanche.

– Je suis pas sûr de comprendre la question, monsieur.

– C'est pourtant simple, répliqua Devin. Vous venez d'envoyer un coup de pied à un cadavre. Alors, vous vous sentez mieux ?

– Hum... (Rogin baissa les yeux.) Ouais, sûr.

Devin hocha la tête.

– Parfait, commenta-t-il doucement. Heureux de constater que vous avez le sens du devoir accompli, agent Rogin. C'est important. Et qu'avez-vous fait d'autre, ce soir ?

Son interlocuteur s'éclaircit la gorge.

– J'ai délimité un périmètre de sécurité...

– Excellent. C'est toujours une très bonne chose.

– Et j'ai, euh...

– ... frappé un type sur le perron, acheva Devin.

– Je croyais qu'il était armé, monsieur.

– Tout à fait compréhensible, approuva Devin. Dites-moi, vous avez participé aux recherches pour retrouver le second tireur ?

– Non, monsieur. C'était...

– Alors, vous avez peut-être pensé à étaler une couverture sur le corps nu de l'agent Dunn ?

– Non.

– Non et non, donc. (Du bout de sa chaussure, Devin tâta le cadavre d'Evandro, qu'il regardait avec une indifférence totale.) Avez-vous au moins pris des mesures pour déterminer la position de l'autre tireur, interroger les voisins, ou organiser une fouille systématique des habitations proches ?

– Non. Mais je vous le répète, je...

– Si je comprends bien, à part balancer un coup de pied dans un cadavre, frapper un homme sans défense et tendre un ruban jaune, vous n'avez pas fait grand-chose. Je me trompe ?

Rogin parut s'absorber dans la contemplation de la cuisinière.

– Non, répondit-il enfin.

– Pardon ? Vous avez dit... ?

– J'ai dit non, monsieur.

Devin opina, puis enjamba le corps pour se retrouver à côté de Rogin.

Celui-ci était plus grand que Devin, si bien qu'il dut se pencher quand son supérieur l'en pria d'un geste. Il baissa la tête, et Devin se tourna vers son oreille.

– Barrez-vous, agent Rogin, ordonna-t-il.

Le regard de Rogin se posa sur lui.

Ses paroles suivantes, Devin les murmura, mais elles résonnèrent dans toute la cuisine :

– Pendant que vous avez encore les bras attachés au corps.

– On a merdé, déclara Bolton. Ou plutôt, *j'ai* merdé.

– Non, répliquai-je.

– C'est ma faute.

– C'est la faute d'Evandro, rectifiai-je, et de son complice.

Il appuya sa tête contre le mur dans le couloir.

– J'ai précipité les choses, reprit-il. Ils ont appâté, et j'ai mordu à l'hameçon. Jamais je n'aurais dû vous abandonner.

– Vous ne pouviez pas prévoir la coupure de courant, Bolton.

– Ah non ?

Bolton leva les deux mains, puis les laissa retomber avec une mine dégoûtée.

– Écoutez, fis-je, Grace n'a rien. Mae n'a rien. Phil n'a rien. Ce sont eux les civils, dans cette affaire. Pas moi ni Angie.

Je me dirigeais vers le salon quand il me rappela :

– Kenzie ? Si votre associée et vous n'êtes pas des civils et pas des flics non plus, vous êtes quoi ?

– Deux imbéciles qui se prenaient pour des durs, répondis-je en haussant les épaules, et qui ont compris leur douleur.

Plus tard, dans le salon, une lumière grise mouchetée nous informa que le jour se levait.

– Tu l'as dit à Theresa ? demandai-je à Devin.

Il regarda par la fenêtre.

– Pas encore. Je vais y aller dans quelques minutes.

– Désolé, Devin.

Ce n'était pas grand-chose, mais rien d'autre ne m'était venu à l'esprit.

Oscar toussota dans son poing, et baissa les yeux.

Son équipier fit courir un doigt sur le rebord de la fenêtre, puis contempla la poussière récoltée au passage.

– Mon fils a eu quinze ans hier, nous apprit-il.

L'ex-femme de Devin, Helen, et leurs deux enfants vivaient à Chicago, où elle s'était remariée à un orthodontiste. Helen avait la garde des gosses, et Devin avait perdu son droit de visite après une sale histoire au moment de Noël, quatre ans plus tôt.

– C'est vrai ? Qu'est-ce qu'il devient, le p'tit Lloyd ?

Devin haussa les épaules.

– Il m'a envoyé une photo, y a quelques mois de ça. Il a tellement de cheveux, et tellement longs qu'on lui voit même plus les yeux... (Il examina ses mains calleuses, couvertes de cicatrices.) Il joue de la basse dans un groupe du coin. Helen prétend que ses résultats scolaires en souffrent.

Il reporta son attention sur la rue ; la grisaille ambiante semblait mouiller et distendre sa peau. Quand il reprit la parole, sa voix tremblait.

– Mais aujourd'hui, je crois qu'être musicien, c'est pas le pire qui pouvait lui arriver. Hein, Patrick ?

Je répondis d'un hochement de tête.

Phil ayant pris ma Crown Victoria pour aller à l'hôpital, Devin me conduisit jusqu'au garage qui abritait ma Porsche, alors que l'air matinal s'éclairait autour de nous.

Sur place, il s'adossa à son siège et ferma les yeux tandis que la fumée crachée par le tuyau d'échappement fendillé enveloppait peu à peu sa voiture.

– Arujo et son complice ont relié un téléphone à un modem dans une baraque abandonnée à Nahant, expliqua-t-il. Comme ça, ils avaient la possibilité d'appeler d'une cabine dans la rue, ici, en faisant croire que le coup de fil venait de là-bas. Bien vu.

Je le regardai se frotter le visage de ses mains et presser plus fort les paupières comme pour refouler une nouvelle vague de douleur.

– Je suis flic, Patrick. Mon boulot, c'est tout ce que j'ai. Je peux pas dépasser certaines limites. Professionnelles, je veux dire.

– Je sais.

– Trouve ce type.

– J'en ai bien l'intention.
– Par tous les moyens.
– Bolton a...
Il leva la main.
– Bolton veut que ça s'arrête, lui aussi. Débrouille-toi pour pas attirer l'attention. Reste discret. Bolton et moi, on te foutra la paix. Personne te surveillera. (Il ouvrit les yeux, tourna la tête et me dévisagea un long moment.) Faut pas que ce salopard puisse écrire des bouquins en prison ou donner des interviews dans des talk-shows racoleurs.
Je hochai la tête.
– Ils voudront sûrement étudier sa cervelle, reprit-il en arrachant un petit bout de vinyl qui se détachait du tableau de bord fissuré. Mais si y a plus de cervelle, tant pis pour la science.
Après lui avoir tapoté le bras, je descendis de voiture.

Angie était encore au bloc quand j'appelai l'hôpital. Je demandai Phil, et lorsqu'il prit la ligne, je devinai à sa voix qu'il était lessivé.
– Du nouveau ? m'enquis-je.
– Elle n'est toujours pas sortie. Et personne ne me dit rien, bordel.
– Garde ton calme, Phil. Elle est costaud.
– Tu viens ?
– Bientôt. J'ai quelqu'un à voir d'abord.
– Hé, Patrick ? Garde ton calme, toi aussi.

Je trouvai Eric dans son appartement, à Back Bay.
Il était en peignoir miteux et pantalon de survêtement gris, il avait les traits tirés et une barbe de trois jours grisonnant sur ses joues. Il n'avait pas fait son habituelle queue-de-cheval, et ses cheveux

dénoués retombant sur ses épaules lui donnaient l'air d'un vieillard.

– Maintenant, tu vas tout m'expliquer, Eric.

Il jeta un coup d'œil au pistolet glissé dans ma ceinture.

– Fiche-moi la paix, Patrick. Je suis vidé.

Derrière lui, j'aperçus des journaux éparpillés sur le sol, et une pile de vaisselle sale dans l'évier.

– Je t'emmerde, Eric. Faut qu'on parle.

– J'ai déjà été interrogé.

– Par le FBI, exact. Et t'as raté le test du détecteur de mensonges, mon vieux.

Eric cilla.

– Quoi ?

– T'as parfaitement entendu.

Il se gratta la jambe, bâilla, puis fixa du regard un point derrière mon épaule.

– Les tests de ce genre ne sont pas recevables dans un tribunal, déclara-t-il.

– Il est pas question de tribunal. Il est question de Jason Warren. Et d'Angie.

– Angie ?

– Elle a reçu une balle, Eric.

– Et elle est... ? (Il leva une main avec l'air de ne pas savoir quoi en faire.) Bon sang, Patrick ! Elle va s'en sortir, au moins ?

– Je n'en ai pas la moindre idée pour l'instant, figure-toi.

– Tu dois être fou d'inquiétude.

– Fou ? J'ai pété un putain de plomb, tu veux dire ! À ta place, je prendrais ça en considération.

Il grimaça, et une expression d'amertume et de désespoir sc refléta dans ses yeux.

Me tournant le dos, il rentra dans son appartement et laissa la porte ouverte. Je traversai à sa suite le salon transformé en dépotoir, où traînaient bouquins, cartons à pizzas, bouteilles de vin et canettes de bière vides.

Lorsqu'il se servit un café à la cuisine, je remarquai l'accumulation de taches autour de la cafetière, sans doute le résultat de plusieurs jours de négligence. L'appareil était débranché. Je préférais ne pas imaginer depuis combien de temps ce jus de chaussettes macérait.

– Jason et toi, vous étiez amants ? demandai-je.

Pour toute réponse, il se contenta d'avaler une gorgée de café froid.

– Eric ? Pourquoi t'as quitté U / Mass ?

– Tu sais ce qui arrive aux profs qui couchent avec des étudiants ?

– Les profs couchent tout le temps avec des étudiants, répliquai-je.

Il sourit en remuant doucement la tête.

– Les profs masculins couchent tout le temps avec des étudiantes, nuance, rectifia-t-il avant de pousser un profond soupir. Et compte tenu du contexte politique sur la plupart des campus, même ça, ça devient dangereux. *In loco parentis*. Pas franchement menaçant, comme formule, à moins d'être appliquée à des garçons et des filles ayant moins de vingt et un ans dans le seul pays où la dernière chose qu'on souhaite pour nos enfants, c'est qu'ils grandissent enfin.

Ayant déniché un endroit à peu près propre sur le comptoir, je m'y appuyai.

Eric détacha son regard de sa tasse.

– Mais tu as raison, Patrick, on admet en général que les profs masculins puissent coucher avec des étudiantes du moment que lesdites étudiantes ne suivent pas les cours desdits profs.

– Alors, où est le problème ?

– Le problème, il est entre les profs gays et les étudiants gays. Crois-moi, ce genre de relation suscite encore la réprobation unanime.

– Arrête, Eric. C'est du monde universitaire de

Boston dont on parle, là. Le bastion par excellence du libéralisme en Amérique.

Il émit un petit rire.

– Tu crois ? (Il fit non de la tête, un étrange sourire aux lèvres.) Si tu avais une fille, Patrick, une fille de vingt ans, brillante, étudiante à Harvard, à Bryce, ou à B.U., et si elle s'envoyait en l'air avec un prof, comment tu réagirais ?

Je soutins son regard vide.

– Je ne dis pas que ça me plairait, Eric, mais je ne serais guère surpris. J'essaierais de me convaincre que c'est une adulte, qu'elle est libre de ses choix.

Il opina.

– Maintenant, même scénario, mais à une variante près : tu as un fils, et il s'envoie en l'air avec un prof.

Cette fois, je ne pipai mot. L'hypothèse avait remué en moi des sentiments profondément refoulés, plus puritains que catholiques, et l'image que j'avais en tête – celle d'un jeune homme serré avec Eric dans un lit étroit – commença par me dégoûter avant que je parvienne à la maîtriser, à m'en distancier, à trouver une prise intellectuelle plus solide sur mon libéralisme social.

– Je...

– Tu vois ? (Il arborait un large sourire, mais ses yeux demeuraient vides et fixes.) Cette seule idée te révulse, pas vrai ?

– Eric, je...

– Pas vrai ?

– Oui, admis-je.

En me demandant dans quelle catégorie d'individus cette réponse me classait.

Comme s'il devinait mes pensées, Eric leva la main.

– Ne t'inquiète pas, Patrick. Je te connais depuis dix ans, et tu fais partie des hétéros les moins homophobes que j'aie rencontrés. N'empêche, tu restes homophobe.

– Pas quand il s'agit de...

– ... tes copains gays, je te l'accorde. En revanche, la possibilité que ton propre fils et ce copain gay...

– Peut-être, fis-je en haussant les épaules.

– Jason et moi, on a eu une liaison, dit-il avant d'aller vider sa tasse dans l'évier.

– Quand ?

– L'année dernière. C'était terminé depuis longtemps. Ça n'aura duré qu'un mois en tout et pour tout. En tant qu'ami de la famille, j'avais l'impression de trahir Diandra. Quant à Jason, je crois qu'il avait envie d'un partenaire plus jeune, et il se sentait toujours beaucoup attiré par les femmes. Quoi qu'il en soit, on s'est séparés en très bons termes.

– Tu en as parlé au FBI ?

– Non.

– Pourquoi, bonté divine ?

– Ce serait la fin de ma carrière. Souviens-toi de ta réaction, tout à l'heure. Tu as beau croire le monde universitaire particulièrement libéral, les administrateurs de presque toutes les universités sont des Blancs hétéros. Ou leurs BCBG de bonnes femmes. S'ils pensent qu'un prof pédé risque de faire des pédés de leurs gosses ou des gosses de leurs amis, ils le démoliront. Je te parie tout ce que tu veux.

– Ça finira par se savoir quand même. Le FBI est sur le coup, Eric. Le FBI, tu piges ? En ce moment même, ils sont en train d'examiner ta vie à la loupe. Tôt ou tard, ils découvriront le pot aux roses.

– Je ne peux pas avouer un truc pareil, Patrick. Impossible.

– Ce type, Evandro Arujo, tu le connaissais ?

– Non. Comme Jason avait la frousse, et Diandra aussi, je t'ai appelé à la rescousse, point final.

Désormais, je ne mettais plus sa sincérité en doute.

– S'il te plaît, Eric, envisage de tout raconter aux fédéraux.

– Tu vas leur rapporter cette conversation ?

– Non, je ne fonctionne pas comme ça. Je vais simplement leur dire – pour ce que vaut mon opinion – que tu n'es pas suspect à mes yeux, mais je ne crois pas réussir à les convaincre sans preuve.

Il hocha la tête, puis me raccompagna jusqu'à la porte.

– Merci d'être passé, Patrick.

– Mets-les au courant, Eric.

Une main posée sur mon épaule, il s'efforça de sourire.

– Le soir où Jason a été tué, j'étais avec un étudiant, me confia-t-il. Un amant. Son père est un avocat très influent originaire de la Caroline du Nord, et un membre important de la Coalition chrétienne. À ton avis, qu'est-ce qu'il va faire en découvrant cette liaison ?

Je fixai du regard la moquette poussiéreuse.

– L'enseignement, c'est toute ma vie, Patrick. Ce qui me permet d'exister. Sans ça, je disparais.

Au moment où il prononçait ces mots, j'eus l'impression de le voir disparaître, en effet, se dissoudre devant moi en une sorte de brume impalpable.

*

En allant à l'hôpital, je voulus m'arrêter au Black Emerald, mais c'était fermé. Je jetai un coup d'œil vers l'appartement de Gerry, au-dessus du bar ; les stores étaient baissés. Quant à la Grand Torino de

Gerry, toujours garée devant l'établissement, elle avait disparu.

Si l'assassin m'avait rencontré à plusieurs reprises depuis le début de l'affaire, comme le suggérait Dolquist, ça réduisait considérablement le nombre des suspects. Pour le FBI, Eric et Gerry l'étaient tous les deux. Or, Gerry possédait une grande force physique.

Mais à quel mobile obéirait-il, dans ce cas ?

Je connaissais Gerry depuis toujours. Était-il capable de tuer ?

Nous en sommes tous capables, chuchota une voix en moi. Tous, sans exception.

– Monsieur Kenzie.

En me retournant, je découvris l'agent Fields près du coffre d'une Plymouth sombre. Il y rangeait du matériel d'enregistrement.

– M. Glynn est hors du coup.

– Comment vous le savez ?

– On le surveillait, hier soir. Il est monté dans son appartement à une heure du matin, il a regardé la télé jusqu'à trois heures, et ensuite, il est allé se coucher. On est restés là toute la nuit, et il n'a pas bougé. Ce n'est pas lui, monsieur Kenzie. Désolé.

Je hochai la tête, en partie soulagé, en partie honteux d'avoir soupçonné Gerry.

En partie déçu aussi, je devais bien l'admettre. Peut-être aurais-je aimé que ce soit lui.

Pour que tout ça se termine enfin.

– La balle a fait beaucoup de dégâts, m'expliqua le Dr Barnett. Elle a déchiré le foie et frôlé les deux reins avant de se loger dans l'intestin. On a failli la perdre à deux reprises, monsieur Kenzie.

– Et maintenant, comment va-t-elle ?

– Elle n'est pas encore tirée d'affaire. À votre connaissance, c'est quelqu'un de résistant ? Avec un cœur solide ?

– Oui.

– Dans ce cas, elle a des chances de s'en sortir. Je ne peux rien vous dire de plus pour l'instant.

Ils l'emmenèrent en réanimation à huit heures et demie, après quatre-vingt-dix minutes en salle d'opération.

Elle donnait l'impression d'avoir maigri de vingt-cinq kilos, et son corps semblait perdu dans le lit.

Phil et moi, on resta à son chevet pendant qu'une infirmière la mettait sous intraveineuse et installait un moniteur de contrôle.

– À quoi ça sert ? demanda Phil. Elle va bien, maintenant, non ?

– Elle a fait deux hémorragies, monsieur Dimassi. Nous préférons la surveiller, afin d'en éviter une troisième.

Phil prit la main d'Angie, toute menue dans la sienne.

– Ange ? murmura-t-il.

– Elle va dormir une bonne partie de la journée, précisa l'infirmière. Vous ne pouvez pas grand-chose pour elle, monsieur Dimassi.

– Pas question que je l'abandonne, décréta Phil.

L'infirmière tourna la tête vers moi ; je lui opposai un regard inexpressif.

À dix heures, en sortant de l'unité de soins intensifs, je trouvai Bubba assis dans la salle d'attente.

– Comment elle va ? s'enquit-il.

– Ils pensent qu'elle s'en sortira.

Il opina.

– On sera fixés à son réveil, je suppose, ajoutai-je.

– Ce sera quand ?

– En fin d'après-midi. Ou dans la soirée, peut-être.

– Je peux faire quelque chose ?

Je me penchai vers la fontaine d'eau potable, et bus avec l'avidité d'un homme revenu d'une traversée du désert.

– Arrange-moi une rencontre avec le Gros Freddy.

– Pas de problème. Pourquoi ?

– Pour mettre la main sur Jack Rouse et Kevin Hurlihy, et leur poser quelques questions.

– Freddy devrait pas y voir d'inconvénient.

– Au cas où ils ne répondraient pas, j'ai besoin d'une autorisation de leur tirer dessus jusqu'à ce qu'ils acceptent de coopérer.

Bubba me dévisagea quelques secondes.

– Sérieux ?

– Dis à Freddy que s'il me refuse son autorisation, ça ne m'arrêtera pas.

– C'est ce qui s'appelle parler, vieux.

Phil et moi, on se relaya auprès d'Angie.

Si l'un de nous devait aller aux toilettes ou se chercher à boire, l'autre restait avec elle. À aucun moment de la journée sa main ne quitta la mienne ou celle de Phil.

À midi, Phil partit à la cafétéria, et je portai les doigts d'Angie à mes lèvres en fermant les yeux.

La première fois que je l'avais rencontrée, il lui manquait les deux dents de devant, et elle avait les cheveux si courts, si mal coupés que je l'avais prise pour un garçon. On se trouvait dans le gymnase du centre de loisirs de Little House, à East Cottage, un véritable paradis pour mômes de six ans. Ça remontait à l'époque où le système des garderies officielles n'était pas encore bien instauré dans mon quartier ; les parents avaient néanmoins la possibilité de laisser leurs gosses à Little House trois heures tous les jours pour cinq dollars par semaine, et le personnel nous fichait une paix royale du moment qu'on ne cassait rien.

Ce soir-là, le sol du gymnase était jonché de balles brunes, de ballons de mousse orange, de ballons de foot, de crosses de hockey, de palets, de ballons de basket, et peut-être vingt-cinq gamins de six ans couraient dans tous les sens en s'égosillant.

Les palets manquaient, et après avoir ramassé une crosse de hockey, je fonçai sur la petite nouvelle avec sa tignasse en bataille, qui en poussait maladroitement un au bord du gymnase. Je me faufilai derrière elle, soulevai son palet avec ma crosse, et le lui chipai.

Peu après, elle me plaquait au sol, m'envoyait un bon coup de poing dans la tête, et récupérait son bien.

Sa main toujours contre mon visage dans l'unité de soins intensifs, je me remémorais cette journée avec une acuité particulière.

Je me penchai, appuyai ma joue contre la sienne, pressai sa main contre mon cœur, et fermai les yeux.

Lorsque Phil revint, je lui tapai une cigarette et sortis la fumer sur le parking.

La dernière fois que j'en avais grillé une devait bien remonter à sept ans ; l'odeur du tabac était douce comme un parfum quand je l'allumai, et la fumée, propre et pure dans l'air glacé.

– Cette Porsche, lança quelqu'un sur ma droite, c'est une sacrée belle bagnole. 1966 ?

– 63, répondis-je, avant de me tourner vers mon interlocuteur.

Pine portait un pardessus en poil de chameau, un pantalon en sergé bordeaux et un pull en cachemire noir. Ses gants également noirs moulaient ses doigts comme une seconde peau.

– Comment t'as pu t'offrir un truc pareil ? demanda-t-il.

– À vrai dire, j'ai racheté que la carrosserie. Les pièces, je les ai acquises petit à petit.

– Tu fais partie de ces types qui tiennent plus à leur bagnole qu'à leur femme ou à leurs potes ?

Je brandis les clés de la Porsche.

– C'est que du chrome, du métal et du caoutchouc, Pine. Crois-moi, je m'en branle complètement. Tu la veux ? Je te la donne.

Il fit non de la tête.

– Un peu trop prétentieux à mon goût. J'ai une Acura.

À la deuxième bouffée de ma cigarette, je sentis la tête me tourner. J'avais l'impression que l'air dansait devant mes yeux.

– Tirer sur l'unique petite-fille de Vincent Patriso, ce n'est pas cool du tout, déclara-t-il.

– Non.

– M. Constantine a appris que les deux personnes à qui il avait ordonné de coopérer dans cette enquête se sont abstenues.

– C'est exact.

– Et maintenant, Mlle Gennaro se retrouve en soins intensifs.

– Oui.

– M. Constantine tient à souligner qu'il n'est pour rien dans cette triste affaire.

– Je sais.

– M. Constantine tient également à te dire que tu as *carte blanche* [1] concernant les méthodes à utiliser pour identifier et appréhender l'homme qui a tiré sur Mlle Gennaro.

– Carte blanche ?

---

1. En français dans le texte.

– Tout juste, Kenzie. Si M. Hurlihy et M. Rouse disparaissaient brusquement, M. Constantine peut t'assurer que ni lui ni ses associés ne se mettront à leur recherche. Est-ce clair ?

J'acquiesçai.

Il me tendit un bristol. Au recto, on avait griffonné une adresse – 411 South Street, 4e étage –, et au verso, un numéro de téléphone – celui du téléphone portable de Bubba.

– Rejoins M. Rogowski là-bas dès que possible.

– Merci.

Pine haussa les épaules, puis indiqua ma cigarette.

– Tu devrais pas fumer ces trucs-là, Kenzie. C'est dangereux pour la santé.

Quand il se fut éloigné, j'écrasai le mégot et retournai à l'intérieur.

*

Angie ouvrit les yeux à trois heures moins le quart.

– Chérie ? murmura Phil.

Elle cilla, tenta de parler, mais en vain ; elle avait la bouche trop desséchée.

Suivant les instructions laissées par l'infirmière un peu plus tôt, on lui donna des glaçons à sucer, mais pas d'eau, et elle nous remercia d'un signe de tête.

– M'appelle pas... chérie, croassa-t-elle. Combien de fois faudra que j'te le répète, Phillip ?

Il éclata de rire et l'embrassa sur le front, je l'embrassai sur la joue, et elle nous gratifia tous les deux d'une petite tape.

Lui et moi, on se rassit.

– Comment tu te sens ? demandai-je.

– Vraiment débile, comme question, répondit-elle.

Le Dr Barnett fourra son stéthoscope et sa mini-torche dans ses poches avant de dire à Angie :

– Vous allez rester en soins intensifs jusqu'à demain, pour que nous puissions vous surveiller, mais apparemment, vous vous remettez.

– Ça fait un mal de chien, pourtant.

Il sourit.

– Le contraire m'aurait étonné. Cette balle a suivi une trajectoire particulièrement vicieuse, mademoiselle Gennaro. Plus tard, je vous parlerai de l'étendue des dégâts. Je vous garantis qu'il y a pas mal d'aliments auxquels vous ne pourrez plus toucher. De plus, il n'est pas question de boire autre chose que de l'eau pendant un bon moment.

– Merde.

– Il y aura également d'autres restrictions à envisager, mais...

– Et pour... ?

Elle regarda Phil, me regarda, puis détourna les yeux.

– Oui ? s'enquit Barnett.

– Euh... la balle a comme qui dirait voyagé du côté de mon bassin, et...

– Elle n'a touché aucun de vos organes reproducteurs, mademoiselle Gennaro.

– Oh, fit-elle. (Remarquant mon sourire, elle darda sur moi un œil noir.) T'avise pas de dire un mot, Patrick, O.K. ?

La douleur lança une nouvelle offensive vers cinq heures, et Angie reçut une dose de Demerol suffisante pour calmer un tigre du Bengale.

Je posai ma paume sur sa joue quand elle commença à battre des paupières sous l'effet du sédatif.

– Ce... ce type qui m'a... tiré dessus, dit-elle d'une voix pâteuse.

– Oui ?
– Tu l'as... tu l'as identifié ?
– Non.
– Mais tu vas le faire ?
– Bien sûr.
– Alors...
– Oui ?
– Trouve-le, Patrick. Et bute-le.

36

Le numéro 411 à South Street était le seul bâtiment vide d'une rue qui réunissait des lofts d'artistes, des fabricants de tapis, des costumiers, des marchands de chiffons, et des galeries à visiter « sur rendez-vous seulement. » Bref, l'équivalent bostonien de SoHo sur deux pâtés de maisons.

Le numéro 411, une construction de quatre étages, servait de parking à l'époque où la ville n'en avait pas encore vraiment besoin. Il avait changé de mains à la fin des années 40, et le nouveau propriétaire l'avait transformé en centre de loisirs pour marins, avec bar et salle de billard au premier, casino au deuxième et bordel au troisième.

Ayant toujours connu l'édifice désaffecté, j'ignorais la fonction du quatrième niveau jusqu'au moment où, au volant de ma Porsche, je me retrouvai dans le vieil ascenseur qui s'éleva au-dessus des étages obscurs avant de s'ouvrir sur un bowling poussiéreux, froid et humide.

Des fils électriques s'échappaient ici et là d'une partie effondrée du plafond, et certaines pistes étaient encombrées par les gravats. Des quilles gisaient sur les tas de poussière blanche accumulée dans les rigoles, et les sèche-mains avaient été depuis longtemps enlevés des sols, sans doute pour être revendus en pièces détachées. Pourtant, plusieurs bouliers contenaient toujours des boules et, dans quelques allées, je distinguai les flèches à travers la crasse.

En descendant de voiture, Phil et moi, on découvrit Bubba vautré sur la chaise du capitaine près de l'allée centrale. À la base de la chaise en question pendaient encore les vis qui devaient la fixer à l'endroit où il l'avait arrachée, et le cuir balafré en plusieurs endroits déversait à ses pieds de la mousse de rembourrage.

– Qui c'est, le proprio ? demandai-je.

– Freddy.

Il porta à ses lèvres une bouteille de Finlandia. À en juger par son teint cramoisi et ses yeux larmoyants, il en était facilement à la deuxième. Mauvais signe.

– Freddy garde un immeuble abandonné comme ça, juste pour le plaisir ?

Bubba fit non de la tête.

– Le deuxième et le troisième étage ont l'air dégueulasses vus de l'ascenseur, mais ils sont assez bien arrangés. Freddy et sa bande y organisent des soirées, ou autres conneries du même genre. (Il jeta un coup d'œil à Phil, et son regard n'avait rien d'amical.) Qu'est-ce tu fous ici, lopette ?

Si Phil recula d'un pas, il n'en affronta pas moins la situation avec beaucoup plus de cran que la plupart des gens confrontés à un Bubba en pleine crise psychotique.

– Maintenant, ça me concerne aussi, Bubba. Et pas qu'un peu.

Lorsque Bubba sourit, le voile d'obscurité masquant le fond des allées parut s'animer derrière lui.

– Ben, voyons. Comme c'est gentil de ta part... Ça t'emmerde qu'Angie se retrouve à l'hosto et que ce soit pas à cause de toi ? On marche sur tes plates-bandes et t'apprécies pas, pédé de mes deux ?

Phil se rapprocha légèrement de moi.

– Ça n'a pas de rapport avec notre brouille, Bubba.

Celui-ci arqua un sourcil interrogateur dans ma direction.

– Il lui est poussé des couilles, tout d'un coup, ou il est complètement taré ?

Je n'avais vu Bubba dans cet état qu'en de très rares occasions, et chaque fois, il flirtait un peu trop avec le diable à mon goût. Réflexion faite, c'était plutôt trois bouteilles de vodka qu'il avait dû s'envoyer, et à ce stade, il était impossible de dire s'il parviendrait à maîtriser ses pulsions les plus meurtrières.

Deux personnes seulement comptaient aux yeux de Bubba : Angie et moi. Or, Phil avait passé trop de temps à faire du mal à Angie pour que Bubba éprouve à son encontre autre chose qu'une haine féroce. Si le type qui vous hait est un publicitaire dont vous avez failli abîmer la bagnole en lui coupant la route, vous ne craignez sans doute pas grand-chose. Mais si c'est Bubba qui vous hait, mieux vaut mettre deux ou trois continents entre vous.

– Bubba ? intervins-je.

Il tourna lentement la tête, posa sur moi un regard trouble.

– Phil est avec nous. Pour l'instant, t'as pas besoin d'en savoir plus. Il veut qu'on le mette dans le coup.

Bubba ne manifesta aucune réaction, se contentant de reporter sur Phil son regard trouble.

Un regard que Phil s'efforça de soutenir le plus longtemps possible, alors que la sueur lui dégoulinait dans le cou, mais en fin de compte, ce fut lui qui baissa les yeux.

– O.K., dugland, reprit Bubba. T'as qu'à te joindre à nous un moment puisque tu tiens tant que ça à te racheter après ce que t'as fait à ta femme, ou quelle que soit l'idée à la con que tu t'es fourrée dans le crâne. (Il se leva, dominant Phil de toute sa hauteur.) Juste une p'tite précision quand même. Patrick pardonne. Angie pardonne. Pas moi. Un jour ou l'autre, je t'arrangerai le portrait à ma façon.

– Je sais, murmura Phil.

Lui glissant l'index sous le menton, Bubba l'obligea à lever la tête vers lui.

– Si jamais quelque chose filtrait au sujet de notre réunion de ce soir, ça pourra pas venir de Patrick. Alors, je te ferai la peau, Phil. Pigé ?

Phil voulut acquiescer, mais le doigt de Bubba l'en empêchait.

– Ou... oui, dit-il entre ses dents.

Enfin, Bubba se tourna vers la cloison obscure de l'autre côté de l'ascenseur.

– Lumière, ordonna-t-il.

Derrière le mur, quelqu'un actionna un interrupteur, et parmi les quelques installations électriques restantes, la clarté blanc-vert écœurante d'un néon tremblota. Après d'autres grésillements, plusieurs rais de lumière jaune survolèrent les fosses de réception.

Levant les bras, Bubba pivota majestueusement, tel Moïse devant les eaux de la Mer Rouge, et nous vîmes un rat filer le long d'une rigole.

– Nom de Dieu, jura Phil tout bas.

– T'as dit quelque chose ? lança Bubba.

– Non, je... Rien, bredouilla Phil.

Kevin Hurlihy était agenouillé au fond de l'allée en face de moi. Il avait les mains attachées dans le dos, les jambes attachées aux chevilles, et la corde formant un nœud coulant autour de son cou était attachée à un clou dans le mur surplombant la fosse. L'éclairage faisait briller les entailles sanguinolentes sur son visage enflé. Son nez, préalablement écrasé par Bubba, était bleu et flasque, et sa mâchoire brisée, maintenue fermée par des attelles.

Jack Rouse, l'air encore plus mal en point, était ligoté d'une manière identique dans l'allée voisine. Jack était beaucoup plus vieux que Kevin, et sa figure luisante de sueur avait viré au verdâtre.

Devant notre expression choquée, Bubba sourit, puis se pencha vers Phil.

– Regarde-les bien, lui glissa-t-il. Et après, lopette, pense à ce que je vais te faire un de ces quatre.

– Hé, tu les as déjà interrogés ? demandai-je lorsque Bubba s'avança nonchalamment en direction des deux hommes.

Il secoua la tête avant d'avaler une grande lampée de vodka.

– Ben non. J'savais même pas quelles questions leur poser.

– Alors, pourquoi tu leur as cassé la gueule, Bubba ?

Arrivé près de Kevin, il se baissa, puis me regarda en arborant son sourire de dément.

– Je m'emmerdais.

Bubba m'adressa un clin d'œil et gifla Kevin au niveau de la mâchoire, lui arrachant un cri à travers ses dents serrées.

– Bonté divine, Patrick, chuchota Phil. Bonté divine.

– Du calme, Phil, murmurai-je, alors que mon propre sang bouillonnait dans mes veines.

S'étant approché de Jack, Bubba lui assena sur le côté du crâne une claque si magistrale que le bruit résonna dans tout l'étage. Pourtant, Jack ne cria pas ; il se contenta de fermer les yeux.

– O.K.

Bubba se détourna, faisant voltiger son trench autour de lui, puis revint vers nous d'une démarche titubante. Ses rangers résonnaient comme les sabots d'un cheval de trait.

– Vas-y, Patrick, pose tes questions.

– Ils sont là depuis combien de temps ?

– Quelques heures, répondit-il avec un haussement d'épaules.

Il ramassa une boule de bowling poussiéreuse, l'essuya avec sa manche.

– On devrait peut-être leur donner de l'eau, ou un truc comme ça ?

– Quoi ? Tu te fous de moi, ou quoi ? Patrick... (Passant un bras autour de mes épaules, il pointa la boule de bowling dans la direction de ses prisonniers.) Lui, c'est l'ordure qui a menacé de vous liquider, Grace et toi. T'as oublié ? Ces deux enfoirés, là-bas, ça fait un mois qu'ils auraient pu arrêter ce merdier, avant qu'Angie reçoive une balle, et avant que Kara Rider soit crucifiée. Eux, c'est l'ennemi, siffla-t-il, et l'alcool imprégnant son haleine me submergea telle une vague.

– D'accord, admis-je, conscient du frisson qui parcourait Kevin. Mais...

– Y a pas de mais ! Y a pas de mais, t'entends ? T'as dit tout à l'heure que t'étais prêt à les flinguer s'il le fallait. J'ai pas raison ? Hein, j'ai pas raison ?

– Si.

– Alors, où est le problème ? Tu les voulais, ils sont là. Montre que t'es un homme de parole, Patrick. Va pas me mettre dans l'embarras, surtout.

Ôtant son bras, il ramena la boule près de sa poitrine, et la caressa.

J'avais dit que j'étais prêt à les flinguer pour obtenir des informations, et sur le moment, je le pensais. Mais c'était sacrément facile à dire, et sacrément facile à envisager dans une salle d'attente à l'hôpital, loin de cet amas bien réel de chair et d'os que je menaçais.

Or, j'avais maintenant sous les yeux deux êtres humains en sang, réduits à l'impuissance totale, complètement à ma merci. Et ils n'avaient rien de concepts vagues ; non, ils respiraient. Et tremblaient.

À *ma* merci.

Je laissai Bubba et Phil derrière moi pour remonter l'allée jusqu'à Kevin. En me regardant venir vers lui, il parut recouvrer quelques forces. Peut-être misait-il sur ma faiblesse.

Lorsque Grace m'avait raconté qu'il s'était approché de sa table, j'avais affirmé que je le tuerais. Et s'il était entré dans la pièce à ce moment-là, je l'aurais fait. J'appelais ça de la colère.

Mais à présent, c'était de la torture.

Quand je le rejoignis, il aspira une grande goulée d'air, secoua la tête comme pour s'éclaircir les idées, puis fixa sur moi ses yeux éteints.

Kevin torture, lui aussi, me souffla une petite voix. Il tue. Il aime ça. Il n'aurait aucune pitié pour toi. Tu n'as pas à en avoir pour lui.

– Kevin..., commençai-je en mettant un genou à terre devant lui. Ça craint. Ça craint salement, et tu le sais. Si tu ne me donnes pas les infos dont j'ai besoin, Bubba va se faire un plaisir de nous rejouer l'Inquisition.

– Je t'emmerde, répliqua-t-il de sa voix de fausset, entre ses dents serrées. Je t'emmerde, Kenzie, O.K. ?

– Non, Kev, je crois que t'as pas compris. Refuse de m'aider, et tu vas drôlement en chier. Le Gros Freddy m'a donné carte blanche avec toi. Et Jack.

La moitié gauche de son visage parut s'affaisser.

– Je déconne pas, Kev.

– Tu bluffes.

– Ah oui ? Tu penses qu'on serait là, autrement ? Pour lui, t'as laissé un salopard tirer sur la petite-fille de Vincent Patriso.

– J'ai pas...

– C'est comme ça qu'il voit les choses. Ce que tu peux dire maintenant n'y changera rien.

Ses yeux rougis fixés sur moi semblaient lui sortir de la tête.

– Kevin, fis-je d'une voix plus douce, raconte-moi ce qui s'est passé entre l'APEE et Hardiman et Rugglestone. Qui est le troisième type ?

– Demande à Jack.

– J'y viendrai, mais pour le moment, c'est à toi que je le demande.

Il opina, le nœud coulant entailla sa peau, un gargouillis monta de sa gorge. J'écartai la corde coincée au milieu de sa pomme d'Adam, et il soupira.

Enfin, il secoua la tête avec vigueur, et je sus qu'il ne parlerait pas.

– Chaud devant ! brailla Bubba.

Kevin écarquilla les yeux, son cou tendit de nouveau la corde, et je me poussai ; la boule de bowling propulsée dans l'allée prit encore de la vitesse en rebondissant sur les lattes cassées du vieux plancher, puis alla finalement se loger dans l'entrejambe de Kevin.

Il hurla, bascula vers l'avant, et je dus le retenir par les épaules pour éviter que le nœud coulant ne lui brise la nuque. Des larmes ruisselaient sur ses joues.

– Et encore, c'était juste un spare, commenta Bubba.

– Hé, Bubba ! lançai-je. Attends.

Mais il prenait déjà son élan. Il croisa une jambe devant l'autre sur la ligne de jeu, la boule s'envola, passa au-dessus des flèches, atterrit sur l'allée en laissant deviner un léger mouvement de rotation arrière, poursuivit sa trajectoire et réduisit en bouillie le genou gauche de Kevin.

– Putain ! s'écria celui-ci, avant de se jeter vers la droite.

– À ton tour, Jack.

Bubba prit une autre boule, et s'engagea dans l'allée voisine.

– Je vais crever, Bubba.

La voix de Jack, douce et résignée, arrêta quelques instants Bubba.

– Pas si tu parles, Jack, intervins-je.

Il me regarda comme s'il venait seulement de remarquer ma présence.

– Tu sais quelle est la différence entre ton vieux et toi, Patrick ?

Comme je ne répondais pas, il poursuivit :

– Ton vieux, il les enverrait lui-même, ces putains de boules. Toi, tu veux bien prendre ce que rapporte la torture, mais pas question de te salir les mains. T'es rien, Patrick, rien que de la merde.

En le dévisageant, j'éprouvai soudain une fureur démente semblable à celle qui s'était emparée de moi chez Grace. Cette saloperie de tueur mafieux irlandais me faisait la leçon ? Alors que Grace et Mae devaient se terrer dans un bunker du FBI en plein milieu du Nebraska ou ailleurs, et que la carrière de Grace était bousillée ? Alors que Kara Rider était en terre, Jason Warren en morceaux, Angie en réanimation et Tim Dunn en tenue d'Adam dans une benne à ordures ?

J'avais passé des semaines à ne rien faire pendant que des types comme Evandro, son complice, Hardiman, Jack Rouse et Kevin Hurlihy se déchaînaient sur des innocents pour le plaisir. Parce qu'ils savouraient la souffrance des autres. Parce qu'ils en avaient le pouvoir.

Brusquement, ce n'était plus seulement après Jack, Kevin ou Hardiman que j'en avais, mais après tous ceux qui recouraient délibérément à la violence. Tous ceux qui faisaient sauter les cliniques pratiquant l'avortement, posaient des bombes dans les avions, massacraient des familles entières, balançaient du gaz toxique dans les couloirs du métro, exécutaient des otages et assassinaient des femmes qui ressemblaient à d'autres femmes les ayant autrefois rejetés.

Au nom de *leur* douleur. Ou de *leurs* principes. Ou de *leur* profit.

Eh bien, moi, j'en étais malade de leur violence, de leur haine et de mon propre code de conduite qui avait peut-être coûté la vie à certaines personnes au cours du mois écoulé. Malade à en crever.

Jack me défiait toujours du regard, je sentais le sang affluer à mes oreilles, j'entendais le sifflement de douleur lâché par Kevin à travers ses dents serrées. En croisant les yeux de Bubba, j'y décelai une lueur qui me revigora.

J'eus soudain l'impression d'être tout-puissant.

Sans quitter Jack des yeux, je dégainai mon pistolet et flanquai un coup de crosse dans la mâchoire de Kevin.

Le cri perçant qu'il poussa exprimait un mélange d'incrédulité totale et de terreur absolue.

Prenant à pleine main une poignée de ses cheveux poisseux et gras, je pressai le canon contre sa tempe et armai le chien.

– Si tu tiens un minimum à ce type, Jack, t'as intérêt à parler.

Jack avait l'air sincèrement affecté. Une nouvelle fois, je fus surpris par l'existence de liens affectifs entre des personnes si étrangères à la notion d'amour.

Quand Jack ouvrit la bouche, il avait l'air d'un vieillard.

– T'as cinq secondes, Jack. Un. Deux. Trois...

Kevin gémit, et ses dents brisées crissèrent sur la tige métallique de l'attelle.

– Quatre.

– Ton père a brûlé Rugglestone des pieds à la tête pendant quatre heures, dit Jack d'un ton posé.

– Tu ne m'apprends rien. Il y avait qui d'autre ce jour-là ?

Il tourna la tête vers Kevin.

– Qui d'autre, Jack ? Je te préviens, je recommence à compter. À partir de quatre.

– On y était tous. Timpson. La mère de Kev. Diedre Rider. Burns. Climstich. Moi.

– Qu'est-ce qui s'est passé ?

– On a découvert Hardiman et Rugglestone planqués dans cet entrepôt. On avait cherché leur camionnette toute la nuit, et au matin, on l'a trouvée tout bêtement dans le quartier. (Jack se lécha la lèvre supérieure ; sa langue était si pâle qu'elle paraissait presque blanche.) C'est ton père qui a eu l'idée de ligoter Hardiman sur une chaise pour l'obliger à regarder ce qu'on réservait à Rugglestone. Au début, on voulait juste lui balancer quelques coups de poing, et à Hardiman aussi, et après, appeler la police.

– Pourquoi vous ne l'avez pas fait ?

– Je sais pas. Il nous est arrivé quelque chose, là-dedans. Ton père a déniché une boîte planquée sous les lattes du plancher. À l'intérieur d'une glacière. Pleine de débris humains. (Il me jeta un regard fou.) Des débris humains. Arrachés à des gosses. À des adultes aussi, mais bon Dieu, Kenzie, y avait le pied d'un môme. Avec une petite tennis rouge à pois bleus. Merde. Quand on a vu ça, on a perdu la tête. C'est à ce moment-là que ton père a sorti l'essence, et nous, les pics à glace et les lames de rasoir.

Je l'interrompis d'un geste, refusant d'en entendre plus sur les bons citoyens de l'APEE et les tortures systématiques qu'ils avaient infligées à Charles Rugglestone.

– Qui exécute les meurtres pour le compte de Hardiman, aujourd'hui ?

La question parut dérouter Jack.
– Ben, ce type, comment il s'appelle, déjà ? Arujo. Celui que ta partenaire a descendu hier soir. C'est pas ça ?
– Arujo avait un complice. Tu le connais, Jack ?
– Non. Kenzie, on s'est plantés. On a laissé Hardiman en vie, mais...
– Pourquoi ?
– Pourquoi quoi ?
– Pourquoi vous l'avez laissé en vie ?
– G nous avait coincés, on n'avait pas le choix. Ça faisait partie de notre marché avec lui.
– G ? Qu'est-ce que tu racontes, nom d'un chien ?
Il soupira.
– On s'est fait choper, Patrick. Alors qu'on regardait Rugglestone partir en fumée, avec son sang partout sur nos vêtements.
– Qui ? Qui vous a chopés ?
– G, je te l'ai déjà dit.
– Qui est G, Jack ?
– Gerry Glynn, répondit-il en fronçant les sourcils.
J'eus soudain l'impression que la tête me tournait, comme si je venais d'allumer une autre cigarette.
– Et il ne vous a pas arrêtés ?
Jack hocha légèrement la tête.
– Il a dit que c'était compréhensible. Que la plupart des gens auraient réagi comme nous.
– *Gerry* a dit ça ?
– Je te parle de qui, bordel ? Ouais, Gerry a dit ça. Il nous a bien fait comprendre qu'on lui était redevables, il nous a renvoyés chez nous, et il a arrêté Alec Hardiman.
– Vous lui étiez redevables ? T'entends quoi par là ?
– Ben, on avait une dette envers lui. Des services à lui rendre, des conneries comme ça, jusqu'à la fin

de nos jours. Ton père a tiré des ficelles, il a réussi à lui obtenir un emplacement et la licence pour son bar. Moi, je lui ai trouvé des moyens de financement originaux. Les autres ont fait d'autres trucs. On n'avait pas le droit de se parler, alors, j'ai aucune idée de qui lui a donné quoi à part ton vieux et moi.

– Qui vous a interdit de vous parler ? Gerry ?

– Évidemment que c'était Gerry. (Il me dévisagea, et je remarquai les veines bleues qui saillaient le long de son cou.) Tu sais pas à qui t'as affaire avec Gerry, hein ? (Il éclata d'un rire sonore.) Bon sang ! T'as gobé toutes ces foutaises sur Mon Ami le Policier, pas vrai ? Écoute-moi bien, Kenzie, Gerry Glynn est un putain de monstre. À côté, j'ai l'air d'un curé. (Il éclata cette fois d'un rire perçant, insupportable.) Tu crois que le taxi garé devant le bar emmène toujours les gens où ils veulent aller ?

Je me souvins de cette nuit au Black Emerald, de ce gamin bourré à qui Gerry avait refilé dix dollars pour prendre un taxi. Était-il rentré chez lui ? Et qui était le chauffeur ? Evandro ?

Bubba et Phil avaient remonté l'allée jusqu'à nous, et je les regardai en même temps que je retirai mon pistolet de la tempe de Kevin.

– Vous êtes au courant ? demandai-je.

Phil nia de la tête.

– Je savais que Gerry était pas très clair, fit Bubba, qu'il s'occupait de frangines et de shit en plus du bar, mais c'est tout.

– Il a baisé tous ceux de votre génération, déclara Jack. Toute la bande, nom de Dieu.

– Précise, Jack, dis-je. Sois très, très précis.

Il nous sourit, et ses yeux de vieillard pétillèrent.

– Gerry Glynn est un des pires salopards que ce coin ait jamais vu naître. Il a perdu son fils. Ça vous dit quelque chose ?

– Il avait un fils ?

– Évidemment qu'il avait un putain de fils. Brendan. Il est mort en 65. D'une sorte d'hémorragie bizarroïde dans le cerveau. Personne a jamais pu expliquer ça. Le gosse avait quatre ans, il est tombé raide dans le jardin pendant qu'il jouait avec la femme de Gerry. Du coup, Gerry a pété les plombs. Il a tué sa femme.

– Arrête ton baratin, lança Bubba. Ce mec-là, c'était un flic.

– Et alors ? Il s'était mis dans la tête que c'était la faute de sa femme. Qu'elle s'envoyait en l'air avec un autre, et que Dieu l'avait punie en prenant leur fils. Il l'a tabassée à mort, et après, il a collé ça sur le dos d'un négro. Le négro en question, il s'est fait suriner à Dedham une semaine après le procès. Affaire classée.

– Comment Gerry aurait pu s'en prendre à un type en taule ?

– Gerry était aussi maton à Dedham. Ça remonte à l'époque où les flics avaient encore le droit d'avoir deux boulots dans le même système. Un témoin, un autre détenu, a soi-disant entendu Gerry monter son coup. Gerry l'a liquidé à Scollay Square huit jours après sa sortie de prison.

Jamal Cooper, bien sûr. Victime numéro un.

– Gerry est un des types les plus effrayants de la planète, Kenzie. Sauf que t'es trop naze pour t'en être aperçu.

– T'as jamais pensé que c'était lui, le complice de Hardiman ? demandai-je.

Tous les regards convergèrent vers moi.

– Le complice de... ? (De nouveau, Jack ouvrit grand la bouche, et les muscles de ses mâchoires jouèrent sous la peau fine.) Non, non. Je veux dire, Gerry est dangereux, mais c'est pas un...

– Un quoi, Jack ?

– Un taré de serial killer.

– Comment t'as pu être aussi con ? lançai-je.

Jack me dévisagea.
– Merde, Kenzie, Gerry est du coin. Y a jamais eu de cinglés de ce genre par ici.
– Ah oui ? T'es du coin aussi, Jack. Comme mon père. T'es fier de ce que vous avez accompli dans cet entrepôt ?
Je m'éloignai dans l'allée quand il me rappela :
– Et toi, Kenzie ? T'es fier de ce que t'as accompli aujourd'hui ?
En me retournant, je vis Kevin qui, la bouche et le menton couverts de sang, s'efforçait de rester conscient, de lutter contre la douleur.
– Je n'ai tué personne, Jack.
– Si j'avais fermé ma gueule, tu l'aurais fait, Kenzie. Oh oui, tu l'aurais fait.
Je l'ignorai, et continuai d'avancer.
– Tu te crois meilleur que les autres ? reprit Jack. C'est ça ? Alors, pense à ce que je viens de te dire. Rappelle-toi ce que t'as failli faire.
Les coups de feu jaillirent de l'obscurité devant moi.
J'aperçus l'éclair au bout du canon, et je sentis la première balle me frôler l'épaule.
Je me jetai à terre au moment où la deuxième balle émergeait des ténèbres pour filer vers la lumière.
Derrière moi, j'entendis à deux reprises un son caractéristique – celui du métal qui pénètre dans la chair. Des bruits de succion.
En sortant de l'ombre, Pine dévissa le silencieux à l'extrémité de son pistolet, sa main gantée environnée de fumée.
Je tournai la tête vers les allées.
Phil était à genoux, les mains sur le visage.
Bubba, la tête renversée, se rinçait le gosier.
Kevin Hurlihy et Jack Rouse me fixaient de leurs yeux morts, une balle en plein milieu du front.
– Bienvenue dans mon univers, fit Pine en me tendant sa main toujours gantée.

37

Je n'aimais pas du tout la façon dont Pine, appuyé contre la paroi de l'ascenseur, regardait Phil alors que nous descendions. Tête basse, Phil avait posé la main sur le toit de la Porsche comme s'il avait besoin de s'y appuyer pour rester debout. Pas un instant Pine ne le quitta des yeux.

Au niveau du premier étage, il glissa quelques mots à l'oreille de Bubba, qui fourra les mains dans les poches de son trench avant de hausser les épaules.

Enfin, les portes s'ouvrirent, et on remonta en voiture pour sortir à l'arrière de l'édifice et s'engager dans le passage qui débouchait sur South Street.

– Nom d'un chien, murmura Phil.

Je remontai lentement l'allée, concentré sur la lumière des phares trouant l'obscurité épaisse devant nous.

– Arrête-toi, me supplia Phil.

– Non.

– S'il te plaît. Je vais être malade.

– Je sais. Mais retiens-toi jusqu'à ce qu'on ait mis une bonne distance entre ce bâtiment et nous.

– Mais pourquoi, nom d'un chien ?

Je m'engageai dans South Street.

– Si Pine et Bubba te voient dégueuler, ils vont

en conclure que tu n'es pas digne de confiance. Alors, retiens-toi.

Après le premier pâté de maisons, je tournai à droite, puis accélérai dans Summer Street. Quelques centaines de mètres après South Station, je ralentis au niveau de la poste, vérifiai toutes les aires de chargement pour m'assurer que personne n'avait encore commencé à remplir les camions, puis me garai derrière une benne à ordures.

Phil avait jailli de la voiture avant même qu'elle ne soit complètement arrêtée, et j'allumai la radio afin de ne pas entendre les bruits de son corps se révoltant contre la scène dont il venait d'être témoin.

Je montai le son, les vitres vibrèrent quand les haut-parleurs déversèrent « Plowed », des Sponge, et j'eus l'impression que leurs riffs de guitare agressifs me pilonnaient le crâne.

Deux hommes avaient été tués, et j'aurais pu tout aussi bien presser moi-même la détente. Ce n'étaient pas des innocents. Ni des types bien. Mais c'étaient des êtres humains.

Phil me rejoignit, et je lui tendis un Kleenex pêché dans la boîte à gants avant de baisser le volume. Il appuyait toujours le mouchoir contre ses lèvres quand je regagnai Summer Street en direction de Southie.

– Pourquoi est-ce qu'il les a descendus, Patrick ? Ils nous ont dit ce qu'on voulait savoir, non ?

– Ils ont désobéi à son patron. Ne commence pas à te prendre la tête avec des pourquoi.

– Mais bon sang, il les a abattus comme des chiens ! Il a sorti son flingue, les autres étaient ligotés, et moi, je restais là à les regarder, et puis... plus rien, plus un bruit, juste ces deux trous.

– Phil, écoute-moi.

Je me rangeai sur le bas-côté au niveau d'une étendue sombre près de l'immeuble de la Araban

Coffee, humai l'arôme du café torréfié qui avait du mal à masquer la puanteur du mazout en provenance des quais sur ma gauche.

– Oh, mon Dieu, fit-il en se couvrant les yeux de ses mains.

– Phil ! Regarde-moi, bordel !

Il baissa les bras.

– Quoi ?

– Il ne s'est rien passé.

– Quoi ?

– Il ne s'est rien passé. Tu piges ? (Je criais, et Phil s'écarta de moi, mais je m'en fichais.) Tu veux y laisser ta peau, toi aussi ? Hein ? Parce que dis-toi bien que c'est de ça qu'on parle, mon vieux.

– Nom de... Moi ? Mais pourquoi ?

– T'es un témoin.

– Je sais, mais...

– Le *mais* n'est pas une option, Phil. C'est très simple. Tu es encore vivant parce que Bubba ne tuerait jamais une personne à laquelle je tiens. Tu es encore vivant parce qu'il a réussi à convaincre Pine de ma capacité à te faire marcher droit. Moi, je suis encore vivant parce qu'ils savent que je fermerai ma gueule. Dans le cas contraire, on se retrouverait tous les deux en taule avec une accusation de double homicide sur le dos, et ce, pour une seule raison : *on y était*. Mais on n'en arrivera jamais là, Phil, crois-moi ; si Pine a le moindre doute, il te descendra, il me descendra, et il descendra sûrement Bubba en prime.

– Mais...

– Arrête avec tes satanés « mais », Phil ! C'est comme ça, et pas autrement. Débrouille-toi pour te persuader que rien de tout ça n'est arrivé. C'était un mauvais rêve, point final. Kevin et Jack sont partis en vacances quelque part. Si t'en es pas convaincu, tu parleras.

– Non.

– Oh, si. Tu finiras par le dire à ta femme, à ta copine, à un mec dans un bar, et tu nous condamneras tous à mort. Y compris la pauvre cloche à qui tu l'auras dit. Tu comprends ?

– Oui.

– Tu seras surveillé.

– Quoi ?

– Prends-en ton parti, et tâche de vivre avec. Tu seras surveillé un bon bout de temps.

Les yeux exorbités, il déglutit avec peine, et je le crus sur le point de vomir encore une fois.

Au lieu de quoi, il détourna la tête, regarda par la vitre et se recroquevilla sur le siège.

– Comment tu fais pour supporter ça ? chuchota-t-il. À longueur de temps ?

Je me carrai dans mon siège, fermai brièvement les yeux, et écoutai le vrombissement du moteur allemand.

– Comment tu fais pour te supporter, Patrick ?

Sans répondre, j'enclenchai la première. Aucun de nous ne prononça une parole pendant le trajet de Southie jusqu'à notre quartier.

Je laissai la Porsche devant chez moi, et me dirigeai vers la Crown Victoria garée à quelques voitures de là ; si on tient à passer inaperçu dans le voisinage, mieux vaut ne pas se balader au volant d'une Porsche 1963.

Quand Phil s'approcha de la portière côté passager, j'esquissai un mouvement de dénégation.

– Tu restes là, Phil. Ce coup-ci, j'y vais seul.

– Pas question. Angie était ma femme, Patrick, et ce salaud lui a tiré dessus.

– Tu veux lui donner l'occasion de recommencer avec toi ?

Il haussa les épaules.

– Tu me crois pas à la hauteur, c'est ça ?
– Exact, Phil. Je ne te crois pas à la hauteur.
– Pourquoi ? À cause de ce qui s'est passé au bowling ? Kevin... Enfin, on a grandi avec lui. C'était même un de nos potes, avant. Alors, O.K., ça m'a un peu secoué de le voir se faire descendre. Mais Gerry ? (Il leva son pistolet, actionna la glissière pour faire monter une cartouche dans la chambre.) Gerry est le dernier des fumiers. Et il va crever.

Je me contentai de le regarder, attendant qu'il se rende compte à quel point il avait l'air ridicule à manipuler son flingue comme le personnage d'une série B, à cracher ses répliques de pseudo-dur.

Il soutint mon regard, et fit lentement pivoter le canon de son arme jusqu'à le pointer vers moi.

– Tu vas me tuer, Phil ?

Sa prise était ferme. À aucun moment le pistolet ne vacilla.

– Réponds-moi, Phil. Tu vas me tuer ?
– Tu m'ouvres, Patrick, ou j'explose ta vitre et je monte quand même.

Silencieux, je fixai des yeux l'arme dans sa main.

– Je l'aime aussi, tu comprends, reprit-il.

Je m'installai au volant, et Phil tapa contre la vitre avec son flingue. Je pris une profonde inspiration, sachant qu'il me suivrait à pied s'il le fallait, ou tirerait dans la vitre de ma Porsche pour la faire démarrer en bricolant les fils de contact.

En fin de compte, je déverrouillai la portière.

Il se mit à pleuvoir vers minuit, à peine une bruine, juste quelques gouttes qui se mêlèrent à la saleté sur le pare-brise et coulèrent jusqu'aux essuie-glaces.

Je me garai devant la maison de retraite de Dorchester Avenue, à quelques centaines de mètres du

Black Emerald. Soudain, les nuages crevèrent, la pluie s'abattit sur le toit, balaya le boulevard en grands rideaux sombres. Une pluie verglaçante, semblable à celle de la veille, dont le seul effet sur la glace encore accrochée aux trottoirs et aux bâtiments fut de lui donner un aspect à la fois plus propre et infiniment plus dangereux.

Au début, ce fut plutôt un soulagement ; comme les vitres s'embuaient, personne ne pouvait nous apercevoir à l'intérieur, à moins de se tenir à côté de la voiture.

Mais bientôt, la situation se retourna contre nous, la buée nous empêchant de distinguer l'entrée du bar et celle de l'appartement de Gerry. Le système de dégivrage était en panne, le chauffage aussi, et le froid humide me transperçait jusqu'aux os. J'entrouvris ma vitre, Phil entrouvrit la sienne, et de mon coude, j'essuyai la condensation à l'intérieur afin de voir de nouveau la porte du Black Emerald et celle de l'étage, floues et luisantes à travers les trombes d'eau.

– T'es sûr que c'est Gerry, le complice de Hardiman ? demanda Phil.

– Non. Mais je le sens.

– Pourquoi t'appelles pas les flics, alors ?

– Pour leur dire quoi ? Qu'avant de prendre une balle en pleine tête, deux types nous ont raconté que Gerry était un méchant ?

– Et le FBI ?

– Même chose. On n'a aucune preuve. Si c'est vraiment Gerry et qu'on le donne trop tôt, il risque de nous échapper, de retourner hiberner ou un truc comme ça, de ne plus s'en prendre qu'aux fugueurs que personne ne recherche.

– Dans ce cas, qu'est-ce qu'on fabrique ici ?

– S'il tente quelque chose, n'importe quoi, je veux être là, Phil.

Celui-ci essuya son côté du pare-brise, puis observa le bar.

– Pourquoi on irait pas lui poser quelques questions, tout simplement ?

Je le dévisageai avec stupeur.

– T'es cinglé ?

– Pourquoi ?

– Si c'est lui, il va nous tuer, Phil.

– On est deux, non ? Et armés.

Je me rendais bien compte qu'il tentait de se persuader lui-même, de rassembler le courage nécessaire pour franchir cette porte. Mais il avait encore un long chemin à faire.

– C'est la tension, affirmai-je. L'attente.

– Qu'est-ce que tu veux dire ?

– Quelquefois, tu te demandes si tu ne préférerais pas encore une confrontation directe, pour au moins faire quelque chose au lieu d'avoir l'impression d'étouffer à l'intérieur de ton propre corps.

Phil hocha la tête.

– C'est ce que je ressens, ouais.

– Le problème, c'est que si Gerry est vraiment le type qu'on croit, la confrontation sera bien pire que l'attente. Il nous éliminera, qu'on soit armés ou pas.

Il parut hésiter, puis opina.

Durant une bonne minute, je concentrai toute mon attention sur la porte de l'Emerald. Depuis notre arrivée, je n'avais vu personne entrer ou sortir ; étrange, pour un bar du quartier, alors qu'il n'était qu'un peu plus de minuit. Une trombe d'eau de la taille d'un immeuble remonta l'avenue à l'oblique, et au loin, le vent hurla.

– Combien ? demanda Phil.

– Pardon ?

Phil inclina la tête en direction de l'Emerald.

– Si c'est bien lui l'assassin, combien de personnes tu crois qu'il a tuées ? Dans sa vie ? Je veux dire, en admettant qu'il ait assassiné tous ces fugueurs, et peut-être aussi des tas de gens dont on n'a jamais entendu parler, et...

– Phil ?

– Oui ?

– Je suis déjà assez nerveux comme ça. Franchement, j'ai pas envie de me poser la question maintenant.

– Oh. (Il frotta la barbe naissante sous son menton.) O.K.

Je me tournai de nouveau vers le bar, laissai s'écouler encore une minute. Toujours aucun signe de vie.

La sonnerie de mon téléphone portable nous fit faire un tel bond qu'on se cogna tous les deux le crâne contre le toit.

– Bordel, marmonna Phil. Bordel de merde.

Je pris la communication.

– Allô ?

– Patrick ? Devin à l'appareil. T'es où ?

– Dans ma voiture. Quoi de neuf ?

– Je viens de parler à Erdham, du FBI. Il a relevé une empreinte partielle sous une latte du plancher, chez toi, près d'un des micro-émetteurs.

– Et ? lançai-je, avec l'impression que toutes mes fonctions vitales fonctionnaient soudain au ralenti.

– C'est Glynn, Patrick. Gerry Glynn.

Derrière le pare-brise embué, j'apercevais vaguement les contours du bar ; une terreur sans nom, comme je n'en avais jamais ressentie, m'envahit peu à peu.

– Patrick ? T'es toujours là ?

– Oui. Écoute, Devin, je suis devant chez Glynn.

– T'es... *Quoi ?*

– T'as bien entendu. Je suis parvenu à la même conclusion il y a une heure.

– Putain, Patrick, tire-toi. Tout de suite. Traîne pas par là. Dégage. Dégage !

Je ne demandais que ça. Dieu sait que je ne demandais que ça.

Mais si Gerry était à l'intérieur, occupé à remplir un sac de pics à glace et de rasoirs à manche avant de se mettre en chasse...

– Je peux pas, Dev. Au cas où il lèverait le camp, je veux le suivre.

– Non, non et non. Patrick, tu m'entends ? Tire-toi, nom de Dieu !

– Peux pas, Dev.

– Merde ! (Je l'entendis donner un grand coup de poing dans quelque chose.) D'accord. Je serai bientôt sur place avec une armée. T'as compris ? Reste où t'es et serre les fesses, on débarque dans quinze minutes. S'il remue le petit doigt, t'appelles ce numéro.

Il me le dicta, et je le griffonnai sur le bloc-notes fixé par du Velcro sur le tableau de bord.

– Magne-toi, Dev.

– Compte sur moi.

Quand il eut raccroché, je me tournai vers Phil.

– On a la confirmation. C'est bien Gerry, l'assassin.

Phil contemplait le téléphone dans ma main, et son visage reflétait un mélange de nausée et de désespoir.

– La cavalerie arrive ? murmura-t-il.

– Ouais, elle arrive.

Les vitres s'étaient de nouveau embuées, et au moment où j'essuyais la mienne, j'aperçus du coin de l'œil une forme sombre et massive qui bougeait près de la portière arrière.

Celle-ci s'ouvrit d'un coup, Gerry Glynn s'engouffra à l'intérieur et me passa ses bras mouillés autour du cou.

38

– Comment ça va, les jeunes ? lança-t-il.

Phil glissa la main dans son blouson, et je lui adressai un regard appuyé pour bien lui faire comprendre qu'il n'était pas question de sortir une arme dans la voiture.

– Bien, Gerry, répondis-je.

Je croisai ses yeux dans le rétroviseur ; ils exprimaient la gentillesse et un léger amusement.

De ses grosses paluches, il me tapota le sternum.

– Je t'ai surpris, mon gars ?

– Oh oui.

Il gloussa.

– Désolé. C'est juste qu'en vous apercevant assis là-dedans, je me suis dit, « Ben, qu'est-ce que Patrick et Phil fabriquent dans cette bagnole à minuit et demie alors qu'il pleut comme vache qui pisse ? »

– On euh... on causait, c'est tout, prétendit Phil d'un ton qui se voulait décontracté, mais qui sonnait faux.

– Ah bon ? Drôle de soirée pour bavarder.

Sur ses avant-bras, les poils roux mouillés s'étalaient mollement, constatai-je.

– Hé, t'es amoureux de moi, ou quoi ? dis-je.

Dans le rétroviseur, je le vis plisser les yeux, puis les baisser vers ses bras.

– Oups, fit-il en me libérant. J'avais oublié que j'étais trempé.

– T'as pas ouvert le bar, ce soir ? demanda Phil.

– Hein ? Oh, non. Non. (Il posa les coudes à l'arrière de nos sièges, entres les deux appuie-tête, et se pencha vers nous.) Avec un temps pareil, j'étais sûr que personne se pointerait.

– Dommage, déclara Phil avant d'expulser un petit rire rauque semblable à un accès de toux. Je me serais bien payé un verre, ce soir.

Je me concentrai sur le volant pour essayer de masquer ma colère. Bon sang, Phil, pensai-je, qu'est-ce qui t'a pris de dire un truc pareil ?

– Mais l'Emerald est toujours ouvert pour les copains, répliqua Gerry d'une voix enjouée, en nous gratifiant d'une tape sur l'épaule. Parfaitement, m'sieur. Pas de problème.

– Je sais pas, Ger, marmonnai-je. Commence à se faire tard et...

– Allez, c'est la maison qui offre, insista Gerry. Tournée du patron. Pff, « commence à se faire tard », répéta-t-il en poussant Phil du coude. C'est quoi, son problème ?

– Ben...

– Allez, quoi. Un verre, ça se refuse pas.

Déjà, il descendait de voiture, et il ouvrit ma portière sans me laisser le temps de réagir.

Phil me dévisageait d'un air interrogateur, et la pluie s'engouffrant par la portière ouverte me fouettait le visage et le cou.

Gerry passa la tête à l'intérieur.

– Hé, les gars, si ça continue comme ça, je vais me noyer !

Il garda les mains dans la poche avant de son sweat-shirt à capuche alors qu'on trottinait tous les trois vers le bar, et s'il ôta la droite pour introduire la clé dans la serrure, la gauche demeura dissimulée.

Dans l'obscurité battue par la pluie et le vent, impossible de déterminer s'il cachait une arme ; aussi préférai-je ne pas tenter une arrestation en pleine rue avec pour tout renfort un équipier mort de trouille.

Enfin, Gerry poussa la porte, puis nous invita d'un geste à entrer.

Un halo jaune éclairait le bar lui-même, mais le reste de la pièce était plongé dans l'ombre. Du côté de la salle de billard, derrière le comptoir, il faisait noir comme dans un four.

– Où est mon clébard préféré ? lançai-je.

– Patton ? Là-haut, dans l'appart, en train de faire des rêves de clébard.

D'un coup sec, il repoussa le verrou sur la porte, et avec Phil, on se tourna vers lui d'un même mouvement.

Il nous sourit.

– Ça m'emmerderait que les habitués s'amènent pour m'engueuler d'avoir fermé plus tôt que d'habitude.

– Ouais, ce serait rudement emmerdant, répéta Phil avant d'éclater d'un rire idiot.

Après l'avoir dévisagé d'un air perplexe, Gerry m'interrogea en silence.

– Faut comprendre, dis-je, on n'a pas dormi depuis un bon bout de temps.

Aussitôt, ses traits mollirent pour prendre une expression de profonde compassion.

– Oh, j'avais presque oublié. Bonté divine. Cette pauvre Angie a été blessée hier soir, n'est-ce pas ?

– Exact, répondit Phil d'un ton cette fois trop brusque.

Gerry passa derrière le comptoir.

– Désolé, les gars. Sincèrement. Mais elle est tirée d'affaire, maintenant, non ?

– Elle va mieux, dis-je.

– Allez, asseyez-vous, reprit-il en fourrageant dans la glacière.

Il nous tournait le dos quand il ajouta :

– Angie, c'est quelqu'un de vraiment... spécial, pas vrai ?

Gerry nous fit de nouveau face alors qu'on s'installait sur des tabourets, et posa deux bouteilles de Bud devant nous. J'enlevai ma veste, m'efforçant d'avoir l'air naturel, puis secouai mes mains mouillées.

– Oui, Ger. Très.

Les sourcils froncés, il décapsula les bières.

– Elle est... Enfin, de temps en temps, on rencontre dans cette ville une personne unique, poursuivit-il. Pleine de vie et d'entrain. Angie, elle est comme ça. J'en serais malade s'il lui arrivait quelque chose.

Phil serra la bouteille avec une telle force que j'en vins à redouter qu'il ne la brise.

– C'est sympa, Gerry, dis-je. Mais t'inquiète pas, elle s'en sortira.

– Tant mieux, faut fêter ça. (Il se servit une dose de Jameson, leva son verre.) À la guérison d'Angie.

On choqua nos bouteilles contre son verre avant de boire.

– Et toi, Patrick, comment ça va ? demanda-t-il. J'ai entendu dire que t'avais été pris dans la fusillade, toi aussi.

– Ça va, Gerry.

– J'en remercie le Seigneur, Patrick. Parfaitement, m'sieur.

Derrière nous, une explosion de musique retentit soudain, et Phil fit un bond sur son tabouret.

– Et merde !

Avec un sourire, Gerry actionna un interrupteur sous le comptoir, et le vacarme baissa rapidement jusqu'à devenir une chanson identifiable.

« Let It Bleed. » Exactement ce qu'il nous fallait.

– Le juke-box démarre automatiquement deux minutes après que j'ai ouvert la porte, expliqua Gerry. Désolé de vous avoir flanqué la frousse.

– Pas de problème, fis-je.
– Ça va, Phil ?
– Hein ? (Les yeux de Phil avaient la taille de deux enjoliveurs.) Oh, ça baigne. Non, sérieux. Pourquoi ?
Gerry haussa les épaules.
– Tu m'as l'air un peu à cran.
– Non. Non, pas du tout. (Il nous gratifia d'un affreux sourire grimaçant.) Je tiens une forme d'enfer, Gerry.
– Ah bon, commenta celui-ci avant de sourire à son tour et de m'adresser un autre regard intrigué.
Ce type-là a massacré des gens, chuchota une voix en moi. Pour le plaisir. Des dizaines de gens.
– À part ça, quoi de neuf ? me demanda Gerry.
Massacré, répéta la voix.
– Pardon ?
– Je disais, quoi de neuf ? À part la fusillade d'hier soir, et tout le bazar.
Il a disséqué ses victimes, siffla la voix. Alors qu'elles étaient encore vivantes. Hurlant leur douleur.
– Oh, à part ça, c'est toujours plus ou moins le statu quo, Ger.
Gerry éclata de rire.
– Quand on y pense, Patrick, c'est presque un miracle que tu sois toujours de ce monde, avec la vie que tu mènes.
Elles le suppliaient, et il riait. Elles l'imploraient, et il riait. Lui, Patrick. Cet homme-là, avec son visage ouvert et ses yeux si doux.
– Hé oui, nous les Irlandais, on la baraka.
– Tu peux le dire. (Il leva son verre de Jameson, nous fit un clin d'œil, le vida d'un trait.) Et toi, Phil, reprit-il en se resservant, qu'est-ce tu deviens ?
– Comment ça ?
Pétrifié sur son tabouret, Phil me faisait penser à une fusée sur sa rampe de lancement, comme si le compte à rebours avait déjà commencé, comme s'il

risquait à tout moment d'être propulsé à travers le toit.

– Où t'en es, côté boulot ? poursuivit Gerry. Tu bosses toujours pour les frères Galvin ?

Phil cilla.

– Oh, non. Je... euh, je suis à mon compte, maintenant.

– Et les affaires, ça marche ?

Cet homme a charcuté Jason, il lui a sectionné les membres, coupé la tête.

– Comment ? Ah, ouais, j'ai pas à me plaindre.

– Z'êtes durs à la détente, ce soir, les gars.

– Aha, lâcha Phil.

Cet homme a cloué les mains de Kara dans la terre gelée.

Il fit claquer ses doigts devant mes yeux.

– Patrick ? Ohé, t'es toujours avec nous ?

Je souris.

– T'aurais une autre bière, Gerry ?

– Pas de problème.

Rivant sur moi son regard intrigué, il glissa la main dans la glacière derrière lui.

Dans le juke-box, « Let It Bleed » avait cédé la place à « Midnight Rambler », et le son de l'harmonica évoquait un ricanement d'outre-tombe.

Lorsque Gerry me tendit une bouteille glacée, sa main effleura la mienne, et je dus résister à l'envie de reculer.

– Le FBI m'a interrogé, dit-il. Z'êtes au courant ?

Je hochai la tête.

– Y vous posent de ces questions, nom d'un chien. D'accord, ils font leur boulot, mais tout de même, quelle bande d'enfoirés. Merde, alors.

Il sourit à Phil, mais ce sourire ne collait pas avec ses propos, et soudain, j'eus brusquement conscience d'une odeur qui devait être là depuis notre arrivée. Une odeur musquée, moite, imprégnée des relents fauves de peau et de poils emmêlés.

Elle n'émanait ni de Gerry, ni de Phil, ni de moi, parce qu'elle n'était pas humaine. C'était l'odeur d'un animal.

Je jetai un coup d'œil à l'horloge derrière l'épaule de Gerry. Quinze minutes exactement s'étaient écoulées depuis ma conversation avec Devin.

Qu'est-ce qu'il foutait ?

À l'endroit où la main de Gerry avait effleuré la mienne, j'avais l'impression que la peau me brûlait.

Cette même main qui a arraché les yeux de Peter Stimovich.

À côté de moi, Phil se penchait vers la droite, comme s'il essayait de voir quelque chose à l'angle du comptoir. Gerry, qui nous regardait toujours, cessa de sourire.

Je savais notre silence pesant, gênant et suspect, mais rien ne me venait à l'esprit pour le rompre.

L'odeur m'assaillit une nouvelle fois les narines, écœurante de tiédeur, et je compris qu'elle venait de ma droite, de ce trou noir qu'était la salle de billard.

« Midnight Rambler » s'acheva, et le silence qui lui succéda pendant quelques secondes emplit le bar tout entier.

Seul un halètement faible, presque imperceptible, s'échappait de la salle de billard. Le bruit d'une respiration. Aucun doute, Patton était là, tapi dans l'obscurité, en train de nous surveiller.

Dis quelque chose, Patrick. Dis quelque chose ou crève.

– Alors, et toi, Ger ? fis-je, avec l'impression que les mots s'étranglaient dans ma gorge desséchée. Quoi de neuf ?

– Rien de spécial, répondit-il.

Je compris alors qu'il avait renoncé à bavarder. À présent, il dévisageait Phil ouvertement.

– Tu veux dire, à part ton interrogatoire et tout le bazar ?

Je souris dans l'espoir de recréer une atmosphère de prétendue insouciance.

– C'est ça, dit Gerry, les yeux toujours fixés sur Phil.

« The Long Black Veil » prit la suite de « Midnight Rambler. » Encore une chanson sur la mort. Le pied.

Phil scrutait le sol à l'angle du comptoir, comme s'il avait repéré un truc invisible pour moi.

– Un problème, Phil ? s'enquit Gerry.

L'intéressé redressa brusquement la tête, et ferma à demi les paupières, l'air complètement déboussolé.

– Non, Ger. (Il sourit, tendit les mains.) Je regardais la gamelle du chien, par terre. C'est drôle, la bouffe dedans est tout humide, on dirait que Patton vient de s'en mettre plein la panse. T'es sûr qu'il est là-haut ?

La question aurait dû paraître innocente. C'était certainement ce que voulait Phil. Sauf qu'elle n'avait rien d'innocent quand il la posa.

La douceur dans les prunelles de Gerry disparut d'un coup, comme happée par un vortex d'un noir absolu, glacial, et il me considéra comme on regarderait un insecte au microscope.

Inutile de jouer plus longtemps la comédie, je le savais.

Je sortis mon pistolet au moment où des pneus hurlaient à l'extérieur. Gerry plongea derrière le comptoir.

Phil était toujours pétrifié lorsque Gerry cria : « Iago ! »

En l'occurrence, il ne faisait pas allusion au personnage de Shakespeare, il donnait l'ordre à Patton d'attaquer.

J'avais dégainé mon arme quand le berger allemand jaillit de l'ombre ; au même instant, je remarquai le reflet métallique du rasoir à manche dans la main de Gerry.

– Oh non, non..., murmura Phil, qui se baissa.

Patton s'élança au-dessus de lui, droit vers moi.

Le bras de Gerry se détendit, et je fis un bond en arrière ; la lame fendit la chair près de ma pommette en même temps que Patton m'atteignait en pleine poitrine avec la force d'un boulet de canon, me renversant du tabouret.

– Non, Gerry ! Non ! hurla Phil, les doigts glissés dans sa ceinture à la recherche de son pistolet.

Patton m'entailla le front de ses crocs, rejeta la tête en arrière, ouvrit de nouveau les mâchoires et plongea vers mon œil droit.

Quelqu'un cria.

De ma main libre, j'agrippai la gorge de Patton, lui arrachant un cri sauvage, mélange de gémissement et d'aboiement. Je serrai de toutes mes forces, mais il résistait, et mes doigts ne cessaient de glisser sur les poils mouillés de sueur. De nouveau, il tenta de m'attaquer au visage.

Je réussis à lui coller mon arme sous les côtes alors qu'il me labourait le bras de ses pattes arrière, et quand j'eus pressé la détente – à deux reprises –, Patton redressa la tête comme s'il avait entendu son nom, puis se raidit et frissonna, et un sifflement sourd s'échappa de sa gueule. Sous mes doigts, je sentis ses muscles se relâcher ; il pencha vers la droite, et enfin, bascula parmi les tabourets.

Le temps de me redresser, et je tirai à six reprises dans le miroir et les bouteilles derrière le bar, mais Gerry n'était plus là.

Quant à Phil, allongé sur le sol, il se tenait la gorge à deux mains.

La porte d'entrée s'ouvrit à la volée alors que je rampais vers lui, et j'entendis Devin brailler :

– Ne tirez pas ! Ne tirez pas ! Il est avec nous !

Et d'ajouter :

– Kenzie, pose ton flingue.

Je l'abandonnai près de Phil.

Des flots de sang jaillissaient du côté droit de sa gorge, à l'endroit où Gerry avait planté son rasoir avant de lui dessiner un sourire jusqu'à l'autre oreille.

– Une ambulance ! m'écriai-je. Vite, une ambulance !

Phil leva les yeux vers moi, l'air perdu, alors que le sang coulait de plus belle entre ses doigts, inondant sa main.

Devin me tendit une serviette, que je plaçai aussitôt sur la plaie avant de presser mes paumes de part et d'autre.

– Et merde, murmura-t-il.

– N'essaie pas de parler, Phil.

– Merde, répéta-t-il.

L'empreinte de la défaite était gravée dans ses yeux, comme s'il s'était attendu à ça depuis sa naissance, comme si on sortait du ventre maternel avec un destin de perdant ou de gagnant, comme s'il avait toujours su qu'il finirait un soir égorgé sur le sol crasseux d'un bar, au milieu des relents de bière.

Il voulut sourire, et des larmes perlèrent au coin de ses paupières pour glisser le long de ses tempes et se perdre dans ses cheveux noirs.

– T'en fais pas, Phil, ça va aller.

– Je sais, dit-il.

Sur ces mots, il mourut.

39

Gerry s'était précipité à la cave, d'où il avait rejoint l'immeuble voisin avant de sortir par la porte de derrière, empruntant le même itinéraire que la nuit où il avait tiré sur Angie. Puis il s'engouffra à l'intérieur de la Grand Torino garée dans la ruelle de l'autre côté du bar, et prit la direction de Crescent Avenue.

Une voiture de patrouille faillit le heurter quand il déboula du passage, et quatre véhicules de police l'avaient déjà pris en chasse lorsqu'il bifurqua dans Dorchester Avenue en faisant hurler ses pneus.

Deux autres voitures de patrouille et une Lincoln du FBI qui descendaient le boulevard formèrent un barrage à l'angle de Harborview Street alors que la Torino de Gerry dérapait vers eux.

Mais Gerry braqua au niveau du parc Ryan, et s'engagea sur les marches que le verglas rendait aussi lisses qu'une rampe d'accès.

Il louvoya au milieu de l'aire de jeux alors que les flics et les fédéraux quittaient leurs voitures et pointaient leurs armes sur lui, puis ouvrit le coffre pour faire sortir ses otages.

L'un des deux était Danielle Rawson, une jeune femme de vingt et un ans disparue de chez ses parents, à Reading, dans la matinée. L'autre était son fils de deux ans, Campbell.

Lorsque Gerry la retira du coffre, Danielle avait un calibre.12 fixé à la tête par du ruban adhésif isolant.

Ensuite, il sangla Campbell derrière ses épaules en se servant du sac à dos que Danielle portait lorsqu'il les avait kidnappés.

Mère et fils avaient été drogués, et seule Danielle reprit conscience quand Gerry, le doigt sur la détente du fusil, versa de l'essence sur elle et sur lui-même, puis sur la glace tout autour d'eux.

Enfin, Gerry me réclama.

J'étais toujours dans le bar.

Agenouillé près de Phil, sanglotant au-dessus de son torse.

Je n'avais pas pleuré depuis l'âge de seize ans, et mes larmes jaillissaient par vagues alors qu'immobile près du corps de mon plus vieil ami, je me sentais dépouillé, privé de tous les repères qui me servaient jusque-là à me définir, et à définir mon univers.

– Phil, répétai-je avant d'enfouir ma tête dans sa poitrine.

– Il te demande, dit Devin.

Je levai les yeux vers lui avec l'impression d'être détaché de tout et de tous.

Remarquant une tache de sang frais sur la chemise de Phil, à l'endroit où j'avais posé la joue, je me rappelai l'entaille faite par Gerry.

– Qui ? murmurai-je.

– Glynn, répondit Oscar. Il est coincé sur l'aire de jeux. Avec des otages.

– Vous avez posté des tireurs d'élite ?

– Oui, fit Devin.

– Alors, descendez-le.

– Pas possible.

Devin me tendit une serviette pour ma blessure.

Puis Oscar me parla du bébé attaché dans le dos de Gerry, du fusil scotché à la tête de la mère et de l'essence.

Mais tout ça me paraissait irréel.

– Il a tué Phil, dis-je.

M'agrippant sans ménagement par le bras, Devin m'obligea à me redresser.

– C'est vrai, Patrick, il l'a tué. Et maintenant, il risque de tuer deux autres personnes. Tu veux bien nous aider à l'en empêcher ?

– D'accord, répondis-je d'une voix qui ne ressemblait plus à la mienne – une voix sans timbre. Bien sûr.

Ils m'accompagnèrent jusqu'à ma voiture pendant que j'enfilais le gilet pare-balles qu'ils m'avaient donné et introduisais un nouveau chargeur dans mon Beretta. Bolton nous rejoignit sur le boulevard.

– Il est cerné, annonça-t-il. Fait comme un rat.

Jamais je ne m'étais senti aussi anesthésié ; j'avais l'impression qu'on m'avait évidé de mes émotions aussi sûrement qu'on évide une pomme.

– Grouille-toi, dit Oscar. Si t'es pas là-bas dans cinq minutes, il va blesser un otage.

Je hochai la tête, et passai ma chemise et ma veste par-dessus le gilet.

– Vous connaissez l'entrepôt de Bubba.

– Oui.

– La clôture tout autour se prolonge jusqu'à l'aire de jeux.

– Je sais, fit Devin.

J'ouvris la portière, puis la boîte à gants, dont je répandis le contenu sur les sièges.

– Qu'est-ce que tu fous, Patrick ?
– Cette clôture, il y a un trou dedans. On ne le voit pas la nuit, c'est juste une brèche. Mais il suffit de pousser une planche pour qu'elle s'ouvre.
– Compris.
Enfin, j'aperçus l'extrémité d'un petit cylindre d'acier qui dépassait du tas de boîtes d'allumettes, de papiers de garantie, de documents divers et de vis accumulés sur mon siège.
– Le trou se situe à l'angle est de la clôture, précisai-je, à la jonction des deux poteaux qui marquent la limite du territoire de Bubba.
Conscient du regard de Devin fixé sur le cylindre, je repoussai la portière et m'engageai sur l'avenue en direction de l'aire de jeux.
– C'est quoi, ce machin ? demanda-t-il.
– Un flingue. À un coup.
Je desserrai le bracelet de ma montre pour glisser le cylindre entre le cuir et mon poignet.
– Un flingue, tu dis.
– Cadeau de Bubba pour Noël, expliquai-je. Y a des années de ça. (Je le lui montrai.) On y loge une seule cartouche. J'appuie sur ce bouton, là, et ça fait l'effet d'une détente. La balle est éjectée du cylindre.
Oscar et Devin avaient l'air sceptique.
– C'est un putain de gadget avec trois charnières et deux vis, un éjecteur et une balle. Ce truc-là va te bousiller la main, Kenzie.
– Possible.
Devant nous se profilaient l'aire de jeux, sa clôture de quatre mètres cinquante de haut comme vernissée par la glace, et les arbres noirs, eux aussi chargés de glace.
– Pourquoi t'as besoin de ça ? demanda Oscar.
– Il va me demander de jeter mon pistolet. (Je me tournai vers eux.) Pensez au trou dans la clôture, les gars.

– Je vais envoyer un de mes hommes, intervint Bolton.

– Non. (De la tête, je désignai Oscar et Devin.) Eux, plutôt. Ce sont les seuls en qui j'ai toute confiance. L'un de vous doit passer par l'ouverture et ramper jusqu'à lui par derrière.

– Et après ? Patrick, il a...

– ... un bébé attaché dans le dos. Je sais. Et vous allez être obligés d'arrêter sa chute.

– Je m'en charge, déclara Devin.

Oscar poussa un grognement.

– Avec tes genoux ? Merde. Tu tiendras pas dix mètres sur ce verglas.

Devin leva les yeux vers lui.

– Ah ouais ? Et toi, tu vas traîner ton cul de baleine à travers le terrain de jeux sans qu'on te repère, peut-être ?

– Je suis un Black, partenaire. La nuit et moi, on fait qu'un.

– Alors, lequel y va ? les pressai-je.

Devin soupira, et du pouce, indiqua Oscar.

– Cul de baleine, marmonna celui-ci. Peuh.

– Je te retrouve là-bas, dis-je.

Puis je me dirigeai vers le trottoir bordant l'aire de jeux.

Je montai les marches en me raccrochant, une main après l'autre, à la rambarde.

Si, pendant la journée, le sel et le passage des pneus avaient fait fondre presque tout le verglas dans les rues et les avenues, l'aire de jeux restait une véritable patinoire. Une pellicule de glace bleu-noir d'au moins cinq centimètres d'épaisseur en recouvrait le centre où, étant donné l'inclinaison du béton, l'eau s'était accumulée.

Les arbres, les anneaux de basket, la cage d'écureuil et les balançoires semblaient taillés dans le verre.

Gerry se tenait au milieu du terrain, dans ce qui devait être une fontaine ou un bassin ornemental avant que la ville ne soit à court d'argent et que le projet ne se réduise à une cuvette de ciment entourée de bancs. Un chouette endroit pour amener ses gosses et méditer sur l'usage de ses impôts.

La voiture de Gerry était arrêtée en diagonale ; il s'appuya sur le capot pour me regarder approcher. Je ne voyais pas le bébé d'où j'étais, mais Danielle Rawson, agenouillée par terre près des jambes de Gerry, avait le regard vide de quelqu'un qui a accepté l'idée de sa mort. Après douze heures dans le coffre de la Torino, ses cheveux emmêlés étaient massés sur le côté gauche de la tête, comme si une main les y retenait, son visage était sillonné des traînées sales laissées par le mascara, les coins de ses paupières rougies par l'essence.

Elle me rappelait ces photos de femmes que j'avais vues, prises à Auschwitz, Dachau ou en Bosnie. Elle semblait savoir que sa vie était désormais au-delà de toute protection humaine.

– Salut, Patrick, fit Gerry. Va pas plus loin.

Je m'arrêtai à environ deux mètres de la voiture, et à un mètre cinquante de Danielle Rawson, à la limite du cercle d'essence.

– Salut, Gerry.

– T'es rudement calme.

Il haussa un sourcil dégoulinant d'essence. Ses cheveux brun-roux lui collaient au crâne.

– Fatigué, plutôt.

– T'as les yeux rouges.

– Si tu le dis.

– J'en déduis que Phillip Dimassi est mort.

– Exact.

– T'as pleuré sur lui.

– Oui, j'ai pleuré.

Je contemplai Danielle Rawson en essayant de puiser en moi l'énergie nécessaire pour m'inquiéter de son sort.

– Patrick ?

Il s'adossa de nouveau à la voiture, et Danielle Rawson, rattachée à lui par le fusil scotché à sa tête, suivit le mouvement.

– Oui, Gerry ?

– T'es en état de choc ?

– Sais pas.

Me détournant, je regardai les prismes de glace, la bruine sombre, les lumières bleues et blanches des voitures de police, les flics et les fédéraux allongés sur les toits des véhicules, grimpés aux poteaux téléphoniques, agenouillés sur les terrasses surplombant l'aire de jeux. Tous sans exception dirigeaient leurs armes vers l'homme en face de moi.

Des armes, des armes, encore des armes. Trois cent soixante degrés de violence pure.

– À mon avis, t'es en état de choc, fit Gerry.

– Et merde, Gerry, répliquai-je en me grattant la tête sous la pluie, j'ai pas dormi depuis deux jours, et t'as tué ou blessé à peu près toutes les personnes auxquelles je tiens. Alors, je sais pas, comment je suis censé me sentir, d'après toi ?

– Curieux.

– Hein ?

– Curieux, répéta-t-il avant de tirer violemment le fusil vers lui, imprimant une torsion au cou de Danielle Rawson, dont le crâne lui heurta le genou.

Elle n'avait l'air ni terrifiée ni furieuse. Vaincue, plutôt. Exactement comme moi. Je m'efforçai de créer un lien fondé sur ce sentiment, d'obliger mes émotions à faire surface, mais en vain.

Je reportai mon attention sur Gerry.

– À propos de quoi ? lançai-je.

Au moment où je posais la main sur ma hanche, je sentis la crosse de mon pistolet. Gerry ne m'avait pas encore demandé de m'en débarrasser. Bizarre.

– De moi, répondit-il. J'ai tué beaucoup de gens, Patrick.

– Toutes mes félicitations.

Il fit tourner le fusil, et les genoux de Danielle Rawson se soulevèrent du sol.

– Ça t'amuse ? fit-il.

Son doigt était désormais replié sur la détente.

– Non, Gerry. Ça m'indiffère.

Juste au-dessus du coffre de la voiture, je vis soudain une planche de la clôture se redresser dans l'obscurité, révélant une ouverture béante. Puis la planche retomba, et l'ouverture disparut.

– Ah oui ? reprit Gerry. Tiens, Pat, on va voir à quel point ça t'indiffère.

Il passa un bras derrière sa tête, ramena le bébé en l'agrippant par ses vêtements, et le brandit devant lui.

– J'ai déjà balancé des cailloux plus lourds que lui, observa-t-il.

L'enfant était toujours inconscient. Ou peut-être mort, impossible à dire. Il avait les paupières hermétiquement closes, comme sous l'effet de la douleur, et un fin duvet blond recouvrait son petit crâne. Il semblait plus mou qu'un oreiller.

Danielle Rawson leva les yeux, puis tapa son front contre les genoux de Gerry en poussant des cris assourdis par l'adhésif sur ses lèvres.

– Tu vas lâcher ce gosse, Gerry ?

– Pourquoi pas ?

Je haussa les épaules.

– Pourquoi pas, en effet. C'est pas le mien.

Les yeux exorbités de Danielle se fixèrent sur moi, et me maudirent.

– T'es usé, Pat.
– Il ne me reste plus rien, Gerry.
– Sors ton flingue.
Je m'exécutai, et m'apprêtai à le jeter sur la neige gelée.
– Non, non, fit Gerry. Garde-le.
– Tu veux que je le garde ?
– Exactement. Et aussi que tu le charges et que tu le braques sur moi. Vas-y, ce sera marrant.
Je fis ce qu'il me demandait, et visai son front.
– Voilà, c'est beaucoup mieux. Tu sais, Patrick, je suis désolé que tu sois usé à cause moi.
– Mais non, tu ne l'es pas. Ça faisait bien partie de ton soi-disant plan, non ?
Il sourit.
– Qu'est-ce que t'entends par là ?
– Tu tenais à mettre en pratique ta théorie à la con sur la déshumanisation. Je me trompe ?
– Certaines personnes diraient que c'est pas des conneries.
– Certaines personnes achèteraient un congélateur dans l'Arctique, Gerry.
Il éclata de rire.
– Avec Evandro, ça a plutôt bien fonctionné.
– C'est pour cette raison que t'as mis vingt ans à revenir ? Pour perfectionner ton projet ?
– Je ne suis jamais parti, Patrick. Mais compte tenu de mon expérience de la condition humaine en général, et d'une certaine croyance que j'ai en la puissances des trois, ouais, Alec et moi, on a dû attendre que vous ayez tous grandi un peu, et qu'Alec ait trouvé en Evandro un candidat valable. Là-dessus, il nous a encore fallu plusieurs années, moi pour tout organiser, et Alec pour travailler Evandro au corps, s'assurer qu'il était des nôtres. Je crois qu'on peut parler d'une belle réussite, pas toi ?

– Sûr, Gerry. Puisque tu le dis.

Il tendit le bras de façon à orienter la tête du bébé en direction de la glace, puis scruta le sol comme s'il cherchait le meilleur point d'impact.

– Qu'est-ce tu vas faire, Patrick ?

– Je ne suis pas sûr de pouvoir faire grand-chose.

Gerry sourit.

– Si tu me tires dessus maintenant, maman meurt illico, et bébé risque d'y passer aussi.

– Exact.

– Si tu me tires pas dessus maintenant, je pourrais avoir envie d'exploser le crâne du gosse sur le verglas.

Danielle se débattit, secouant le fusil.

– C'est soit ça, reprit Gerry, soit tu les perds tous les deux. Tu vois, on a le choix. La décision t'appartient, Patrick.

La glace sous la voiture de Gerry était obscurcie par l'ombre d'Oscar qui avançait tout doucement de l'autre côté.

– T'as gagné, Gerry. N'est-ce pas ?

– Comment tu vois les choses ?

– Arrête-moi si je me trompe. J'étais censé payer ce que mon père avait fait à Charles Ruglestone. Exact ?

– En partie, répondit-il avant de reporter son attention sur le visage du bébé, qu'il inclina de façon à pouvoir regarder ses paupières closes.

– O.K. Tu m'as piégé. Vas-y, flingue-moi si tu veux. Pas de problème.

– J'ai jamais voulu te tuer, Patrick, répliqua-t-il sans quitter l'enfant des yeux. (De ses lèvres pincées s'échappèrent quelques roucoulements.) Tu sais, hier soir, chez ton associée... Evandro devait la liquider et te laisser vivre avec le remords, avec la souffrance.

– Pourquoi ?

L'ombre d'Oscar le précédait sur la glace. Elle émergeait de sous la voiture et s'étendait de façon irrégulière sur les animaux de pierre et les chevaux de bois juste derrière Gerry, projetée par le lampadaire au fond de l'aire de jeux. Lequel de ces satanés cerveaux n'avait pas pensé à l'éteindre avant qu'Oscar ne passe par la clôture ? me demandai-je.

Que Gerry tourne la tête maintenant, et tout ce bordel atteindrait son point culminant.

À présent, il balançait l'enfant d'avant en arrière.

– Autrefois, je tenais souvent mon fils comme ça, dit-il.

– Au-dessus de la glace ?

Grand sourire.

– Mmm... Non, Patrick. Je le tenais juste dans mes bras, je respirais son odeur et je lui embrassais les cheveux.

– Mais il est mort.

– Oui.

Gerry scruta la figure du bébé, puis chiffonna la sienne pour en imiter l'expression.

– Et alors, Gerry ? Ça donne un sens à tout ce bazar, d'après toi ?

Il était là, dans ma voix, et j'avais beau ne pas savoir ni comment ni pourquoi, il était bien là – le plus infime soupçon d'émotion.

Que Gerry perçut aussitôt.

– Jette ton flingue, Patrick.

Je regardai l'arme comme si je m'en fichais, comme si je ne m'étais même pas rendu compte de sa présence.

– Tout de suite.

Gerry ouvrit la main, l'enfant tomba.

Danielle hurla derrière l'adhésif en se cognant le front contre le fusil.

– D'accord, Ger. D'accord.

Le bébé chutait tête la première vers la glace quand Gerry l'attrapa par les chevilles.

J'envoyai mon arme dans la fosse de sable détrempé sous la cage d'écureuil.

– L'autre aussi, m'ordonna Gerry, qui balançait l'enfant comme un pendule.

– Va te faire foutre, répliquai-je, les yeux fixés sur les petites jambes que presque rien ne retenait.

Il haussa les sourcils.

– Tiens, tu te réveilles enfin, Patrick ? L'autre flingue, j'ai dit.

J'attrapai le pistolet que Phil serrait quand Gerry lui avait tranché la gorge, et le jetai à côté du mien.

Oscar avait dû remarquer son ombre, car je la vis refluer derrière la voiture, et ses pieds parurent de nouveau entre les roues.

– Quand mon fils est mort, reprit Gerry en attirant Campbell Rawson à lui pour frotter son nez contre le doux visage, y a pas eu d'avertissement. Il avait quatre ans, il était dehors dans la cour, à faire du bruit, et puis tout d'un coup... il en a plus fait. Une valve avait lâché dans son cerveau. (Il haussa les épaules.) Lâché, comme ça. Sa tête s'est remplie de sang. Et il est mort.

– Sale façon de partir.

Il m'adressa de nouveau son sourire empreint de douceur et de gentillesse.

– Prends ce ton condescendant encore une fois, Patrick, et je réduis en bouillie le crâne de ce gosse. (Inclinant la tête, il embrassa la joue de Campbell.) Donc, mon fils meurt. Et je me rends compte que personne n'aurait pu prévoir ou empêcher ce qui lui était arrivé. Dieu avait décidé que Brendan Glynn mourrait ce jour-là. Que Sa volonté soit faite.

– Et ta femme ?

Gerry lissa les cheveux de Campbell, dont les yeux demeuraient obstinément clos.

– Ma femme ? Mmm... Ouais, c'est moi qui l'ai tuée. Pas Dieu. Moi. Je sais pas trop quels projets Notre Seigneur avait pour cette femme, mais je Lui ai foutu de sacrés bâtons dans les roues. J'avais des projets pour Brendan, et Lui, Il m'a mis de sacrés bâtons dans les roues. Il avait sûrement aussi des projets pour Kara Rider, mais Il a dû les revoir, n'est-ce pas ?

– Et Hardiman, comment s'est-il retrouvé mêlé à tout ça ?

– Il t'a parlé de sa rencontre avec les abeilles, quand il était gosse ?

– Oui.

– Hum, c'étaient pas des abeilles. Alec aime bien enjoliver les choses. J'étais là, et je peux te dire que c'étaient des moustiques. Il a disparu derrière une nuée de moustiques, et quand il en est ressorti, y avait plus trace d'une conscience chez lui. (Lorsqu'il sourit, j'eus l'impression de voir dans ses yeux le nuage d'insectes et les eaux noires du lac.) Après, Alec et moi, on a établi une sorte de relation prof-élève qui a fini par déboucher sur quelque chose de beaucoup plus remarquable.

– Et il a... quoi ? Il a accepté d'aller en prison pour te protéger ?

Gerry haussa les épaules.

– La prison, ça veut rien dire pour quelqu'un comme lui. Il jouit d'une liberté totale, Patrick. Celle de l'esprit. Les barreaux peuvent pas le retenir. Il est bien plus libre au fond de sa cellule que beaucoup de gens à l'extérieur.

– Dans ce cas, pourquoi avoir puni Diandra de l'y avoir envoyé ?

Il fronça les sourcils.

– Elle l'a rabaissé. Dans le box des témoins. Elle s'est crue capable d'*expliquer* son comportement à un jury de crétins. C'était sacrément insultant.

– Mais tout ce cirque – d'un geste circulaire, je désignai l'aire de jeux –, c'est pour vous venger de qui, exactement ? Dieu ?

– Un peu réducteur, comme approche, mais si t'as envie de servir ce genre de conneries bien léchées aux journaux après ma mort, te gêne pas, Patrick.

– Parce que tu vas mourir, Gerry ? Quand ?

– Dès que t'en auras l'occasion, Patrick. Tu me descendras. (Il inclina la tête en direction de la police.) Et si c'est pas toi, ce sera eux.

– Et les otages ?

– Un des deux va y passer. Au moins. Tu peux pas les sauver tous les deux, Patrick. Impossible. Faut que tu l'acceptes.

– C'est fait.

Danielle Rawson chercha mon regard pour voir si je plaisantais, et je soutins le sien assez longtemps pour lui permettre de se rendre compte que ce n'était pas le cas.

– Un des deux va mourir, donc, reprit Gerry. On est d'accord ?

– On est d'accord.

Je fis pivoter mon pied gauche vers la droite, le ramenai vers moi, puis le tournai de nouveau vers la droite. Avec un peu de chance, Gerry n'y verrait qu'un mouvement machinal. Avec un peu de chance aussi, Oscar y verrait beaucoup plus que ça. Pour l'instant, je ne pouvais prendre le risque de jeter un autre coup d'œil en direction de la voiture. Il me fallait supposer qu'Oscar était toujours là.

– Il y a un mois, poursuivit Gerry, t'aurais tout mis en œuvre pour les sauver tous les deux. Tu te serais creusé la cervelle pour trouver un moyen. Mais plus maintenant.

– Non. T'as été un bon prof, Ger.

– Combien de vies t'as foutu en l'air pour arriver jusqu'à moi ?

Je songeai à Jack et à Kevin. À Grace et à Mae. Et aussi à Phil, bien sûr.

– Suffisamment comme ça.

Il éclata de rire.

– Bien. Bien. C'est marrant, non ? O.K., t'as jamais liquidé personne intentionnellement. Pas vrai ? Mais laisse-moi te dire une chose : de mon côté, j'avais pas franchement prévu d'en faire mon métier. Après que j'ai tué ma femme, par pure colère, sans avoir rien prémédité, je me suis retrouvé dans un état épouvantable. J'ai dégueulé. J'ai eu des crises d'angoisse pendant deux semaines. Et puis, un soir, je roulais sur une vieille route près de Mansfield, sans une seule bagnole à des kilomètres. Quand j'ai doublé ce type sur son vélo, j'ai éprouvé ce désir – le désir le plus irrépressible de toute mon existence. T'imagines la scène ? Le gars est sur ma droite, je vois les réflecteurs de sa bécane, son visage sérieux, super concentré, et soudain, il y a cette voix qui me souffle : « Tourne le volant, Gerry. Vas-y, tourne le volant. » Alors, je l'ai tourné. Quelques centimètres sur la droite, et le type a fait un sacré vol plané avant de percuter un arbre. Quand je me suis approché, il agonisait, et je l'ai regardé mourir. Ensuite, je me suis senti bien. Et ça s'est encore amélioré. Avec le négrillon, par exemple, celui qui savait que j'avais fait tomber quelqu'un d'autre pour le meurtre de ma femme, et tous les suivants, dont Cal Morrison. C'était de mieux en mieux. J'ai pas de regrets. Désolé, mais c'est comme ça. Alors, quand tu me flingueras...

– Je ne vais pas te flinguer, Gerry.

– Quoi ? lança-t-il, la tête rejetée en arrière.

– T'as entendu. Compte pas sur moi pour finir en beauté. T'es qu'un minable, vieux. T'es rien du tout. Tu mérites même pas qu'on gaspille une balle pour toi, ou que je me colle ta mort sur la conscience.

– T'essaies encore de me foutre en rogne, Patrick ?

Il écarta Campbell Rawson de son épaule, le brandit de nouveau à bout de bras.

D'un mouvement du poignet, je fis glisser le cylindre dans ma paume.

– T'es qu'un vulgaire pantin, Gerry, lançai-je avec un haussement d'épaules. Je te dis ce que je vois.

– Ah oui ?

– Oui. (Je croisai son regard dur.) Et je te donne pas une semaine pour être remplacé, comme tout le reste. Un autre connard de déjanté va prendre le relais, trucider quelques personnes, y en aura plus que pour lui dans les journaux et les émissions de télé style *Hard Copy*, et toi, tu seras déjà de l'histoire ancienne. Ton tour est passé, Gerry. Et t'as rien marqué du tout.

Gerry retourna Campbell, l'attrapa encore une fois par les chevilles, et son doigt pressa de quelques millimètres la détente du fusil ; Danielle ferma un œil, se préparant à la détonation qui ne manquerait pas de suivre, mais garda l'autre rivé sur son bébé.

– Ça, ils s'en souviendront, gronda Gerry. Crois-moi.

Il balança son bras derrière lui, pareil à un joueur de softball prenant son élan, et Campbell se fondit dans les ténèbres, son petit corps blanc disparaissant comme s'il était reparti dans le ventre maternel.

Mais lorsque Gerry ramena son bras pour propulser l'enfant dans les airs, celui-ci n'était plus là.

Au moment où il baissait les yeux, perplexe, je m'élançai vers lui, tombai à genoux sur la glace et insérai mon index gauche entre la détente et le pontet du cylindre.

Déjà, Gerry m'agrippait la main. En sentant mon doigt, il me regarda, puis serra avec tant de force que mon index se brisa.

Quand le rasoir à manche parut dans sa paume gauche, je lui fourrai le cylindre dans la droite.

Il cria avant même que j'aie appuyé sur la détente. C'était un son aigu, digne des glapissements d'une meute de hyènes, et le rasoir me fit l'effet d'une langue caressante lorsqu'il s'enfonça dans mon cou, puis heurta l'os de ma mâchoire.

Je pressai la détente. Rien ne se produisit.

Gerry cria plus fort, le rasoir émergea de ma chair pour y replonger aussitôt, et je fermai les yeux avant de presser frénétiquement la détente à trois reprises.

La main de Gerry explosa.

La mienne aussi.

Le rasoir tomba sur la glace à côté de mon genou au moment où je lâchai mon arme, les flammes gagnèrent le ruban adhésif, grandirent au contact de l'essence sur le bras de Gerry, se communiquèrent aux cheveux de Danielle.

Gerry renversa la tête, ouvrit grand la bouche et poussa un beuglement d'extase.

J'attrapai le rasoir, que je sentis à peine entre mes doigts étant donné que les nerfs semblaient inertes.

En un éclair, je tranchai l'adhésif au bout du fusil ; Danielle chuta vers l'avant, puis roula sa tête dans le sable détrempé.

À peine avais-je retiré ma main blessée que Gerry pointait les canons du fusil vers mon crâne.

Dans l'obscurité, les deux bouches du calibre.12 se détachaient tels des yeux sans pitié ni chaleur, et je me redressai pour les affronter, les tympans vrillés par le hurlement de Gerry dont le feu léchait maintenant le cou.

Adieu, pensai-je. Adieu tout le monde. C'était sympa.

Les deux premières balles tirées par Oscar pénétrèrent à l'arrière du crâne de Gerry pour ressortir au milieu de son front. La troisième l'atteignit dans le dos.

Au bout du bras enflammé de Gerry, le fusil tressauta, puis les détonations retentirent en face de lui, plusieurs en même temps, et Gerry pivota comme une toupie avant de s'effondrer. Son arme partit deux fois, trouant la glace à ses pieds.

Il atterrit sur les genoux, et pendant quelques secondes, je ne pus déterminer s'il était mort ou pas. Ses cheveux brûlaient, sa tête penchait vers la gauche alors qu'un de ses yeux se consumait, mais j'avais l'impression de voir l'autre briller à travers les tremblements de chaleur dans l'air, refléter une expression de dérision amusée.

Patrick, disait l'œil à travers les nuages de fumée, tu n'as toujours rien appris.

Oscar se redressa de l'autre côté de Gerry, Campbell serré contre son torse massif qui s'abaissait et se soulevait au rythme de sa respiration laborieuse. Cette vision – celle de quelque chose d'aussi doux et tendre contre quelque chose d'aussi solide et énorme – me fit rire.

Il émergea des ténèbres pour s'avancer vers moi, contourna le corps en feu, et je sentis des vagues de chaleur s'élever lorsque le cercle d'essence autour de Gerry s'enflamma à son tour.

Grille, pensai-je. Grille. Pardonnez-moi mon Dieu, mais grille.

Juste après qu'Oscar fut sorti du cercle, celui-ci s'embrasa en une grande flamme jaune, et mon rire me secoua de plus belle quand je vis Oscar la contempler sans avoir l'air le moins du monde impressionné.

Je sentis soudain des lèvres fraîches s'écraser contre mon oreille, mais le temps que je tourne la tête, Danielle se précipitait déjà vers Oscar pour reprendre son enfant.

L'ombre immense d'Oscar s'abattit sur moi lorsqu'il s'approcha, je levai les yeux vers lui, et il soutint mon regard un long moment.

– Comment va, Patrick ? demanda-t-il avant de se fendre d'un large sourire.

Derrière lui, Gerry brûlait sur la glace.

Tout me paraissait si foutrement comique, alors même que ça ne l'était pas, je le savais bien. Absolument pas. Je le savais, sans aucun doute possible. Pourtant, je rigolais toujours quand ils me firent monter dans l'ambulance.

Épilogue

Un mois après la mort de Gerry Glynn, on découvrit sa chambre des tortures dans ce qui était autrefois la cafétéria de l'ancienne maison de correction Dedham, fermée depuis longtemps. Outre plusieurs morceaux du corps de ses victimes entreposés dans une demi-douzaine de glacières, la police trouva une liste dressée par Gerry lui-même de toutes les personnes qu'il avait tuées depuis 1965. Il avait vingt-sept ans quand il avait assassiné sa femme, cinquante-huit quand il avait péri. Au cours de ces trente et une années, il avait commis – soit seul, soit avec l'aide de Charles Rugglestone, d'Alec Hardiman ou d'Evandro Arujo – trente-quatre meurtres. D'après la liste.

Un psychologue de la police avait suggéré la possibilité d'un nombre plus élevé. Quelqu'un ayant un ego tel que celui de Gerry, affirmait-il, était tout à fait capable d'avoir établi une différence entre les victimes qu'il jugeait « dignes » et les autres, « mineures ».

Parmi les trente-quatre défunts, seize étaient des fugueurs, dont un à Lubbock, au Texas, et l'autre dans le comté de Dade, en Floride, comme l'avait soupçonné Bolton.

Trois semaines et demie après le décès de Gerry, les éditions Cox publièrent le récit authentique des crimes sous le titre, *Les Bouchers de Boston*, écrit par un journaliste du *News*. Le livre se vendit très bien pendant deux jours, puis il y eut la macabre découverte de Dedham, et les gens s'en désintéressèrent, car ce bouquin pondu en vingt-quatre jours était déjà dépassé.

L'enquête interne menée par la police sur les circonstances de la mort de Gerry Glynn conclut que policiers et agents fédéraux avaient eu recours à « une violence extrême, mais nécessaire » quand les tireurs d'élite lui avaient logé quatorze balles dans le corps, alors que les trois tirées par Oscar s'étaient chargées de le tuer.

Stanley Timpson fut arrêté et inculpé de complicité de meurtre dans l'affaire Rugglestone, ainsi que de délit d'entrave à l'action fédérale après les événements survenus lors de son arrivée à l'aéroport Logan, quand il était rentré du Mexique.

Ayant procédé à un nouvel examen du dossier Rugglestone, l'État avait décidé que dans la mesure où les seuls témoins de la tuerie étaient une malade mentale catatonique, un alcoolique déséquilibré et une victime du Sida qui ne vivrait sans doute pas assez longtemps pour assister au procès, et où il ne restait plus aucune preuve matérielle, il incombait aux autorités fédérales de poursuivre Timpson.

Aux dernières nouvelles, Timpson avait l'intention de plaider coupable des charges d'entrave à la justice en échange d'un non-lieu relatif à l'inculpation pour complicité de meurtre.

L'avocat d'Alec Hardiman déposa une requête auprès de la Cour Suprême en vue d'obtenir un non-lieu concernant les charges retenues contre son client, et une commutation immédiate de sa peine. Il intenta ensuite une action devant les juridictions civiles contre l'État du Massachusetts, le gouverneur et le chef de la police actuels, de même que les hommes exerçant ces fonctions en 1974. Pour emprisonnement abusif, affirmait l'avocat, Alec Hardiman avait droit à soixante millions dollars, soit trois millions par année passée derrière les barreaux. Toujours d'après ce représentant de la justice, son client était d'autant plus lésé par le système qu'il avait contracté le virus du Sida en raison d'une politique de surveillance carcérale déficiente, et devait donc être libéré sur-le-champ.

La révision du procès d'Alec Hardiman est aujourd'hui en cours d'instance.

Selon certaines rumeurs, Jack Rouse et Kevin Hurlihy s'étaient réfugiés aux îles Caïman.

D'autres, rarement rapportées dans les journaux, suggéraient qu'ils avaient été éliminés du circuit sur les ordres du Gros Freddy Constantine. Ce à quoi le lieutenant John Kevosky, de la Brigade criminelle, rétorqua : « Négatif. On sait que Kevin et Jack ont l'habitude de disparaître quand ça commence à chauffer un peu trop. De plus, Freddy n'avait aucune raison de les tuer. Ils lui rapportaient de l'argent. Non, ils se sont planqués aux Caraïbes. »

Peut-être pas.

*

Diandra Warren quitta son poste à Bryce et interrompit ses consultations privées.

Eric Gault enseigne toujours à Bryce ; pour l'instant, son secret est bien gardé.

Pour vingt mille dollars, les parents d'Evandro Arujo vendirent à une émission de télé racoleuse le journal intime écrit par leur fils quand il était adolescent. Plus tard, les producteurs intentèrent une action contre eux afin de récupérer leur mise, le journal en question ne révélant selon leurs dires que les rêves d'un esprit alors tout à fait sain.

Les parents de Peter Stimovich et de Pamela Stokes s'unirent afin d'ouvrir un recours collectif en justice contre l'État, le gouverneur (encore), et le pénitencier de Walpole pour avoir libéré Evandro Arujo.

Campbell Rawson ne fut pas affecté – un vrai miracle, d'après les médecins – par l'overdose d'hydrochlorophylle que Gerry Glynn lui avait administrée. Il aurait dû souffrir de lésions irréversibles au cerveau, au lieu de quoi il se réveilla avec un simple mal de tête, rien de plus.

Sa mère, Danielle, m'envoya une carte pour Noël accompagnée d'une lettre de remerciements à n'en plus finir et de l'assurance qu'à chacune de mes visites à Reading, les Rawson seraient ravis de m'offrir leur amitié et un bon repas.

Grace et Mae quittèrent leur refuge au nord de l'État de New York deux jours après la mort de Gerry. Grace réintégra son poste à Beth Israel et me téléphona le jour où je sortis de l'hôpital.

Ce fut l'une de ces conversations malaisées où une réserve polie a remplacé l'intimité, et alors qu'elle touchait péniblement à sa fin, je demandai à Grace si elle aimerait prendre un verre un de ces jours.

– Je ne crois pas que ce soit une bonne idée, Patrick.

– C'est un refus définitif ?

Pareil à une bulle de savon s'étirant sans éclater, un long silence suivit ma question – qui lui tenait lieu de réponse. Enfin, Grace déclara :

– J'aurai toujours des sentiments pour toi.

– Mais ?

– Mais ma fille passe en premier, et je ne veux pas courir le risque de la confronter de nouveau à ta façon de vivre.

J'eus l'impression qu'un vide immense s'ouvrait en moi, de ma gorge jusqu'à mon estomac.

– Je peux lui parler, au moins ? Lui dire « au revoir » ?

– Ce ne serait pas sain. Ni pour toi ni pour elle. (Sa voix se brisa, et elle prit une rapide inspiration qui résonna comme un sifflement mouillé.) Parfois, il vaut mieux que les choses s'effacent en douceur.

Je fermai les yeux et appuyai le combiné contre mon front quelques secondes.

– Grace, je...

– Il faut que j'y aille, Patrick. Prends bien soin de toi. Je le pense vraiment. Surtout, ne te laisse détruire par ce boulot, O.K. ?

– O.K.

– Promis ?

– Je te le promets, Grace. Je...

– Au revoir, Patrick.

– Au revoir.

Angie s'en alla le jour suivant l'enterrement de Phil.

– Il est mort parce qu'il nous aimait trop, et nous, pas assez, dit-elle.

– Qu'est-ce que tu en sais ?

Je contemplai la tombe ouverte, pareille à une entaille dans la terre dure, gelée.

– Ce n'était pas son combat, mais il l'a mené quand même jusqu'au bout. Pour nous. Et nous, on ne l'aimait pas assez pour l'empêcher de s'en mêler.

– Je me demande si c'est aussi simple.

– Ça l'est, m'assura-t-elle.

Avant de laisser tomber les fleurs dans la tombe, sur le cercueil.

Le courrier s'accumulait dans mon appartement – factures, demandes d'interview émanant de journaux à scandale, de chaînes de télé locales et d'émissions de radio. Parlez, parlez, parlez, pensai-je, parlez tant que vous voudrez, ça ne changera rien au fait que Glynn a existé. Et qu'il y en a encore tant d'autres comme lui encore de ce monde.

La seule chose que je retirai de la pile fut une carte postale d'Angie. Arrivée de Rome deux semaines plus tôt. Montrant des oiseaux qui s'envolaient au-dessus du Vatican.

Patrick,

Une splendeur, cette ville. À ton avis, les types dans cette vieille baraque, qu'est-ce qu'ils envisagent pour moi, maintenant ? Les mecs nous pincent sans arrêt les fesses, je ne vais pas tarder à en assommer un et à déclencher un incident international, je le sens. Départ pour la Toscane demain. Après, qui sait ? Renée te dit bonjour. Elle te dit aussi de ne pas t'inquiéter pour la barbe, elle a toujours pensé que tu serais super sexy avec. Ma frangine, je te jure... Prends soin de toi.

Tu me manques,

Ange.

Tu me manques.

Sur les conseils de mes amis, j'allai consulter un psychiatre durant la première semaine de décembre.

Au bout d'une heure, il déclara que je souffrais de dépression nerveuse.

– Je sais, dis-je.

Il se pencha en avant.

– Et comment allons-nous vous aider à surmonter ça ?

Je jetai un coup d'œil en direction de la porte derrière lui ; celle d'un placard, supposai-je.

– Vous gardez Grace ou Mae Cole là-dedans ? demandai-je.

Le pire, c'est qu'il tourna la tête pour vérifier.

– Non, mais...

– Angie, alors ?

– Patrick...

– Vous pouvez ressusciter Phil et effacer les derniers mois ?

– Non.

– Dans ce cas, vous ne pouvez pas m'aider, docteur.

Je lui rédigeai un chèque.

– Attendez, Patrick. Vous êtes profondément déprimé, et vous avez besoin de...

– J'ai besoin de mes amis, docteur. Désolé, mais vous êtes un inconnu. Vos conseils sont peut-être valables, mais ce sont ceux d'un inconnu, et je ne suis jamais les conseils des inconnus. C'est un truc que je tiens de ma mère.

– Pourtant, vous avez besoin de...

– J'ai *besoin* d'Angie, docteur. C'est aussi simple que ça. Je sais que je suis déprimé, mais pour l'instant, je ne peux rien y changer et de toute façon, je n'en ai pas envie.

– Pourquoi ?

– Parce que c'est normal. Naturel, comme l'automne. Quand on traversé ce que j'ai traversé, ce serait dingue de ne pas déprimer. Je me trompe ?

Il fit non de la tête.

– Merci de m'avoir consacré du temps, docteur.
Veille de Noël, 19 h 30.Me voilà donc assis devant mon immeuble.
Sur le perron, trois jours après qu'un prêtre s'est fait flinguer dans une supérette, attendant que ma vie prenne un nouveau départ.
Aussi incroyable que ça puisse paraître, mon cinglé de propriétaire, Stanis, m'a invité pour le dîner de

Noël, demain, mais j'ai décliné l'offre, affirmé que j'avais d'autres projets.

J'irai peut-être chez Richie et Sherilynn. Ou chez Devin. Oscar et lui m'ont proposé de me joindre à leur Noël de célibataires. Dinde réchauffée au micro-ondes, et arrosée de Jack Daniel's. Indiscutablement tentant, mais...

J'ai déjà passé Noël seul. Plusieurs fois. Jamais comme ça, pourtant. Jamais je n'avais ressenti cette solitude intolérable, ce désespoir minant qui l'accompagne.

« On est capables d'aimer plus d'une personne à la fois, avait dit Phil un jour. On est humains, donc bordéliques. »

Je le suis, sans l'ombre d'un doute.

Seul sur mon perron, j'aime Angie et Grace, Phil et Kara Rider, Jason et Diandra Warren, Danielle et Campbell Rawson. Je les aime tous, et ils me manquent tous.

Et je me sens d'autant plus seul.

Phil est mort. Je le sais, mais impossible d'accepter cette réalité, de ne plus souhaiter de toute mon âme qu'elle soit différente.

Je nous revois gamins, en train d'enjamber les fenêtres de nos pénates respectives pour nous retrouver dans l'avenue, de nous élancer en riant de la facilité de notre évasion, de filer dans la nuit glaciale pour aller frapper à la fenêtre d'Angie et la rallier à notre bande de desperados.

Et ensuite, de nous perdre dans l'obscurité.

Je n'ai presque aucun souvenir de ce qu'on pouvait bien fabriquer au cours de nos balades de minuit, ou de ce qu'on pouvait bien se raconter alors qu'on se frayait un chemin à travers la jungle de ciment enténébrée qu'était notre quartier.

Je me rappelle seulement que ça suffisait à notre bonheur.

Tu me manques, avait-elle écrit.
Tu me manques aussi.
Tu me manques bien plus que les nerfs sectionnés dans ma main.

– Salut.
Je somnolais sur la chaise, et en ouvrant les yeux, j'ai découvert les premiers flocons de l'hiver. J'ai battu des paupières pour les chasser, secoué la tête pour tenter d'oublier le son à la fois doux et cruel de sa voix, tellement réel que pendant un instant, comme un imbécile, j'avais cru que ce n'était pas un songe.
– Tu n'as pas froid ?
J'étais désormais bien réveillé. Et ces derniers mots ne venaient pas de mon rêve.
J'ai pivoté sur mon siège, et elle s'est avancée vers moi avec précaution, comme si elle craignait de perturber l'agencement des flocons vierges qui se posaient en douceur sur le perron.
– Salut, j'ai dit.
– Salut.
Je me suis levé, elle s'est arrêtée à dix centimètres de moi.
– Je ne pouvais pas rester éloignée, Patrick.
– J'en suis heureux.
Les flocons tombaient dans ses cheveux, où ils scintillaient un instant avant de fondre et de disparaître.
Elle a fait encore un pas hésitant, j'en ai fait un moi aussi pour équilibrer les choses, et je me suis retrouvé à la serrer dans mes bras sous la neige.
L'hiver, le vrai, était là.
– Tu m'as manqué, m'a-t-elle dit en pressant son corps contre le mien.
– Tu m'as manqué aussi.
Elle m'a embrassé sur la joue, a passé les mains dans mes cheveux, et m'a regardé longuement, laissant les flocons s'accrocher à ses cils.

Enfin, elle a baissé la tête.
– Lui aussi, il me manque. Terriblement.
– À moi aussi.
Quand elle a levé de nouveau son visage, il était mouillé, mais je n'aurais su dire si c'était seulement à cause de la neige fondue.
– Tu as des projets pour Noël ? m'a-t-elle demandé.
– Et toi ?
Elle s'est essuyé l'œil gauche.
– J'aimerais bien traîner un peu avec toi, Patrick. Ça te va ?
– C'est la meilleure idée de l'année, Angie.

Dans la cuisine, nous nous sommes préparé du chocolat chaud, et dévoré des yeux par-dessus le bord de nos tasses pendant que la radio du salon nous renseignait sur le temps.
Cette chute de neige, annonçait le présentateur, n'était que la première d'une longue série qui s'abattrait sur le Massachusetts cet hiver. À notre réveil, nous promit-il, la couche atteindrait entre vingt et trente centimètres d'épaisseur.
– De la neige, a fait Angie. Qui l'aurait cru ?
– C'est pas trop tôt.
Le bulletin météo terminé, le présentateur commentait maintenant l'état de santé du révérend Edward Brewer.
– À ton avis, il peut tenir combien de temps ? m'a demandé Angie.
J'ai haussé les épaules.
– Aucune idée.
Nous avons replongé le nez dans nos tasses en écoutant le présentateur rapporter l'appel du maire à des lois plus sévères sur la vente des armes à feu, l'appel du gouverneur à une application plus stricte des contrôles judiciaires. Pour qu'un autre Eddie Brewer n'entre pas dans la mauvaise supérette au mauvais

moment. Pour qu'une autre Laura Stiles puisse rompre avec un petit ami trop brutal sans craindre la mort. Pour que tous les James Fahey de ce monde cessent enfin de distiller la terreur en nous.

Pour que notre ville devienne un jour aussi sûre que l'Éden avant la chute, que nos vies soient protégées du mal et de l'aléatoire.

– On passe au salon et on éteint la radio, d'accord ? a suggéré Angie.

Elle m'a tendu la main dans la cuisine sombre alors que la neige mouchetait de blanc la fenêtre, et je l'ai suivie dans le couloir jusqu'au salon.

L'état d'Eddie Brewer n'avait pas évolué. Il était toujours dans le coma.

Toute la ville, disait le présentateur, attendait. Toute la ville, nous assura-t-il, retenait son souffle.

Rivages / noir
Dernières parutions

Petits romans noirs irlandais (n° 505)

Eric Ambler	*Au loin, le danger* (n° 622)
Claude Amoz	*Bois-Brûlé* (n° 423) *Étoiles cannibales* (n° 487)
Paul Argemi	*Le Gros, le Français et la souris* (n° 579)
Olivier Arnaud	*L'Homme qui voulait parler au monde* (n° 547)
Cesare Battisti	*Terres brûlées* (n° 477) *Avenida Revolución* (n° 522)
William Bayer	*Tarot* (n° 534) *Le Rêve des chevaux brisés* (n° 619)
Marc Behm/Paco Ignacio Taibo II	*Hurler à la lune* (n° 457)
A.-H. Benotman	*Les poteaux de torture* (n° 615)
James C. Blake	*L'Homme aux pistolets* (n° 432) *Les amis de Pancho Villa* (n° 569)
Lawrence Block	*Moisson noire* (n° 581)
Marc Boulet	*L'Exequatur* (n° 614)
Edward Bunker	*L'Éducation d'un malfrat* (n° 549)
Declan Burke	*Eight Ball Boogie* (n° 607)
James Lee Burke	*Le Brasier de l'ange* (n° 420) *La Rose du Cimarron* (n° 461) *Cadillac juke-box* (n° 462) *Vers une aube radieuse* (n° 491) *Sunset Limited* (n° 551) *Heartwood* (n° 573) *Le Boogie des rêves perdus* (n° 593)
James Cain	*Au bout de l'arc-en-ciel* (n° 550)
Daniel Chavarría	*Le Rouge sur la plume du perroquet* (n° 561)
George Chesbro	*Crying Freeman* (n° 403) *Le Chapiteau de la peur aux dents longues* (n° 411) *Chant funèbre en rouge majeur* (n° 439) *Pêche macabre en mer de sang* (n° 480) *Hémorragie dans l'œil du cyclone mental* (n° 514)

	Loups solitaires (n° 538)
	Le rêve d'un aigle foudroyé (n° 565)
	Le Seigneur des glaces et de la solitude (n° 604)
Andrew Coburn	*Sans retour* (n° 448)
	Des voix dans les ténèbres (n° 585)
Piero Colaprico	*Kriminalbar* (n° 416)
Michael Connelly	*Moisson noire* (n° 625)
Christopher Cook	*Voleurs* (n° 501)
Robin Cook	*Quelque chose de pourri au royaume d'Angleterre* (n° 574)
Peter Craig	*Hot Plastic* (n° 618)
David Cray	*Avocat criminel* (n° 504)
	Little Girl Blue (n° 610)
Jay Cronley	*Le Casse du siècle* (n° 468)
A. De Angelis	*Les Trois orchidées* (n° 481)
J.-P. Demure	*Noir Rivage* (n° 429)
J.-C. Derey	*L'Alpha et l'oméga* (n° 469)
Pascal Dessaint	*Les Paupières de Lou* (n° 493)
	Mourir n'est peut-être pas la pire des choses (n° 540)
	Les hommes sont courageux (n° 597)
Peter Dickinson	*L'Oracle empoisonné* (n° 519)
	Quelques morts avant de mourir (n° 537)
Tim Dorsey	*Florida Roadkill* (n° 476)
James Ellroy	*American Death Trip* (n° 489)
	Destination morgue (n° 595)
Howard Fast	*Un homme brisé* (n° 523)
	Mémoires d'un rouge (n° 543)
Davide Ferrario	*Black Magic* (n° 560)
François Forestier	*Rue des rats* (n° 624)
Kinky Friedman	*Le Chant d'amour de J. Edgar Hoover* (n° 507)
B. Garlaschelli	*Alice dans l'ombre* (n° 532)
Doris Gercke	*Aubergiste, tu seras pendu* (n° 525)
A.Gimenez Bartlett	*Le Jour des chiens* (n° 421)

	Les Messagers de la nuit (n° 458)
	Meurtres sur papier (n° 541)
James Grady	*Comme une flamme blanche* (n° 445)
	La Ville des ombres (n° 553)
Wolf Haas	*Vienne la mort* (n° 417)
	Silentium ! (n° 509)
Joseph Hansen	*Le poids du monde* (n° 611)
Cyril Hare	*Meurtre à l'anglaise* (n° 544)
John Harvey	*Proie facile* (n° 409)
	Eau dormante (n° 479)
	Couleur franche (n° 511)
	Now's the Time (n° 526)
	Derniers sacrements (n° 527)
	Bleu noir (n° 570)
M. Haskell Smith	*À bras raccourci* (n° 508)
Tony Hillerman	*Le Premier Aigle* (n° 404)
	Blaireau se cache (n° 442)
	Le Peuple des ténèbres (n° 506)
	Le vent qui gémit (n° 600)
	Rares furent les déceptions (n° 605)
Craig Holden	*Les Quatre coins de la nuit* (n° 447)
Philippe Huet	*L'Inconnue d'Antoine* (n° 577)
Fergus Hume	*Le mystère du Hansom Cab* (n° 594)
Eugene Izzi	*Chicago en flammes* (n° 441)
	Le Criminaliste (n° 456)
Bill James	*Raid sur la ville* (n° 440)
	Le Cortège du souvenir (n° 472)
	Protection (n° 517)
	Franc-jeu (n° 583)
Hervé Jaouen	*Les moulins de Yalikavak* (n° 617)
Stuart Kaminsky	*Il est minuit, Charlie Chaplin* (n° 451)
Helen Knode	*Terminus Hollywood* (n° 576)
Jake Lamar	*Le Caméléon noir* (n° 460)
Michael Larsen	*Le Serpent de Sydney* (n° 455)
	Le Cinquième soleil (n° 566)

Hervé Le Corre	*L'Homme aux lèvres de saphir* (n° 531)
Alexis Lecaye	*Einstein et Sherlock Holmes* (n° 529)
Cornelius Lehane	*Prends garde au buveur solitaire* (n° 431)
Dennis Lehane	*Ténèbres, prenez-moi la main* (n° 424)
	Sacré (n° 466)
	Mystic River (n° 515)
	Gone, Baby, Gone (n° 557)
	Shutter Island (n° 587)
	Prières pour la pluie (n° 612)
Ernest Lehman	*Le Grand Chantage* (n° 484)
Christian Lehmann	*La Folie Kennaway* (n° 406)
	Une question de confiance (n° 446)
	La Tribu (n° 463)
Robert Leininger	*Il faut tuer Suki Flood* (n° 528)
Elmore Leonard	*Beyrouth Miami* (n° 412)
	Loin des yeux (n° 436)
	Le Zoulou de l'Ouest (n° 437)
	Viva Cuba Libre ! (n° 474)
	La Loi à Randado (n° 475)
	L'Évasion de Five Shadows (n° 486)
	Hombre (n° 494)
	Duel à Sonora (n° 520)
	Valdez arrive ! (n° 542)
	Retour à Saber River (n° 588)
	Be Cool (n° 571)
	La Brava (n° 591)
	Killshot (n° 598)
	Les Fantômes de Detroit (n° 609)
Bob Leuci	*L'Indic* (n° 485)
Ted Lewis	*Billy Rags* (n° 426)
Steve Lopez	*Le Club des Macaronis* (n° 533)
J.-P. Manchette	*Chroniques* (n° 488)
	Cache ta joie (n° 606)
D. Manotti	*Nos fantastiques années fric* (n° 483)
Thierry Marignac	*Fuyards* (n° 482)
	À quai (n° 590)
Ed McBain	*Leçons de conduite* (n° 413)

Bill Moody	*Sur les traces de Chet Baker* (n° 497)
R. H. Morrieson	*L'Épouvantail* (n° 616)
Tobie Nathan	*613* (n° 524)
Jim Nisbet	*Sombre complice* (n° 580)
Jean-Paul Nozière	*Le silence des morts* (n° 596)
Jack O'Connell	*Et le verbe s'est fait chair* (n° 454)
	Ondes de choc (n° 558)
Renato Olivieri	*L'Affaire Kodra* (n° 402)
	Fichu 15 août (n° 443)
	Ils mourront donc (n° 513)
	L'Enquête interrompue (n° 620)
J.-H. Oppel	*Chaton : trilogie* (n° 418)
	Au Saut de la Louve (n° 530)
Abigail Padgett	*Poupées brisées* (n° 435)
	Petite tortue (n° 621)
Hugues Pagan	*Tarif de groupe* (n° 401)
	Je suis un soir d'été (n° 453)
David Peace	*1974* (n° 510)
	1977 (n° 552)
	1980 (n° 603)
Pierre Pelot	*Si loin de Caïn* (n° 430)
	Les Chiens qui traversent la nuit (n° 459)
Anne Perry	*Un plat qui se mange froid* (n° 425)
Andrea G. Pinketts	*Le Vice de l'agneau* (n° 408)
	La Madone assassine (n° 564)
Gianni Pirozzi	*Hôtel Europa* (n° 498)
Philip Pullman	*Le Papillon tatoué* (n° 548)
Michel Quint	*L'Éternité sans faute* (n° 359)
	À l'encre rouge (n° 427)
Hugh C. Rae	*Skinner* (n° 407)
Rob Reuland	*Point mort* (n° 589)
John Ridley	*Ici commence l'enfer* (n° 405)
Christian Roux	*Les Ombres mortes* (n° 575)
D. Salisbury-Davis	*L'Assassin affable* (n° 512)
James Sallis	*Drive* (n° 613)

Louis Sanders	*Passe-temps pour les âmes ignobles* (n° 449)
G. Scerbanenco	*Le sable ne se souvient pas* (n° 464)
	Les amants du bord de mer (n° 559)
John Shannon	*Le Rideau orange* (n° 602)
Roger Simon	*Final Cut* (n° 592)
Pierre Siniac	*Ferdinaud Céline* (n° 419)
	Carton blême (n° 467)
	La Course du hanneton dans la ville détruite (n° 586)
Richard Stark	*Comeback* (n° 415)
	Backflash (n° 473)
	Le Septième (n° 516)
	Flashfire (n° 582)
Jason Starr	*Mauvais karma* (n° 584)
Rex Stout	*Le Secret de la bande élastique* (n° 545)
Paco I. Taibo II	*Rêves de frontière* (n° 438)
	Le Trésor fantôme (n° 465)
	Nous revenons comme des ombres (n° 500)
	D'amour et de fantômes (n° 562)
	Adios Madrid (n° 563)
Hake Talbot	*Le bras droit du bourreau* (n° 556)
Josephine Tey	*Le plus beau des anges* (n° 546)
Nick Tosches	*Dino* (n° 478)
Jack Trolley	*Ballet d'ombres à Balboa* (n° 555)
Marc Villard	*Personne n'en sortira vivant* (n° 470)
	La Guitare de Bo Diddley (n° 471)
M. Villard/J.B. Pouy	*Ping-pong* (n° 572)
J.-M. Villemot	*Ce monstre aux yeux verts* (n° 499)
	Les petits hommes d'Abidjan (n° 623)
John Wessel	*Le Point limite* (n° 428)
	Pretty Ballerina (n° 578)
Donald Westlake	*Smoke* (n° 400)
	361 (n° 414)
	Moi, mentir ? (n° 422)
	Le Contrat (n° 490)
	Au pire qu'est-ce qu'on risque ? (n° 495)
	Moisson noire (n° 521)

Achevé d'imprimer en septembre 2009
par Novoprint (Barcelone)

Dépôt légal : avril 2005

Imprimé en Espagne